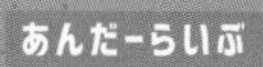
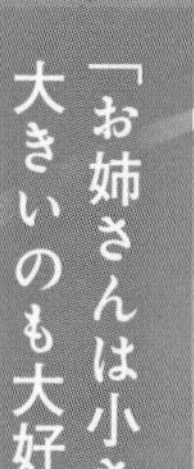
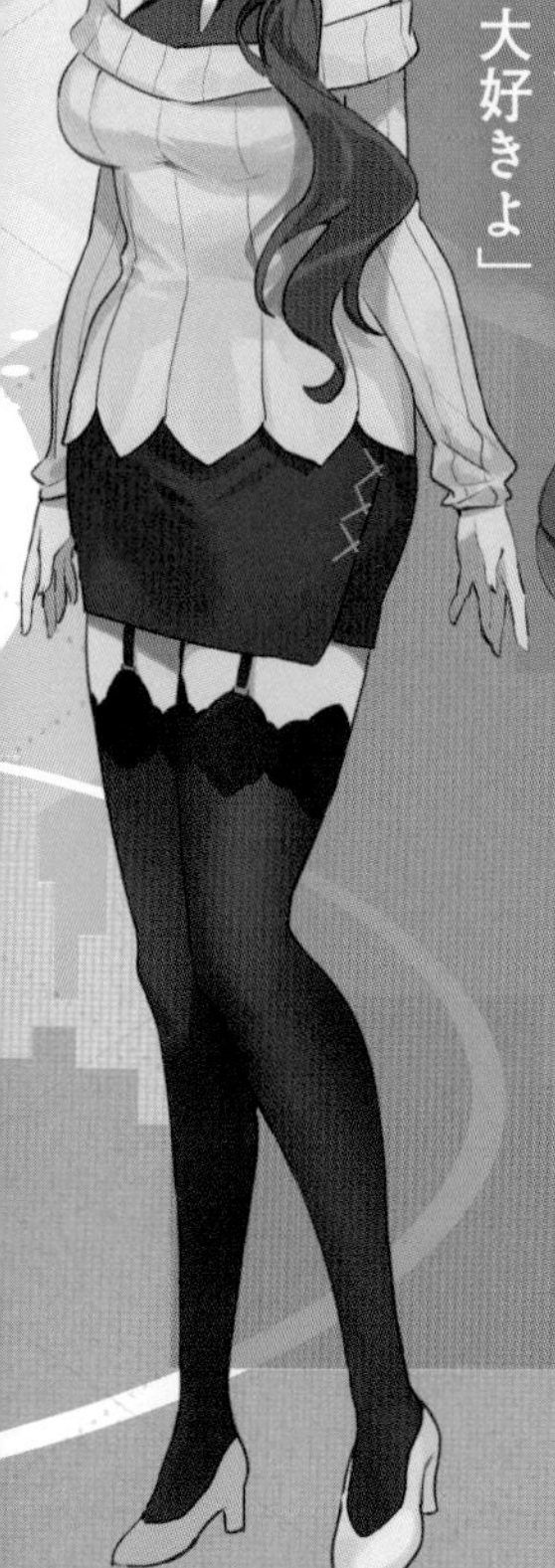

あんだーらいぶ

羽澄 咲

【はすみ さく】

「お姉さんは小さいのも大きいのも大好きよ」

あんだーらいぶ

獅堂 エリカ

【しどう えりか】

「有効な解決策を提示してくださった方には私の極秘スリーサイズを教えて差し上げます」

羽澄 咲
［はすみ さく］
「こらー、開けろー!!!」
「端的に言うと脱衣所に立てこもっています」

「残念ながらヤバイ。
めちゃやばですわ」
獅堂 エリカ
（しどう えりか）

「ちょっと軽く叩こうとしただけじゃん。わたしだって女の子なんぞぉー、むぅー」
あんだーらいぶ
宵闇 忍
［よいやみ しのぶ］
あんだーらいぶ
新戸 葛音
［あらと くずね］
「草」

アラサーがVTuberになった話。
Around
30 years old
became VTuber.
4
とくめい
[Illustration]
カラスBTK

【Illustration】カラスBTK

# Contents

Around 30 years old became VTuber.

# 1話 秋

**【10月×日】**

１０月である。何だか随分と時の流れを早く感じてしまう。これも年を喰(く)った証拠なのだろうか、あるいは充実した日々を送っているからであろうか。できれば後者であると信じたいところではあるが。９月は結構暖かい日も多かったが、流石(さすが)に１０月は半袖(はんそで)で出歩くには肌寒いシーズンで朝晩は結構冷え込む。急激な温度変化に身体が付いていかない、なんてことにならないようにこの時期体調管理には特に気を配らねばなるまい。特に私なんて先月体調崩しているからね。随分と各所にご迷惑というか心配をかけてしまったので同じ轍(てつ)は踏まないようにしなくては。配信業においては長期のお休みとかは割と致命的ダメージになり易(やす)い印象がある。

コツコツと積み上げてきて獲得した視聴者さんたちが、長い間配信しなかったことで別の配信者さんに乗り換えてしまって——みたいなのはよく聞く話だ。絶対的な人気で必ずファンも戻ってくる、というような人であれば全然問題ないのだが……ＶＴｕｂｅｒに限らず顔出しのＹｏｕｒＴｕｂｅｒさんですら、毎日投稿がベターみたいなノリがあるのだ。ネットなどで色々言われているが、思っているよりもずっとずっとハードな職業なのである。

さて、先日行われたＭｙＣｒａｆｔ内でのお祭りイベントは盛況の内に終え、参加者が軒並(のきな)

み登録者を増やしていたところを見ると、企業として大成功と胸を張って言えるのではないだろうか。特に主催の2人は前日比で＋２０００人とかなりの数字。準備期間から含めれば登録者は５０００人近く増加していると思う。やはり努力は報われるべきなのだ。そしてそれが当たり前の世界であってほしいと願わずにはいられない。

私の方もそのご相伴(しょうばん)にあずかる――と表現して良いのだろうか？　配信外でひたすらに死にまくっていただけなのに登録者が２００人も増えていたので、逆に申し訳ない気持ちになる。諸々の準備やらサポートに徹するためにあえて配信枠を取る事はしなかったが、結果としては正解だったろう。あんな面白味の欠片(かけら)もない作業をお見せするのも申し訳ないし、サプライズはその時まで絶対に隠しておきたかったのもある。しかし……先月の休養中といい登録者1万人達成時といい、基本的に配信枠取っていない時の方が登録者増えていないか、私？

文字通りの隠し玉であった花火だが、当初は1人で全部準備するつもりが柊(ひいらぎ)先輩にバレて、そこから手伝ってもらうようになり、それが徐々に他の先輩や月太陽コンビにまで波及していって――最終的には御影(みかげ)君と東雲(しののめ)さん以外の全ての人に何かしらの力添えをしてもらうこととなった。私1人でやっていてもそれなりの花火をお披露目することはできたかもしれないが、皆さんの協力がなければここまで大規模なものは無理だったろう。それに終わった後の事を考えると、私1人だけだと「身勝手」だとか「露骨(ろこつ)な好感度上げ」だとか「後輩を利用している」みたいに言われることは明らか……もっとも、既にそういうのが実際何通か届いてはいるけれども。全員で先輩たちからのお返しとした方が収まりが良かった。配信には載せられなかったが、全員でバレないようにこっそり準備するのは、まるで幼い頃の悪戯(いたずら)のような心境とでも言うべきだろうか、年甲斐もなくワクワクして楽しんでしまった。確かに、これじゃあ後輩を利用していると思われても否定出来ないなぁ。

　サプライズ後、当人たちからはこんなメッセージが全員に送信されていた。

御影和也：ありがとうございます。今度は皆でコラボとかしましょー
東雲愛莉：最後の花火凄かったです。準備されていたの全然気付かなかった！　突発じゃなくてきちんとしたコラボもやりたいです

彼らや視聴者の皆にも概ね好評らしく、やって良かったなと素直に喜ぶことにしよう。実際にコラボするかどうかは置いておくとして。御影君に関しては同性だしあまり問題にはならないだろうが、東雲さんに関しては少し様子見が無難だろう。彼らもこれを機により積極的に我々とコミュニケーションを取る様子が見られて、やって良かったと心の底からそう思えた。

　ちなみに想定外だったのは、終盤で花火に巻き込まれて死亡してしまったこと。敵キャラの攻撃でノックバックしたところに花火が発射されたという感じである。現場の危険をネットなどを通じて広く啓蒙してくれている某猫さんも今回の事故にはニッコリ微笑みかけてきそう。ご安全に、ヨシ！　ってやってなかったな。流石にゲーム内で危険予知活動とかしてなかったし。リアルならもう大変な事態だ。工場で安全柵や扉に電磁ロック、近接センサーが付けられている理由がよく分かる。段取り替えの邪魔になるという理由で、設置したセンサーをわざと殺してあるような現場もある。管理側はそういうの知らないから事故が起きた時、滅茶苦茶面

倒なんだよなぁ……。工場で労災案件は珍しくもないのが悲しい現実。是正処置報告書とか提出した方がいいのかな、これ？

10月に入っても大してやる事は変わらない。いつもの如く配信をする。配信内容に関しては『虚無配信』なんて風に言われないように改善したいところだが、最近ではファンが今のままでも良いなんて、若干甘やかされている気がしないでもない。既存ファン向けに考えるなら、今の路線なのかもしれないが……新規層を取り込むためには改善が必要。そこらの線引きが中々に難しいところである。

とは言え少し変わったところがあるとすれば、新しく男子メンバーが増えたこともあって以前にも増して彼らとの交流が増えたところだ。早速新作ゲームのコラボ配信の約束を交わしてしまった。図ったかのように最大4人協力プレイが可能というのもあって、とんとん拍子に話が進んだ。私としても男性Vとのコラボであれば批判の数は女性Vが絡んだ時のそれとは比ぶべくもないので、二つ返事で了承した。まあ、少ないが柊先輩のようなこの業界の人気者である人たちと私が絡むこと自体を嫌う、批判する人たちも一定数いるけれども。多少の批判は仕方がないと割り切る。不快に思われる方が少数でもいらっしゃるのは申し訳ないが、全員が全員納得してくれるってのは現実問題として無理なお話なのである。

「近々柊先輩たちとモンスターハントプレイ予定なので、ひとまずキャラメイクと集会所？

とかいうのやるためにメインストーリー進めていきます」

［ひと狩り行こうぜ］
［人狩り行こうぜ！］
［なんか物騒なコメントないっすかねぇ……？］
［なに人狩ってんねん！］
［武器何使うんやろ］
［今までどのシリーズプレイして来た？］

「シリーズ完全初見ですね。友達もいなかったので……こういうゲーム、ハードル高くないですか？　協力前提のゲームって」

［今はネットで募集もできるから、大丈夫やろ］
［クラスメイトが楽しそうにP〇P持ち寄る中、ソロ集会所していた記憶ががが……］
［おいやめろ！］
［お前ら特定のポシェットモンスター進化させられなそうやな……］
［おっさんのトラウマじゃん、それ］
［ゲーム機とソフト2セットあればよゆーよゆー］

今日の配信は若い世代に大人気の『モンスターハント』のシリーズ最新タイトル『モンスターハントＷ』。多種多様なモンスターと戦うハンターとなって狩猟生活を楽しむゲームだ。倒したモンスターの素材を使って新たな防具や武器を作り装備を強化。更なる強敵に挑んでいく。やり込み要素も盛り沢山で、1本で長く楽しめるという点も人気の理由のひとつであろう。

初代は据え置き機でリリースされており、コアなファンの人気を獲得していた。爆発的なヒットのキッカケは携帯機でリリースされた2作目。中高生が携帯機を持ち寄って友人と協力してプレイする光景がよく見られた。私も学生時代クラスメイトがよく休み時間にこっそり遊んでいるのを見た気がする。当時は羨ましく眺めていたこともあったが、自分には縁のないものかと思っていた。でも最近のゲームってネットワーク接続でお友達が同梱されていなくても、自動的にマッチングしてくれたりするのは本当に素晴らしい。こういう機能が昔からあったら私もどっぷりゲーム沼にハマっていたかもしれない。よくよく考えなくても今十分にその沼に腰くらいまで浸かっているな、私。

今作はＰＣ版もあるらしいので、ＶＴｕｂｅｒ的には非常に配信もやりやすくて助かる。それこそ携帯機によっては配信環境を整えるハードルが非常に高いものもある。キャプチャーボードと呼ばれる、ゲーム機の映像や音声をパソコン側に出力するための周辺機器があるのだが、それが使えないものもある。元々外部出力を想定しておらず、カメラでゲーム画面の直撮りを迫られるものすらある。それでも出力する方法がないわけではないが、機器の購入にはゲームメーカーのライセンスが必要であり一般人が手に入れるなんてのはほぼ無理筋みたいなものだ。最終手段というか非公式的なやり方として、ゲーム機そのものを改造して無理矢理外部出力対応する手段もあるらしい。正直その手のやつに手を出すのは、個人勢ならいざ知らず、企業所属の我々だと色々と不味い問題に発展しかねないので難しいが。

閑話休題。

先述した『集会所』というのは所謂マルチプレイが出来るゲーム内の施設を指すらしい。通常プレイ時よりモンスターが強化されたり、そこでしか出現しない特別な強敵も存在したりし、より強力な装備製作の素材はここで集めるのがお約束になっているんだとか。協力プレイでマナー違反として度々話題になるプレイヤーがネットで注目を浴びたりもすることもある。私はそっち方面に充分に気を配らなくてはいけない。事前に予習済みだ。

「私知ってますよ。ハチミツのアイテムを要求すると炎上するんですよね。気を付けないと」

[草]

[合ってるけど違う]

[はちみつください]

[ふんたぁー君懐かしいな]

[武器を火属性縛りにするんですね、分かります]

[爆弾でバッグの中パンパンにしておかなくちゃ（使命感）]

マルチプレイに向けた準備として、ひとまずメインストーリー攻略と最低限の装備製作を目指そう。となると早速ゲームの説明書のチェックだ。パソコン用に限らず、最近は取扱説明書が電子化されたり、Ｗｅｂでチェックするように作られたりしているか、あるいはゲーム中に専用のチュートリアルが設けられていたりすることがほとんどである。昔はゲームの箱についていた説明書をずっと眺めていたこともあったっけか。ああいうワクワク感を今の若者は持っていないのかと思うとちょっぴり寂しくもある。

Ｗｅｂマニュアルにはゲームの簡単な概要、基本操作、そして各武器種の説明がずらーっと並んでいてそれだけで圧倒されてしまう。しかも肝心の各武器の具体的な操作方法などはゲーム本編で確認できます、みたいなノリで紹介されていた。今時ーって感じだ……マニュアルは紙で欲しくなるのは年寄りの悪い癖(くせ)かね。

「えっ、なにこれ。こんないっぱい武器あるの……？」

[全部で１４種類だっけ？]
[片手剣が初心者向けかね、ベーシックな感じ]
[あれ、シリーズ重ねるごとに玄人(くろうと)向けになってないっすかねぇ……]
[正直に言えば好きな武器で始めるのが一番よ]

普通に剣と弓の2種類くらいかなーと勝手に想像していたのだが、予想の数倍は多かった。これだけの武器種があると、この中から自分のスタイルにあったものを探すのにまず時間がかってしまいそうだ。正直名前だけ見ても全然ピンと来ないので、コメントでの意見も参考にしつつチュートリアルで全武器種やってみた上で進めてみようと思う。それから柊先輩たちがどういう選択をしたかも参考にしよう。こういうのはあまり被らない方が見ている人からすると楽しいだろうしね。私以外のメンバーはモンスターハントシリーズのどれかには触れているだろうし、その時からの得意武器みたいなものもあるだろう。初心者の私の方が逆に融通が利くというか、何選んでも正直ゼロからのスタートなのでそのくらいの気遣いは当然と言えよう。

「実際触ってみないことには分からないですし、早速はじめましょうか。いきなりキャラメイク画面ですが……実は事前にどれ選べば比較的私の見た目に近付けられるかっていうのは、有識者からマシマロ貰(もら)ってたのだ。優秀ですね」

[やるやん]
[ぐう有能]
[仕事が出来るな]
[褒めて褒めて]

「とっても助かりました。ありがとうございます」

[そういうの求めていたわけではないと思うんですが]
[良い子良い子しろ、オラァ!]
[そういうところやぞ、お前]
[ファンサしろ]

「……よく分からないですが――良い子ですね、よく出来ました。えらいですよ」

〔あッ……!?〕
〔はい、高評価〕
〔やれば出来るじゃないか〕
〔よく出来ました〕
〔助かる〕
〔今のところ切り抜いてリピート用の誰か音源作って、はよ〕

なんで私が褒めたら逆にそれを褒められることになるんだ……？　いまいち需要があるのかないのか不明だけれども、視聴者の皆さんが喜んでくれているのならば良いか。
「昨今のゲームってキャラメイクが複雑化、詳細化しすぎてて、結局デフォルトで始める人も多いんじゃないですかね」

〔分かる〕
〔キャラメイクだけで2時間くらいかかったゾ……〕
〔自由度が高すぎるのも考え物〕
〔男女選べるなら絶対に女キャラにする派〕

［ボイスとかまで選べるからマジで悩みどころさん］

「次は相棒となって一緒に戦ってくれるケモノか……なら名前はもう決まりですね。虎太郎っと。ふむ……ちょーっと待っててくださいね」

［うん？］
［どした？］
［？］
［離席か？］

プレイヤーをサポートしてくれる二足歩行の猫っぽいケモノ。シリーズではお馴染みのマスコット的なキャラクターで、結構な人気者らしくスピンオフで主役となるゲームが発売されているほどだ。操作キャラほどではないが、こちらもキャラメイクの対象となるようだ。となると、我が家の末っ子ちゃんの出番だろう。同じネコ科っぽいし。部屋の隅で日向ぼっこしていた虎太郎をそっと抱っこしてパソコンの前へ戻る。

「よーしよし。じゃあ、お顔見せてねー。再現したいから」

「んにゃあああぁ！」

「お、怒らないで。ほらーおやつだぞー」

「にゃむにゃむ」

「やっぱり可愛(かわい)いなぁ、お前は」

「にゃ？」

「よしよし。良い子、良い子。見れば見る程可愛い顔してるな、お前」

［シチュボイス助かる］
［いいぞもっとやれ］
［あッ！……あ゛……あ゛……］
［虎太郎くんは飼(か)い主(ぬし)の生かし方をよう分かっとる］
［虎太郎くんが羨ましすぎるだろ、おい］

「……？」

よく分からないけれども虎太郎、お前人気者だなぁ。よしよし。

この後、チュートリアルで武器を選定したところで、今回の配信枠は終えることとなった。

一番盛り上がったのが最序盤のキャラメイクだったけれど……。


**【10月×日】**

恒例の犬飼(いぬかい)さんとの打ち合わせ。急な話らしいが、今回どうやら新しい案件があるのだとか。

私みたいなのにも結構な数こういうお話をいただけているところから、営業さん凄い頑張ってるんだなぁーという印象。私の元いた会社の営業さんは仕事は取って来るけれど、現場の状況を無視した短納期ばかりだったのを思い出してしまった。ここでは私にも負担がないか適宜確認されるので、凄い気を遣っていただいていることだけは分かる。

　ＶＴｕｂｅｒ案件の場合、基本的に製造業とは違って物の手配とか現場の工数とかは気にしなくて良い分、多少急なスケジュールでも大体なんとかなる傾向はある。勿論それなりの準備期間があればそれに越したことはないのだが。得てしてこういう急なお話というのは、先方さんに何らかのトラブルや事情があってのことが多いと予想できる。そういう時に適切に対応出来れば、『次』の仕事に繋がる。あそこはそういう対応もしてくれたし、みたいな意識を持ってもらえればありがたい。営業に大事なのはイメージ。その積み重ねで信頼関係というものは築かれていくのである。ちなみに大事に築いた信頼という城は一瞬で崩れ落ちるという点にだけは注意しようね、マジで。懇意にしてきたところだろうと、一度の納期遅れ、不良品とかで契約切られるとかザラにある。そういう意味では度重なる炎上で我が『あんらーだいぶ』の信頼に傷を付けている私という存在に果たして意味は……価値はあるのだろうか……？

　ああ……すぐにこういう思考になるのは私の悪癖だな。とにかく、今は話し合いの最中だ。しっかりメモを取ってあとで打ち合わせ議事録を提出しなくちゃ。

「実は次の案件なんですけれど――」

　ゲームの紹介――特定の商品のＰＲだろうか。

「ラジオです。スタジオの場所は今お送りしますね」

「ラジオですか――って、え？」

　思ったより大きいお話だった。

512 名無しのライバー ID:sxisxmoup
悲報　残り90日で今年終了

513 名無しのライバー ID:WvJuo2Cko
うっそだろ、お前……

514 名無しのライバー ID:iJasmt5iO
マジかよ……

515 名無しのライバー ID:CeWFoCJkp
今年だけで実は、あんだーらいぶから5人もVがデビューしている事実

516 名無しのライバー ID:al1tt9onC
5人……？

517 名無しのライバー ID:hjzK6gUVN
あれ……？
1人足りない？　足りなくないですか？

518 名無しのライバー ID:ev2S9lXrl
きちんと卒業したダリアと違って
解雇のパコガワはノーカンで……

519 名無しのライバー ID:66zitVJri
嫌な事件だったね……

520 名無しのライバー ID:ORgipWojd
今年だけでメンバー倍近くに増えてるの、凄いな

521 名無しのライバー ID:X5m+hrHUG
マネージャーが複数兼任っぽいのは演者からの情報であるし
ぶっちゃけ一気に増やしすぎだよなぁ……

522 名無しのライバー ID:J0z9IZaWV
何か細々やらかしが多いのは
そういうのが原因なんじゃないんすかねぇ

523 名無しのライバー ID:PsNmYd3GJ
まあしばらくはこの面子で回す感じでしょ
案件の都合もあって頭数欲しかったのかもしれん

524 名無しのライバー ID:BAqyidngA
そもそもVTuber自体がめっちゃ増えてるからな

525 名無しのライバー ID:zOLH8xSXe
二匹目のどじょうじゃないけど
華々しく活躍してるの見てたらね

526 名無しのライバー ID:6jRLKGkHQ
ネタにされてる脱サラですらV全体で言えば割と上澄み同接1桁2桁とかザラやぞ

527 名無しのライバー ID:RYXn5Elli
大手企業系Vの中だとあれなだけで
無名企業Vや個人に比べりゃ全然勝ち組

528 名無しのライバー ID:MRu6zMg7A
畳とかいう最強の関係性札持ってるのもデカイけど
本人は頼りたがらないんだよなぁ

529 名無しのライバー ID:gckineki/
どうしても一歩引いた位置にいる印象ある

でも最近は野郎連中でコラボも増えてきたし良い傾向だわ
もっとそういうの擦っていけ

530 名無しのライバー ID:Vj+CuxJW8
ぶっちゃけウチの男子組はどうしても
畳人気に乗っかってる感は否めない

531 名無しのライバー ID:ztNzlWhNu
個人配信やった上でコラボ配信するなら別によくね？
コラボ配信オンリーを連打されるともによょるけど

532 名無しのライバー ID:xkaJg78l4
花火大会での事故から
是正処置報告書を書く男をすこれ

---

神坂怜@ご安全に、ヨシ！ @kanzaka_underlive
是正処置報告書を書いてたら
妹から「アホなの？」って真顔でマジレスされました。
途中まで書いてたのに……
pic.vitter.com/report

---

533 名無しのライバー ID:5SvVE7l6K
>>532
お前はV業界をなんだと思ってるんだ

534 名無しのライバー ID:7+fel1hX7
>>532
実際現実なら大問題

535 名無しのライバー ID:Kh4e43Xbz
>>532
原因は敵攻撃によるノックバックかー

536 名無しのライバー ID:t9D3KidzZ
>>532
ネタみたいな内容をくっそ真面目に文章に起こされると
シュールで面白いな

537 名無しのライバー ID:GufjwvC2j
どうあれ底辺感は拭えないわな
個人Vで人気の奴スカウトして引っ張ってきた方が良かったろ
ガワそのままで済ませればお買い得じゃん

538 名無しのライバー ID:l8upl0FsK
アレとかいう個人で企業系といい勝負する超例外でもない限りメリットはなくね？
そのクラスになると逆に企業所属が枷になるだろうし

539 名無しのライバー ID:9pa24Z+vW
あいつ元企業勢力なんだぜ？
所属事務所なくなって独立
個人になってから伸びたから、すげぇよ
脱サラがいるから誘えば飛びついてきそうだけど……

540 名無しのライバー ID:xhzpMC0tR
最初期アレとかいう猫被りまくった偽清楚キャラより
毒吐き出した個人になってからのが評価されたのは、本人的には喜ばしいのだろうかアレ民「うわぁ（ﾆﾁｬｧ）。可哀相だろ！　お詫びのスパチャ、コラボ相手に投げたろ！　相手に迷惑かけんなよ！」
アレ「あ、あれぇ……？」
こうじゃ

546 名無しのライバー ID:IE8l/2xpR
>>545
偏向交じってるだろって思ったけど
アレファンスレ産のコピペだったでござる

547 名無しのライバー ID:Y2l+PUJ1Y
草

548 名無しのライバー ID:a3Xr6Wt5P
先月アレが脱サラとコラボした後
速攻でまた打診したけど
案件、箱内イベント、ボイス収録等で
スケジュールが合わないらしい

549 名無しのライバー ID:rJul+1zFK
それって避けられてない……？

550 名無しのライバー ID:Exr5rqMu5
ちなみにコラボ依頼は未だにマネージャー経由です……

551 名無しのライバー ID:UJenHB+0S
脱サラ「依頼が来るタイミングで大体別件というか、先約があって申し訳ない」

552 名無しのライバー ID:W/K26yeCd
ほな、避けられてるわけやないな

541 名無しのライバー ID:PCOzESWaF
素の自分を評価されてんだし悪い気はしないだろう
誰よりも楽しそうに活動してるからなぁ

542 名無しのライバー ID:MoBthread
なお、最近男とのコラボに餓えている模様

---

アレイナ・アーレンス@清楚系VTuber@seiso_vtuber_Alaina
私、最近女としかコラボしてなくない？
普通男とコラボすると荒れるんですが、
私の場合定期コラボしないと叩かれるんじゃが。
なお、したらしたで「迷惑だ」と怒られる模様。
私のファン面倒くさすぎでは？

---

543 名無しのライバー ID:5Brds/bu4
>>542
本当に面倒なファンで草

544 名無しのライバー ID:6wZoqC8qL
>>542
飼い主に似るってよく言うよな
でも先月脱サラとコラボしてたよな、お前

545 名無しのライバー ID:bUeOcCJ2V
>>542
アレ民「オラァ！　もっとメス出し見せろ、オラァ！」
アレ「えぇ……じゃ、じゃあ、コラボしたろ！」

553 名無しのライバー ID:3o/D7vEHP
モンスターハントやってんのか
相変わらずアクションゲーはへたくちょ

554 名無しのライバー ID:z6c45b7QA
シリーズ初プレイやししゃーない
未だにRやLボタンとか咄嗟に押せない

555 名無しのライバー ID:lEN2lklbV
言うて暗黒魂や魔界町もクリアしてるし

556 名無しのライバー ID:4ldXLCQAp
男子メンバー全員で集会所でもするつもりなのか、人数的に

557 名無しのライバー ID:iPk5iU68G
なにそれめっちゃ楽しそうやん

558 名無しのライバー ID:BaO8hQDPz
なお、武器選びに既に2時間程費やしている模様

559 名無しのライバー ID:lRn6l5skN
えぇ……

560 名無しのライバー ID:U0TMF4v7e
何やってんだよ……

561 名無しのライバー ID:cqxli0kfg
チュートリアルで全種類の武器試してる

562 名無しのライバー ID:jt0XesnFt
脱サラ、お前ほんとそういうところやぞ

563 名無しのライバー ID:GXQLZbudm
伸びない理由がこういうとこ
もはやここまで来ると本人の性分なんだろうな

564 名無しのライバー ID:k//AYFh5q
なお虎太郎くんとのイチャイチャタイムでファンには大好評だった模様

565 名無しのライバー ID:k2oulcFR4
そんな需要あるのかよ（驚愕）

566 名無しのライバー ID:Pf7WoWIHP
声は箱一どころか業界で見てもガチで良いぞ、あいつ

567 名無しのライバー ID:gckineki/
あ゛!?
需要あるに決まってんだろ

568 名無しのライバー ID:+EmREwcKS
脱サラ「アーレンス嬢に今度こちらからお誘いした方が良いのだろうか？」
アレ　「舞ってます」（シュバッ）
コメ　「舞うな」
コメ　「蜂の踊りを見たことはあるか？」
アレ　「ダンスは……苦手だな」

569 名無しのライバー ID:LjaOeds2L
>>568
アレに対して謎のリスペクトを持ち続ける脱サラ
そんなんだからアレ民から聖人とかって言われるんだよ……

570 名無しのライバー ID:JNOarjkqQ
>>568
月太陽コンビ「んんん？　あれ？　わたしたちは??」

571 名無しのライバー ID:lLX4h9bSd
月と太陽侍らせてイチャコラ配信まだっすかね……？

572 名無しのライバー ID:f61x0sh5T
そんな需要はねぇ！

573 名無しのライバー ID:ChMuu/FWC
脱サラ「近々凄い報告があるんですよ」

574 名無しのライバー ID:DYnJNA/81
!?

575 名無しのライバー ID:cWPGR7DVr
えっ？　なに、結婚？

576 名無しのライバー ID:zaR026d+L
年齢的にもなくはないが……

577 名無しのライバー ID:lrc+AYMV2
案件やろ

578 名無しのライバー ID:e5AL1vgyq
なんだかんだで案件は多い男、脱サラ

579 名無しのライバー ID:vD0sq8bUI
月1くらいで案件持ってくんな、こいつ

580 名無しのライバー ID:8CJYj9dc0
パワポがアップをはじめました

581 名無しのライバー ID:PF4FrZaai
やめろw

**今日の妹ちゃん**

わたしは毎日
褒められてるけどね?

# 2話 ラジオ案件準備

【10月×日】

「なるほど、分からん」

「うにゃぁ?」

日本語発音アクセント辞書を見ながら独り言ちる。ラジオ収録があるとの連絡を受け、大慌てで勉強しているのだが歳のせいかあまり頭に入ってこない。こういう集中したいときに限って虎太郎が構って構ってと甘えてきちゃうし。お前分かっててやってるだろう? なんて胸中で呟きながらもわしゃわしゃと撫でてやると「にゃ?」と可愛らしく小首を傾げてみせる。自分が可愛く見られている事を自覚しているのだとすれば、お前が擬人化すればこっちの世界でも人気者になれそうだよな。なんなら擬人化などせずとも割といけそうである。今の時代ＹｏｕｒＴｕｂｅコンテンツとして一大ジャンルとなっているのが『ペット』ジャンルである。それこそ猫ちゃんでチャンネル登録者数が数百万いったり、豪邸が建ったりする。我が家の末っ子君に関しても、配信に少しでも出番があると高評価数や動画のアーカイブ再生数が伸びる傾向にある。可愛いは正義というやつだろう。

「しっかし、本番までまだ少し時間があるとはいえ……」

アクセント辞書をパラパラとめくりながら思わず顔をしかめる。そもそもこういうのって付け焼き刃でどうにかなるものではない気がする。特に発音などはもはや癖（くせ）になってしまっているので、どうしようもないところも多分にあるわけで……俳優さんや、声優さんも方言、訛（なま）りなどで苦労としたというのもよく聞くお話である。プロですら苦労し、努力の末に解決しているようなものを簡単に解決できるとは到底思えない。が、私も一応企業所属のプロである。出来得る限りの準備はしておくのが仕事と言えよう。

ちなみに今回の案件に関してだが、実はあんだーらいぶでもあまり前例がない。声優さんがメインパーソナリティーを務める番組に何度か獅堂（しどう）先輩や柊（ひいらぎ）先輩がゲストとして出演したことがある程度だ。今回の私の件も勿論（もちろん）冠番組とかではなく、ゲストでお呼ばれした形。そこで皆さんはきっと疑問に思うだろう。何故（なぜ）私みたいなＶＴｕｂｅｒにお声掛けがあったのか、と。たしかに私も最初に思ったが、これは過去に一度お仕事をさせていただいたご縁だ。本当にこういうものの繋（つな）がりってどこの業界も大切なのだと思い知らされた。営業さんも頑張ったんだろうなぁ。

7月に『くりぃむソフト』さんという美少女ゲームメーカーさんの『Ｆｌｏｗｅｒ Ｄａｙｓ』という作品の体験版をプレイして、視聴者にＰＲするという配信があったのを覚えているだろうか。この度はヒロインとのその後やＩＦストーリーを描いた『ＦＤ（ファンディスク）』の発売が決まったそうだ。私のＰＲ力というよりは、イラストやシナリオのクオリティが高く評価されただけの話なのは言うまでもないが。

今回はその新作の宣伝などを目的とした、出演声優さんが司会を務めるインターネットラジオ番組。しかもきっちりとしたスタジオ収録である。お相手の声優さんと実際に顔を合わせることに関しては、大丈夫なのだろうか？　ＶＴｕｂｅｒがラジオでゲストに呼ばれるってのは中々珍しいので、勝手がイマイチ分からない。

　本来はＷｅｂ通話での参加――みたいな形でやるのが一般的なのかもしれないが、事前の確認漏れというか、今回の案件先である『くりぃむソフト』さんの方の勘違いかあるいは手違いなんだろうか？　いつも通りのスタジオ収録で諸々準備を進めていたらしい。正直こういう私たちみたいな業種の人間をゲストに呼ぶなんて初めての機会だろうし、正直仕方ない。Ｗｅｂ通話だろうと、どの道事務所に足を運ぶ予定だったし、同じ都内ならそれほど手間でもない。

　寧ろここで恩を売るチャンスとばかりに「スタジオ収録でも大丈夫ですよ」と対応した次第である。一応Ｖがゲストであっても対面で収録することは稀にはあるらしいし。取引先の業者さんにはこういうのをやると後々新規の受注があったりするのである。折角うちの事務所の営業さんが獲得してきたお仕事だ、次に繋がるように種を蒔いておくことも大事だ。

「だけど問題はそっちじゃないんだよなぁ……」

　問題はそのラジオ番組の相手役が葵陽葵さんである点に尽きる。ご近所に住むお婆さんのお孫さん。連絡先交換したものの、積極的にやり取りはしていない。恐らく今回の件に関しては彼女の耳には入っているだろうが、まさか相手がリアルで一度会った事がある――なんてことは想像していないだろうなぁ。どんな顔して会えば良いんだ……？

　ちなみに、前作で彼女が演じていたキャラクターはサブキャラだったが、今作からメインキャラクターに昇格し、晴れてメインヒロインとしてパッケージを飾ることになったらしい。サブキャラが人気出て続編でルート追加というのは、美少女ゲームあるあるだと思う。主人公が女装する系の作品の人気投票で、主人公がヒロインを抑えて1位になるくらいあるあるだ。

ところどころ付箋(ふせん)などを貼ったり、メモを取ったりしながらすっかり時間が経(た)ってしまった。普段触れないような知識は新鮮で面白い。考え方くらいは若いままでいたいものである。ちなみにメモや付箋云々(うんぬん)は本業の方、つまりはＶＴｕｂｅｒとしての配信に使えそうなネタという意味合いだったりもするのだが。ある意味職業病という奴(やつ)なのか、最近現実(リアル)の方で何かあったら記録する癖がついてしまった。手帳をパラパラと見返してみると——。

---

**【×月×日】**
寝癖でぼさぼさ髪の妹の姿もとっても可愛い。今週で一番可愛い。

**【×月×日】**
妹はバスクチーズケーキを作ってほしいとさり気なくアピールしているつもりのようだが、ひとつもさり気なくできてないのが最高に可愛い。ここ数週間で一番可愛い。

**【×月×日】**
妹がご所望だったバスクチーズケーキを作ってあげたら、とても美味(おい)しそうに食べてくれた。

小動物を想像させる可愛さ。ここ1年で最高の可愛さ。

**【×月×日】**

妹が超ご機嫌で鼻歌交じりにスマホを見ている。ソファーの上でうつ伏せになってクッションを顎の下に置いて、バタバタと時折バタ足している。今世紀一可愛いのではないだろうか。

**【×月×日】**

妹と買い物へ行く。私を前にファッションショーをはじめる。何を着ても可愛い。可愛い妹の姿を沢山見られて嬉(うれ)しかった。記録を取り始めてから一番可愛いのでは？

---

ほぼ妹メモになっているではないか。私の生活というか生きる意味の大部分を妹が占めているのだから、当然の帰結である。もういっそこのメモを写真に撮って公開する方がネタとしては美味しいのかもしれない。定期的に妹大好きアピールしておかねば、怪しげなチャラい男性ストリーマーなどに愛しのマイシスターが狙われかねないのだ。私の目の黒い内は許すものか。

あの子も『神坂雫(かんざかしずく)』としてのSNSアカウントを持っていて、私の配信へのダメ出しや虎太郎関係、他のVTuberさんの配信の感想なども時折呟いている。そのリプ欄には非常に男性が多い。その中には男性配信者さんとか、男性Vのアカウントもチラホラ。内容の多くは「今度コラボしませんか?」だとかそういう類(たぐ)いのもの。分かってないなぁ。我が妹はツイートと関係のないそういうリプする奴とか滅茶苦茶(めちゃくちゃ)嫌うタイプなんだよ。これっぽっちも分かってないよ、君たちぃ……。

そういった連中へ釘（くぎ）を刺す意味も込めて妹大好きアピールをするのである。ファンの人も私があの子関連で熱弁する事に対しては特に不満を持っている様子はなく、寧ろマイシスタートークを期待する視聴者さんが多いくらいである。「本日の妹ちゃん」といったノリで、私が妹トークしているシーンだけを抜粋した動画がアップロードされている程度には需要はあるらしい。困ったことに妹に対して好意を示しているだけなのに、何故かあの子のファンから罵詈雑言（ばりぞうごん）のマシマロやリプが届いたりすることも度々ある。仕方がない。あの子には他人にそういう言動をさせるだけの魅力があるという事だろう。うむ、彼らも魔性と表現するに相応（ふさわ）しい魅力を秘めた妹に魅了された被害者ではあるのだ。表立ってそれを口にして彼らを批判するようなことをするつもりはない。ただし、他に飛び火するようなことがあれば、私はどんな手を使ってでも解決に乗り出すだろう。

同業者のV相手なら極力批判の声が上がらないように立ち回るだろうが、生憎（あいにく）愛しのマイシスターに対してはそういう遠慮とか配慮なんてまったくするつもりはない。それだけは譲れない。曲げられない。もはやこれが『神坂怜（れい）』としてのキャラにもなっているんだし、仕方がない。うん、私情がかなりの割合で混入しているけれど。気にしたら負けというやつである。

早速ノートの一部をＳＮＳで発信しようと思いスマホを開くと、ディスコの方では丁度『#あんだーらいぶ男子部』と名前が付けられた、男性陣が主（おも）にやり取りをするチャンネルに書き込みが行われている最中だった。少し気になって覗（のぞ）いてみる。

柊冬夜（とうや）：キノコ

朝比奈（あさひな）あさひ：コンソメ
御影和也（みかげかずや）：メロンソーダ
柊冬夜：タケノコ
朝比奈あさひ：コーラ
御影和也：ライチ
柊冬夜：チョコレート
御影和也：先輩、あんたそんなに戦争がしたいのか⁉
朝比奈あさひ：キノコ、タケノコ、ときてチョコレート……これは確信犯だな
柊冬夜：そんなわけないだろぉ？

よく分からないけれども食べ物しりとりして遊んでいた。どういう流れでこうなったのだろうか？　楽しそうで何よりである。御影君が加入してからは以前にも増して交流も活発になった印象がある。彼はこんな私みたいなのでもきちんと先輩として慕って、接してくれている。チャンネル登録者数もデビュー直後に追い抜いているというのに。年齢とデビューが先だったこと以外に先輩らしいところなんて皆無であるというのに。配信者としての経歴で言えば御影君の方が大先輩なくらいだが、彼としては今まで個人で、1人でずっと活動してきた背景もあり『あんだーらいぶ』というグループに属するというのが新鮮で、心の底から楽しんでいる様子がこちらからも窺えて、我々としても嬉しい限りだ。個人だとなんでも1人で抱えこみがちになってしまうが、グループとなると気軽に同業者とコミュニケーションを取ったり相談もで

きたりする環境にあるので、それは界隈(かいわい)でグループを示す『箱』というものの大きな利点だろう。

朝比奈あさひ：そもそもどうしてこうなったんだっけか……？
御影和也：晩御飯何食べようからの食べ物しりとりっすね
柊冬夜：もう牛丼(ぎゅうどん)屋でいいや。チーズ牛丼を寂しく1人で食べる
御影和也：じゃあ、自分はカップ焼きそばにします
御影和也：賞味期限3ヶ月くらい切れてるけど多分大丈夫
朝比奈あさひ：不健康民めぇ……僕は昨日の余りものとかで適当に済ませるけれど
神坂怜：タケノコは旬(しゅん)ではないのですが晩御飯はキノコとタケノコの炊き込みご飯にします
柊冬夜：唐突に夕食アピールだけして去っていくのやめろ
朝比奈あさひ：飯テロかな？　妹大好きノートを世界に大公開した人とはとても思えない件
御影和也：おなかすいたよぉ（、・ε・´）

夕食も一品決まったところで、早速買い物に行くとしよう。

【10月×日】
何やら界隈が騒がしくなっている。大体いつも何かしらで揉(も)めている業界ではあるので、この時は「流石(さすが)に今回は関係ないだろう」と高(たか)を括(くく)っていたが、その考えはすぐに改めさせられることとなった。

201 名無しのライバー ID:N4ng9TJbc
前スレでちょっと話題に出てた
脱サラ「近々凄い報告があるんですよ」
これ結局ラジオ案件だったんやな

202 名無しのライバー ID:5XcuOZY90
あいつラジオとかやるのか……？

203 名無しのライバー ID:MoBthread
これやな
ワイのひまりんに手を出したら許さんぞ

---

くりぃむソフト公式@FD制作決定@CreamSoft_erg
くりぃむソフトのWebラジオ
次回のゲストはあんだーらいぶ所属の
神坂怜さんです
現在スタッフが台本の誤字脱字チェックをしております

---

204 名無しのライバー ID:2SPo6SLsG
>>203
案件だけは安定して持って来るな、こいつ

205 名無しのライバー ID:p9pAP/+Re
>>203
誤字脱字チェックって絶対案件の時の指摘気にしてるだろｗｗ

206 名無しのライバー ID:GTRE/+4qs
>>203
ちょっと案件の時の一件根に持ってて草

207 名無しのライバー ID:eDop3Ctgc
ゲストで作品に無関係のやつ呼んで大丈夫なのか？
制作関係者や声優さん呼ぶやつだろ？

208 名無しのライバー ID:J5qwnYzvR
案件で誤字指摘した結果
スペシャルサンクスに名前載ったし
もはや制作側の人間だろ

209 名無しのライバー ID:qZX4OMu4O
Vertexでは壁すり抜けバグも発見していたしすっかりデバッガーだよな

210 名無しのライバー ID:q/0AgMJrO
Vのやることじゃない定期

211 名無しのライバー ID:uBYJEdcUx
なんだかんだで案件先からの好感度は異様に高い男

212 名無しのライバー ID:Y4EY8rxff
元社畜は伊達じゃない！

213 名無しのライバー ID:O7s685Nc7
ただのシスコンだよ……

---

神坂怜@見切り品大好き@kanzaka_underlive
よくメモを取るのですが
見返すと妹のことばかりでした
pbs.twimg.vcom/media/memo1

---

知らんけど

222 名無しのライバー ID:gPOsCv7E1
新規のVグループができるみたいな

223 名無しのライバー ID:+eHxLCeaI
界隈で話題になってるやつか

---

バーチャルドリームワークス@v_dreamworks
公開オーディション開催決定！
5キャラクター各10名の候補者が登場
1位になったキャストが正式デビュー!!

---

224 名無しのライバー ID:KCSY4a9tE
な　に　そ　れ

225 名無しのライバー ID:OKXIx7DED
まとめるとこうやぞ
・ガワ公開済み5キャラに10名の候補者
・動画配信での数字、スパチャ、Web投票上位5名が予選通過
・2次予選は更にその上位3名が通過
・最終面接で優勝者決定＆デビュー

226 名無しのライバー ID:5VAcd7mzQ
やってること結構エグイな……

227 名無しのライバー ID:YCulDVCKS
ようは一番数字取れる奴が優勝ってことやろ？
企業としては実力測るのにはええんちゃうか？

214 名無しのライバー ID:9Zo5Lxczr
マジで妹のことばっか書いてて草

215 名無しのライバー ID:FQQ85AuOS
ゴミ出しの日とか合間に書いてあるのが実に所帯じみている

216 名無しのライバー ID:yixLttKR8
はぇー、集積所の掃除当番やったんかぁーってなるか、ボケェ!!

217 名無しのライバー ID:u0KZvGpid
で、結局どの日が一番可愛いんだ（困惑）
・今週で一番可愛い
・ここ数週間で一番可愛い
・ここ1年で最高の可愛さ
・今世紀一可愛い
・記録を取り始めてから一番可愛い

218 名無しのライバー ID:EBaJ2fHCk
ボージョレヌーボーかな？

219 名無しのライバー ID:AdiCxD8jJ
ワインのキャッチコピーじゃないんだからさぁ

220 名無しのライバー ID:3S3le6hkE
雫ちゃんの可愛さは日々更新されているんやろ

221 名無しのライバー ID:gckineki/
自筆見られるのは貴重じゃないか
たまにプライベートっぽいメモは色々捗る人は捗るんじゃない？

228 名無しのライバー ID:XhnuZwofE
なおSNSで現代の蟲毒と称されている模様

229 名無しのライバー ID:24QJuECRB
蟲毒？

230 名無しのライバー ID:K9JuQm0Xc
器に大量の虫ぶちこんで、最後に生き残った1匹を呪いの儀式に使うやつ

231 名無しのライバー ID:ykRa2HEME
あー……なんかそんな話聞いたことあるな

232 名無しのライバー ID:BK2zNvAcr
ネット蟲毒とは恐れ入ったぜ

233 名無しのライバー ID:jbX1Uo9iX
男性キャラもいるのか

234 名無しのライバー ID:BJsglfw25
男性キャラ2名
女性キャラ3名
女性で固めれば良かったような気もするが

235 名無しのライバー ID:El3fbeuA8
女性だけだと人数集まらなかったとか？
だって各キャラで10名候補者擁立しないといけないんだろ？

236 名無しのライバー ID:szV5WLytb
新興グループとは言え
動画配信サイト『SHOW TIME』公認か

237 名無しのライバー ID:zugA7Fn/z
人数が集まったから開始したんでしょ

238 名無しのライバー ID:utOVyFPUD
動画公開されてるのな
キャラ名の後ろにナンバリングされてるの
ちょっとディストピア感あるな……

239 名無しのライバー ID:FktsKeq5a
・キャラ名No.1
・キャラ名No.2
・キャラ名No.3
・キャラ名No.4
・キャラ名No.5
もうこれわけ分かんねぇよ……

240 名無しのライバー ID:hoSBgmp6L
なにこれこわい

241 名無しのライバー ID:RtGCW9B2z
ガワも当たりハズレの差が……

242 名無しのライバー ID:MoBthread
ワイは犬神狂衣ちゃんの見た目すこすこ

243 名無しのライバー ID:wldQQJb/i
名前からしてもう狂犬臭がすごいけど
どういう人材を求めてるんだよ……

244 名無しのライバー ID:cOOCtmTop
いぬがみくるい？
ヤンデレキャラかな？

245 名無しのライバー ID:+S1/LoDwK
ケモミミはいいぞ

なんかまた火種の予感がする件……

246 名無しのライバー ID:fgJMlACQh
あんらいは割とリアル路線だしなぁ

247 名無しのライバー ID:Ko4ZuNGlg
この箱は動物モチーフ多めっぽいな

248 名無しのライバー ID:or7OX7xMZ
ん？
待て、鼠倉ってやつ
7番目のやつ見てみ？

249 名無しのライバー ID:1fwpp7ve0
てかなんだこのふざけた名前……

250 名無しのライバー ID:7uPb1X6dL
これで男性Vって言い張る事務所ww

251 名無しのライバー ID:JRVjkyFn/
名前とガワ全振り感すごい

252 名無しのライバー ID:HCUt4yygp
7番目のやつ中身ハセガワやんけぇ！？！？！

253 名無しのライバー ID:8wAcPiJt7
ファ!?

254 名無しのライバー ID:m5STB3UGy
パコガワ!?

255 名無しのライバー ID:ha3gA9fFU
は？

256 名無しのライバー ID:RiVo42oml

**今日の妹ちゃん**

不穏な予感がするんだけど……

# 3話　公開オーディション

**【10月×日】**

皆さんは『蠱毒（こどく）』という言葉を聞いたことがあるだろうか？　古代の中国において行われていた呪法であると言い伝えられているもので、容器に様々な種類の虫を詰め込んで蓋（ふた）をし競い合わせ、最後に残った1匹を呪いの触媒（しょくばい）とするとされている。諸説あるのだが、ネットなどで以前こういうものがあると聞き知識だけはある。時折漫画やゲームなどのサブカルジャンルでも、この手の話題や実際の呪いの方法として登場することも稀（まれ）にあるのだとか。

何故（なぜ）私が唐突にそんな話題を振ったのか……？

理由は単純明快。その単語がSNSのトレンド入りしていたからである。現代の蠱毒、インターネット蠱毒、配信者蠱毒、ＶＴｕｂｅｒ蠱毒、そんな風に多くのユーザーに呟（つぶや）かれた結果、話題が話題を呼びトレンド入りした。元々この秋新設された『バーチャルドリームワークス』というバーチャルタレントグループが公開オーディションを発表したことに端を発する。

事前に募集するＶＴｕｂｅｒのビジュアル――界隈（かいわい）で言うところの『ガワ』は公開されており、その中身を決めるオーディションというわけだ。対象は全部で5キャラクター。女性3名、男性2名。それぞれに候補者が１０名存在するので、参加者は合計すると５０名にも及ぶ。公開オーディションまでならただの斬新な企画止まりかもしれないが、問題はその内容。私が現在活動しているＹｏｕＴｕｂｅとは別の動画配信サービスであるところの『ＳＨＯＷ　ＴＩＭＥ』は、パソコンだけでなくスマホなどのモバイル端末からもお手軽に配信することができるサービスであり、視聴者は有償（ゆうしょう）のアイテムを購入し、配信者に対してそれを投げることで支援することができる。こっちで言うところのスーパーチャットみたいなものと受け取ってもらって良いだろう。つまりそのサイトでの活動での視聴者数、投げられた有償アイテム、そして特設Ｗｅｂサイトでの投票などの数を競わせるというもの。一次予選、二次予選と数を減らしていって、最後に残った1名だけがそのキャラのガワを得られるというわけだ。

中々思い切った企画をするなぁ、というのが初見での感想だ。ただ商業的に見ればこれだけ話題になるだけで成功と言えるのではないだろうか？　この業界、割と目立ってなんぼみたいな節が往々にしてあるわけで。目立たずに活動を終える同業者が一体どれだけいることか……。それを考慮すると一時的にとは言え、トレンド入りして注目を集めている時点で成功と言えるのではないだろうか？　実際私もその話題を聞いて公式サイトにアクセスしたり、何人かの候補者の配信を眺めたりした。本当にやり方としては上手（うま）いと思う。

ただ、問題はこのオーディション参加者への精神的な負担が非常に大きいという点だ。見世物のショーレースに参加させられているようなもので、それも参加している多くが若者となれば……まあ批判されるのも分かる話ではある。他所の箱の話なので私がとやかく言う話ではないだろう。この企画が成功すれば今後似たような企画が乱立することだけは、容易に想像が出来てしまう。参加者もそれも承知の上ではあろうが……こうして話題になった以上、見ている側も競う姿や数値を物差しとして、本人ではなく彼らの持っている数字ばかりを追ってしまうのは想像に難くない。何事もなく終える事を願うばかりである。無関係ではあるが同業者には変わりないので、心の中で参加者の皆さんの検討を祈りつつ配信準備を進めるのであった。

**【10月×日】**

昨日あんな風に思っていたが、ここに来てまさかの事態に発展する。例の公開オーディションで『鼠倉公太郎』という名前の男性V……と言って良いのだろうか？　ガワは完全にハムスター。その候補7番目がどうやら私の元同期ではないかとネットを騒がせている。私と同時にデビューした長谷川ケイゴ。女性関係の問題が明るみになり初配信翌日にあんだーらいぶとの契約を解除され、その後は顔出しの配信者として活動していたようだが……まさかここに来てこんな形でこちらの世界にまたやって来ることになるなんて想像もしていなかった。実際企業所属のVがガワをそのままに個人勢になるアーレンス嬢みたいなケースもあれば、ガワを一新するもの、あるいは別企業の所属として生まれ変わる——所謂『転生』することも、珍しいがないわけではない。安易に取れる選択肢ではないことは確かであるが、その選択が活動する上で大きな転機となる前例もある。先程触れたアーレンス嬢などは企業時代より個人時代になってから大きくファンを増やしたVの1人。企業所属であるがゆえの縛りから解放され、より自由度の高い配信が売りとなっている。他にも別企業でリスタートすることによって、より多くのバックアップを得られるようになることもあるだろう。逆に多くのファンが離れてしまい、以前の活動よりも応援してくれる人たちが減ってしまうことだってある。そのままファンの人が変わらず、ずっと付いてきてくれる保証などどこにもないのだ。特に今は新しいVTuberさんが毎週のように生まれて、そして消えていくような時代だ。転生を匂わせたりする人たちは新たなファン層の取り込みを図りたいという思惑があって行動しているのだろう。各社での決まり事は分からないのだが、そういった言動をする人の気持ちも分からないでもない。

「当然、こうなるよなあ……」

SNS、マシマロなどには「どう思いますか?」「酷いですよね?」「今の気持ちは?」みたいな、親切なフリして私から彼に対する発言を引き出そうとする人たちの姿があった。いずれも見覚えのないユーザー名、プロフィール画像であることから、普段から私の事を応援してくださっているファンではないと見て良いだろう。今まで視聴を専門としている、通称ROM専ユーザーさんが、初めて書き込んだ可能性というのは無きにしも非ずだが、少なくとも私の視聴者さんがこの話を深掘りして誰かに何か利益があるわけはない。見慣れたユーザーさんが「大変そうだけど頑張れ」と、直接言及はしないが激励の言葉を投げてくれるのを見て少しほっこりする。

結局、旧長谷川君——改め鼠倉氏、7番目の候補者であるところの彼の批判やセンセーショナルな煽りに私を利用する気満々という人たちの魂胆は目に見えている。というか以前、過去の私の炎上騒動だけでなく御影君や東雲さんの転生云々の騒動の時に批判ツイートしていたユーザーもこんな名前だったような気がするが……まあ、そんな詮索しても何の得にもならないだろう。他人の趣味をとやかく言うつもりもないし、生憎それに付き合ってあげる程のお人好しでもないのだ。

どこぞの有名漫画ではないが、この場合は沈黙が正解だろう。彼を擁護しても批判しても、ろくな事にはならないのだけは確かだ。なので私は静観に徹しようと思う。取り敢えず平静である事を示すために、今日の妹可愛いポイントでも世界へ発信しようではないか。

「でもガワが完全に獣――ハムスターとは……」

鼠倉公太郎。苗字を逆にすると倉鼠となるのだがそれでハムスターと読むらしい。公太郎の方も、某アニメの主人公を思わせるお名前である。人間でないのは珍しくはないが、人型ですらない。多少デフォルメされており、サングラスに咥えタバコというアクセントはあるものの、ゆるキャラみたいなノリである。『バーチャルドリームワークス』さんの発表によると、男性ＶＴｕｂｅｒということらしいが……オスってことで良いんだろうか？　そういうツッコミどころ満載な部分が、ある意味このガワの強みなのだろう。他が美男美女なのでこのキャラだけ浮きに浮いている。候補者が１０名もいるところから、ネット上では繁殖しすぎたハムスターだとか言われている。不覚にもちょっと笑いそうになってしまったのはここだけの話。

　気を取り直して、配信の準備でもするとしよう。今週大まかに予定は立ててあるので、そのサムネイル作成に取り掛かる。以前は１枚作るのにも随分と時間を要してしまっていたが、今となってはすっかり手慣れてきた。メインとなるゲームの背景に自分の立ち絵を挿入する一連の動作がテンプレと化している。ようは手抜き作業になりつつあるというわけだ。正直いくら時間をかけようとも、一定以上のクオリティは望めない。ある程度落ち着いたデザインで褒められることもあるが、かと言って抜群のセンスというほどでもない。面白みに欠けるのである。以前、一度妹の意見をふんだんに盛り込んだら、「なんか思ってたのと違う」だとか「解釈違い」だとか言われてしまったのである。確かに随分と可愛らしい明るい色合いにはなったのだが、そこまで言わなくても良いじゃないか。そこからは開き直って当初のスタイルを貫いて今に至る。たまに視聴者さんからいただいたイラストとかを使用させていただくときには自然と気合が入ってしまい、時間も倍ほどかけて作ることになるのだが。

ちなみに柊(ひいらぎ)先輩などは視聴者さんから送られてくるサムネイルを主(おも)に使っているので、自分で作る機会はめっきり減ってしまったらしい。そのせいか透過もできていない素材などを張り付けただけの、超お手軽画像が使用されていたりする。黎明期(れいめいき)、今より1年ほど前に開催された『VTuberサムネ下手糞(へたくそ)ランキング』なるものでは、先輩が堂々の1位を獲得している。どんな分野でも1位を取ってしまうとは流石(さすが)だな、うむ。

メッセージアプリに1通の着信。さては愛しのマイシスターが今日のおやつとかを聞いてくる流れだな、とうきうきしながらスマホを見るが、そこに表示された名前とコメントを見て思わず固まる。返せ。私の胸のときめきを返せ。

霧咲季凜(きりさききりん)、元後輩からだった。「先輩先輩、デートしましょう」という謎のお誘いであった。嫌だよ、なんでわざわざそんな事せにゃならんのだ……と思ったのだが、話のオチとしては、結局私はホイホイ、元後輩の誘いに乗ることになってしまうのであった。

324 名無しのライバー ID:threadXXA
配信者蠱毒www
ハセガワがあんらいの内部事情暴露期待やなww

325 名無しのライバー ID:evsaZlS74
無関係だと思ってたのになぁ

326 名無しのライバー ID:m1wUyEVP3
まあ例のハムタロ＝サンは十中八九パコガワだろうけど

327 名無しのライバー ID:BP8zSZYp3
しかし凄い名前とガワだよな

328 名無しのライバー ID:Xe9iydcyN
ちょっと面白い
中身が別ならウチに欲しいガワだよな

329 名無しのライバー ID:MoBthread
確かにネーミングもガワも案外いいセンスしてるわ
某所から怒られないかだけが気になるが
鼠倉公太郎
鼠倉→倉鼠＝ハムスター
公太郎＝ハムタロウ

330 名無しのライバー ID:SceHvSVM6
>>329
ﾊﾑﾀﾛｻｧﾝ!!

331 名無しのライバー ID:TbFpZCAsb
>>329
サングラスに咥えタバコ、ワイングラス
小物にやたら気合入って作画されてるの笑うわ

332 名無しのライバー ID:1vNoeR4Zf
ぶっちゃけお前ら的にはどうなんよ？

333 名無しのライバー ID:Gnk8b6ow/
どうって
別にどうでもええわ

334 名無しのライバー ID:gJ/VdjXDq
もうこっちのメンバーでもないからな
お好きにどうぞってスタンスでしかねぇよ

335 名無しのライバー ID:sEppUe2d6
そもそも正式デビューすら決まってない候補者でしかない奴気にするだけ時間の無駄無駄

336 名無しのライバー ID:lR//ZmyQu
元々こっちで採用されただけあって
素のスペックとしては
他の素人連中よりは頭ひとつ抜けている印象だけどな

337 名無しのライバー ID:wf0Q7MaML
アンチスレッドの人たちウッキウキで草ですよ

338 名無しのライバー ID:q8rDYAZvc
最近あんま事件なかったからなぁ
遊べる玩具が登場したらそらそうなるか

339 名無しのライバー ID:l6QqGM/2+

他所の箱はたまに炎上騒動はあったっぽいけど、ウチは至って平和だったしな

340 名無しのライバー ID:5b84QEaA4
ほぼ毎月燃えてる奴いねぇか……？

341 名無しのライバー ID:uK9J1zL7f
脱サラはまあ、最近は小火程度しかないよ
ぶっちゃけあいつ自身はコンプラ順守してっからな

342 名無しのライバー ID:+gMD8EHG1
燃えてないとちょっと寂しい(´・ω・`)

343 名無しのライバー ID:QKG9y4QxR
理不尽な炎上じゃなくて
くっそどうでも良い小火程度なら
キャラとして美味しいような気がしてきた

344 名無しのライバー ID:MoBthread
なお今回のハセガワ復活の儀に関して
ねぇどんな気持ち、されている模様

345 名無しのライバー ID:XPRenwXe8
>>344
復活の儀ってなんやねん

346 名無しのライバー ID:gnpMQRiFY
>>344
人の心とかないんか？

347 名無しのライバー ID:mm3TrqgGL
>>344
あいかわらず騒動には1枚噛んでしまう男

348 名無しのライバー ID:4kJPuZHNo
なお当人は元気に妹好き好きツイートしている模様

---

神坂怜@明日洗剤を買う@kanzaka_underlive
今日妹がね、お弁当渡した時
「いつもありがとう」って言ってくれたんですよ
お兄ちゃん嬉しくてちょっぴり泣きそうになりました

---

349 名無しのライバー ID:ve3k8ojoQ
呆れるほど平常運転で安心するよ

350 名無しのライバー ID:lZiWcCWpM
脱サラとかいう雫ちゃんいる限り無敵の存在

351 名無しのライバー ID:f26Bwm0YJ
妹絡みでなんかあると冷静さを欠きそう

352 名無しのライバー ID:SisterChan
まーた変なツイートして……
まあ、嬉しいなら良いんだけどさ……

353 名無しのライバー ID:gckineki/
そこで感情見えるスチル絵とかあるやつだよね
実際にあってほしくないけど妄想は捗るないや……他意はないよ？
ないからね？

354 名無しのライバー ID:AfH74qRpj
畳配信のこのふざけたサムネはなんや……

355 名無しのライバー ID:euY4rCERS
なんだっていつも通りやろ
お客さんか？

356 名無しのライバー ID:zsK1cy7Gy
まー、最近はずっとリスナー作成のサムネ使ってたからな

357 名無しのライバー ID:mJRbq9x2u
なんやこのクソコラ

358 名無しのライバー ID:P3BLXzW5w
自分の立ち絵すら満足にサムネに使えない男

359 名無しのライバー ID:/NfWr7nNd
立ち絵のアスペクト比おかしいだろww

360 名無しのライバー ID:JJXH+z+1M
黎明期の下手糞サムネ大会覇者舐めるなよ？

361 名無しのライバー ID:ryOFTvXlX
いや、透過処理された立ち絵貰ってるのになんでこうなるんや……？

362 名無しのライバー ID:WWBJTiky5
こいつ自分の名前で画像検索して
出てきた画像使ってるからやぞ

363 名無しのライバー ID:rFC0wRxjz
えぇ……（ドン引き）

364 名無しのライバー ID:G1tgOhAVS
畳背景のフリー素材は未だに愛用してるよ

365 名無しのライバー ID:T5XVlo6FD
もはや代名詞だし
案件まで貰ってるし

366 名無しのライバー ID:0fdc7bCLx
なお当人の自宅には畳はない模様

367 名無しのライバー ID:f+slcE6bQ
ゴザはあるから……

368 名無しのライバー ID:2Dt0YQvmp
なお案件投げた畳メーカーは
過去最高売り上げを記録していた

369 名無しのライバー ID:lqsBjkUCQ
なんだかんだで影響力はあるな
普段の言動があれなだけで

370 名無しのライバー ID:/je9lxxbw
経営が傾いていた畳メーカーを救った男

371 名無しのライバー ID:fCVPx6oLY
天草畳製作所さん
畳の3Dお披露目でフラワースタンドも贈ってるからな

372 名無しのライバー ID:lbhEBCPF/
娘さんが元々ファンだったとか

373 名無しのライバー ID:1g9Ls9pam
記念配信とかSNSで実況してたり
スパチャ投げてたりするぞ

374 名無しのライバー ID:1tzZgoVhV
ただのファンやんけ！

375 名無しのライバー ID:5LXSe2MXD
そりゃあね
経営が傾いていたのをあれで救ったんだぞ

376 名無しのライバー ID:5cOb/J8dw
配信以外の事ダメダメなのに
Vとしてあまりにも強すぎるんだよなぁ

377 名無しのライバー ID:QpzzNgXPQ
脱サラと正反対なんよな
だからある意味相性は良いんだが

378 名無しのライバー ID:/yurisuko
掛け算が捗るよね！

379 名無しのライバー ID:3tZvO3TgD
ん……？
なんかこれ、おかしくね？
https://virtual_dreamworks/audition

380 名無しのライバー ID:FpjHha98z
>>379
明らかにおかしい挙動してるな……

381 名無しのライバー ID:DJJ3p95zx
>>379
確かになんか変だな

382 名無しのライバー ID:qslEpR6u0
>>379
なんか嫌な予感がするぞ……

**今日の妹ちゃん**

まるでわたしが普段から
感謝してないみたいじゃん……。
今度からは定期的には
直接言ってあげてもいいかな…………

# 4話 デート（自称）

【10月×日】

「いやぁ、お待たせっスねぇ！」

「5分遅刻」

「そこは今来たところだよ、って気障（きざ）な笑みを浮かべるところっスよね……？」

「なんでそんなお遊びに付き合わないといけないんだよ。第一実際に遅刻しているんだから、文句を言われる筋合いはないぞ」

「ぐうの音も出ないっスね。でもそういうのに憧れるわたしの気持ちも少しは分かってほしいわけですよ。女心が分かってないっスねぇー」

「酒臭いなぁ、ちょっとは休肝日設けないと身体壊すぞ」

「最近はマネさんに飲酒量を管理されているので平気っスよ！」

「そんな自慢気な表情で話す事じゃないと思うんだよね、それ。何マネージャーさんのお仕事増やしているんだ、お前。いい歳（とし）してさぁ」

「世の中の酒におぼれる人々は大体いい歳している人たちっスけどね」

「それはそうか……」

都内某所で元後輩と待ち合わせしていたのだが、きっちり5分遅刻してきた。珍しく着飾っているのか、下ろし立てっぽいロングワンピース。髪もなんかハーフアップのお団子とかいうのだったか？　あまり見慣れない髪型をしている。女性はこういうところに拘（こだわ）らないといけないの大変だよなぁ、と感想を胸中で吐露（とろ）しながら、「妹にもこの髪型似合いそうだな」とか妄想していた。うん、絶対に似合うな。機嫌が良いと髪を結ってほしいと頼んでくることがある。そしてリクエストがあるとき以外は基本的に一任されている。気に入らないとたまにやり直し要求があったりするけれども。お気に召した場合は翌日も「昨日と同じので」と頼まれる事もある。ふふっ、今度こういうのを試してみるのも良いかもしれない。あとで結い方をＹｏｕｒＴｕｂｅで予習しておこう。

　後輩からは若干アルコールの香りが漂っているような気がしたが、前日も晩酌（ばんしゃく）していたのだろう。ストレス発散の方法としては別に珍しい事ではないが、摂取量が増えると身体の方にも悪影響を及ぼすだろう。彼女の方も酒飲みというキャラ付けがなされている以上、ＲＰ（ロールプレイ）的にも飲酒を止めるわけにはいかないのかもしれないが……そういうところまでは正直考えてなさそうである。失礼な話かもしれないが、酒に酔って配信切り忘れるようなやらかしがあったわけだしな。そのせいで彼女がマネージャーさんから禁酒を言い渡された、という情報をどこかで見た気がする。その後酒造メーカーからの案件があり実質制限解除されたというオチであるが、どうやら現在は飲酒量をマネさんに制限されているらしい。マネージャーさん本当にお疲れ様だよ……。こっちでも所属タレントの体調に気を配るのはあるが、流石（さすが）にそこまでしているって話は聞かない。他所は他所、ウチはウチと世の中のお母さんたちが言うようなセリフを唱えて思考を中断させる。眼前の元後輩が何かを言いたげにしているからだ。

「――で、先輩。何か言う事あるあるっスよね？」

まあ、恐らくは先述した服装や髪型を褒めろという事なのだろう。遅刻していなかったら素直に褒めていたかもしれないが……いや、こいつ相手に今更そういうの必要なのだろうか？　そもそもこれは断じてデートなどではない。私の中でデート扱いにして良いのは、妹とのお買い物くらいのものである。今回の場合は単なる利害の一致でしかない。どちらかというと、こちらが利用されているだけのような気もするが。

「気合入れただけあって、よく似合ってはいるよ」

「意地でも可愛いとは言わないつもりだな、こやつぅ」

「その言葉は妹専用なもんでね」

「いや、この前お宅の月太陽ちゃんコンビの新衣装を『可愛い』って褒めてたっスよねぇ……？」

「……細かい事は良いんだよ」

「ええ……わたしの扱い酷くないっスかぁ？　なんならこう手を取ったり、頬に手を当てて耳元で『綺麗だよ』って言うくらいのことはやってほしいところさんっス」

「どういう要望なんだ、それ」

「最近やった乙女ゲームがそんなことやってたっス。流石に芋けんぴ髪に付けたりはやる勇気がなかったっスよ」

ふむ……これ、本人は気付いていないのだろうか？　わざとってことではないのならば、早めに指摘してやるのが優しさってものだろう。

「――タグ付けっぱなしだぞ……？」

「ふあ？」

「後ろ後ろ」

スマホでパシャリと1枚撮って彼女に見せると、先程までの減らず口は急に聞こえなくなる。表情も一瞬固まったかと思うと、羞恥心から顔を真っ赤にしてぷるぷると震えはじめる。こういうところは歳不相応に幼く見えてしまう。値札は見当たらないのでそっちの方は自分で外したのだろうが、メーカーのブランドマークみたいなのが付いたタグは首の後ろあたりからチラチラ見えていた。

「ほら、そこのベンチ座りなって。一応ソーイングセットは持ち歩いているけど……外で刃物ってのは何かあまり良くないかもなぁ。まあやりようはあるか」

「…………」

急に借りてきた猫みたいになる、元後輩。襟足の髪の毛を少し触ると、「ひゃ」とえらい普段の声色とは違う声が出てくる。逆にこっちがびっくりするじゃあないか。彼女の整髪料なのかシャンプーなのかよく分からないが、香りが風に乗って鼻をくすぐる。

「な、なにするんですか？」

「ほら、じっとしてろ。安心しろ、刃物は使わん」

「いや、そうじゃなくて！　急に触るのとかそういうのは卑怯じゃないですか!!」

「卑怯ってなんだ、卑怯って……？」

「あーもう！　本当に、そういうところォ‼」

「素が出てるぞ、素が」

「冷静でいられなくなる原因が先輩にあるのを忘れないでください……っスよ」

「取って付けた語尾」

「わたしにだけ全然優しくなーい……他の女には優しいのに」

「その言い回し、酷くないか？」

　面倒だなぁ……。タグ、このまま服の中に隠してしまった方が早い気がしてきたな。外出時念の為、というかまあ主に最近持ち歩くようになったソーイングセットはバッグに忍ばせてあるのだが、流石に人の往来があるこの場で、糸切りバサミとは言え刃物を出すのは何かしら誤解を生む可能性が無きにしも非ず。今回は刃物は使わないようにすることにしよう。財布から5円玉を取り出して、中心の穴にタグのプラスチック製の紐を差し込み、もう1枚別の硬貨でごしごしと何度か擦ると無事外れてくれた。ＳＮＳで見た、役に立ちそうであまり出番のなさそうな豆知識ショート動画がこんなところでお役に立つとは思わなんだ。

「はい、終わったぞ」

「ど、どうもっス……今のはその、記憶から果てしなく抹消していただけると助かります」

「まあ、その類いの失敗は割とウチの家族でも稀によくあるから気にするな」

本日の主目的——若い子に人気らしいスイーツ店。妹がここのレモンパイを食べたいと数日前にSNSで呟いていたし、私にも「レモンパイとかって作れる?」なんて聞いてきたのだ。お兄ちゃんとしては妹の願いを叶えてあげたいと思うのは至極当然だろう。しかしこの手のお店は女性客が非常に多く、そうでなければカップルばかりということで、私みたいなのが1人で赴くには中々にハードルが高いのである。そんな中、そういった事情をまるで全て察しているような元後輩の「一緒に行かないっスか?」という提案を受け、それにホイホイ釣られてしまったというわけだ。

店内にはイートインスペースも併設されており、噂のレモンパイを2人していただいている。こいつはこいつで1人ではちょっと行き辛いなんて言っているが、本当のところ、目的は別にあるのだろう。わざわざ私を呼び出すための口実として、利用しているだけなような気もする。相手として私を呼び出す理由が他に思い当たらない。いや、まあ……それ以外の可能性も考えられなくもないんだが………あまり想像はしたくはない。そんなの誰も幸せにはならないだろうし。

「——で、もう多分薄々察してると思うんスけど。相談あるわけなんスよ」
「うん、それは知ってたよ」
「バレてると思ってたっスよ。ちなみにデートが主目的というのは割とマジなんですけど」

「好意はありがたいんだが、お察しの通りだよ」

「はーいはい、それは知ってますよぉーだ。毎月求婚してやろうか、このやろー」

「まだ酒抜けきってなさそうだな、お前」

ようやくおふざけモードを止めるつもりか、「こほん」と咳払いをしてから目を見開いてこちらを見据えてくる。先程までとは表情が違う。流石にこの状態の相手の話はきちんと聞いてやらないと不味いだろうな、人として。椅子を引いて姿勢を正してから紅茶を啜る。

「単刀直入に言うと、同僚が最近思い詰めて……なんか悩んでいるみたいで——」

彼女の指す『同僚』というのは恐らく、我々と同じVTuber事務所である『SoliD live』所属の十六夜真嬢のことだろう。

「私に相談するよりも前に事務所の人に相談しなよ。そもそもこういうの、本当はあまり褒められたものじゃないと思うが。少なくとも同業他社の人間に言う事ではないと思うぞ」

「一応マネちゃんには伝えてありますし。そういうのも一応分かった上で先輩に聞いてます。先輩ならそういうの絶対口外しないでしょう？」

「まあ、そりゃあそうだが……」

「先輩の後輩ちゃんと年齢も同じだし、どういう風に接してあげるのがベストなのかなーと。ホラ、先輩って後輩ちゃんにもいつものお節介焼いていたんですよね……？」

キャラ付けで付けている謎の語尾を思わず忘れるくらいには真剣らしい。まあ、気持ちは分かるし具体的な社内事情を話されているわけでもないので、単純に同業者としてアドバイスを求められているという体で捉えておこう。こういう話って確かに相談しにくいテーマではある。

Vは増えてきているとは言え、まだまだ一般的な職業と言われると首を横に振るしかないわけで。未成年の高校生くらいの子が何か思い悩んでいるのならば、同業者として、大人としてなんとかしてあげたいと思う気持ちは間違いなんかじゃない。

「まあ……あくまで同僚の子との接し方の相談という風に受け取っておくよ」

「ありがとうございます」

わざわざ人様のために頭を下げる姿を見せられては、無下にもできない。彼女の言う通り、十六夜嬢と同年代の日野(ひの)嬢、ブラン嬢関係で余計なお節介をしてしまったことはある。多少相談を受けたこともある。果たしてそれが正しかったのか、もっと上手(じょうず)な解決方法があったのでは、と今思い返してみても後悔するばかりである。だが、今楽しそうに活動している彼女たちの姿があるから、「まあ、それでも良かった」と思えるくらいには前向きに捉えている。点数で言えば及第点ギリギリなんだが。

「前勤めていた時も同じ部署に同期とか後輩とかいなかったから。初めてできたんですよ。だから余計なお世話かもしれないけれど、気になっちゃって。考えすぎだと良いんスけど」

「そういう気付きがあって気を配ってあげるくらいなら別段何もおかしくはないだろうよ」

具体的に何かしら相談を受けたり、問題が表面化したりしていないのかな？　何か思い詰める様子だったり、元気がなかったりという――初期症状、なんて言い方は適切ではないのかもしれないが、問題があるならば早めに動いた方が良いのは確かだ。拗(こじ)らせるとロクな事にならないのは実体験済みである。

「ただ、あまり気の利いたアドバイスなんて出来ないぞ。一番は話を聞いてあげるってことくらいだよ、経験上は」

「それだけ、スか……？」

「他人に向けて抱えている不安を口にするだけでも気が楽になる、と私は勝手に思っているし。結局のところ赤の他人だ。直接何かをしてあげられるってことの方が稀だよ。だから身近な大人として見守って、時には話を聞いて、出来ることがあるのなら手を差し伸べる。そのくらいしかできない」

「………」

「人ってのは他人の言動で簡単に傷付いてしまう。これは誰にでも経験があるだろう。だが、その逆もまた然り。なんでもないひと言が救いだっていうことも世の中にはあるもんさ」

「先輩って……たまに本当に二十代かってくらいに人生語りますよね」

「失礼だな、お前。精神が若くないっていう指摘に対して否定は出来ないが」

「妹ちゃんとかは何かその辺お話とかしていなかったスか？」

「あー……それもあって私に相談したのか」

こくこくと頷きながら紅茶を口に含んでいたが、渋かったのか少し表情を歪めていたので、角砂糖の乗せられた容器を彼女の方へとずいっと差し出した。そう言えばお前、ブラックコーヒーも飲めなかったよなぁ……。そういうところは子供っぽいが、人として他人を気遣い思いやるという事が出来ているのは非常に好感が持てる。無理に抱え込まずに相談してくれたという点も悪い気はしない。それに心配事の対象が十六夜嬢であるのであれば、そのクラスメイトである私の妹からの情報提供なども見据えていたのだろう。

「それとなく探りは入れてみるよ」

「はぁ……なんかスッキリしたぁ」

「そいつは良かったな」

「確かに先輩の言う通り、相談するだけでも気が楽になるってのは本当ですね」


心底安心したように、そんな事を言いながらレモンパイを年頃の女性とは思えないほどの大口を開けてひと切れ口に放り込むとたちまち笑みがこぼれる。あの取って付けたような『っス』という語尾。今日は随分と霧咲のメッキが剝がれているような気がする。こいつとしてはそういうキャラを演じる事で上手くいった過去があるからそれが癖になっているらしいのだが、ここに来てこうして地が出ているということは、それだけ同期の事を心配していたということか。根っこのところは悪い奴ではないんだよな。

「あ、先輩先輩！　カップルだとお土産にオマケで焼き菓子貰えるらしいっスよ」

「ふーん……あ、すいませんレモンパイ持ち帰りで。これは連れなんで。ハイ、どうもー」

「何サラっと流れるように人を恋人にしてるんスか⁉」

「いや、だって、どう聞いたってさっきのは前振りでは……？」

「酷いっス。わたしの純情を弄んだんスよぉ」

「店員さんに笑われてるな」

「………もうなんでもいいです」

「急に素に戻るな」

もう用事も終えたし、さっさと帰宅しよう。妹の喜ぶ笑顔を1秒でも早く見てみたい。後でこのレモンパイの画像をあの子に送って、買って帰る旨をメッセージアプリに飛ばすとどんな反応をしてくれるだろうか？　想像するだけで思わず顔がほころぶ。

「でも先輩も今大変っスね」

「ん……？」

「ほら、例の新しい事務所の公開オーディション」

「あー……まあ、想定はしていたよ」

「でもネタ的には一体何ヶ月前だと思ってるんですかね、あれ。よくあんなので盛り上がれるなーって逆に感心するレベルっスよ」

鼠倉公太郎の候補者の1人として私の元同期がオーディションに参加している件を指しているのはすぐに分かった。同業者だしそりゃあ耳にも入るか。昨日くらいから、私の過去の炎上騒動を掘り返して何故か今、更に批判している人たちがいる。当時まだこっちの界隈を知らなかった人が、今回の一件を通じて知って、「こいつもヤバい奴だ！」みたいなノリで叩いているみたいだ。私を糾弾するコメントやマシマロに加え、先日から引き続き「元同期が復活するけど何か思うところありますか？」という内容の質問も相変わらず投げ掛けられ続けている。幾ら何も回答していないからとは言え、同じ質問ばかり投げられても困る。マシマロなら第三者に見られることもないから実害はないけれど、ＳＮＳだと他のファンの人たちの目にも付くので正直あまり派手にやってほしくはないんだよね。かと言ってブロックしても彼らの都合の良いように解釈されるのがオチ。このまま無言を貫くのがベストだろう。しばらく我慢すれば、どうせまた別の話題に彼らは興味を示すことだろう。

私のファンがリプ欄でああいうコメントを見て不快になるってのは我慢ならない。……何も出来ない自分が歯痒い。きっと配信コメントでもその類いのコメントや過去の炎上を掘り起こすようなメッセージが飛び交う事を想像すると頭が痛くなりそうだ。私は別に良いが、それを見るみんなの気持ちを考えると、ね。

「それに——今、あれ投票工作までやってるらしいっスよ？」

「は……？　投票工作……？」

なんだ、それ？

475 名無しのライバー ID:XrRF533Fd
なんか元ハセガワの票の動きおかしくね？

476 名無しのライバー ID:yxydUd0ii
更新ボタン押す度に数票ずつ増えてるな

477 名無しのライバー ID:eDAjf1cdW
投票ってなんぞ？

478 名無しのライバー ID:MoBthread
ﾊﾑﾀﾛｻｧﾝ!!の中身の公開オーディション
第1次審査を下記で競う
・視聴者数
・プレゼント数（スパチャ）
・公式HPの人気投票数
今回のはその3つ目の
投票数の動きがおかしいって話

479 名無しのライバー ID:qL54OxUlr
他候補全然増えてないのにあいつのだけ
増えてるよな

480 名無しのライバー ID:aI54GHGeO
これだけ界隈で話題になれば仕方がないの
では？

481 名無しのライバー ID:1xBvTREy7
それにしたって異常やろ……

482 名無しのライバー ID:L4Xb9fe9H
1日1回投票できるシステムなんやな

483 名無しのライバー ID:wRA1onkYy
同一ユーザーによる投票は1日1回まで

484 名無しのライバー ID:SjYXW3mm4
期間中1回とかにせんかったん何でなん？

485 名無しのライバー ID:uIjFtyYtX
票数少ないと見栄えが悪いからじゃね？

486 名無しのライバー ID:cyOJtjcyD
新設事務所だし
それはありそうだな

487 名無しのライバー ID:+pcjSNRAU
投票結果数十票とかだと笑えないからな

488 名無しのライバー ID:Ou8kYQlnB
その手のは人気投票系やってる企画もそん
な感じのあるし
それに倣った形でしょ

489 名無しのライバー ID:XvM9fyptT
票数の見栄えは確かに大事やな

490 名無しのライバー ID:MoBthread
運営の人そこまで考えてないと思うよ

491 名無しのライバー ID:LkO7cq7nG
>>490
真顔でなんてこというの駄馬ァ!!

492 名無しのライバー ID:wen4RGAbB
>>490
どこの事務所も割と雑なところはあるから
な……

493 名無しのライバー ID:ApxhTDf1G

>>490
こんな企画考える事務所だから割とありそう

494 名無しのライバー ID:jtt12E44U
注目度充分だし
新設の事務所の一手目としては成功してると思うけど

495 名無しのライバー ID:UaAOX9F5o
演者の負担ヤバいやろ……？

496 名無しのライバー ID:/sf9OV8Xb
ハムスターのヤツじゃないけど
他の候補者の女の子泣きながら辞退表明とかやってたぞ……

497 名無しのライバー ID:xve2MRr+M
マジか……

498 名無しのライバー ID:F7OglVakj
見てる側は楽しいかもしれんが
やってる側はそりゃあね……

499 名無しのライバー ID:vcQcY8+II
アンチとか面白がってる連中が
「蟲毒か言われてるけど、ねえどんな気持ち？」
とかコメントしまくっててドン引きやぞ

500 名無しのライバー ID:KRUzI+S+n
>>499
えぇ……

501 名無しのライバー ID:O5wIDi7e+
>>499
地獄の企画やな

502 名無しのライバー ID:LAwEHiqLQ
>>499
デビューする前に
身を引けて逆に良かったと思うしかない

503 名無しのライバー ID:VGA9SwumX
人気＋メンタルの強靱さも求められるわけやな
確かに理には適っているが

504 名無しのライバー ID:HU4XhtpAJ
デビュー前の芽を摘み取っていくスタイル

505 名無しのライバー ID:kF0cXAs8R
RPGの魔王だって旅立った直後の勇者には手を出さんやろ……

506 名無しのライバー ID:Bc707W5/8
毎日投票数が多いと
熱心なファンが多いって判断の指標にもなりそうだからじゃね？

507 名無しのライバー ID:fVF9AyBLW
あ、なるほど！

508 名無しのライバー ID:JNgB+QEyV
50名の内既にドロップアウトが8名いるぞ

509 名無しのライバー ID:MoBthread
あ、これ投票増えてるのあれだ

脱サラへは批判コメ投げまくってるし

518 名無しのライバー ID:ierd0p+A+
あー、もう滅茶苦茶だよぉ!!

519 名無しのライバー ID:rKbI5RNBG
もうどうなってんだよ……

520 名無しのライバー ID:cQpxcpF5v
今更何ヶ月前のネタ掘り返してんだよ
アホか

521 名無しのライバー ID:z3mTpTqo5
平穏な日常が続いてたと思ったらこれだよ!!

522 名無しのライバー ID:MoBthread
一応運営側にはお問い合わせ窓口からメール送っといたけど
どう対応されるかは分からんが

523 名無しのライバー ID:threadXXA
速報　自動cookie削除＆投票ツール完成www

524 名無しのライバー ID:gckineki/
どうしていつもいつも……

## 今日の妹ちゃん

ところでお兄ちゃん。
この焼き菓子、カップル限定で
貰えるやつみたいだけど。
何かな？　誰かな？　誰なの？　ねえ？

アンチスレッドで
「パコガワ1位にしてファン泣かせようぜ」
って企画やってるっぽい

510 名無しのライバー ID:nSRQxFggV
は？

511 名無しのライバー ID:gckineki/
あ゛!?

512 名無しのライバー ID:8u+JZfTXU
まーた余計な事を……

513 名無しのライバー ID:fpslovers
投票システムも問題ありっぽいな
cookie削除したら何回でも投票いけるわ、これ

514 名無しのライバー ID:Oo/A5zWgl
cookieってwebサイト閲覧したら記録残る奴だっけ

515 名無しのライバー ID:VRtanVZBp
せやで
ブラウザから普通に削除できる

516 名無しのライバー ID:w47wPwxHT
つまりアンスレ民が投票工作してるってことかよ……

517 名無しのライバー ID:FB2lUFrlN
しかもこのお祭り騒ぎに乗じて過去の炎上事件掘り返して

# 5話 投票工作と再燃

**【10月×日】**

「それに——今、あれ投票工作までやってるらしいっスよ？」

「は……？　投票工作……？」

「先輩知らなかったんスか？　調べると割とすぐ出てきますよ」

「それは知らなんだ。後で調べてみるよ」

と元後輩とのやり取りがあって、帰宅して落ち着いたタイミングで調べてみると確かにそんな噂(うわさ)があるらしい。絶賛話題沸騰中である『バーチャルドリームワークス』の公開オーディション。１次審査の評価基準とされているのが、視聴者数と、ＹｏｕｒＴｕｂｅで言うところのスパチャ、それから公式ホームページでの人気投票の得票数。投票工作と言われているのはこの３つ目、人気投票に関するもの。１日１回好きな候補者に投票できるシステムであり、２４時を跨(また)ぐ度に再度票を投じることができるようになっている。太客(ふときゃく)というのとは若干意味合いが違うのかもしれないが、熱心な支援者を獲得した候補者であればここで大きく数字を稼ぐことができるというわけだ。実際にデビューした後も同じような支援を得られれば、事務所サイドとしても収益を見込めるので選考の対象となっているのだろう。

ＶＴｕｂｅｒというのは基本的には登録者数が多い方が知名度が高く、影響度も強い。収益もきっと多くなる傾向にあるだろう。ただ、広告収入以外にもグッズ、スパチャなどの収益がメインになるＶも少なくはない。私もどちらかというとそちらのクチであるというのは何度か説明したことがあるかもしれないが……単純な数値だけが全てではないのだ。実際の登録者や再生数の数値とは乖離したような収益をあげているケースもままある。バーチャルタレントグループとしては軽視できないとの判断で、こういった項目も競い合いの対象に組み込んだのだとは思うが……どうにもそのシステムに穴があったらしい。

同一ユーザーでの投票が1日1回。単純なお話でパソコンとスマートフォンで1人2票まで投じられる、というわけではない。Ｗｅｂサイトなどの閲覧情報など端末内に保存されるｃｏｏｋｉｅというデータがある。私も別にそっちの方面の知識が豊富なわけではないので、聞き齧った情報程度だけど。今回の一件では、その情報をブラウザ側で削除すると再投票が出来てしまうという問題点があるそうだ。実際、システム上でこういった手法への対策があるのかどうかは不明だが、本来の想定していた動きではない事だけは確かだろう。

そういった問題点に着目して、渦中の元ハセガワ君の候補者を1位にしてやろうぜ！　とネット特有の悪ノリに発展しているのが今の状況であるらしい。調べてみると、過去に国民的人気アニメの人気投票で、似たような手法であまり目立たないキャラクターを1位にしよう、というようなお祭り騒ぎがとある掲示板で繰り広げられたことがあるとか……。

効率よく投票できる手順をまとめた者がいたり、自動で投票出来るツールが配布されたりだとかで、現在のところ圧倒的な得票数で例の彼が独走状態。他候補者にまさに桁違いの差を見せ付けている。2桁も違うとはなぁ……。ちなみにサーバーへの負担などが大きかったらしく、現在では一時投票中止に追い込まれている。あまりにも投票が集中すれば、小さな企業のサーバー負担が耐えられないのも納得がいく。あるいは主催者サイドがそれを理由にして一旦中止として、事態の収拾にあたっている可能性もあるけれども。

「しかし自動投票ツールまで作るって凄いなぁ」

才能の無駄遣いな気がしてならない。しかし素直に凄いなと感心する。それだけの熱意を持って取り組める事自体中々できる事ではないと思うし。良くも悪くもこの投票工作騒動によって、この公開オーディションへの注目度は更に増していくこととなってしまった。

実際彼がデビューして困るってことは正直ないとは思うが、こうしたお祭り騒ぎの余波がこちらにまで来るような事態だけは避けたいところ。実際ここ最近は彼に関する質問、そして今回の騒動から過去の炎上を知ったご新規さんからは懐かしいデビュー当時の出来事やら、柊先輩の3D配信のあたりで燃えた一件などが時間差で批判されている。どうして今更……と思わなくもないが、他のあんだーらいぶメンバーが標的になっていないだけマシだろう。

こうした大きな潮流となった背景としては、やはりVTuber業界のゴシップ関係の情報を扱う影尾探琉氏の存在が大きいと言えよう。VTuberというコンテンツに普段触れないような人であっても、彼の情報だけはチェックしているというケースは少なくはない。人間ってゴシップ好きなところがあるからなぁ……世の中で週刊誌が廃れないわけだ。

先々の事を考えると気が滅入りそうだが、間もなく妹が帰って来るのであの子に癒やしてもらおう。ご所望のレモンパイを無事にゲットできたわけだし、きっとウキウキで高校から直帰してくることだろう。

「お兄ちゃんわざわざありがとう！」

「いやいや、丁度事務所にも所用があったしそのついでだよ」

「わーい、えへへ。ふんふーん」

超ご機嫌である。やだうちの子可愛い。控え目に言って世界一可愛いんじゃないか。

「ん……？」

「どうした……？」

「ところでお兄ちゃん。この焼き菓子、カップル限定で貰えるやつみたいだけど。何かな？　誰かな？　誰なの？　ねえ？」

あー……そう言えば、これを買ったスイーツ店は期間中にテイクアウトすると、カップル限定で個包装された焼き菓子をひとつ無料で貰えるんだったか。傍目からは私たちもそう見えたらしく、レジ担当のお姉さんにも特に指摘されることはなかった。元後輩は自分からそのキャンペーン情報を提供しておきながら、いざ受け取るとなると何か言いたそうな表情をしていたが。てっきり店に普通に並んでいる品かと思ったが、どうやらそれ用に特別に包装されたもの

であるらしい。おかげさまで、公式SNSで画像付きで「カップル限定でプレゼント‼」との見出しで発信されていたのを把握していたらしいマイシスターに問い詰められている兄の図の完成だ。いや、別に何も悪い事とかしていないんだけれども……色々と説明が難しい関係ではあるわけで。妹も元後輩の存在自体は認知していると思うが、会った理由とか根掘り葉掘り聞かれると困る。純粋にケーキを買うために付いてきてもらったとか、そんな感じに言うしかないか。まさかお前のクラスメイトの事で相談されたとか軽々しく言えるわけもないし。ああ、その点探りを入れておかないとだったな。

「お前が以前に食べたいって言っていたからね。1人で行くと中々にハードル高いんだよ、あそこ。若い子ばっかりだし。同業者の方に付いてきてもらったんだ」

「ふぅーん……あ、あさちゃん？　外でもたまに女性って間違えられるって話聞くし。お兄ちゃんの事だから女の子に間違えられたって情報をあまり出したくなかったわけね。うんうん」

　なんか知らないけれど、勝手に納得してくれたので否定も肯定もしない曖昧な返事をしておこう。ちなみに朝比奈(あさひな)先輩がたまに女性に間違えられるのはマジなお話である。Vとしてのガワも男の娘キャラで可愛らしい顔立ちをしているが、彼自身も童顔でお肌のお手入れとかにはこだわりがあるらしく、以前男性組で食事に出かけた時には街で男性にナンパされていた。ちなみに同日、私は怪しげな商材の勧誘をされた。この差はなんなんだろうか……？

「少し聞きたいんだが、クラスメイトの子――ほら、Vやってる子。十六夜(いざよい)嬢の最近学校での様子とかどうかなって思ってさ？」

「ん……？　なによ唐突に」

「ほら、ウチのブラン嬢と日野嬢も随分大変そうにしているからさ」

「ルナちゃんと灯ちゃんもやっぱそうなんだー……」

「という事は――」

「あー、うん。最近凄い忙しいみたいで……学校の休み時間も課題やったり、今月ある中間テストの勉強やってたりしてる。授業終わった後も事務所の用事とか提出物があるとかですぐ帰っちゃうし。あんまりお話できてない……」


少し寂しそうな表情。高校生ともなれば学業との両立も大変だろう。私なんてまだ楽なものだ。十六夜嬢や月太陽コンビの方がよっぽど慌ただしく日々を過ごしているんじゃないだろうか。それこそ下手な会社員よりも忙しいのでは……？　何だか妙に心配になって来たので、後でウチの現役高校生組にも無理をしていないか、困ったことはないか、また確認しておかなくちゃな。たまにその手の余計なお節介とも取れる連絡をするのが習慣化していたりするんだけれども、鬱陶しいとか思われていないだろうか。もしそう思われていたとしても、構うものか。心も身体も健康第一なのである。これは両方ぶっ壊した私なりの実体験に基づいている。犬飼さん――マネージャーを通じての確認も並行して進めてもらった方が良いだろうし、後でメールを出しておこう。あの子たちへの確認はディスコでやるとして……。

大好きなケーキを前にした状態とは思えない重苦しい空気になってしまった点は猛省しよう。お前のそんな表情なんて見たくはないんだ。最悪の事態にならないように早々に手は打っておきたいところだが、生憎他所様の箱の事情なので霧咲頼みだが、根深い事情でないことだけを祈る。

「あんだーらいぶの2人と違ってそっちは同期がクラスメイトってわけじゃないし、何かあったらお前がフォローしてあげな。友達として、さ」

「うん、それはもちろん」

「良い子だ」

頭を撫でようと手を伸ばすが、いつものような手付きで見事に弾かれてしまう。残念に思うと同時に、いつも通りの反応でほっと胸を撫でおろす。私が変なこと言ったせいでこの子が気に病んでしまっては、兄失格となってしまうところだった。

「友達じゃなくて、親友だもん」

「そうか――そうだったな」

本当に良い子に育ったな、と親心にも似た感情が湧く。父の気持ちが分かったような気がする。

◇◆◇◆◇◆

「今日は元々ゲーム配信やるつもりだったんですけれども、コントローラーの調子が悪いので予定を変更して雑談配信とさせていただきます。いつぞやの死にゲー……『暗黒魂』で酷使したせいでしょうかね。スティックの効きが悪くなっちゃいましてねぇ」

[暗黒魂の2をやれ]

[2は飛ばして3をやれ]
[元同期またデビューするけどどうなの?]
[Ｖｅｒｅｔｘで酷使したのかと思ったけど、コントローラー派ではなかったか]
[彼はキーボード、マウスやで]
[公開オーディションに関して話せ]

実際に少しだけコントローラーの調子が悪いことは事実ではあるが、正直に言えば取りやめる程ではない。今置かれた状況として、両手が塞がって即座にコメントに対する処理を行えないゲーム配信というのをなるべく避けたかっただけである。なるべく配信とは無関係のコメントは早めに削除やブロック等の処理をして、視聴者の人たちのお目汚し――というと、的外れとはいえコメントを投げたユーザーに対して失礼なのかもしれないけれど……。
「『Ｖｅｒｅｔｘ』ってコントローラーだとエイムアシスト機能が付くんでしたっけ?」

[せやで]
[ただキャラコンはイマイチやけどね]
[両方良し悪しあるけど試してみるのも一興かもね]
[メッセージが削除されました]
[ただお前元々エイムは良いからなぁ]
[メッセージが削除されました]

適宜コメントを処理しているが……後でこんなコメントを削除しているだとか色々言われたりしちゃうんだろうなぁ。それはまあ致し方なし。どこの配信でも内容と無関係のコメントしていれば処されても文句は言えないだろうに。

ＦＰＳゲーム『Ｖｅｒｔｅｘ』のユーザーは、パソコンでプレイするときキーボードとマウスを使って操作する『キーマウ派』とコントローラーで操作する『ＰＡＤ派』のふたつに大別される。前者の方は、キーボードに好きなボタンを割り当てられる拡張性があり、キャラクターの操作がこの後紹介するコントローラーよりも容易なのが特徴である。ＰＡＤの方は繊細な操作が難しい事を考慮し、エイムアシスト機能と呼ばれる射撃が当たりやすくなる仕様が採用されている。これの強化版がチーターがよく使っているやつだ。操作性を取るか当たり易さを取るか、みたいな感じなのだろうか？　今のところ私はキーマウでプレイしているが、コメントにもある通り、ＰＡＤを一度試してみるのも一興かもしれない。ただ……今までずっとこっちの方で操作練習とかしていたので愛着もある。もっと柔軟な思考で考える必要があるのかもしれないが、少なくともそれに挑戦するのはこの一件が落ち着いた後だなぁ………。

当時の炎上騒動と比べると今回は登録者数が目減りしているわけではないが、低評価数を見ると、長びくことはうちの事務所としてもマイナスイメージになりかねない。とは言え、何か直接言及すると更に不味い事態に発展しかねないので、静観する姿勢を変えるつもりはない。嵐――いや、今回の場合は荒らしと表現する方が正しいのかもしれないが、それが過ぎ去るのをじっと待とう。

「あ、そう言えば今日妹がですね——」

［今日の妹ちゃんキタ————（ﾟ∀ﾟ）————!!］

［唐突に早口になるのやめろw］

［詠　唱　開　始］

明らかに異質なコメントがあるにもかかわらず、それらが目に入っているにもかかわらず、それらには一切触れずにあくまでいつも通りのコメントをくださる視聴者の皆さんには本当に感謝しかない。直接そのことに対するお礼すら言えないが、心の中で「本当にありがとう」と呟くくらいしかできなかった。

【コントローラー反応悪いので】雑談配信【神坂怜／あんだーらいぶ】
最大同時視聴数：約５００人
高評価：２００
低評価：３００
神坂怜　チャンネル登録者数１２０００人（＋０）

578 名無しのライバー ID:PkfktLgKc
なーんかきな臭くなってきたなぁ

579 名無しのライバー ID:UIe9Q8JHf
焦げ臭いの間違いでは……？
でもアンスレ民による投票工作ホンマ酷いわ

580 名無しのライバー ID:iOHoC+oGe
結局工作発覚してWeb投票停止
んで、今一次審査結果待ち中と……

581 名無しのライバー ID:TD7W1Zpel
今回に関しては運営ちゃんも珍しく何の落ち度もないな

582 名無しのライバー ID:scWhScNZV
確かにいつもやらかしてる運営君は今回無縁やな

583 名無しのライバー ID:9uvYOaXLs
お前らあんだーらいぶ運営を何だと思ってるんだ……

584 名無しのライバー ID:HadgEs+dX
V事務所
ウチに限らずどこもやらかしが多いよな

585 名無しのライバー ID:pyWbMW4wB
大本営は無能って歴史が物語っているんや

586 名無しのライバー ID:MoBthread
でも元を辿れば
ハセガワ採用した運営が悪いのでは？

587 名無しのライバー ID:QVMnYCYAl
>>586
正解大卒

588 名無しのライバー ID:OvWK0Hih1
>>586
それはそう

589 名無しのライバー ID:uIrfCXxpt
>>586
火の玉ストレートやめたげてｗｗ

590 名無しのライバー ID:Vdb0QZJDt
脱サラが今更叩かれてる謎

591 名無しのライバー ID:gckineki/
マジでなんなんだよ、あれ
あ゛ぁ゛！　マジでムカつくぅ……

592 名無しのライバー ID:k38CUzsxl
パコガワ再臨イベ
↓
当時の同期（脱サラ）を知った新参が今更批判
↓
それに乗っかって元々のアンチも批判再開

593 名無しのライバー ID:xjtYfYOB1
パコガワ復活を「ねぇねぇどんな気持ち？」
するところまではまだ理解できるが

594 名無しのライバー ID:6rjsfjK8l
掘り返しの直接的要因は

影尾がその辺りも全部まとめた動画出してたからやろ

595 名無しのライバー ID:CtqCUZ6BA
>>594
影尾、まだ生きとったんか、ワレェ!?

596 名無しのライバー ID:qXWknRV4B
>>594
まだしぶとく生きてたのか

597 名無しのライバー ID:dHzSQlIlu
>>594
またお前かよ！

598 名無しのライバー ID:MKVgHaXhV
立ち絵無断使用は流石にしなくなったが
名前はガンガン出してるからな

599 名無しのライバー ID:ievAVGiBV
「あくまで噂だが」
「という風に一部では言われている」
を主張の頭か末尾に付ければ許されると思ってそう

600 名無しのライバー ID:aZhwsQhTh
大体あってるやろ
実際ノーダメなんだし

601 名無しのライバー ID:dkx7eNOdV
V業界が盛況になるにつれて徐々に影響力増してきてるのは
どうにかならんものかね

602 名無しのライバー ID:tKfTyYmuh
V関係のまとめブログとかもその亜種みたいなもんだしな
健全なサイトもあるにはあるが

603 名無しのライバー ID:G6wJlv8zP
大半はアフィリエイトや広告費でV利用して金稼ぎしてるんだよな

604 名無しのライバー ID:Eb6u8gs7t
その辺は切り抜き動画でもあるが
Vへの愛のない金目的が最近本当に多い

605 名無しのライバー ID:a+p9KTMMd
転売を生業にする輩が現れ始めたご時世だ
人気コンテンツの運命として諦めるしかないさ

606 名無しのライバー ID:QqQA8BiW6
脱サラじゃなければ即死（引退）だったぜ

607 名無しのライバー ID:bWaH03FTi
冗談抜きでそうなってたかもしれないんだよなぁ

608 名無しのライバー ID:Q8Ny5clwl
引退の理由は大体
・伸びない
・メンタルの問題
このどっちかに分けられそうだよな

609 名無しのライバー ID:BRJz7XqDj
あいつの配信小火の様子見るかー
って軽い気持ちで見たら結構荒れてて真顔

になったわ

610 名無しのライバー ID:SisterChan
どうにできないのかな、こういうの……

611 名無しのライバー ID:CuFTUwim6
どうにもならんて

612 名無しのライバー ID:WFw7kSHbE
どうにかなってたら影尾生まれてこないよ

613 名無しのライバー ID:Vsr+9uPm2
炎上や騒動ってのはVにとってひとつのコンテンツ
みたいなノリになりつつあるのが
一番の原因や

614 名無しのライバー ID:txnNqUdD4
でもまー、実際炎上キッカケでこっちの界隈知って
入って来た人は多いだろ

615 名無しのライバー ID:wRx5c10GG
ワイもその口やな

616 名無しのライバー ID:OWq9+bUl7
ネットでの炎上だと爆発的に情報拡散されるから
同じくネットで活動するという意味ではVとの親和性はある

617 名無しのライバー ID:/Lxvz0fgE
炎上との親和性ってなんだよ

618 名無しのライバー ID:threadXXA
隙を見せる方が悪い
寧ろ炎上して売名できてるんだから
感謝すべきだろww

619 名無しのライバー ID:MoBthread
お前IP付きのスレで誤爆してたよな
黙ってROMってろ、カス

620 名無しのライバー ID:IlEg+9daG
駄馬君ww

621 名無しのライバー ID:t0Tddn3zm
お前のそういうところは好きやぞww

622 名無しのライバー ID:ltSsnlt1O
今日も元気に妹ちゃん可愛いトークで30分時間を使ってたし大丈夫やろ

623 名無しのライバー ID:GucBSo8l3
配信的には全然大丈夫じゃないんですが、
それは……？

624 名無しのライバー ID:QAqHFQlxG
別の意味で心配になるんだが??

625 名無しのライバー ID:gckineki/
いつもの妹会話デッキがぶん回るとこんなもんだ
変なコメ多いからあえて平常に見せようとしてるだけかもだけど

**今日の妹ちゃん**

お兄ちゃん、
人の心配している場合じゃないでしょ。
本当にもぅ……！

# 6話 悩み事はなんですか？

【10月×日】

日課の配信を終え振り返ってみると、視聴者数は久しぶりに増えていた。ここ最近では3桁に行くのがやっとだったが、良くも悪くも注目を浴びた結果、生配信中の同時接続者数とアーカイブの再生数はここ最近ではトップクラスの数値を叩き出していた。それでも先月の新衣装お披露目の時の数値を超えることはなかったが……いや、寧ろそれを超えられると流石の私も凹むぞ。とは言え、今月に入ってからは最高の数値を記録していた。これが真っ当な方法で注目を浴びての結果であれば喜ばしいことなのだが、生憎ＶＴｕｂｅｒ界隈の騒動、炎上などに起因するいつものやつである。こちらとしては意図していないが、これが世に言う炎上商法というやつなのだろうか。あえて炎上するような言動を繰り返して、数字を獲得する人が世の中にはいらっしゃるくらいには有用な手法ではある。

　この手の騒動において低評価数が増えるのは避けられないが、以前も触れたようにこの数値が増えたからと言って収益が没収されたり、収益率が変動したりすることは基本的にはない。他の動画再生後のオススメに表示されにくくなるだけで、実害というのは正直あまりないように思われる。逆に低評価数が多いという事態そのものがネタにされて、より注目されるのが我々の業界である。そこそこ大手の企業ＶＴｕｂｅｒを粗方網羅した各配信の同接と高評価、低評価数、スーパーチャット金額を記録するようなサイトがあるくらいだ。Ｖの人口も増えてきたので、そういったサイトなどで上位になった配信のみをチェックするというユーザーも決して少なくはないだろう。人数にもよるが複数のＶの配信を追いかけるのは至難の業であり、推しを厳選した上でこの手のサイト情報を利用するというのは、確かに賢い時間の使い方かもしれない。

　数値だけ見れば良かったのかもしれないが、配信が荒れ気味になってしまったので個人的にはプラスとは考えたくはない。元ハセガワ君の公開オーディション参加云々の件で見に来てくださったユーザーが今後配信の固定ファンになることは考え辛い。彼らは火事場が見たいのであって、私の配信が見たいわけではないのだ……まあ、単純に私の配信がキャッチーってわけでもないし、面白みに欠けているだけなんだが。才能がある人ならそういう層ですら自分のファンとして取り込んでしまう事が可能なのだろうが、生憎私にはそんな器用な真似はできない。そもそもそれが出来るならもっと普段の配信で人が来ていると思う。ただ、今の私の配信スタイルもからっきし需要がないわけではないらしく、同じあんだーらいぶ所属の他メンバーと比べると見劣りはしてしまうが、ありがたいことに一定のファンの方がいてくださる。彼らにあの配信のような有様をお見せするのは心が痛む。

　昔――デビューした当時なんてのは他人から何を言われようと全然平気、妹が喜んでくれればそれで良い。そんな風に思っていた。だが活動を続ける内に、そうも言っていられなくなってしまった。こんな私でも推してくれている人がいる。大好きだと言ってくれる人がいる。今回のような事態に発展してしまったことは毎度お馴染みの後悔ポイントであるが、こうして心を痛める事が出来るのはきっと幸せな事なのだと思う。この活動を始めるまでの自分であれば、空っぽのままの自分であれば、そんな感情すら抱くことはなかったのだから。

　早急に解決したい問題ではあるが、正直直接関与しているわけでもないので何も出来ないのが実情。私がこの件に触れようものなら、それらを切り貼りしたような記事や動画がまた出回って余計に事を大きくするだけだろう。引き続き静観を貫くしかあるまい……。

「ひとまず、こちらより先に別の心配事を片付けるとしよう」

　あんだーらいぶと同じバーチャルタレントグループであるところのＳｏｌｉＤｌｉｖｅさんに所属している、前職の元後輩にして現在霧咲季凜として活動しているあいつから、その同期である現役女子高生とＶの二足の草鞋を履いている十六夜真嬢関連で相談を受けたのが先日のお話。妹に探りを入れてみたが、どうやら高校生活の方でもバタバタとえらい忙しそうにしている印象があり、友人間でコミュニケーションを取る時間も激減しているらしい。あまり良い傾向とは言えないが、ありのままを霧咲の方には伝達しておいた。今後更にマネージャーさんとかと一緒にサポート体制を強めていくとのこと。それが一番だろうな、うん。他所の箱の事情ではあるが、愛しのマイシスターの親友だ。引きずることなく解決することを願う。

　で、他所の事務所の子の事を気に掛けていて思い出したわけだ。あんだーらいぶにも同じ年代の子たちがいるではないか、と。そうなって来ると急に心配になって、同じ状況であればどうしよう……なんて考えが過る。なので馬鹿正直に日野嬢とブラン嬢に尋ねてみることにした。

『高校生活とこちらの活動で何か困り事などはありませんか？』と、えらい直接的な聞き方になってしまった。ものの数分、カップ麺ができる程度の時間の間に返信が届いた。それにしても早くないか……？　パソコンに限らずスマホからでも返信は出来るのだろうが、逆に変に気を遣わせて回答を急かしてしまったりしたのだろうか。

神坂怜（かんざかれい）：高校生活とこちらの活動で何か困り事などはありませんか？
ルナ・ブラン：唐突ですね
日野灯（あかり）：毎月そんなこと聞かれている気がします
ルナ・ブラン：もはやマンスリー任務ですよね
日野灯：マネさんにも聞かれますし、割と過保護にされている
ルナ・ブラン：いやぁ、愛されてるなぁ。わたしたち
神坂怜：元気そうでなによりです
日野灯：あ、ひとつ悩みがあります！
神坂怜：おや……？
ルナ・ブラン：あ、わたしもあります

彼女たちの言葉通り毎月のようにして聞いているので、本人たちも流石に認識しているらしい。加えて事務所のマネージャーさんもきちんと対応してくださっているようでひと安心だ。彼女たちが未成年である点も考慮すればそのくらいやっておいても、やりすぎという事はないだろう。この年代の子への対応はそのくらい慎重さを求められて然るべきだ。この時期にショ

ッキングな事とかあると滅茶苦茶尾を引いて、えらいことになるぞ。私の経験上だが。しかし……聞いておいてあれだが、私の手に余るような相談だったらどうしようか？　そういう専門の相談窓口への誘導くらいは最低限やれるだろうが……プライベートな内容とかだとコメントに困るが、そういう心情を表に出すことは避けて、お話を聞く事からスタートするのがベターだろう。

神坂怜：私で良ければ聞きますよ。解決できるかどうかは分からないですが……
ルナ・ブラン：いや、寧ろ——
日野灯：怜先輩にしか解決できないまであります
ルナ・ブラン：うんうん
神坂怜：……？
日野灯：先輩が一緒に配信してくれないんです
ルナ・ブラン：先輩がコラボ配信してくれないんですよ
神坂怜：あー……いずれ何らかの形で、状況が落ち着けば……という事で今回はご容赦を
日野灯：怜先輩もあたしたちになんでも言ってくれていいですよ？
ルナ・ブラン：雫ちゃんへのプレゼントとか気軽に聞いてくれても全然おっけーです
神坂怜：ありがとう、助かるよ
神坂怜：あ、今度おススメのスイーツとかあったら聞かせてもらえると嬉しいかも
ルナ・ブラン：ふふ、まー、まずはそのくらいからで許してあげます

日野灯：ほーんと、そういうところなんとかしなくちゃだ……

なんか却(かえ)ってこっちが心配されているのがひしひしと感じ取れる。直近で面倒事に巻き込まれていることはどうやら彼女たちの耳にも届いているのかもしれない。こんなの先輩失格ではないか……本当に頼りない先輩でごめんよ。今回の一件が後輩ちゃんたちの心配事であるのならば、早めに片付けておきたいが……先程触れたように、こちらが下手に動くともっと不味(まず)い状況になりかねないのだ。いずれ彼女たちと直接一緒に配信する、というのは叶(かな)えてあげたいものだ。

ちなみにこの後、獅堂(しどう)先輩から我々あんだーらいぶメンバー宛に「お悩み相談案1人1案募集」というメッセージが送信されていた。生憎彼女のお眼鏡(めがね)に適いそうな面白いネタとかは思い付かないが、なるべく企画の主旨に合いそうな内容をひねり出してみようと思う。

**【10月×日】**

唐突にディスコの『#あんだーらいぶ男子部』にて柊(ひいらぎ)先輩よりメッセージが送付される。

それに対して即座に各々が反応する。パソコンの前に張り付いているのか、あるいはスマホで即返信しているのかまでは不明であるが、相変わらず反応が早い。そんなことを言いながら私も数分もしない間に返信しているんだけれども……。

柊冬夜(とうや)：おらー、お前ら集合！　集合ォ!!　明日コラボするぞ！　すっぞ！

朝比奈あさひ：藪から棒になんなんだ……
神坂怜：また急な話ですね……
御影和也：最近マリーオンカート熱が再燃したらしいですよ？
朝比奈あさひ：下手の横好きってやつだ
御影和也：ハンドル型のコントローラー縛りで受けて立ちますよ
柊冬夜：お前ゲーム上手いからパッド逆に持ってやって
御影和也：流石にそれは無理すぎないっすかねぇ……？
朝比奈あさひ：あれ？　怜君、もしかして用事あった？
神坂怜：特にこれといってないですけれど……

マリーオンカート。何度か私も配信でプレイしたタイトルだ。複数人でのコラボにも最適、視聴者参加型としても使えるとあって、我々配信者にも非常にありがたい存在である。順位が下位であればあるほど一発逆転の強力アイテムが出現しやすくなるなどのテコ入れもあって、レースゲームが苦手な人にも取っ付きやすく、実力差が多少あっても皆楽しめるという非常によくできたゲームシステムなのだ。通常のコントローラーに加えて、本当の自動車のハンドルを模したような専用コントローラーも発売されており、ジャイロセンサーが搭載されたそれを傾けたりすることで、より直感的な操作で楽しむこともできるそうだ。ただし、そのセンサーの動きがイマイチ合わないという人が割といるらしく、普段からゲームをプレイしているような人にとっては通常のコントローラー操作の方がやりやすいとのこと。ゲームをやり慣れていない、皆でワイワイ遊びたいという目的であればハンドル型でも充分に楽しめるので、お好みに応じてって感じだろうか。私もコントローラー派ではある。世の中的にはそっち派の人の方が多いらしい、というだけの理由だけれども。

だが……正直、この状況下でコラボとか、他方に迷惑をかける可能性が非常に高いのでなるべく避けたいところではあった。

御影和也：今、先輩とコラボすると滅茶苦茶数字盛れそうなんすよ！
柊冬夜：お前の後輩とんでもない失礼な奴だな、オイ
朝比奈あさひ：いや、君の後輩でもあるよね……？
神坂怜：本当に大丈夫ですか……？
柊冬夜：んだよ、俺たちの仲だろ。変に気を遣うなって。
朝比奈あさひ：えっ、怜君僕と遊びたくないの？
御影和也：嫌だ嫌だ！　先輩来ないと嫌だぁ
柊冬夜：うわ、きっつ……
御影和也：(､・ε・｀)
朝比奈あさひ：ラギーがガチャで爆死するから来てね
神坂怜：それなら参加しなくちゃですね
柊冬夜：(､・ε・｀)

確かに言われてみればその通りではある。彼らからしたら注目度が高いタイミングでコラボ配信をすれば普段より多くのユーザーの目に留まりやすい。配信の治安とはトレードオフになってしまう気がするが、私が枠を立てればそういうのはこっちに集中するだろうし、確かに企業勢としてはこの機会を有効活用しようという考えなのかもしれない。あるいは、このタイミングで仲良くコラボしている様を外部へ見せ付けるという意味合いも大きいのかもしれない。

ひとまず突発的ではあるが、あんだーらいぶの男子メンバーたちとのコラボ配信が決定したのだった。

641 名無しのライバー ID:Yz1Wj9ddt
結局大本営君はこの一件に関してはノータッチか

642 名無しのライバー ID:dR7jDFb3l
そらそうやろ

643 名無しのライバー ID:CfS2CedsG
だって他所様の事務所案件やぞ

644 名無しのライバー ID:HPNlkMqLa
誹謗中傷とかそっち方面の対処くらいはしてるやろ

645 名無しのライバー ID:UirDbtcp1
本当にしてますかね……？

646 名無しのライバー ID:abRzLn5qv
やってる（やってない）

647 名無しのライバー ID:pscrcWLPX
その手の公式発表くらいやるだけでも違うと思うんだがな

648 名無しのライバー ID:jl+hdc7d+
この界隈法的措置とか前例がないからな

649 名無しのライバー ID:Yv7p1vbr6
ネットの誹謗中傷ですら最近になって
ようやく対処されるようになった感じだし

650 名無しのライバー ID:zzGDnNzvS
そもそもバーチャルって存在に対する
誹謗中傷が成立するのか問題がある

651 名無しのライバー ID:dSHtgK+Lx
架空のキャラクターとして判断するなら微妙なところだよなぁ

652 名無しのライバー ID:Qg9K+bmAw
判例がないのは色々対応が難しいんやろ

653 名無しのライバー ID:mTBjQBQPd
誹謗中傷が駄目でも営業妨害とかそっち方面で訴えたら勝てへんの？

654 名無しのライバー ID:OsRdNcHn7
法律素人がうだうだ言ってもしゃーない
我々は黙ってSNSやYourTube君で通報して
BANや凍結されるよう道筋作るくらいしかないよ

655 名無しのライバー ID:SisterChan
配信だけじゃなくてこのスレもたまに荒れるようになったし
あんまり良い雰囲気ではないよね……

656 名無しのライバー ID:MoBthread
うるせぇ！
そんなことより女帝の夏の企画だァ!!

---

獅堂エリカ@夏のお悩み相談@erika_underlive
夏のお悩み相談会やります
あんだーらいぶメンバーや
マシマロで一般リスナーのお悩みを華麗に解決！

夏じゃなくて秋だぞってツッコミはなしで

---

657 名無しのライバー ID:poa1b8vEs
>>656
夏じゃなくて秋じゃん

658 名無しのライバー ID:WFeN7+dl5
>>656
秋だろ

659 名無しのライバー ID:1PjUcydSW
>>656
夏じゃない

660 名無しのライバー ID:AXTjDEOM9
お前らww

661 名無しのライバー ID:0doKeVqQF
リプ欄も大体同じで草

662 名無しのライバー ID:mWVME6LRA
これが華麗なる女帝のムーブだ！

6月頃に企画、リスナーから募集
↓
夏に遊び呆ける
↓
先日の配信でリスナーから
「あの募集してた件どうなったの？」
↓
今日大慌てで企画発表

663 名無しのライバー ID:FGQriUkzA
女帝さぁ……

664 名無しのライバー ID:38T5ZUHlg
たまにやらかすよな、女帝

665 名無しのライバー ID:8QXWozKPU
ヘイト管理の一環という説……
ないっすかね？

666 名無しのライバー ID:u7Dli71yP
夏予定で募集して忘れてたのは多分素やろ
忘れてるって指摘されたのもつい先日やし

667 名無しのライバー ID:MoBthread
華麗に解決じゃなくてズバッと解決

ハッスのお悩み「使ってるイヤホン片方聞こえない」
女帝「買えよ!!」

忍ちゃんのお悩み「右ばかり強くなって左の台パンのキレが足りない」
女帝「知らねぇよ!!」

ニートのお悩み「おなかすいた」
女帝「霞でも食ってろ!!」

668 名無しのライバー ID:pUm9VF6hk
>>667
雑ぅ!!

669 名無しのライバー ID:KOn1QP4+n
>>667
勢いで誤魔化してそう

670 名無しのライバー ID:r5tL/b18d
>>667
ニートの扱いが相変わらずで草

671 名無しのライバー ID:qkzn4+FDM
畳のお悩み「妹が最近冷たい」
女帝「彼氏出来たんだよ」

脱サラのお悩み「妹が喜ぶスイーツを知りたい」
女帝「1周回って煎餅かおかきでいいんじゃない？」

あさちゃんのお悩み「同僚がシスコン重症」
女帝「もうどうしようもない、手遅れ」

672 名無しのライバー ID:E3HJiVcrV
>>671
うーん、このシスコンズ

673 名無しのライバー ID:SHVQy3163
>>671
安定のシスコン

674 名無しのライバー ID:1VmDrixXR
>>671
脱サラは今の一件じゃなくて
結局雫ちゃん絡みなのが最高にあいつらしくて笑う

675 名無しのライバー ID:gckineki/
>>671
あ゛ー
相変わらずで安心したよ……

676 名無しのライバー ID:OUszjj2MZ
ミカのお悩み「部屋が散らかる」
女帝「掃除しろ」

しののんのお悩み「みんなが私の段ボール机を馬鹿にする」
女帝「普通の机を買いなさい」

677 名無しのライバー ID:E5etvL2rD
>>676
ミカはエナドリタワー形成する暇があったら部屋を掃除しろ

678 名無しのライバー ID:XZ/QEWQrz
>>676
しののんの段ボール机とは……？

679 名無しのライバー ID:GznCoe+Wc
段ボールを補強して作った机に
ディスプレイ置いて配信してるぞ
イメージとしては長座体前屈計るあれ

680 名無しのライバー ID:itzlqpjnv
えぇ……（困惑）

681 名無しのライバー ID:MpSWmrRgu
ダンちゃんっていう名前まで付けて愛着持っている模様

682 名無しのライバー ID:R5mXYUdXe
灯ちゃんのお悩み「知り合いの話だけど年

多分畳辺りやろ
知名度的にも

690 名無しのライバー ID:P9L5ajwhl
あさちゃんは見た目的にも可愛らしいから
ありそうではある

691 名無しのライバー ID:SisterChan
大穴：脱サラ

692 名無しのライバー ID:sNQo2YrP5
流石にそれはないだろ……

693 名無しのライバー ID:rlqt4HI2z
せやろか……？

694 名無しのライバー ID:MoBthread
確かに男は所詮性の獣だな
よく分かるぜ……

695 名無しのライバー ID:YI77Q9SUu
駄馬君が言うと説得力が増すな

696 名無しのライバー ID:KMa0yGLBd
未成年に色仕掛けを勧めるな……

上の人との恋愛相談を受けて困ってる」
女帝「とりあえず色仕掛けしとけばいいよ、男なんて所詮性の獣よ」

ルナちゃんのお悩み「クラスメイトがうちのとあるVのガチ恋沼に片足突っ込んでる」
女帝「まあ、ルナちゃんの身バレしていないなら良し！　グッズやボイスをお勧めして更に沼に沈めるんだ」

683 名無しのライバー ID:0cZu9/TnU
>>682
灯ちゃん、それ本当に知人か……？

684 名無しのライバー ID:+6FX6Spdm
>>682
あっこりゃあああ！

685 名無しのライバー ID:gRr6jjEjh
>>682
ルナちゃん身バレしたらヤバそうやな

686 名無しのライバー ID:sChnAwQNL
ウチの男性Vのファンなのに
ルナちゃんは身バレしてないのか……？

687 名無しのライバー ID:b3zAJspBx
ライトな層のファンは割とそんなもんやで

688 名無しのライバー ID:xzP8nEsYK
誰なんやろか……？

689 名無しのライバー ID:6wJQhjtbz

# 7話 Q.同期について

【10月×日】

柊先輩の招集によって急遽決まった、有名ゲームメーカーの顔とも言っても良いマリーブラザーのキャラクターたちがレーサーとして登場するマリーオンカート。配信者としてはもはやお馴染みの、ある程度人数が集まるような配信であれば最初に候補に挙がるようなポピュラーなゲームである。ポピュラーという事はそれだけ需要があるということであり、我々演者側としても新規でゲームソフトを用意する必要がないという利点もある。柊先輩が最近視聴者さんと対戦形式でプレイしているらしく、マリーオンカートに対する熱量が高まっていたという。気軽に誘っていただける分には非常にありがたいというか、光栄な話である。数字的なお話とかそういうのは先輩の事だから一切気にせず、ただただ自分や視聴者の人たちが『楽しそう』であれば良いというくらいの気持ちだったのだろう。それでもデビュー当時、最初に声をかけてくださったのが柊先輩だった。改めて先輩に支えられていると思い返す。最初のコラボ配信もそういえば、このゲームだったなぁ。

このタイミングでなければ、とそう思わずにはいられない。件の騒動で絶賛渦中にいる私と絡むとなると無事で済むとは思えない。御影君曰く「今、先輩とコラボすると滅茶苦茶数字盛れそうなんすよ！」とのことで、確かにまあその通りではあったので、これもまたこの業界を生き抜くための術であるし、変に気にしすぎて本来の活動が制限されるのは確かに馬鹿らしい話ではある。こればっかりは割り切るしかない。罪悪感を抱きながらもコラボ配信に挑むこととなった。

「あ、これどの組み合わせが一番早くなるんだっけ？」

「俺以外は皆初期マシンに、初期タイヤでいいだろ」

「トイレ行ってきまーす」

緊張感とかこれっぽっちもない、本当にいつも通りのノリで安心した。朝比奈（あさひな）先輩がマシンの選択画面で悩んでいる横で、自分はタイムアタックで上位プレイヤーの多くが愛用している組み合わせを選んでおきながら、他人には初期設定のままを勧める柊先輩。そして配信開始したタイミングでトイレのために席を立つ御影君の構図である。

ちなみにこのゲーム、各キャラクターによって重量が設定されていたり、マシンやタイヤなどで微妙に加速性能が異なっていたりする。重量が軽いキャラだと加速性能が高いが最高速度が低めにされており、重いキャラだとその逆。前者の方がコーナリング性能が高いなど差異がある。マシンもそれらと同様に個々で得意不得意が設定されており、その選択も楽しみ方のひとつとされている。もっとも、速さを突き詰めていくと、大体組み合わせは決まってくるらしく、タイムアタック上位のプレイヤーは同じキャラとマシンの組み合わせが多い。以前も述べたが、妨害アイテムの存在もあって割と見た目で選んでもパーティープレイとして遊ぶ分には申し分ない。この辺りはゲームメーカーさんの匙加減（さじかげん）が上手（うま）い事できているな、と感心してしまう。

「せめて皆さん挨拶くらいしません？」

「いや、まあ、ホラ。もうお馴染みだし別によくね？」

「あ、僕飲み物取って来るー」

「自由だなぁ」

「そういうお前のマイクから、明らかに虎太郎くんがゴロゴロ喉鳴らしてる音声が聞こえるんだが？」

「いやぁ、膝に乗っかって来るからつい……」

［もう好き放題だよ］

［初見バイバイ配信］

［配信会直後に4人中2人が消える配信］

［虎太郎君ゴロゴロかわよ］

［虎太郎きゅん可愛い］

［で、元同期の件どうなったん??］

まあ、予想はしていた類いのコメントも早速やってきていた。前回の配信でその手のコメを投下するユーザーはブロックしていたのだが、どうやら捨て垢なのかご新規さんなのかは不明だが、キリがないな。

「ゴロゴロ」

「よしよし」

配信をいざ始めようと気合を入れていたら、「ちょっくら失礼しますよ」と馴染みの居酒屋の暖簾(のれん)をくぐるよりも軽いノリで私の膝の上を占領する我が家の末っ子君。オスの癖(くせ)に我が家の男連中の膝上にしか乗らないことでお馴染みとなっている虎太郎。母親は餌(えさ)というチート装備でたまに乗せているけれども、自ら進んで乗っかってくるのは父親か私相手だけである。ゲームの操作をするために手を離してコントローラーを握ると、前脚でポンポンと膝を叩(たた)いてから「にゃあ」と一声あげる。

「いや、今からお仕事だからね。後で構ってあげるから。ホラ」

「ンニャァ!」

「にゃ?」

こちらのコタの鳴き声に反応して、恐らくは朝比奈先輩のところのマイクから先輩の愛猫(あいびょう)である白玉(しらたま)ちゃんの鳴き声がフェードイン。毎回思うのだが、マイク越しでもきちんとコミュニケーション取れているのだろうか? 一度対面させてみたいなーというのは先輩ともお話ししていたりする。

「こた×しら、てぇてぇ」

「フシャー!」

「シャー!!」

「毎回ですけど、なんで柊先輩そんなに猫に嫌われているんですか……?」

「魔王的オーラがスピーカー越しに伝わっている説」

［しら×こたじゃね？］
［お前嫌われすぎワロタ］
［メッセージが削除されました］
［白玉ちゃんの方がお姉さんで、虎太郎きゅんの方が若い。つまりおねショタなんだよ。お分かり？　優しく白玉ちゃんがリードしてあげるんだよ。あ、でも逆転するタイプも拙者嫌いじゃなくってよ。ショタに主導権を握らせるな派閥に所属する皆には申し訳ないが、邪道でもたまにジャンキーな性癖も欲しくなるのよ〈羽澄咲〉］
［ハッスｗｗ］
［あんた、何しに来たの？］
［唐突に怪文書投下するのやめてもろて］

羽澄先輩が長文コメントを投稿していた。身内じゃなったら削除されても文句は言えないと思う。当人がノリノリで書いているのが目に浮かぶようだ。この人、裏でも大体こんな感じである。いつもは大人な女性のイメージ通りで、獅堂先輩や新戸先輩などのストッパー役として振り回される側になっているが、スイッチが入ると長文で色々書き込んでいる。この前ディスコでは短編小説かっていうくらいに渾身のボーイズラブオススメ作品に関して語っていた。ちなみにブラン嬢が同好の士らしい。

我々男性陣のコラボに関しても、喜んでいる女性ファンの皆さんはそういうカップリングというか……所謂『掛け算』みたいなのを妄想して楽しんでいたりもするのだろうか？　数は少ないが同人誌即売会などでは、そういうジャンルの本もある。こちらとしてはご自由に創作していただいても全然構わないというスタンスである。寧ろどんどんやってくださいという意識の方が強いVが多いだろう。フリー素材というのは言いすぎかもしれないが、二次創作にはかなり寛容な業界である。というのも、案外ファンの人が描いたファンアートなどからこちらのＶＴｕｂｅｒ界隈に入って来るという人が少なくはないからだ。なお、一番大きいイラストの入り口はエッチなイラストである。界隈で言うと叡智絵とか言われているやつである。さすがは三大欲求の内のひとつ。創作界隈の潮流というのも馬鹿にできない。彼らの描くイラストの数が多いジャンル、作品がその年の流行を指し示すと言って良いくらいだ。そのため同人誌即売会ではどの作品をテーマにした同人誌ブースが多いか、といった情報がネットでも話題になるくらいだ。


「ただいまー、あれ？　しらたまぁー、どしたのぉー？」

「うちのコタとお話ししてました」

「そっかそっか、白玉はコタくん大好きだねぇー」

「ニャ！」

［はい、可愛い］
［かわよ］

「さすかわ」

「ただいまー。明日からポテト１５０円だって‼」

「なんでトイレ帰りのひと言目がそれなんだよ‼」

「ラギパイセン、まずドリフトから練習した方が良いのでは？」
「おのれぇ‼」
「後輩ができる度に勝負挑むけど毎回負けるよね。ちなみに僕も楽勝だった」
「そう言えば、私もデビュー直後にこのゲームでコラボさせていただきましたね」

「ざぁーこ♡」

「ざこざこ」

「同期についてなんかコメントしろや」

「ざぁこ、ざぁこ」

「よわよわ」

「メスガキＡＳＭＲみたな単語で埋め尽くすんじゃねぇ！　ちなみにウチの妹の『ざぁーこ』

ボイスは滅茶苦茶良いぞ」

［夏嘉(なつか)ちゃんの罵倒(ばとう)ASMRはよ］
［来月のボイス、それ出そうぜ！］
［元同期に関してコメントどうぞ］
［お前来月のボイス、夏嘉ちゃんに代わりに出てもらおうよ］

「あれは事故だったんだよ！　他意はないんだよ！　俺の性癖に刺さってるわけじゃないからな⁉」

［照れるなって］
［なおお前のお陰で売上爆伸びした模様］
［魔界では女の子に罵倒されるASMRは一般性癖なんだよ］
［魔界ならしゃーない］

得手不得手というものは誰にでもあるもので、アクションゲームもそつなくこなす柊先輩であるが、レーシングゲームだけはかなり苦手らしい。私も別段得意ではないし、寧ろ苦手な部類だと思うのだが、それでも各レース毎のポイントを集計した結果では私の方が順位としては上になっている。これは単純に先輩のプレイスタイルが要因なのだと思う。彼の場合、ゲームの操作よりも常に喋ることを優先しているためなんじゃないかと勝手に推測している。やはりどうしようもなく先輩は配信者向きであるのだ。私とか集中するとお喋りどころじゃない、なんてことがよくある。ちなみにＡＳＭＲ関連のコメントは荒らしとかではなく、ネタコメントらしい。直近では自分の事で手一杯でチェックできていなかったな。後で調べておこう。

「そういえば、滅茶苦茶同期云々みたいなコメ多いっすね」

「同期がいるって幸せな事だぞ、マジで」

「ダリアちゃんかー。僕ももっと色々お話ししたかったなぁ」

なんとなく察してしまう。最初に御影君が触れた後、誤魔化すことなく平然とそれを拾う柊先輩と朝比奈先輩。これはわざとであると。あえて同期という単語をＮＧワードに設定していないらしく、まさかこの手のコメントが大量に投げ掛けられる事前提で最初から考えていたのか……？　だが、どうしてわざわざそんなことを…………？

[ダリア……]

[ダリア引退から結構経ったなぁ……]

[話には聞く引退した元同期ちゃんか]

[運命の悪戯ってのはこの事だよな]

[あの頃は時代が悪すぎた]

[あと数ヶ月活動続けていたらって思っちゃうよな]

先輩の同期――ダリア・バートン。私がデビューするよりも前に引退してしまった、あんだーらいぶ最初にして、現在のところ唯一の引退メンバー。ハセガワ君は引退ではなく解雇なので微妙にニュアンスは異なる。その後の彼女の生活が続く事も踏まえて、卒業と呼称する人も多い。ＶＴｕｂｅｒ黎明期。柊先輩ですら視聴者が２桁、よくて３桁だった頃。何をやっても話題にはならず、世間的にもＶＴｕｂｅｒという存在がほとんど認知されていない時代。どんな配信をしても伸びない、視聴者数は増えない、そんな苦悩の日々が続いた頃だ。それを苦に引退という結果に柊先輩は未だに心を痛めている。何せ彼女が引退して数ヶ月後に先輩は自らの代名詞となった畳事件でバズり、更にそれよりも少し前には獅堂先輩も切り抜き動画から高く評価され、『あんだーらいぶ』の名が広まり始めたというのだから、現実とはなんと残酷な事か。もし彼女がもう数ヶ月活動を続けていれば、引退なんて選択肢を選ぶことがなかったのでは……？　そうファンの中では囁かれている。今の我々はそういった人々の礎の上で成り立っているのである。それを忘れてはならない。

「さっきから散々コメントでリクエストされてっから答えるけどよ――俺はさ、同期と『またコラボしよう』って約束した後で卒業されちまったからな。フラれた男みたいな心情だったぞ。今も後悔してるからな。きっとこれからもずっと」

「すまん泣く……」

「違う、そっちじゃねぇよ!!」

「コラボ配信した後で、次の配信の約束までしてたもんな……」

〔ほんま惜しい人やったな……〕

「確かに同期いるからデビューの時とか安心感はあったなぁ。あんなんでも」

「しののんに後で怒られるよー？　忘れられがちだけど僕の同期はハッスと忍（しのぶ）ちゃんなんだよね。同期ってことで気軽になんでも相談し合ったりできるし、いなかったら今も活動とかしてないかも」

〔仕事でも同期って大事だもんねぇ〕
〔先輩には相談しにくくても同期なら相談しやすいしね〕
〔エモいやん〕
〔てぇてぇ〕
〔違うだろ、聞きたいのはそっちじゃねぇよ〕
〔黙ってろカス〕
〔触れてやるな、彼は病気なんだよ……〕

「同期はいないけど最高の仲間はいるからな。昔約束守れなかった分、後悔しないように常に全力でコラボに挑むのが俺のスタイルなわけよ。流石（さすが）は俺様。ふふん。あー、またてぇてぇことを言ってしまった。これは俺の株価がストップ高になっちまうよぉ」

［最後で台無しだよ！］
［割と真面目なところあるよな、お前］
［余計な一言でプラマイゼロだよ‼］
［草］
［ワイのてぇてぇって思った気持ち返して］

「先輩も同期いない組でしたね、なんか滅茶苦茶凄い事になってましたよね、当時。俺もその一件でこの箱の存在知ったくらいっすからね。ある意味それがなかったら今、ここに俺いなかったかもしれないっすねぇ」

「ほら、怜君もなんかいい感じのコメント」

「私は――」

きっと、最初からこれが目的だったのだろう。今の立場上コメントに困るが、あえて発言させて早期の終結を目指したといったところだろうか。しかも話を振ったのが私ではなく、彼らであって、私はあくまで話を振られた側である……。つまり言及しても仕方がない状況を作られてしまった。どう発言すれば一番丸く収まるか、なんて考えが一瞬頭を過ったが……それよりも先に自然と言葉を口にしてしまった。ある意味配信者失格なのかもしれない。いや、きっとあるまじき言動だ。それでも――口にしなくては、そう思ってしまったのだ。

「私には同期がもういませんが……同僚には恵まれたなって思っています。特にこのメンバーは、本当の同期みたいにって言うと失礼かもしれないですけれども――」

「馬鹿野郎。失礼もクソもあるかよ。そこは『俺たちを同期みたいに思ってる』、それで充分だろうが」

［あー、そういうね……］
［お前ら最高だよ］
［あえて触れた理由分かったわ……］
［拙者、こういうのすこすこ侍］
［おっ、てぇてぇか？］
［男同士の友情って最高だよな］
［分かる、掛け算が捗（はかど）るよね］
［そんな目で見るなよ……］
［メッセージが削除されました］

先程までずっと配信の主旨と関係のないコメントを投稿していたユーザーをこのタイミングでブロックしている先輩。まるでもう用無しとでも言いたげな、そんな絶妙なタイミングだった。結局自分の言いたい事だけ言って、全員を納得させてしまう、そんな雰囲気を作り出していた。ほんと……やっぱり、敵（かな）わないなぁ…………。

しかし、これで本当に良かったのだろうか……？　この一件でまた批判されたりとかしないだろうか。余計に彼らを刺激したりしないだろうか。そんな不安感も確かにあるが心がスッキりと、重りを下ろしたような少し晴れやかな気持ちにもなった。知らぬ間に余計に気を張ってしまっていたのを、きっと柊先輩、朝比奈先輩、御影君が察していたのかもしれない。本当に……どこまでお人好しなんだろうか、この人たちは。

「僕も実際この面子が一番気が楽なんだよね」

「俺、前日楽しみであんま寝れなかったんすよね」

「遠足前のキッズか、おのれは！」

「いや、だって俺友達いなかったんですもん！　なんてったって保健室登校勢っすからね」

御影君は友人とのお出かけとか遊びというものに飢えているのか、その前日には滅茶苦茶にテンションが高いのである。私も似たようなものなので気持ちはよく分かる。私の場合は意図して距離感を取って外部との接触を避けていた面があるのだが……彼は中学生、高校生の頃から動画投稿を始めていた超古参の活動者であり、そちらの活動を優先してきたというのも影響としては大きいのだと思う。

「体調管理は大事ですよ？　まずはカフェイン飲料の摂取を控えてですね……」

「ママ……？　先輩は俺のママになってくれるかもしれないってやつですか？」

「ママは僕のママなんだが？」

「勝手に人をママにしないでもらえますかねぇ……」

こんな風なやり取りをしていると、この後どういう事態になろうとも、あの言葉は口にして良かったと思えた。言葉というものは直接伝えないと意味がない。少しでも、ほんの少しだけでも皆への感謝と信頼の想いを伝えられたのなら……きっとこういう選択肢も決して間違いなんかじゃないだろう。そして皆も同じように想ってくれていることが何より嬉しかった。何だかんだでこの一件も悪いことばかりでもないと、元同期に対して感謝の念すら抱きそうになるくらいだ。

本当に、お人好しばかりである。

666 名無しのライバー ID:QtnuZW5Lf
このタイミングでうちの男子連中コラボするのか？

---

柊冬夜@19:00男子組コラボ@Hiiragi_underlive
新しく男子メンバーが来たってことはよぉ！
マリーオンカートだよなぁ……!!
全員まとめてかかってこい

---

667 名無しのライバー ID:C5ywZVvBH
>>666
変なアンチのお小言なんてコラボ止める理由にならん

668 名無しのライバー ID:CzHfi51Ec
>>666
寧ろこのタイミングでやっとけ

669 名無しのライバー ID:qPA68tO2c
>>666
こいついっつもマリオカさんでフルボッコにされるよな

670 名無しのライバー ID:LRGOKbVt1
新人デビューする度に戦いを挑んで敗北する男

671 名無しのライバー ID:yjsO61Ils
なお月太陽コンビには流石に挑んでいない男

672 名無しのライバー ID:Odj6q2Ply
炎上怖いからしゃーない

673 名無しのライバー ID:N+dltFiha
実は月太陽コンビの視聴者参加型配信にこっそり参加して無事最下位だった模様

674 名無しのライバー ID:Vl/Ilv8Hx
草

675 名無しのライバー ID:ffuhq+L2+
なにやってんだよww

676 名無しのライバー ID:WNlblyEO1
畳「俺以外アイテム使わないとかどうかね？」

677 名無しのライバー ID:4M1sErR4f
それでも負けそう（小並感）

678 名無しのライバー ID:L39Z01eBQ
ずっとバナナの皮だけ拾いそう（小並感）

679 名無しのライバー ID:8bXFu0Li7
畳って他ゲーは割と上手いのに
なんでレースゲーだけ苦手なんや？

680 名無しのライバー ID:Q6ibA9DS/
シューティングも苦手やぞ

681 名無しのライバー ID:JbLq+2dXA
クイズも苦手だぞ

682 名無しのライバー ID:eYLEv3sn8

畳「どりゃああああ！」

683 名無しのライバー ID:uuG2WDZK1
畳はスレ民だった!?

684 名無しのライバー ID:mkwOtXmU+
ワイらのモノマネやめてクレメンス

685 名無しのライバー ID:tRNRdOM0a
元は他有名配信者ネタだから……

686 名無しのライバー ID:eXgCfxO9Y
なおカーブで曲がり切れずに落ちる模様

687 名無しのライバー ID:MoBthread
畳「背後のプレイヤーからめっちゃ煽り運転されてる!!」
ミカ「みんな並んでるんだから早くしてくださいよぉ」
あさちゃん「皆さんは現実では煽り運転絶対にダメだよ？」
脱サラ「巻き込まれたときはドアなど開かずにすぐに警察などに連絡を」
ずっと畳の背後に付いて走る後輩3人の図

688 名無しのライバー ID:yjX2elilc
後輩に煽られてて草

689 名無しのライバー ID:rnjvnMUMU
レースゲームとは??

690 名無しのライバー ID:wWjRTuOQq
ゴール直前に温存していた加速アイテムで抜き去っていく3人

畳「裏切り者ォオオ!!」
コメ「ざぁこ、ざぁこ」
コメ「よわよわだねぇ」

691 名無しのライバー ID:to3jkl8n1
何故にメスガキ大量発生してるんや（困惑）

692 名無しのライバー ID:MoBthread
畳ファン「このASMRのイラスト夏嘉ちゃんに何となく似てる」
↓
畳「ほーん」
↓
興味なさそうなフリをしておいて
購入後の報告ツイートボタンを誤ってタップしてしまい
ざこざこ罵倒ASMR買ってたことが発覚
これが昨夜の出来事である

693 名無しのライバー ID:GwsYxYX6g
>>692
文字にして改めて見ると酷いなww

694 名無しのライバー ID:MhBV11c3U
>>692
これには夏嘉ちゃんもドン引きである

695 名無しのライバー ID:sVbbzi15l
>>692
キャラデザは寄せてるとかじゃなくて
たまたま似ただけっぽいけど
面影はあるな

696 名無しのライバー ID:MoBthread
なお担当声優はワイの推しである
ひまりんこと葵陽葵ちゃんである

697 名無しのライバー ID:HUQ8leNpQ
なお発覚後微妙に売り上げが伸びて
売上のランキング圏外からトップ20入りした模様

698 名無しのライバー ID:dTCNfQNzU
さすがやな

699 名無しのライバー ID:lnYjA6saj
朗報　畳が追突する度に板金代としてスパチャが飛ぶ

700 名無しのライバー ID:5p6BmXFNn
お前ら畳を何だと思ってるんだよ!!

701 名無しのライバー ID:HB80A02R2
みんなのおもちゃ定期

702 名無しのライバー ID:F/2atCGaH
流石はトップVTuberだぜ！

703 名無しのライバー ID:FuWBbK3kI
しかしコメ欄ひっでぇな
同期NGワードに設定した方が良かったろ

704 名無しのライバー ID:Ijf7+IjnS
ミカ「同期云々みたいなコメ多いっすね」

705 名無しのライバー ID:vuB789tDv
おい！

706 名無しのライバー ID:oG7fdCm3B
お前から触れに行くんかーい!!

707 名無しのライバー ID:n7VMGSM0e
畳「同期がいるって幸せな事だぞ、マジで」
ダリア……

708 名無しのライバー ID:x8M0vePyl
畳も同期不在だったな、そういや……

709 名無しのライバー ID:i43WRrWxL
時代が悪すぎたんや……

710 名無しのライバー ID:al+koRr1B
しかも同期が引退してしばらく経って
女帝や畳がバズって
あんだーらいぶが有名になったというね

711 名無しのライバー ID:0V+rRBoxl
本当にタイミングが悪かったとしか言えん

712 名無しのライバー ID:NFCjhoEKT
畳「同期とコラボ約束した後で卒業されちまったからな。今でもずっと後悔してる」

713 名無しのライバー ID:X8PuHuReN
あ……

714 名無しのライバー ID:shaxoeyV6
止めてくれ、畳
その話は俺に効く…………

715 名無しのライバー ID:gckineki/

これ聞いてても
「そっちじゃない」とかコメしてるやつ
人の心とかないんか？
久しぶりに……キレちまったよ

716 名無しのライバー ID:iyj6E24xu
あったらアンチなんてしてないと思うの

717 名無しのライバー ID:Vcsk9H9Ew
畳「同期はいないけど最高の仲間はいるからな」

718 名無しのライバー ID:WfcXtMumv
>>717
畳高評価

719 名無しのライバー ID:/G7c7T0ug
>>717
お前のそういうところほんますこやで

720 名無しのライバー ID:xdmv4wrXS
>>717
でも偉そうにしてるけど
昨日ざこざこ罵倒ASMR聞いてるんだぜ……？

721 名無しのライバー ID:wvh4AXNdy
やめろｗｗ

722 名無しのライバー ID:EFijjNKZb
それは止めて差し上げろｗｗ

723 名無しのライバー ID:iouHCYKqM
ミカ「先輩（脱サラ）も同期いない組でしたね」
あさちゃん「ほら、怜君もなんかいい感じのコメント」
あ……

724 名無しのライバー ID:tv5KlLKUF
わざとか……？

725 名無しのライバー ID:KXQuYDUEF
これ絶対黙ってやり過ごそうとしてる
脱サラのためのムーブやろ……？

726 名無しのライバー ID:SOfz5o8xs
でもわざわざ話題に出すのってどうなのさ
下手すら巻き込まれて炎上すっぞ

727 名無しのライバー ID:TPsi68GA2
それ含めての判断なんだろ

728 名無しのライバー ID:7pneDW/CO
先月のVertex大会の時の発言
「全員で仲良く叩かれとこうぜ」
のフラグ回収か

729 名無しのライバー ID:SisterChan
みんな……

730 名無しのライバー ID:N6j7BiaEj
あれ、画面が……

脱サラ「私には同期がもういませんが……同僚には恵まれたなって思っています。同期みたいにって言うと失礼かもしれないですけれども――」

畳「そこは『俺たちを同期みたいに思って

る』、それで充分だろうが」

731 名無しのライバー ID:uR5uXhx5M
ほんまさぁ……こんな時間に泣かせんなよ

732 名無しのライバー ID:p9MFNcELm
ｲｲﾊﾅｼﾀﾞﾅｰ

733 名無しのライバー ID:f1fQ44cQk
ワイこういう男同士の友情大好物やねん

734 名無しのライバー ID:rJWCsS2ZH
脱サラが思わず言葉に詰まるのちょっと不意打ちすぎるよ……

735 名無しのライバー ID:68O02snLS
人間性を少しずつ取り戻していけ

736 名無しのライバー ID:HyT+dP57k
ギャルゲなら全ルートクリアしたあと
ようやく攻略できるキャラだよな

737 名無しのライバー ID:i4t3hIouk
あんだーらいぶとかいう脱サラ更生施設

738 名無しのライバー ID:DTrlazysq
こういうところあるから
ほんまこの箱好きやねん

739 名無しのライバー ID:Zgfwtz2nf
それな

**今日の妹ちゃん**

だからわたしは
この箱推しなんだよなぁ

# 閑話　ウラガワ

【10月×日】

「はい、ってことで会議をはじめたいと思います。まず点呼！　1番！　俺、柊(ひいらぎ)冬夜(とうや)！」

「2ばーん、朝比奈(あさひな)あさひー」

「3番！　御影(みかげ)和也(かずや)ァ！！！」

「以上、3名。ヨシ！」

「なにがヨシなんだろうか……？」

「1名足りてない気がするんすけど？」

先程も名乗ったが、俺は柊冬夜という名前で活動をしているVTuberだ。後輩2人を放課後校舎裏に呼び出すようなイメージでもって招集をかけた。あさちゃんは愛猫(あいびょう)の白玉(しらたま)ちゃんと戯れているのかマイクに猫の鳴き声が乗っているし、ミカは明らかにスナック菓子の包装を開く音とボリボリとそれを食べる音が滅茶苦茶(めちゃくちゃ)聞こえる。こいつら自由すぎる。仮にも先輩の俺の急な呼び出しなのだから、もうちょっとその……緊張感というか、そういうのがないのだろうか？

まー、俺は別にデビュー時期がどうだの、登録者数がどうだので偉そうな面する気はない。

俺なんてのは単純に運だけで今の立ち位置にいるような男だ。ミカはあんだーらいぶ(うち)で活動を始める前のニヨニヨ動画での配信者活動歴を考えると、俺よりもずっと先輩にあたるし。

「神坂(かんざか)君はあえて呼んでない。理由は薄々お察しだとは思うが」

「あー……あれね。正直見てて気持ちの良いもんじゃあないよね。僕はあの手の連中全部ブロックしちゃってるよ」

「ハセガワさんでしたっけ……？　彼に対するコメントだけならまだあれっすけど、なんで今更先輩が批判されてるんすかねぇ……マジで分からないや」

俺たちが話しているのは、『バーチャルドリームワークス』という新設のバーチャルタレント事務所が突如として打ち出した企画である、公開オーディションを発端とする一連の騒動について。まあ、端的に言い表すと『ＶＴｕｂｅｒの中の人を決める』ことを目的としたオーディションだ。普通Ｖってのは中の人というのを極力明らかにしないようにするのが基本であり、中の人アピールをしている者も多少はいるが大多数は個人で活動をしている個人勢。企業でそういった部分を全面的に押し出すことなど稀(まれ)だ。大手ともなるとまずやることはない。大体、Ｖの中の人事情というとオフでの出来事を話すことくらいはあったけど、こうした形でフィーチャーされることは今までなかった。そういった物珍しさ、そしてキャラ（1人）のガワに対して中の人の候補が１０人もいる状態でのオーディションスタートというカオスな状態。そんな中で競わせて1番だった人が勝ち残る、というやり方から中国の伝承だかなんだかに準(なぞら)えて『蟲毒(こどく)』という物騒なネーミングまで飛び出す始末。配信者で蟲毒やってる、という触れ込みでＶＴｕｂｅｒを知らない人にも広がり始めている。

ここまでであればまだ良かった。それこそオーディション開催するっていうところくらいまでは、ウチの事務所に限らずどこだって大体やっている。通常裏でやる事を表立ってやるという点で物珍しさはあったが、問題はそれ以降だ。あんだーらいぶ史上2人目の引退者である長谷川の中の人がこのオーディションに参加しているという情報は、瞬く間にネットの海を駆け巡った。当人は特に転生を匂わせるような発言もしていないらしいが、元々声だけで前世の活動まで即座にバレる界隈。Webで活動していた人なら大体が特定される。さもありなん。

そこからは元同期である神坂君に対して今の気持ちを親切な口調ってか、文字だけど……尋ねる連中が大量発生。「ねぇねぇ今どんな気持ち?」ってやつだ。そこからあわよくばマイナス方面の発言を引き出せれば御の字といった感じだろう。更に一連のこの流れをVTuber関連の情報を取り扱っている大手の『VTuberまとめブログ』やら、果てはゴシップ情報を取り扱う、ある意味俺たちにとっては天敵みたいな『影尾』とかいうのが動画で取り上げることとなる。そこから事情を知った、当時の状況を知らない人、ファンでもない人が騒ぎ出した。まあ、ようはアンチが今更あの頃の炎上案件を掘り起こして、見当違いにも当時の再現とばかりにあいつを叩き始めたのだ。いや、そこまで再現する必要ないだろ。アホか。

ネットってのには自分の心が痛まず叩ける玩具を見付けたら、それに群がって袋叩きにする悪しき慣習がある。中には確かに批判されるだけのことをやらかしたような人だっているだろうが、時には度を越した誹謗中傷や見当違いの批判まである。今回は後者のやつだ。本当にどうにかならんもんか……。

「でも作戦って何をどうするのさ……?　下手に触れるとそれこそ小火が本当の火災になりか

ねないよ」

「先輩も分かってて黙ってる感じっすよね。多分」

「だろうよ」

確かにあさちゃんの言う通り、下手に触れると逆に大事にもなりかねん。それが分かっているから、あいつ自身もあえて何も言わずにずっと黙っているんだろう。確かに、それが一番確実だ。それがきっと企業所属のVとしても普通の行動なんだと思う。

「確かに正しいと思う。俺が同じ立場でも同じようにしてると思うしさ――でも、だからといって……今のままが良いだなんて思ってんのか？」

「愚問だなぁ」

「んなもん、良くないに決まってるじゃないっすか」

同じ箱。単に同じ事務所に所属するだけの同僚。言ってしまえばそれだけだ。それでも……単なる同僚だなんて言葉では片付けられないはずだ。なんでもない事で笑い合う悪友みたいな、心の底から気を許し合えている親友みたいな。時には数字を比較されるライバル、時には同じ仕事や目標に向かって努力する仲間。だから俺はそんなところ全部ひっくるめて、このあんだーらいぶってのをひと言で言い表すのであれば『家族』と答えるだろう。小っ恥ずかしいからあんまり表立って言うつもりはないが。

「俺たちが味方してやらなくちゃ、誰が味方すんだよ。ここで黙って見てるのが正解だってのは分かってるけどさぁ……納得は出来ねぇんだよ。それに元々こういうのはあいつが散々やっているようなことだ。たまには自分に返って来たって文句は言えねぇよな？」

「怜君、ちょっとくらい相談とかしてくれても良いと思うんだけどなぁ。なんでもかんでも抱え込むのは悪い癖だよねー。彼は彼で過去に色々あったってのは本人からもそれとなくは聞いているから仕方ないのかもだけれど」

「好感度アップイベントが足りないんすよ。スチル回収とかしてフラグ立てないといけないってゲームで学びましたよ、俺。雫ちゃんとかに電話コマンド選択して今の好感度ポイント確かめなくちゃ」

「ミカ、それギャルゲーだろ。あと雫ちゃんに連絡とかしてみろ、笑顔で詰め寄って来られるぞ」

ウチの箱も一筋縄ではいかない人間が多いが、その中でも恐らくあいつは一番拗らせていそう。一番まともそうに見えて、一番タガが外れている。変人度で言えば、ニートとかエリカとかに勝てるわけもないが……親しく、長い時間を共有すればするほど実感する。異常さというか、ちぐはぐさに。どこか危うさのようなものすら感じる事がある。普通の人は自分がなるべく傷付かないように、楽な方に行こうとするもんだろう？　だが、あいつの場合はそうじゃない。自分じゃなく、身近な人が、周囲の人が傷付かないようにする選択を優先する。たとえそれによって自分にどれだけの問題が巻き起こるかが分かっていても、だ。一般常識というか、コンプライアンスとかそういうの最低限のタガみたいなものはあるんだと思うが、それにしたってやっていることはゲームで言うところのタンク役そのものだ。そういうの役割がしっかりと分けられた有名ゲームですらやりたがる人は少ない役職だ。リアルでやるなんて正気の沙汰じゃないと思うぞ、マジで。

生まれ持った性格的な面も大きく影響しているのかもしれないが、ミカの言う事も荒唐無稽に見えて案外的を射てもいるのかもしれない。俺たちがまだ心の底からあいつからの信頼を勝ち得ていないからなんでもかんでも一人で抱え込んでしまうんじゃないかと、そう思ってしまうわけよ。そんなに頼りなく思われているんじゃないかって考えると少し凹む。ただ、最近はデビュー当時に比べると箱の皆と積極的に、とまではいかないかもしれないがコミュニケーションを取るようになっている。本人も活動に関しては「楽しい」と言っているし、それは多分嘘偽りのない本心だろう。ただし、そのハードルが常人のそれに比べると滅茶苦茶低いのである。ハードルというか段差なんじゃないかというレベルのやつだろ、絶対。当たり前の事を喜ぶなんてどうかしてるが、それ故批判もやり過ごせているというのが何とも皮肉めいている。マジであいつじゃなかったら、一般のメンタルしてたら、三回くらい引退していそうな勢いで毎月のように何らかの問題に巻き込まれている。

　しかもその内の１回は俺の３Ｄリアルイベント絡み。俺のせいで巻き込んでしまったみたいなところもある。箱の問題であるのならば、本来あいつ１人で抱え込ませるってのはダメだ。俺も同じ立場なら同じような事をしていたかもしれない。でも……だからこそ、このままが良いってことはないだろう。だからせめて俺たちの出来る限りのことをやってやりたいって思うのは当たり前の事だろう？

「正直今だと僕が一番好感度高いと思う」

「いや、絶対俺っすよ。最近毎週何食べたかとか報告させられますし。簡単レシピとか教えてもらってますもん」

「それ、単に上京した大学生心配するオカンの心境だと思うんだが」

「怜君じゃないけど、カズくんは不摂生がすぎるよ。そんなんだからすぐ体調崩すんだよ」

「まあ、元々保健室登校ガチ勢っすからね、俺。これでも結構丈夫になった方っすよ」

「ファンからはスペ〇ンカー・カズヤの愛称で呼ばれている模様」

「小学生の頃段差でズッコケて前歯折ったので割と否定できないんすよね」

「えぇ……本当気を付けようよ……僕もちょっと怜君の気持ちが分かってしまったよ」

　ミカは一人暮らし歴長い癖に自炊とかサッパリだし、コンビニ弁当やカップ麺、ブロックタイプの栄養補給食、更に追い打ちとばかりにカフェインを多量に含んだエナジードリンクを愛飲している。それこそその空の缶でタワーを形成するくらいには日常から飲んでいるらしい。

俺もたまに飲むが、毎日のように愛飲するのは流石にどうかと思う。俺は気合入れるときとか長時間のクリア耐久配信とかするとき、眠気がすごいときとかにドーピングアイテムとして利用するイメージだ。

「でも妹の夏嘉ちゃんに訪問介護されているラギーが言える立場ではない気がするよ、僕」

「うぐ……」

「俺も自宅に通って家事してくれる女の子欲しい」

「家政婦さん雇うか、お母さんに来てもらうのが手っ取り早いよ」

「アサ先輩！　そうじゃないんすよぉ！　こう、若い女の子がエプロン着て家事やってくれるのが良いんじゃないんすか‼」

　大体週1くらいの頻度で実の妹に家事をしてもらっている情けない兄がこちらです。いや、ホント、そればっかりはぐうの音も出ない。だってできないんだもん。俺、配信以外なんにも出来ないダメ人間だからな……マジで今の職業なくなったら野垂れ死にしそうだわ。

「ミカ、お前はまずエナドリ飲むのを控えろよ」

「流石に最近は控えてるっすよ。週3くらいにまでは減らしてます。水飲んでます、水。水道水」

「そこはミネラルウォーターとかじゃないんだ……」

「アサ先輩……正直俺、水買う人種を理解できない民なんで。ぶっちゃけ水道水で充分かなって。最初お茶とかコーヒーにしてたんすけど、それも怜先輩からカフェイン云々って注意されたんで」

「あいつ、その内給食のメニュー表みたいなの作ってきそうだな」

「あー、やりそー……栄養価計算までしてきそう」

「既にSNSで今日の食事とおやつのコーナーが展開されてるけど、あれ、配信見ない謎の勢力にリプライされているのを見て毎回くっそ笑ってます」

「YourTubeの登録者数よりもSNSのフォロワーの方が多いもんな」

「僕はたまにメニューに困ったときパクってる。たまにメニューリクエストしたらレシピくれるし」

「料理研究家でも目指してるんすか、怜先輩は……」

配信の告知の他にプライベートな呟きをする事も俺たちはあるわけなんだが、あいつの場合滅茶苦茶偏ってるんだよなぁ……妹の雫ちゃん関連か食事関連でほぼ10割だ。既に皆さんご存じかもしれないが、べらぼうに料理が上手いので、食事やおやつの報告ツイートは本来VTuberなんか見ないような層から高く評価されている。主婦やマダム層に需要があるとかちょっと面白いのやめろ。

「ぶっちゃけ、視聴者女性率高いのちょっと羨ましいっす」

「それは分かるよ」

人数はどうあれ視聴者層はこのメンバーの中だと一番女性視聴者の比率が高いのだ。コメント欄も微妙に毛色が違ったものがあったりして面白い。元々声優か劇団員と疑われていたくらいにはやたらと良い声をしているので、そうなるのも頷ける。素であれらしいけど身バレとかしないんだろうか、とか気にしてみる。俺はそもそもあんま外出しないので全然問題ないけど。

「ミカもまああ多いだろ。あさちゃんも少なくはないだろ。俺なんてほぼ野郎ばっかやぞ……」

「登録者数考えたら実数は多いでしょ。僕は女の子とファッションやコスメとかのお話とかしたいのに。男の子多いからその手のお話しにくいんだよね。シャンプーの話とかだけはやたらと興味示されるけれど」

「グルシャンは悪い文明。あれってネタじゃなくてマジでやってる人いるんすかね?」

「俺のリスナーが同人誌即売会で各メンバーの使用シャンプーのグルシャンレビュー本出しててドン引きした記憶がある」

「えぇ……僕もドン引きだよ…………」

「なにそれこわい」

「しかも何故か午前中で完売していた」

あさちゃんとミカが2人声を揃えて「ペットは飼い主に似る」だなんて失礼なことを言いやがる。誰が飼い主じゃ誰が！　ちなみに配信中に軽い気持ちで触れたら後日、ファンレターと共にその同人誌が送られてきた。中身を読んだけど謎に文才があって、食レポ――と言って良いのかどうかは分からんけど、普通に読み物として面白かった。著者の主張としては「男性V連中も使っているシャンプー教えろ」という事だった。いや、お前絶対飲む気じゃん……でも面白いから、まあ、ヨシ。

「で、本題に戻るんだけど。具体的に何か策でもあるの？」

「ない！」

「即答だぁ!?」

「ないものはないんだよ、あさちゃん。ないからお前らに聞いてるわけよ。ぶっちゃけ1人で考えててもしゃーない」

「あれ……カズ君、ミュート？」

「エナドリこぼしちゃったから拭いてた」

「緊迫感とか欠片もないな、お前さぁ……あとエナドリ控えてねぇじゃねぇかよ！」

「もうあれじゃないっすか？　同期について話振って当人に喋らせればしつこく聞いてくるヤツいなくなるんじゃ？　批判してる連中もその流れがなくなったら自然と消えていくでしょ。ああいうのはお祭り騒ぎしたい層なんすから」

割とありかもしれない。本人の口からいっそ喋らせる。そうすれば余計な問い掛けをする連中は消えるだろう。勿論問題もあるが。

「問題は下手を打つとガチで燃えるってことだが……」

「まあ、怜君なら大丈夫でしょ。こっちが話を振った時点で僕らの意図読んでくれそうな感じがする」

「それに先輩なら滅茶苦茶当たり障りのない言葉でなんとかなーる。こう——お前たちが同期だぜ！　みたいなノリになれば寧ろ株が上がるんじゃ？」

「採用！　直前に全員の同期のてぇてぇトークでもしとけば良いだろ。そういう回答が自然と出るように導線引いとけば空気読んでくれるだろうし」

「同期、かぁ……」

「あれ？　アサ先輩仲悪いんすか？」

「君は中々失礼な奴だなぁ、仲良いよ。ディスコのやり取りが表に出ると彼女たちのファンからは叩かれそうってくらいには」

「じゃあめっちゃ仲良しだ」

「僕らは同期がいるけど、ラギーはさ……」

「あ……」

そう、俺には同期はいない。正確には過去にはいたのだ。ダリア・バートンという名前の相方がいた。あんだーらいぶ立ち上げから間もない頃、知名度も何もなかったころ、全然人なんて集まらなかった。ありがたいことに現在はどんな時間に配信しても4桁平気で集まってくれるくらいになったのだが、当時の俺に未来の姿を伝えたところできっと信じたりすることはないだろうな。

　登録者数は3桁、視聴者数は2桁が精々。今じゃあ考えられないかもしれないが、そんな日々があったんだ。そんな中で活動を続けるというのは正直辛い事の方が多かった。コメントも1時間配信しても片手で数えられる程度。1コメントもない配信なんてのもザラだった。スクロールするほどコメントが付くことが目標だった。登録者数1000人が目標だった。同時接続者数100が目標だった。本当に今じゃあ考えられないくらいだ。いや……今だってそれを満たせているVが一体どれだけいるんだか。特に知名度もない企業箱や、個人勢からすれば高望みとも言えるラインだ。

　そして俺の同期——相方はそれに耐えかねて引退を決意した。どれだけ努力をしても、どれだけ長く配信しても伸びない。それが配信者にとってはこの上なく辛い現実なんだよ。人によっては平気って人もいるが、少なくともダリアはそうではなかった。俺だって同じような環境が続けば、同じ選択肢を選んだかもしれない。後から事務所の関係者からそれとなく聞いた話ではあるが……。辞めた要因として現実（リアル）の方でも何か問題があったらしく、それもあってそういう選択を取らざるを得なかったのだとか。

　別れは突然だった。唐突に、つい先日「またコラボしよう」だなんて約束を取り付けたのにもかかわらず、決別を決めた彼女のその心の内を察する事が出来ずに無神経な事を言ってしまったと後悔した。引退を決意するほど思い悩んでいた事に気付いてやれなかったことを後悔した。そして身勝手かもしれないが、最後のその一方的な約束を果たせなかったことを後悔した。どうせお別れするならもっと面白い配信に出来た。思い出に残るくらいの配信にしてやりたかった。そんな後悔をしないように俺は1回1回の配信で常に全力で、以前にも増して全力を注いで馬鹿やって、たとえそれが空回りで馬鹿らしく見えたとしても騒いで、とにかく『楽しい』配信を心掛けるようになった。

そこからはあっという間だった。俺は単純に運が良かっただけなんだ。散々持ち上げられるが、結局俺が今の立ち位置にいる一番の理由は運によるところが大きい。女帝こと獅堂エリカが面白配信で注目されていた、そんなタイミングで俺が例の畳事件によってバズった。偶然、画面の切り替えミスでフリー素材の背景であった畳を表示させたままにした、その一連のやり取りが偶然にも面白かっただけ。そしてその様子を切り抜いた動画がSNSや各動画サイトに瞬く間に転載され、拡散されバズっただけ。

気が付けば登録者数10万人を超えてYourTubeから銀の盾を貰い、『銀盾』持ちになった。業界的に言えばVTuberの銀盾持ちは少なかったし、それも女性ばかりの中で男性Vが達成したということでこれまた妙に持ち上げられることになった。

「良いんだよ。俺にとっちゃあ、男子組が同期みたいに心許せる存在なわけよ。あー、こういうの配信に乗せたかったなぁ。バズり間違いなしで女性ファンも爆伸びしちまうのに」

「ラギーってたまに良い事言うよね」

「たまにはとは失礼な。かつて魔の国を統治していた者の金言ぞ?」

「あ、その設定、死に設定じゃなかったんすね」

「死に設定言うなよォ⁉」

「以降のデビューVが軒並みリアル路線の設定になった原因の一端は、主にラギーにあるような気がしないでもないけれど」

もう、ぐうの音も出ねぇよ‼

ちなみに同タイミングでディスコでは、当の本人が後輩ちゃんに対して定期的に困り事はないか、とか聞いている。ソシャゲのマンスリーミッションかってくらいの頻度だ。今月に関しても抜かりなく行われていたが、まさにあいつ自身が槍玉に挙げられて叩かれているその真っただ中で、涼しい顔して他人の心配をしているのである。いや、お前が大丈夫じゃないだろ、と俺以外のメンバーも心の中でツッコミを入れていたことだろう。

その後でその後輩ちゃんコンビから「怜さん、大丈夫なんでしょうか？」と「怜先輩、無理してそうなので先輩から何か言ってやってください」とそれぞれ個別にメッセージが飛んできた。逆に心配されとるぞ、神坂。後輩ちゃんからもお願いされたのでは仕方があるまい。お願いされなくてもやってただろうけれど。

「じゃあ、問題は誰がその話を振り始めるかってことだね」

あさちゃんの言う通り。誰がその話を最初に持っていくかは重要だ。というのも、最初に話しを振る人間はわざわざ渦中の話題をピックアップするのだ。ともすれば批判される可能性が一番高い役回りなのは言うまでもない。他のメンバーは話題を振られて仕方がなく、という風に捉えてもらえるので、ある意味被害者みたいなポジションとなり、キッカケを作ったヤツよりは批判されにくいだろう。もっとも、それはあくまで今の想像でしかない。関係者全員批判される事があるかもしれない。最悪の事態としてはその批判の的があいつに向いてしまう事であるが……で、あれば――。

「僕だな」

「俺っすね！」

「言い出しっぺの俺だろ……」

全員が声を揃えて言ってやがる。決して表に出ることはない。それでもこんなやり取りが出来ちまうから――俺はこの箱が好きなんだと思う。思わず口角が吊り上がるのが分かる。あぁ、通話越しで良かったよ、マジで。今多分すっげぇ気持ち悪い顔してるだろうから。

「僕が恐らくアンチ少ないし、一番可愛いから批判されにくいでしょ」

「俺、この前若干燃えてたので、寧ろ今のうちに完全燃焼しておく方がいいと思うわけっすよ。あと知名度向上がワンチャン狙えないかな、と」

「いや、冷静に考えて俺が一番適任だろうが」

結局この後もしばらく、こんな風に自分がやるとかいう主張をお互いに続けていたのだが、流石に時間の無駄だったのでここは手っ取り早い解決法で幕を閉じる事となった。

「最初はぐー」

「じゃーんけーん」

「ぽん！」

じゃんけんの結果勝ったミカが見事にその役割をゲットしたのだった。なんでよりによって一番後輩に仕事持っていかれてるんだよ、俺ェ……。

やはりというか、俺が同期についてコメントをしたところで神坂が声を詰まらせていたのを何となく察した。この時点で恐らくこちらの意図はある程度読んでいたんだと思う。悪いな、これは悪手だろう。きっと企業勢としちゃあ失格だし、特に箱の古参の俺がやることじゃあないと思っているだろうよ。であったとしても、譲れないもんがあるわけよ。こんな雰囲気じゃあ楽しい配信ができない、俺が。快適な配信環境を整えるのも仕事の一環。であるならば、余計な口も出させてもらう。実際に口火を切ったのはミカだけれど。

コメントでもダリアの事を覚えている古参が結構いて驚いたものだ。その頃から応援を続けてくれている人がいることも、彼女のことを後から知ってくれた人がいることも嬉しかった。だが、そんな心境を乱すように『長谷川』に関する発言を求めるコメントが一斉に増え始めた。あえてブロックはしていない、ここまで荒れていれば言及しないわけにはいかないという状況をあえて残しておく。だけど、不快だ。だからつい配信で本音を言ってしまった。

「さっきから散々コメントでリクエストされてっから答えるけどよ——俺はさ、同期と『またコラボしよう』って約束した後で卒業されちまったからな。フラれた男みたいな心情だったぞ。今も後悔してるからな。きっとこれからもずっと」

だから後悔しないために、俺も今こうやって言葉を配信に乗せている。だけど、これは批判されようと後悔なんてしない、絶対に。

「先輩も同期いない組でしたね。なんか滅茶苦茶凄い事になってましたよね、当時。俺もその一件でこの箱の存在知ったくらいっすからね。ある意味それがなかったら、今のここに俺いなかったかもしれないな」

「ほら、怜君もなんかいい感じのコメント」

「私は――」

一瞬言葉が詰まった。珍しい反応だ。

「私には同期がもういませんが……同僚には恵まれたなって思っています。特にこのメンバーは本当の同期みたいにって言うと失礼かもしれないですけれども――」

「馬鹿野郎。失礼もクソもあるかよ。そこは『俺たちを同期みたいに思ってる』、それで充分だろうが」

本当に馬鹿野郎が。だけど良かった。俺たちと同じように感じて、思ってくれているのだったらそれで満足だ。

**【10月×日】**

思いの外あっさりと片付いた。特にあれから本格的な炎上に発展することもなく、比較的穏便に片付いた。寧ろあの一連のやり取りは、いつも気合を入れた編集で切り抜き動画を投稿してくれているリスナーによって「良いお話」として拡散されはじめた。てぇてぇで解決できるならVとしてはこの上もない結末だったと言えるだろうよ。

結局、長谷川と噂されていた候補者もオーディション辞退を表明。最初からやる気があったのかなかったのか知らんが、オーディションに参加して数日で辞退。一体何がしたかったのか。単純に話題を作り、注目を集めるという意味では成功はしてるらしく、中の人のチャンネル登録者数は滅茶苦茶増えている。最初は過去の解雇経緯をネタにしたり、転生を匂わせたりするのかとも思ったのだが、そういう言動も特にない。引退後もこうして振り回される羽目になるとは想像もしていなかった。これが最後である事を願うよ、本当に。

配信終了後には神坂の方からは「ご心配おかけしまして、申し訳ありませんでした」とか謎の謝罪をされた。いや、やっぱお前分かってないだろ……こういうところどうにか矯正しないことには、ミカの言うように攻略したことにはならんのだろう。それでもまあ……今回は本音が聞けただけでも満足しておくとしようか。

8話

# その後のお話

【10月×日】

昨夜のあんだーらいぶ男子メンバーのマリーオンカートコラボ配信、結局あの配信が原因で炎上騒動などに発展することはなかった。寧ろあえてああいった形で同期に関して直接は言及しなかったものの、「私には同期がいない」という発言が聞ければ充分だったのか、その部分を切り抜いたＶＴｕｂｅｒ関連情報のまとめブログや影尾氏を筆頭とした動画で拡散されることとなった。「同期はいなかったことになっている」だとか「黒歴史化」だとか好き放題言われるのは相変わらずであるが、動画のコメント欄やＳＮＳのリプライ欄で、同期に関して質問を連投するような人はサッパリ見かけなくなった。現金なものである。私の口からは彼らの望む発言を引き出せないと判断したのか、あの言葉で充分であると判断したのかはサッパリ分からないのだが……結果としては静観でなく、あえて配信中に同期に関してコメントすることが正解だったのかもしれない。あのまま放置してあんだーらいぶ全体に延焼していた未来もあり得たかもしれない。

「珍しい。リビングのソファーで寛いでるなんて」

「んー、あー……たまには、ね」

「この前まで凄い事になってたもんね。お疲れ様」

リビングのソファーでボーっと考え事をしていたところ、愛しのマイシスターがやってきて話しかけてきた。珍しいのはこの子が私の隣に腰を落ち着けて、ココアの入ったカップをこちらに差し出してきた行動の方だと思うが……。

「たまには配信とかも休んだら？」

「熱でもあるのか……？」

「むぅー、なによそれぇ」

右手を妹、そして左手を自分の額に手を当て熱を比較してみるが、別段熱があるようにも思えないので、体調不良とかではないらしい。普段そういう事をやらないものだから、変に勘ぐってしまったが……この子なりに例の公開オーディション騒動を知って、心配してくれていたのだろう。VTuberについて詳しいこの子なら、どういう状況になっていたかなんてすぐに耳に入ってくる事だろうし。あるいは私の妹——神坂雫に対しても同じような質問を投げかけていた輩がいたかもしれない。少なくとも私の目に見える範囲では観測できなかったが、神坂雫としてのSNSアカウントのダイレクトメールなどで、その手の物が届いていないとも言い切れない。

「お兄ちゃん、手冷たいよ」

「冷え性だからなぁ、私」

「最近は少し冷えてきたもんね」

「そうだなぁ。外から帰ったら手洗いとうがいはするんだぞ？」

「ちゃんとしてますぅー。第一それしないとおやつくれないじゃん」

「そろそろインフルエンザが流行りはじめる季節だから、口酸っぱくなるほど言ってあげよう」

「お兄ちゃんに移すとヤバいもんね」

「社会人は体調管理も仕事の一環だからな」

「ふぅーん」

額に当てていた手を引き剥がして、小さな両手でぺたぺたと触ってくるが、滅茶苦茶(めちゃくちゃ)こそばゆい。悪い気はしないけれども。「爪、男の人もしっかりお手入れすれば良いのに」と呟(つぶや)いていたのが聞こえてきた。伸びてきたら風呂上がりに爪切りで切る程度である。男性の中にはネイルケアをしっかりこなす人も増えてきてはいるらしいが、どうにもそういう方面はサッパリなのであまり気は進まない。

少し席を外したかと思うと、何やら100均で売っているような透明なプラケースとピンクの可愛(かわい)らしいポーチを持って来て再び私の隣に陣取る。爪やすりを取り出してニヤリと微笑(ほほえ)む。可愛い、なんだこの生き物。超可愛くないか？　やはりこの世で一番可愛いな。近くで見ると睫毛(まつげ)なっがく、お目々くりくり、手はとても温かい。その熱にどこか安心感を覚え、自然と表情も緩むというものである。

「ネイルケアしている男性はモテるんだよ」

「一体誰にモテるんだ、私が」

「うーん……スーパーのおばちゃん？」

「週に何度かは全然知らない老人から話しかけられるけど」

「マジで⁉」

「商品の場所とかよく聞かれるし。前に自分の車の場所分からないって人に声掛けられたよ」

「えぇ……なんか話しかけやすそうなオーラでも放ってるのかなぁ」

「そうだと嬉しいが」

「でもお兄ちゃん、目が死んでるじゃん」

「それは自覚ある」

「死んだ目してるの逆に心配されて話しかけられている説、あり得るんじゃ」

「あってほしくないよ、そんなの……」

爪をやすりで整えながら、なんでもないような会話をする。今日はふれあいタイムが非常に長時間でとっても助かる。毎回こんな風にされるなら、多少の問題事に巻き込まれるのも悪くないとか、企業所属のVTuberとしては失格の思考をしている私を許してほしい。

「手も荒れてるから、きちんとハンドクリーム使いなよ」

「そうか？　全然自覚なかったけれど」

「自分を労わるとかそういうのが足りてないの、お兄ちゃんはさ」

「健康には気を配っているよ」

「足りてないの。もっと自分を甘やかしたりするべきだよ……さっきも言ったけれど、お兄ちゃんはたまには配信とかもお休みすれば良いのに」

「おいおい、幾らお前でも兄の数少ない楽しみを奪わないでくれよ」

「楽しみ……か」

「うん……？　何か変な事でも言ったか？」

「ふふっ、なーんでもない。お兄ちゃんが楽しいんだったら別に良いや」

「お前とお話ししてる時がなによりだけどな」

「えー、そっかぁ。わたしが1番か。それはそれで嫌だなぁ……」

「酷くないですかねぇ!?　お兄ちゃん傷付いちゃうよ！」

　これがひと昔前に流行ったとされているツンデレというやつだろうか。爪を綺麗に整えたと思ったら、今度は何やらペンみたいなものを取り出して、それを塗布していく。中に何かしらの溶液が入っているらしく、塗り易さを追求した結果ペンのような形状になったのだろう。

「ネイルオイル。お、良い感じじゃん。これならスーパーのマダムたちはイチコロだ」

「結局ターゲット層はそこなのか……まあ、急に若い女性に話しかけられても怪しげな宗教か商材売りつけられるかのどちらかだろうしな」

「お兄ちゃんはもう少しお洒落に気を配るべき」

「今更では？」

「お洒落に年齢も性別も関係ないんだよ」

「そんなもんかねぇ。最低限清潔感さえあれば良いとは思っているけれど」

「もう少し着飾ったりすれば格好良くなるのに」

「うん？　今何か凄いお兄ちゃん的にポイントの高い台詞が聞こえた気がするんだが？」

「あー、さっき使ったやつ消毒とかしなくちゃ！　水虫とか移ると困るし」

「酷くない⁉」

「いや、実際爪には菌がいっぱいなんだよ。お兄ちゃん」

「うん、まあそれはそうなんだろうけれどもさ……」

「ネイルファイル捨てないだけ温情ってやつですぅ」

爪やすり、じゃなくてファイルって呼ぶらしい。この知識を配信でひけらかしてやろう。それはついでてマイシスターに爪をメンテされたという自慢が一番の目的であるが。

妹とお家デートしている間に『バーチャルドリームワークス』さんの一件に進展があった。公開オーディションで選考対象のひとつになっていたＷｅｂサイトでの人気投票。１日１回好きな候補者に投票できるというシステムだったが、複数投票できる穴に目を付けた一部のユーザーが大量の投票を行って投票結果の操作を行おうと画策していた。それこそ専用の投票ツールまで自作しているのだから驚きであったが、逆にやりすぎた結果、元同期であるハセガワ君だけ得票数が異常ともいえる得票数となっており、そのためメンテナンスとして一時投票中止となっていた。

オチから言うと、鼠倉公太郎の７番目の候補者であった元同期はオーディション辞退を表明した。表向きの理由は自分のファンによる投票操作の責任を取る、というものであるが……正直彼のファンではなく、私たちを面白おかしく玩具にしていた人たちやアンチ活動に勤しむ一部ユーザーがその活動の主体であったはずだ。

　彼はこの一件に乗じて過去のＶＴｕｂｅｒデビュー失敗をネタにすることはなかった。皆が注目していたが、その類いの事には一切触れずにいた。女性関係で問題を起こしたのは事実であり、そういう事をしたのだから当然ポロっとそういう情報を外部へと漏らしてくれるんじゃないか――そういう期待をしていた人は多かった。更にはＶＴｕｂｅｒ関連の情報を取り扱うブログや、影尾氏を筆頭とする動画コンテンツなどで更に情報は拡散され、より注目度は増していった。その後、私が配信内で同期に関する発言をしたことでピークを迎えた、というのがここ数日のダイジェスト。そして少し落ち着きを見せたこのタイミングでの辞退表明。

　実はこの一件で最も利益というか、得をしているのは恐らく彼だろう。元々顔出しのストリーマーとして活動していたアカウントの登録者数は約２０００人も増加している。最初からそれを見越しての事か、本当にＶＴｕｂｅｒとして心機一転やるつもりがあったのかは分からないが、上手く立ち回ったなぁとある意味尊敬する。こういう立ち回りの上手さがあれば、あのままこっちで活動を続けていたら、男性Ｖとして成功を収めていたかもしれない。

　一方でこの件をネタに騒いでいた人たちは彼の宣言により一瞬で沈静化。同じく公開オーディション参加者の女性が他社の男性ストリーマーと繋がっているだとか、話題は別方向へシフトしていった。フットワークが軽いなぁ、本当に。ともあれＶ界隈としては未だに何かしらの火種が燻っているものの、少なくとも私の周辺、身近なところでは再び平穏を取り戻すことが出来た。

　今回の騒動で私の配信アーカイブの再生数は通常よりも回っている印象があるものの、登録者は横ばい。100人ほど減って、その後100人増えて、みたいな細かな動きはあったものの結果としてはプラマイゼロ。先述の通り再生回数は増えているから一応プラスと見れば良いのだろうか……？　ただ、私は炎上というイメージを相変わらず払拭することができず、デビュー当時の騒動を新たに知る層が増えたことを考えると、寧ろマイナスイメージがより深刻化している気がする。

「ともあれ、これで落ち着いた生活が――」

自室のカレンダーがふと目に入る。日付に赤のマジックで大きく丸が描かれているのが目に入った。

「あ……ラジオ収録あるんだった……」

しかもお相手が葵陽葵さん、女性声優さんだ。これはもしかしなくても、また女性と絡んだとかで叩かれる流れだったりしないだろうか……？　こいつ毎月炎上してるよな、とかそりゃあファンの人からも言われるわけだよ。

745 名無しのライバー ID:4ceAEWrQg
公開オーディション問題も結局よー分からん結末だったなぁ

746 名無しのライバー ID:Fc84Ff7WM
ハセガワ辞退で解決は残当だろ

747 名無しのライバー ID:np9fkLS6Z
表向きには投票工作騒動の責任を取った形ではあるな

748 名無しのライバー ID:kWZD+AMGp
煮え切らない終わり方ではある

749 名無しのライバー ID:nBFNOR5Pt
投票呼びかけとかしてたわけではないから寧ろ被害者なんじゃ……？

750 名無しのライバー ID:Qe9sbmFI4
なんか社内事情とか知ってる範囲で
ぶっこんで来ると思ったけどそういうのなかったな

751 名無しのライバー ID:JwVhnwHS3
そういうのやるつもりあるなら
顔出し配信者の活動の方でとっくにやってるやろ

752 名無しのライバー ID:QQeNigTn8
一応良識はあったのか……？

753 名無しのライバー ID:AQnvkM5km
良識がある奴は女性問題とか起こさないんじゃ

754 名無しのライバー ID:Kj00/DstG
相手の女の方もまあまあ困ったちゃんだったから
若干気の毒ではあるが

755 名無しのライバー ID:jwVRhAaNJ
ここに来て擁護が湧くとは思わなんだ

756 名無しのライバー ID:Y3KYGi4E8
あんだーらいぶ内部事情聴けると思って
ずっと張り付いてたアンチ君ェ……

757 名無しのライバー ID:pQKFV9ziG
きちんとしたバーチャルタレント事務所なら
契約書に内部情報お漏らしアウトってあるやろ

758 名無しのライバー ID:6Jnmkxmvh
それやるとガチで訴えられるやつだろうからな

759 名無しのライバー ID:GKGC4ZMt6
所属Vに対する誹謗中傷に関して
今まで一切の言及も対策もしてこなかったのに……？

760 名無しのライバー ID:gckineki/
芸能関係は最近そっち方面厳しくなってきたけど
ネットでの活動者は放置が基本みたいなところある
これから長く続けるなら他所の箱と共同ででも対策はすべき

770 名無しのライバー ID:FB5U8/tiK
運営君はどう思ってるから知らんが
少なくとも先日の男子組のマリオカ配信見てると
演者側は現状を良しとはしていないと見る

771 名無しのライバー ID:qo+qX3yAO
多少火の粉は被ってでも同僚庇うってのはてぇてぇっすよ

772 名無しのライバー ID:GziwDrP9c
あそこ切り抜いても美談にしかならなくて
全員の株が上がった話すこ

773 名無しのライバー ID:6g3Gw2K95
アンチざまぁww

774 名無しのライバー ID:5huLHRMXv
そのアンチも別の玩具見付けてるからな

775 名無しのライバー ID:qi6VAFMRD
あの手の連中は
批判するって事自体を楽しんでいるだけだ

776 名無しのライバー ID:pBfN2ljt4
法的処置云々くらい匂わせしとけば
多少なりともブレーキ掛かるかもしれんが

777 名無しのライバー ID:AZd+q8UMg
ブレーキぶっ壊れた状態で常にアクセルベタ踏みという狂気

778 名無しのライバー ID:TUdeN79td
氏ねとか殺すとか平気でリプしてるのおっじゃないと可哀想だよ……

761 名無しのライバー ID:dv2LOfSVy
ええ加減対策しろよ、とは思う

762 名無しのライバー ID:4STtsRFZU
その対策が脱サラなんだよ

763 名無しのライバー ID:GvmBdmM0V
草

764 名無しのライバー ID:Pkjo9i0Uq
いや、まあ、確かにメイン盾の仕事はしてるが……

765 名無しのライバー ID:913lC8YWY
あいつの役職は
タンクとバッファーとヒーラーっていつも言われてるでしょ

766 名無しのライバー ID:oxqL3cu/S
なんだその人権キャラ

767 名無しのライバー ID:gCwsEtjie
なお使いこなせない運営君

768 名無しのライバー ID:Zs+yxCujq
そもそも今回の件は脱サラいなかったら
そもそも飛び火しなかったやろ

769 名無しのライバー ID:FBdLp3pAB
あいつがいなかったら
ハセガワの同期になってた別のVが叩かれるだけ

788 名無しのライバー ID:oow1kYSMk
まあ、見世物になったのとこの一件で悪名がね……
50名いた候補者の内30名が1次審査前にいなくなっちゃった☆彡

789 名無しのライバー ID:vDh06Igi3
ひっでぇ!!

790 名無しのライバー ID:XWr20/GKJ
えぇ……

791 名無しのライバー ID:kKrPYtlxA
こ　れ　は　ひ　ど　い

792 名無しのライバー ID:y3IZP4oSm
ﾊﾑﾀﾛｻｧﾝこと鼠倉公太郎の生き残り1人だけになった模様

793 名無しのライバー ID:G6aAkjNSL
そらあのガワで情報拡散されて
マイナスイメージが強すぎるんだもんな

794 名無しのライバー ID:bZuIG2Ek9
更にWeb投票などでは元ハセガワ１強だったし
候補者が相次いで辞退するのも当然だな

795 名無しのライバー ID:RTGnQnp87
知名度アップはしただろうが
もうこれ企画全体としては失敗やろ

796 名無しのライバー ID:kbAY4m075
ある意味アンスレにぶっ壊されたようなもてビビるで

779 名無しのライバー ID:Spfl6HNpJ
影尾みたいな存在が許されているからな

780 名無しのライバー ID:Z2VwMCjgU
ハッスのえっちな動画より
そっちをBANしないか、YourTube君？

781 名無しのライバー ID:bXxfmiTyW
YourTube君「えっちなのは駄目です！」

782 名無しのライバー ID:b0N9g7uqo
ゴシップよりエッチなのの方が重罪なんだ

783 名無しのライバー ID:eRtXCQMlw
一応立ち絵とか無断使用してるのは
適宜削除依頼出されているっぽいが

784 名無しのライバー ID:yxnWd8huV
著作権侵害とかそっち方面だと削除申請通りやすいんだとか
ってのは言われているな

785 名無しのライバー ID:+QmQgyrBR
はえー

786 名無しのライバー ID:EeHS0Xgmt
公開オデも1次審査の後面談で終了に変更っぽいな

787 名無しのライバー ID:VMupMLD5m
2次審査なくなったのか

んではあるが

797 名無しのライバー ID:UFwMGK7DI
たし蟹

798 名無しのライバー ID:LjAMfLcUg
寧ろ残った1名が気になるぞ

799 名無しのライバー ID:MoBthread
副業バレて解雇された元社会人さんだぞ

800 名無しのライバー ID:jWve4yLZC
副業で解雇とかされんのか

801 名無しのライバー ID:j85HqauYY
割と就業規則で禁止にしてるところはまあまあある

802 名無しのライバー ID:MoBthread
風俗店のドライバー副業でしてたら
上司が客として来てバレて解雇という面白経歴だぞ
もう失うものがないという鋼のメンタルだ

803 名無しのライバー ID:r/kCurKQe
ちょっと面白いのやめろww

804 名無しのライバー ID:cmx5glPi5
とんでもない理由でクビになってて草

805 名無しのライバー ID:SduPZsraP
上司もどんな顔してチクったんだよww

806 名無しのライバー ID:aVfVBOURN
あんだーらいぶに来ないか??

807 名無しのライバー ID:SisterChan
平和になるならなんでもいいよ

**今日の妹ちゃん**

今月は頭っから
色々ハードすぎるよ……

# 9話 立てこもり

【10月×日】

ラジオ収録も押し迫っているが、だからと言って本業——本来のお仕事である配信もこなしていかなければ企業所属としては不味(まず)いだろう。先日の騒動からようやく一息、コメント欄は随分と平和になったが、コメント数、同時接続者数、再生数は減少。喜ぶべきか、悲しむべきか……。あの後、公開オーディションは無事に進行して、一時ほどの盛り上がりを見せることはなかったが、あれだけの話題を見せたグループとしてＶＴｕｂｅｒファンのみならず、他のサブカルチャー好きの一部層も取り込んで盛況になるのでは？　と踏んでいるが、果たしてどうなることやら。まあ、他所の箱を気にしている場合ではなく、自分の方に集中することとしよう。

「配信告知ツイートをしてっと」

今日の配信は今度コラボ予定のあるモンスターハントの続きである。裏でも少し進めているが、アクションゲームのためコメント欄が荒れた時の対策が後手に回ることになるので、ここ数日は配信ではプレイしていなかった。マルチプレイするためにもある程度操作に慣れる必要があるし、装備だって少しくらいはマシな物にしておかないと敵の攻撃ワンパンチで死んじゃうとかザラにあるらしい。前衛を張らない、後衛からの攻撃スタイルのキャラクターだと被弾1撃で即死ってのも珍しくはないんだとか。マルチプレイでも上位のモンスター相手でなければもう少し優しい仕様で、基本パーティーゲームみたいなノリでやるつもりなのであまり気にする必要もないらしいが、最低限の準備はしておかねばなるまい。

ＳＮＳに書き込んで１分も経たない間に数件ほどファンの人からの反応があった。通知画面を見ると見知ったアイコンばかりで安心する。逆に知らないアカウントから反応されるとビックリしちゃうのはここだけの話だ。あと、たまにアイコンが変わったりしていると、誰なのか判別するのに時間がかかってしまう。以前にも説明したかもしれないが、名前とアイコンのセットで覚えているのだ。

告知のついでにＴＬ(タイムライン)を覗(のぞ)いてみると、あんだーらいぶメンバーの様々な書き込みが目に入る。あ、ｍｉｋｕｒｉママのイラストじゃないか。これは早速拡散しておかねば無作法というもの……流行(はや)りのソーシャルゲームのキャラクターらしい。イラストレーターさんも常に流行りのコンテンツを押さえないといけないのは大変だなぁ。

「なんだこれ……？」

獅堂(しどう)先輩の「緊急事態」とだけの短めの投稿と共にＹｏｕｒＴｕｂｅ配信のＵＲＬが張り付けられてあった。一体何があったんだろうか？　心配になってそのリンクを開くと、唐突に悲壮感たっぷりのＢＧＭと共に何故(なぜ)か洗濯機の画像が表示されている。洗濯機でも壊れたのかな……？　そもそも配信枠のタイトルが『【緊急事態】助けて【救援求】』な時点で穏やかじゃあない。

「助けて」

［なにやらかしたんや？］
［ハッスの家でお泊まりオフ会じゃなかったんか？］
［恋バナするってはしゃいでたけどどうしたんや？］
［何事？］

「今、念の為に持ってきていたサブのノートPCで配信しています。内臓マイクですので音質が終わってます。保温で一晩寝かせたご飯くらい酷いことになっていますが対戦よろしくお願いします。私、あんだーらいぶ所属の獅堂エリカと申します」

［知ってる］
［どうした急に］
［配信するならハッスのパソコンでやればよくね？］
［なんかやらかした？］

「なんか配信タイトル見て炎上とか期待していらっしゃる方もかなり多いかと思いますが……残念ながらヤバイ。めちゃやばですわ」
「エリカさまぁ～、開けてくれませんかねぇ！」

〔炎上とか言うな〕
〔なんかハッスの声が聞こえるんですが？〕
〔ハッス扉叩いてんぞ〕
〔お前は一体なにをやっとるんや〕
〔また変な事やってる〕
〔いつも通りでは？〕
〔それもそうか〕

「端的に言うと脱衣所に立てこもっています」

〔草〕
〔酷いｗｗ〕
〔は？〕
〔なんやて？〕
〔あ？〕
〔想像の１０倍くらい酷いな、オイ！〕

なんかすごい事になっていた。いや、一体何をどうしたら同僚の自宅の脱衣所に立てこもりをするまでに至るんだろうか。少し彼女たちのＳＮＳを見てみると、コメントにもある通り今夜羽澄(はすみ)先輩のお宅にお泊まりして夜に恋愛をテーマに、視聴者さんから集めた体験談などを募ってトークしていくという配信を予定していたようだ。羽澄先輩は定期的に女性メンバーを自宅に招いており、雑談やＡＳＭＲ——実際に耳元で話しているように聞こえるような特殊なダミーヘッドマイクと呼ばれるマイクを用いて行われる配信は非常に評価も高い。ファンの間からは自宅オフ配信を行う度に「また別の女連れ込んでる」だとか言われていたりもする。ただ、現役女子高生である日野(ひの)嬢を自宅に招いた際には事前にご両親に許可を得るなど、そういう方面はしっかりとしているということは伝えておこう。なお同年代で本人曰(いわ)く１７歳である獅堂先輩に関しては、その許可云々(うんぬん)をきちんと取りましたという報告は一切ない。なんでだろうなあ……。

「つい先日男子がてぇてぇやり取りで盛り上がっていたというのに、我々はこうして争いをはじめてしまっているのです。おお、なんと人間は愚かな生き物なのだろう」

「こらー、開けろー‼」

［草］

［おい、開けろｗｗ］

［なんでこうなったんだよ］

［ハッスに一体何をやらかしたんだよ］

彼女の声と共に羽澄先輩の叫び声がフェードインしてくる。冗談とかではなく本当にやってるんだろうな、というのがよく視聴者にも伝わってきている。なんだかんだ言っても良識がある人たちなので、放送事故になったりとかはしないだろうという安心感がある。

「え？　さっきハッスの声が聞こえたって？　ハハハ、まさかそんな。扉にちょーっと荷物が引っかかって開かないだけだし、防水ケース装備したスマホでのんびり漫画アプリ読んでるだけだし、バレへんバレへん」

［草］
［なにやってんだよ（困惑）］
［一体何があったんだよ……］

「いや、まあ事情を説明しますとね……今日ハッスの家に来る前に2人で一緒に買い物に行ったんですが、突然の土砂降りに遭いまして、ぬれぬれになったわけですよ。ちなみに途中で車に水たまりの水をぶっかけられたりとか散々だったのですよ」

［ぬれぬれとかもうちょっと他に表現なかったんですかねぇ……］
［ぬれぬれにぶっかけ……］
［自称17歳なんだからもうちょっと発言には気を付けような？］
［そういや夕方都内は降ってたな］

［さっきの単語絡みのファンアート増えそう（小並感）］
［ノーパソは無事だったんか？］

「大きい荷物は事前に全部ハッスの家に置いてたんで平気でしたよ。まあ、一応商売道具でもあるので持ち運びに使っているバッグは防水仕様ですが。丁度着替えとかも含めてまとめて脱衣所に置かせてもらってたので、こうして配信が可能となったと補足しておきますね」

獅堂先輩はどこからでも配信できるように、出掛け先にも必ずノートパソコンを持ち歩いているらしい。スペックとしてはデスクトップ型には劣るが、緊急時唐突に面白そうな配信が出来るタイミングでその熱を逃さぬ内に、という点を重視しているのは実に彼女らしい。ネタは鮮度が命、という事なのだろう。参考になるなぁ。私も外出する事も増えてきたしそういうの考えた方が良いのだろうか？

「その後、ハッス宅に着いて早々にお互いに濡れた服を洗濯機にぶち込みまして。お風呂をいただいたわけです。一緒にお風呂に入ったんだぞ、羨ましいだろ」

［ほう］
［別に問題なくね？］
［それがどうして脱衣所立てこもり事件に発展するんですかねぇ……］
［一緒にお風呂に入ったかどうかだけ言え］

「そして先程お風呂から上がって気付いたわけです。あ、やっべぇ、ポッケにキャッチの人から貰ったポケットティッシュ入れっぱなしだったたって」

［あ］

［あ……］

［彼女はもう終わりですね］

［オカンからよく怒られたやつだー］

［たまにやらかすやつ］

「で、チラっと洗濯機覗いたら――大惨事になってるわけですよね。はい、画像がこちら」

［大　惨　事］

［こ　れ　は　ひ　ど　い］

［お前とんでもないことやってんじゃやねえよ！］

［呑気に写真撮っとる場合かぁ！］

［ひっでぇ!!］

「いや、これ絶対ネタ的に美味しいなって……流石は私。身を切り売りしてでも撮れ高を確保するＶＴｕｂｅｒの鑑。あんだーらいぶが誇るＶなだけはありますわね」

［本当に切り売りさせられているのはハッスなのでは……？］
［それはそう］
［ハッスがただの被害者な件］
［自画自賛がすぎるけど、大体あってるのが困るんだよなぁ］

映し出された画像には彼女か羽澄先輩のどちらかが着ていたであろう衣服にこびりついた無数のポケットティッシュだったものたち。あー、これたまに父親がやらかして母から怒られているやつだ。私は洗濯する時は必ず全てのポケットをチェックするようには心掛けているが、時々チェック漏れしてしまうこともある。そういう時に限って入っているものなのだ、ポケットティッシュが。悲しきかな。マーフィーの法則っていうので正しいのか？　まあ、いいや。とにかく、我が家の家事をやっている身からするとこの画像は中々に刺激が強い。今度からもっときちんと確認しておこうっと……。

ちなみに、以前妹の服を洗う時にそのチェック場面を偶然当人に見られてしまい、ハイライトの消えた目で「変態！」って言われて二週間くらいメンタルが死んだことがある。その後事情を話し納得してもらえて、お詫び（わ）びなのかお買い物デート2回くらい一緒に行ってくれたので、収支的にはプラスにはなっているのが幸いなところである。

「ふざんなー！」

［グロ注意］
［なんか叫び声聞こえるがｗｗ？］
［ポケットティッシュひとつでそんなすごいことになるか？］
「そこは正直覚えていない。確かに普段からエチケットとしてティッシュ入れてた気もする」
［エリカ様ならキャッチの人からポケットティッシュ大量に仕入れてホクホク顔になってそう］
［それは解釈一致すぎるな］
［ポッケパンパンだっただろ、それｗｗ］
［そう言えばこの人、リアイベでタッパー持ち込んでまで持ち帰る人だったわ］
［前案件の時、余った弁当をほくほく顔で持ち帰った人だったわ……］
「人を意地汚いみたいに言わないでくださいます？　私は持続可能な社会へ貢献しているのですよ。ふふん」
「せめて、せめてここを開けてよぉ！」
［もうハッスが気の毒になってきた］
［ハッス……］

［女帝低評価］

「え、今からでも入れる保険があるんですか⁉」

［ねぇよ！］
［ないです］
［早くごめんなさいしろ！］

「まだです！　まだ！　諦めなければ必ず光明というものが見えてくる！　かつて偉大なる先生はこう言いました――諦めたらそこで試合終了ですよ、と。そして我が『あんだーらいぶ』の最古参メンバーとして後進にもそれを示さねばなりません。今からでもバレずになんとかなる方法があるはず……‼」

［なんでそんな壮大なドラマ仕立てになるんや］
［いや、それただ怒られたくないだけやろ］
［後輩もこんなもん見せられたら困惑するで……］
［というか、本人配信見とるやろ……］
［ええ、見てますとも〈羽澄咲〉］
［ハッスｗｗ］

［本人いて草］

「誰ですかぁ！　私の大事な後輩の名を騙るとは良い度胸ですわねぇ!!　覚悟の準備をしておいてください」

［ｗｗｗ］

［偽物扱いすなｗｗ］

［大事な後輩の洗濯機を大惨事にした挙句、偽物扱いする先輩がいるらしい］

［ひっでぇ!!］

［やめろぉ！〈羽澄咲〉］

「ちなみに私今、真っ裸で配信しています。あ、人気のアニメーション制作会社さんじゃないですよ？　裸です、オールヌードです。有効な解決策を提示してくださった方には私の極秘スリーサイズを教えて差し上げます」

［なん……だと…………？］

［よろしい、続けろ］

［ほならしゃーない］

［よし考えろ］

［考えるかー］

［それならこちらも配信を続けてもらわねば……］

「おい、待てコメ欄。貴様ら裏切るのか⁉」

［イエーイ！　ハッス見ってるぅ？］

［すまない、ハッス。あの情報を聞いた以上こちらはエリカ様に付かねば……無作法というものよ……］

［裸で配信してるんだからしゃーない］

［すまない、三大欲求の一角を司るだけあって強敵なんだ］

凄い事になってるなぁ……しかし楽しそう。羽澄先輩も若干声から笑っているのを隠せていない。視聴者さん皆も楽しめている。こういうのがエンターテイナーと呼ばれるべきものなのだと見せ付けられた。参考になるなぁ。しかしあの衣服の有様を見てしまうとちょっと気になってしまうのが、自分でもどうかなと思ってしまう。最終的にはあれは綺麗に処理しないと、それはそれで荒れてしまう要因になり得るわけで……。一応自分の知っている情報とかをまとめて後で彼女に送っておこうか。

874 名無しのライバー ID:bJdyQdmfi
なんやこれ？

---

獅堂エリカ@救援求@erika_underlive
緊急事態
yourtube.vcom/live/XXXXXXXX

---

875 名無しのライバー ID:6/0vtiBiW
>>874
もしかしてまた面倒事案？

876 名無しのライバー ID:Enqwho9+O
>>874
この箱に平穏は訪れないのか……？

877 名無しのライバー ID:gtVjfUFD2
>>874
公開オーディション落ち着いたと思ったら
まーたなんか問題発生っすか（困惑）

878 名無しのライバー ID:5GBBFmpmJ
公開というより後悔オーディションだった
あれな

879 名無しのライバー ID:hDOyiYBoN
一番盛り上がってるのがオーディション序
盤で
もう終盤なのにもう完全に下火になってる
のがなぁ……

880 名無しのライバー ID:GQNoA6HiY
終盤ってかもうほぼ面子的に決まってるぞ
ひとつも話題になってないけど

881 名無しのライバー ID:w+MVcCur5
大半が辞退というね

882 名無しのライバー ID:CPPSVq0Or
他所の箱事情だしスレ違いだからその話題
はもうええよ

883 名無しのライバー ID:7zXKCQqPb
女帝の配信なんじゃこれ

884 名無しのライバー ID:i8ceZDhMu
悲壮感のある謎BGMと洗濯機の謎画像で
既に吹きそうになるからやめろ

885 名無しのライバー ID:sbTgTx6Gl
もうこの演出でガチでヤバい奴じゃないの
分かる安心感

886 名無しのライバー ID:XiJCJhTix
てか、今日ハッスと自宅オフコラボやった
やろ？

887 名無しのライバー ID:kj0XXLQVd
そういやそうだったな

888 名無しのライバー ID:MoBthread
女帝「脱衣所に立てこもっています」
ハッス「開けろー!!」
草

889 名無しのライバー ID:BVUAli4gm
>>888
なんでそうなるねんｗｗ

890 名無しのライバー ID:yjsi+iZyb
>>888
立てこもり系VTuberとは斬新だな

891 名無しのライバー ID：Gtk+c4TOz
立てこもりって言うか正確にはハッスを
浴室に拘束しているだけでは……？

892 名無しのライバー ID：D1sBnwA8Z
ハッスは性癖的に喜んでそうだし
へーきへーき

893 名無しのライバー ID：5on9GRndw
えぇー……
ほんとにござるかぁ？

894 名無しのライバー ID：aCbz9Jj7X
普段の行いのせいでハッスが
心から可哀相と思われてないの草

895 名無しのライバー ID：EGsCXJUJD
普段セクハラ三昧だし残当

896 名無しのライバー ID:2+UdnovvK
斬新すぎるだろ

897 名無しのライバー ID:NS2NuN/k6
女帝「ティッシュ入れっぱなしで洗濯しちゃった」

898 名無しのライバー ID:DLtW/e/Jk
グロ画像やめろ!!

899 名無しのライバー ID:n+iFtLk7C
結構ガチでやらかしてて草

900 名無しのライバー ID:3/m1jIkAV
ママにガチで怒られるやつ

901 名無しのライバー ID:EEKlPeTzN
昔間違って週刊誌入れて回したワイよりマシやろ

902 名無しのライバー ID:z511vH+dJ
なんで週刊誌を洗濯機に入れてんだ、お前

903 名無しのライバー ID:B7+TCvRIL
女帝「諦めなければ光明が見えてくるって
後輩にも見せなくちゃいけない！」

904 名無しのライバー ID:H6CSsSwDx
というかハッスもこの配信をチェックしているのでは……？

905 名無しのライバー ID:oIpcng6dS
良い風に語っているけど結局ティシュ洗濯したアホだよね？

906 名無しのライバー ID:awMpZQGiM
うーん、このポンコツお嬢様

907 名無しのライバー ID:MoBthread
速報　ハッスコメント
ハッスコメ「ええ、見てますとも」
女帝「私の大事な後輩の名を騙るとは良い度胸ですねぇ!!」

908 名無しのライバー ID:zrkMaLtR+

>>907
こいつ無敵かよｗｗ

909 名無しのライバー ID:yfMcqonWJ
>>907
なおスパナマーク付きである

910 名無しのライバー ID:eqSLQgBrw
>>907
後輩を偽物扱いｗｗ

911 名無しのライバー ID:PNhajK6G8
お前らさぁ……
女帝「今裸で配信しています」
コメ「ファ!?」
女帝「解決策を教えてくれた人にはスリーサイズ教えます」
コメ「よろしい、続けよう」

912 名無しのライバー ID:5s8KCKFrL
スレ民みたいな反応してるな、オイ

913 名無しのライバー ID:gckineki/
男ってほんとこういうところあるよね

914 名無しのライバー ID:MoBthread
分かる

915 名無しのライバー ID:SYbjmv6cb
テノヒラクルーでハッスの味方消えるのワロタ

916 名無しのライバー ID:fjdQzjLA2
女帝のスリーサイズなんて気になるか？

917 名無しのライバー ID:SC+4quJjn
気になるやろ

918 名無しのライバー ID:S5NPL48DT
そりゃあまあ、気になるか気にならないかで言えば
前者っすね

919 名無しのライバー ID:DcNEvCv5b
実際これどうすればええんや……？

920 名無しのライバー ID:x8NFiKqfh
もう1回洗濯機回すとか、手で細々取っていくとか？

921 名無しのライバー ID:2TGNvgM/B
もう新しいの買えよ……

922 名無しのライバー ID:n6NsgPKTA
ハッス「お気に入りの下着だったのに」
女帝「あんなんエロ漫画以外で着る人いるんだなって」

923 名無しのライバー ID:sxRE8hoVk
これはなんとかしなければ

924 名無しのライバー ID:+lPSPf98C
この前男子がほんわかてぇてぇやってたのにお前らはそれでええんか……？

925 名無しのライバー ID:7BBafZNTB
まーた変な事やってるよぉ……

926 名無しのライバー ID:5UE4HQNi6

いや、まあでもあんだーらいぶだし？

927 名無しのライバー ID:cEugZyQ+w
この箱大体昔っからそんなもん

928 名無しのライバー ID:Prw3R5E0o
平常運行定期

929 名無しのライバー ID:MoBthread
同僚からディスコメッセージ　その1
ハッス「はよ開けろ」
忍ちゃん「扉ドンが甘い」
月「この前今月はわたしだけって誘ったのに、他の女の人誘ったんですね」
しののん「その誘い文句私にも使いましたよね？」
太陽「咲先輩、そういえばこの前おうちに髪留め忘れたんですけど」

930 名無しのライバー ID:i8NGdq4Mu
>>929
忍ちゃん
流石に目の付け所が違うな

931 名無しのライバー ID:4S19hOTT1
>>929
ハッスはいっつも女とっかえひっかえしてるな

932 名無しのライバー ID:S6Eq1fkaC
>>929
髪留めは匂いを嗅いだうえで大事に保管されているらしい

933 名無しのライバー ID:PYo9pML41
ひっでぇ!!

934 名無しのライバー ID:MoBthread
同僚からディスコメッセージ　その2
畳「とりあえずクリーニング業者でも呼んだら？」
ミカ「今テキトーに調べた業者のURL貼っときます」
あさちゃん「もう1回洗濯機回すと良いよ」
脱サラ「まず乾燥機で乾燥させましょう。遠心力で取れます。あるいは柔軟剤を入れて（以下略）」

935 名無しのライバー ID:oTKw6NR2g
男子の方が有能じゃないか？

936 名無しのライバー ID:63LnOOC48
男子部有能やな

937 名無しのライバー ID:nQfPqdhSA
脱サラ長文すぎて草

938 名無しのライバー ID:8yoxGlJ4Q
流石は配信でバズる以外できる男

939 名無しのライバー ID:WJ5r9uNwQ
女帝「ん……？　あれ？　これどう見ても私のポッケ以外のところにもティッシュ入ってない？」
ハッス「……あ」

940 名無しのライバー ID:20zZxt9T0

そんなんだから他箱のファンから
・あんらいは変人オールスター
・変人集団
・芸人集団
とか言われるんだぞ!!

951 名無しのライバー ID:6Qe+gzPAT
月太陽コンビから入った身としては
そんな扱いされてたとか知らんかったぞ

952 名無しのライバー ID:RwbBKsGz9
今年加入組は割とまともやぞ
問題は古参組だ

953 名無しのライバー ID:ZUlSecPlv
古参組だって昔はまともだったんだぞ

954 名無しのライバー ID:psA8uxyHG
だが奴らは……弾けた

955 名無しのライバー ID:fkNaATbHQ
これがあんだーらいぶだ!!

**今日の妹ちゃん**

いつぞや兄がわたしの服のポッケをまさぐる姿を見た時は、ビックリしたなぁ。冷静に考えると実の兄に下着まで全部洗わせてるのってどうなんだろうか……まあ、家族だしいっか。うん。クラスメイトには絶対言えないけれど

悲報　ハッスもポッケにティッシュインw

941 名無しのライバー ID:Y3yqt41Zs
結局2人の責任なんじゃねぇかよ!!

942 名無しのライバー ID:vQzdX8W2l
まあ、オチとしては面白いからヨシ

943 名無しのライバー ID:MoBthread
女帝「じゃあ、男子部には私のスリーサイズを――」
男子一同「いらないです」

944 名無しのライバー ID:sYGtn0lJ3
燃やしに来てて草

945 名無しのライバー ID:rXUvUOJ3b
この前の一件無事だったのに燃やしにくるなww

946 名無しのライバー ID:gckineki/
楽しそう
スリーサイズ知りたいならファンのを聞け

947 名無しのライバー ID:RDh67d5Gr
それやると逆に荒れるって……

948 名無しのライバー ID:uBYblhGdc
相変わらずぶっとんでんなぁ、ここ

949 名無しのライバー ID:1vKSj4dkl
平常運転じゃないか

950 名無しのライバー ID:5rQYN/Xzo

【10月×日】

今日はいよいよ美少女ゲームメーカー『くりぃむソフト』さんのＷｅｂラジオの収録日である。自社の最新作に加え、姉妹メーカーとでも言うべきなのだろうか？　ゲームをリリースする上でのブランド名は異なるが、大元メーカーが同じところの新作のＰＲなども手掛けているらしい。定期的にメインパーソナリティーも交代する仕様らしく、今回は私が案件で宣伝させていただいた『Ｆｌｏｗｅｒ　Ｄａｙｓ』続編の発表も控えているため、そちらの方で主役キャラとして昇格したキャラクターのボイスを当てていた葵陽葵（あおいひまり）さんが務めるようだ。

結局台本は事前に何度も目を通したものの、基本的にはその場のノリというかアドリブを多分に要求される。冒頭と終盤のトークや大事な作品の宣伝部分とコマーシャルへの導入くらいしかまともな台本が用意されていないのである。ぺらっぺらの台本で逆に不安になる。マネージャーの犬飼（いぬかい）さんからは「そんなに気負わなくても大丈夫ですよ」とお声掛けはいただいたものの、それで安心できない性分なのだ。前職で大きなプレゼンを控えた時の気分を思い出す。

気を紛らわせるためにスマホを開いてＶＴｕｂｅｒ関連の情報を見てみると、昨日の獅堂（しどう）先輩の配信が滅茶苦茶（めちゃくちゃ）バズっていた。トラブルに巻き込まれて助けを求めるＳＮＳの投稿を見て、

彼女のファン、あんだーらいぶの箱推し、あるいは普段別事務所を応援している人たちまで注目することとなった。蓋を開けてみると、同僚の洗濯機をティッシュまみれにした、という実に平和なネタ。しかもオチとしては獅堂先輩だけでなく家主である羽澄先輩自身もポケットにティッシュペーパーやレシート類を入れたまま洗濯機に掛けてしまったという。

彼女が配信中に自分のスリーサイズを送るなどと言っていたが、マジで送るつもりだったので丁寧にお断りしましたことをこの場で報告させていただきます。あれを冗談と受け取らずに本当だと思って若干名から苦情を賜ったのはナイショにしておくとして……。

獅堂エリカ：じゃあ、恥ずかしいけれど。今ハッスにメジャー渡すから
羽澄咲：良い身体してんじゃーん
朝比奈あさひ：僕たちは一体何を見せられているんですかね
御影和也：これ配信でやった方が絶対伸びるんじゃ……スパチャの1割とかで大丈夫です
柊　冬夜：アニメのどのキャラに一番近いとかじゃないと言われてもピンと来ないんだよな
東雲愛莉：アニメキャラとか体重バグってるのでリアルと一緒にしたらダメですよ……
獅堂エリカ：で、本当のところは知りたいんじゃろー。ほらほらぁー。表には絶対出さないから言うてみ、言うてみぃ。気になるんだろ？　そうだろう？
朝比奈あさひ：いらない
御影和也：金になるなら
柊冬夜：いらん

神坂怜(かんざかれい)：結構です
宵闇忍(よいやみしのぶ)：確かに、いらんよね
獅堂エリカ：やめて、逆に傷付くからぁ!!
羽澄咲：勿体(もったい)ないなぁ
日野灯(ひのあかり)：ちなみに妹さんのスリーサイズは？
柊冬夜：絶対知りたい
神坂怜：私は別にその手の情報は必要とは思わないですね……
朝比奈あさひ：おや、意外だー
ルナ・ブラン：ウソだー！
神坂怜：どんな体型だって私はこの世の誰よりもあの子の事愛してますから
獅堂エリカ：実妹相手なのに重くない……？
羽澄咲：そういう激重感情すこすこ
御影和也：さすがシスコンだ
柊冬夜：これじゃあ、俺がタダの変態みたいじゃん!?　神坂、ウソだと言ってくれよぉ！
柊冬夜：絶対妹のスリーサイズ知りたい派の人間だろ！　お前!!
宵闇忍：とんでもない派閥を作るな、作るな
神坂怜：ある程度推測できているので、別に必要のない情報ですよ
ルナ・ブラン：えぇ……（ドン引き）
神坂怜：洗濯やほつれた服の修繕(しゅうぜん)、それに季節ごとに一緒に服も買いにいっていますし

朝比奈あさひ：完全にただの恋人なんだよなぁ
宵闇忍：やっぱ雫(しずく)ちゃんしか勝たん
日野灯：あ、あたしの知りたくなったら、言ってもらえれば皆に内緒で教えてあげますよ？
ルナ・ブラン：こ、これだからスタイルの良い奴(やつ)はぁ!! このこの！ おっぱいばっか大きくなりやがってぇー!!
羽澄咲：小さいのにも需要はあるよルナちゃん！ お姉さんは小さいのも大きいのも大好きよ
宵闇忍：この人いい加減セクハラで訴えられたら良いのに

というようなやり取りがその後裏で行われていたのである。表になると各所から叩(たた)かれそうではあるが、まあ裏では関係は良好である。

◇◆◇◆◇◆

犬飼マネと一緒に都内某所の収録スタジオへ。事務所で集合してそこから一緒にスタジオ入りした形だ。割とご近所さん。最寄(もよ)り駅(えき)も同じなんじゃないかな、恐らくは。朝スーツで出ようとしたところ、妹にボロカスに言われて全身コーデされたのはここだけの話。ネイビーのセットアップ——ジャケットとズボンが別売りで、かつ同じ生地で出来てる奴のことを言うらしい。まあスーツとかもそれに該当するようだが。妹コーデでお出かけするとかいい歳(とし)して恥ずかしくないか？ と問われると「はい」と答えなくてはならないが、仕方がないじゃないか。

マイシスターは私に限らず、父の服を選んであげたりするときも楽しそうにしているし、そういうのが好きなのだと思う。

閑話休題。

さて、今日の案件であるゲームの方は18歳未満はプレイできないのだが、ラジオ番組自体には年齢制限はない。未成年の人がどのくらいチェックするのかは分からないけれども……全年齢版も発売予定だし、配信元のサイトの事情的にも年齢制限を設けるのが一手間掛かってしまうという背景もあるやもしれない。あ、全年齢という事は……後でマイシスターにチェックされたりするのだろうか？　お兄ちゃん、ちょっと気になります。

「おはようございます」

初対面の印象は大切だ。収録スタッフさん全員に挨拶し、地元で買ってきた菓子を犬飼さんを通してあちらの担当者さんに渡してもらう。犬飼さんが「こういうの普通渡すもんなんでしょうかね」と困惑していたが、正直この業界では一般的にどういうものなのか私も知らない。お互いこの手のお仕事は初めてなのだ。ないよりはある方が印象が良いだろう。個包装で、ある程度日持ちもするものを選んだつもりだし。

あちらのスタッフさんに簡単に挨拶し、菓子折り（かしお）を渡したところで、「あ、こちらは葵陽葵さんです」と見覚えのある女性が目の前に。後ろの方で髪をまとめたサイドアップとかいう髪型でよかったんだっけ、これ。たまにマイシスターもやるやつ。

若い子にしてはシンプルなパンツスタイルで、派手な化粧やアクセサリー類も見受けられない。それでも元が良いのか、普通に美人さんだなっていう印象である。変に着飾るとかえって面倒なことになるのかもしれない。後は単純に収録の邪魔になるかもだし。少々気になるのは目の下のクマ。化粧で誤魔化しています、というのが丸分かりだった。お疲れなのかな？

「どうもはじめまして。葵陽葵です」

「こちらこそ。はじめまして。あんだーらいぶの神坂怜と申します」

現役の大学生さんなのにしっかりしている。私が大学生の頃なんて結構ヤンチャしてたから、もう社会に出てしっかり働いているのだから本当に尊敬する。それにしても流石は声のプロだ。表情はともかく、声色からは不調というのは伝わってはこない。こちらの対応を見てから、少しだけホッとしたような表情。糞真面目にプライベートで以前面識あります、なんて言ったら現場も混乱するし、あらぬ誤解を受けかねない。まして相手は若い女性なのだから、尚更気を配らなくてはならない。こういう場合、素直に初対面ということにしておいた方が都合が良いのである。嘘も方便、というやつだ。

実際少し世間話した程度で、彼女のことをそこまで深く知っているわけでもないし。初対面に毛が生えた程度。それに今回は『ＶＴｕｂｅｒの神坂怜』と『声優の葵陽葵』として対面するという意味では初対面に違いないのだから、嘘ではないと言い張る事もできよう。彼女は私とすれ違う直前に何か意味ありげに微笑んでから目をパチパチとさせていた。

一瞬何かと思ったのだが……もしかして彼女、ウィンクしているつもりだったりするのだろうか？

ひとまずは目の前のお仕事だ。頑張ろう――。

収録後、立ち会っていたくりぃむソフトの担当の方と少し雑談というか「今後もよろしくお願いします」なんていう営業トークも終え、少しだけ肩の荷が下りた。どうにも今回の案件は何というか、手応えはまったくない。

基本的に渡された台本通りに進行し、フリートークやコーナー的なものはほぼアドリブで進行する形式であったが……これが編集されて30～40分程度になるらしい。それなりに生きてきたけど、こういう初体験のお仕事というものは中々に緊張する。この歳になってもそういう新鮮な気分を味わえるのはVをやっていたお陰か。ちょっとだけ心が若返ったような気がした、多分気のせいだろうけれども。良い経験をさせていただいた。柊先輩の前説収録のときにボイスとはいえ、スタジオ収録した経験があって良かった。そういう意味では改めて先輩に感謝である。

「お疲れ様でした」

特にこの後用事もないので、事務所に戻ることなくこの場での解散を提案。現地解散万歳。仕事の出先からの直帰っていいよね。なお帰宅時刻がどんなに遅くなっても、タイムカード上では勝手に定時帰宅扱いとされている模様。

確か今日だったかと思うが、数時間後に柊先輩の別案件の打ち合わせというか取材みたいなのがあるらしく、同じく担当マネージャーである犬飼さんもそれに立ち会わなければならないはず。なので、早々に現地解散とした方が彼も動きやすいだろう。

日帰りで戻るにしても新幹線1本で済むし、夜には配信できそうな時間帯。家族への土産物（みやげもの）を選ぶ時間は十分にありそうだ。両親には羊羹（ようかん）とかでいいかな。マイシスター向けはよく分からんが、若い子に人気の店をスマホで調べるか百貨店の人に聞けば良いだろう。

その前に——少しだけ気がかりな点を解消しておくとしよう。こういうので後悔すること多いからな、私の場合。最初の打ち合わせの合間や、終わり際の挨拶の際に、葵さんが何か言いたげな表情をしているように見えたのだ。流石に無視するのも良心が痛むし、何より前に会った時あんなことを言ってしまった手前もある。

「——お疲れ様です」

「え……？」

ついさっきまで同じスタジオにいた彼女——葵陽葵さんに声をかけた。あちらもこちらに気付いて慌てて頭を下げる。彼女の方は別にマネージャーさんらしき人物も見当たらないが、同伴はしないものなのだろうか。

「先程はなんか、すみません。こちらに合わせていただいて……」

恐らくは初対面を装ったくだりのことを指しているのだろうが、余計な誤解をされないように自然体で振る舞ってもらえたのはこちらとしてもありがたかった。

「実際にお互いこの肩書きで会うのは初めてだったじゃないですか」

「ふふふ、そう言われてみればそうですね。世の中って狭いですね。でも実は今日会う前から知ってたんですよ。貴方（あなた）のこと」

「あぁ、前回の案件動画の声でバレちゃってましたか？」

こちらが声から特定できたのならば、その逆もまた然り、か。どうりで今日会った時に驚くような表情ひとつ見せないわけだ。曲がりなりにも彼女が出演するゲームのPR案件を配信していたし、特定されるのも止む無しってものだ。

「実際会った時は聞き覚えのある声だなー、くらいで。ＳＮＳでメーカーがあんだーらいぶさんのグッズ販売の記事リツイートしててそれで」

「ちなみに、私も貴女の水羊羹ツイートで確信してましたけれど」

「うえ!?　マジですか……うわ、１人ではしゃいでた。はずい奴じゃん……余計なツイートしちゃったかぁ。あー、さっきのこれも……もしかして不味かったやつですか？」

彼女が出したのはスマートフォンの画面。

---

葵陽葵@himari_aoi

今日は、あんだーらいぶの神坂怜さんとラジオ収録しました。

とっても紳士で素敵な方でした。

近日公開予定ですので、お楽しみに！

---

「うちのマネージャーが許可したんですし、問題ないですよ。ファンの方々の反応が少々気が

かりではありますが」

「世に言う『匂わせ』になっちゃうんですかね、これ？」

「実際に仕事現場にいたのは事実ですから、ちょっと違う気もしますが。こういうの嫌うファンの人もいるものですよ」

「私にもそういうファンがいるのかなぁ、フォロワーも全然少ないのに」

　ツイートする旨やその内容については、事前にしっかりと犬飼さんに直接聞いていたので問題はないはずだ。彼女の場合ラジオ収録が終わる度に同じ類いのツイートをしているし、前回はサブキャラクターを担当した男性声優さんゲスト回も、例に漏れず同様の呟きもあったのだが特に荒れた様子もなかった。

　収録内容が面白かったら面白かったと感想を呟くだろうし。具体的な内容ではなく、人柄を褒めるということは――まあ……うん。彼女もコメントに困ったんだろうなぁというのが何となく伝わってくる。へ、編集さんがきっとなんとかしてくれる……してくれるよね？　プロの手腕に頼ることでなんとか聞ける程度のレベルにはしておいてもらえると助かります。

「ある意味熱心なファンの方々とかいらっしゃいますし」

「私も演技が下手とか、よく叩かれてますよ。一番凄かったのは前作の担当声優さんが引退されて、その代役で出たときとかめーっちゃ叩かれましたね」

「どこの界隈も大変ですね」

　相変わらず捨て垢なのかそういう不平不満をぶちまける用のアカウントなのか分からないが、見覚えのあるアイコンのユーザーが何やら難癖をつけているのが確認できた。彼女のファンというより、私にずっと張り付いてるアンチの方の反応によるものだろうか。こっちはそういうのに慣れているから良いとして、彼女の方に何らかの被害が出るような事がなければ良いが……。

「今度、配信に呼んでくださいよ」

「いや、それ燃えるやつですよ」

「こういう仕事やってる声優の人でも？　女性ファン多いんだ。流石人気事務所さん」

「いや、女性ファン云々というより私個人、或いはＶ自体のアンチの方々ですけれど」

「えぇ……」と引いてしまう彼女だが、「私は全然知名度ないので、ぶっちゃけ売名したかったのが本音なんですけれど」と聞いてもいないのに正直に白状してしまう。そういう営業もある意味仕事の内だとは思う。昨今は芸能人に限らず声優さんがＹｏｕｒＴｕｂｅ始めるなんて話もチラホラ聞くし。名前を売れば仕事も多少なりとも増えるだろうし。ある意味営業活動、名を売り込むツールとしても動画配信サイトというものは有用だ。

「……すぅー。はぁ……」

何故か深呼吸する彼女。そして何かを決意したような表情でこちらに向かってこう言った。

「す、少しお茶しませんか？」

「へんなルビ振ってないですか、それ」

「あははー、気のせいですよ」

精一杯背伸びして、強がって、茶化して見せて……そんな事を言うのだ。無下にできるはずもない。初対面で「何か悩み事があれば聞きますよ？」なんてえらそうな事を言ってしまったし。あの言葉を覚えていたのだろうか?

いずれにせよ、私の役割があるとすれば——ただ彼女の話を聞いてあげることくらいだろう。

私に出来る事なんてたったそれくらいしかないのだから。

635 名無しのライバー ID:dMVNOXFGv
速報　畳、雑誌取材

636 名無しのライバー ID:emNGcB9wZ
>>635
Vにもそんな仕事来るようになったのか
……

637 名無しのライバー ID:gva9AFVm5
>>635
アニメ情報雑誌か？

638 名無しのライバー ID:KvSFIR+7s
>>635
男性Vトップは伊達じゃない

639 名無しのライバー ID:/gV2+zZAL
女帝も深夜の地上波番組にVTuberの説明でちらっと映ってたことあったしな

640 名無しのライバー ID:8iTQ4cwJU
サブカル系の雑誌ならまあ納得やな

641 名無しのライバー ID:2Jiehdrki
VTuber、柊冬夜大特集！

642 名無しのライバー ID:5jYPWQgRZ
畳の通信販売でもすんのか？

643 名無しのライバー ID:E/Tkmg9rP
あいつのフルネームそういえばそんなだったな

644 名無しのライバー ID:41GCabJXi
スレに入り浸ってると、畳や女帝、脱サラの名前忘れそうになる

645 名無しのライバー ID:fmATvcZHN
それはスレ民あるあるやな

646 名無しのライバー ID:iWJdZuIbj
パッと名前が出てこなくなるのはあるある

647 名無しのライバー ID:qcJ/0gnHs
畳とかは普通に表でも通じるし
なんなら3Dイベントのタイトルにも使われたから
呼称は実質公式化したようなもんだ

648 名無しのライバー ID:OK7YBJL6K
でもスレ内のネタを外に持ち出すのは原則禁止だからね

649 名無しのライバー ID:Tfy/AGtig
ひと昔前ならファンのコミュニティツールは掲示板くらいだったけど
今はディスコやらSNSやら色々あるからな

650 名無しのライバー ID:SxPFCYph/
アンチスレ「俺もいるぞー！」
アフィブログ「任せろー！」

651 名無しのライバー ID:Txor+MhNe
そういや、くりぃむソフトの前脱サラ案件やってた奴
結構売れたみたいで続編出すっぽいよ

652 名無しのライバー ID:XTUPWJwdl

なおゲームの出来が良かっただけで
特に脱サラの案件がどうのこうのというわけではなかった模様

653 名無しのライバー ID:Pxl1aYng1
萌えゲーの皮を被ったシナリオゲーだった

654 名無しのライバー ID:yGjKZ2a/W
今はエロゲも昔ほど売れないとは言え
続編出るのは凄いことじゃないか

655 名無しのライバー ID:fHl6jaiyL
プレイ動画やら違法DLやらが蔓延ってるからな、世知辛いもんだぜ

656 名無しのライバー ID:waS3+XxRG
前もスレに貼られてたけど
その続編の宣伝番組のゲスト次回更新分は脱サラやぞ

---

くりぃむソフト公式@FD制作決定@CreamSoft_erg
くりぃむソフトのWebラジオ
次回のゲストはあんだーらいぶ所属の神坂怜さんです
現在スタッフが台本の誤字脱字チェックをしております

---

657 名無しのライバー ID:wFYUBwL9F
まさかの起用である

658 名無しのライバー ID:3fkliZqhp
あっちのスタッフに気に入られた？

659 名無しのライバー ID:psA8uxyHG
以前あった案件PR配信は
既存ファンにはかなり好評だった

660 名無しのライバー ID:gpGuNFSWM
新規でなく既存ファン向けやな

661 名無しのライバー ID:HYbauTbpL
あいつ基本的に集客力皆無だから
必然的にそうなる

662 名無しのライバー ID:MmcZ8QBWN
下調べ、事前準備めっちゃやるから
元々のファンとかにはウケは良いんよね

663 名無しのライバー ID:SB+jwjEop
案件の安定性が異常なんだよ

664 名無しのライバー ID:nOiJ0TUow
パワポ芸すこ

665 名無しのライバー ID:OY39s+KeN
案件好評だったとは言え、
よー、ラジオに呼んでもらえたな

666 名無しのライバー ID:MoBthread
ワイの推しのひまりんと共演するとか絶許

667 名無しのライバー ID:ly2XR8AjS
メインがエロゲ声優の葵陽葵
前作で教育実習生だったのが、
今作でメインヒロイン昇格になったんやね

668 名無しのライバー ID:mmFvV9DJ9

V以外も守備範囲広すぎだろ、こいつ

669 名無しのライバー ID:yAruWBfG7
なぁ……
収録ってことはきちんとしたスタジオで顔を合わせるんだよな？

670 名無しのライバー ID:54x7slQ3X
>>669
あっ……（察し

671 名無しのライバー ID:lfzwTG7mQ
>>669
＼(^o^)／

672 名無しのライバー ID:+AJMN4wuh
>>669
んなあああああ！

673 名無しのライバー ID:RwaZKFav+
別室収録とかだったりするんじゃねぇの？

674 名無しのライバー ID:PSndR1LaL
そこまでするか？

675 名無しのライバー ID:qtQiJxKoS
Vとか顔知られると不味いからないんじゃ……？

676 名無しのライバー ID:+lv0b2Asp
それ言っちゃエロゲ声優も顔出ししてる人ほとんどおらんぞ

677 名無しのライバー ID:0rlYdMY2r
両方基本顔出ししない職業だしな
不文律ってかそういうのはお互いに心得てるやろうし

678 名無しのライバー ID:gckineki/
紳士認定です
解釈通りです
良いですね

---

葵陽葵@himari_aoi
あんだーらいぶの神坂怜さんとラジオ収録しました。
とっても紳士で素敵な方でした。
近日公開予定ですので、お楽しみに！

---

679 名無しのライバー ID:tAeCt6/mz
>>678
うーん、これはアウト……ですかねぇ？

680 名無しのライバー ID:6POoNdFBf
>>678
脱サラ、アウトー！（デデーン！）

681 名無しのライバー ID:sM6zNMHL5
>>678
まあよくあるお世辞にも使うような言葉のチョイスではある

682 名無しのライバー ID:MoBthread
>>678
ゼッタイに許さねぇ……！
許さねぇ……ぐすん
マジレスすると毎回収録ゲストに対して

似たようなツイートしてるから
その流れなんだろうけど

683 名無しのライバー ID:6i2cZLhY7
落ち着けって
どうせビジネスライクな感じだろ

684 名無しのライバー ID:Kr5a4hA9k
ラジオってパワポ使えないじゃん……
失望しました。ファン辞めます

685 名無しのライバー ID:millXV0ZJ
パワポに期待すんじゃねぇ！

686 名無しのライバー ID:zRgv2djFc
案件＝パワポってのがそもそもおかしいんや……

687 名無しのライバー ID:NxTqEWuqG
台本全部覚えて現場入りしてそう（小並感）

688 名無しのライバー ID:boQResQ/J
元放送部だしある意味慣れているのでは

689 名無しのライバー ID:OYI8P64ef
そういや演劇部ではなく放送部だったっけ

690 名無しのライバー ID:OZG1FdETS
ひまりちゃん、顔出てないけど
お手々見る限り美人のかほりがする

691 名無しのライバー ID:BNgAXMHt4
悲報　彼女のファンに絵畜生呼ばわりされてしまう

692 名無しのライバー ID:VC9KKPp+g
い　つ　も　の

693 名無しのライバー ID:ILNJaDvuV
そのツイ主の過去の呟き見てみろ
ただのアンチやで

694 名無しのライバー ID:zClhrDMni
それはそれでいつもの、では？

**今日の妹ちゃん**

紳士、ねぇ……へぇー、ふぅん

# 11話 お茶会

【10月×日】

葵陽葵さんとのラジオ収録を終えて、立ち話もあれだったので近場の喫茶店でお茶をすることになった。私はコーヒー、彼女はミルクティー。メニュー表を見る際にケーキ類のページに心惹かれている様子だったので、マイシスターを思い出して少し微笑ましくなったのはここだけの話。少し落ち着きのない様子を見るに頼み辛いのだろうか……？

「丁度おやつの時間ですね」なんて呟きながら私がメニュー表からケーキを選びはじめると、彼女は少しだけ嬉しそうに「じゃー、私はなんにしようかなー」とウキウキとした様子で注文していた。その後SNSにあげるつもりなのかパシャパシャと様々な角度から写真を撮ってはしゃいでいる姿は、実に女の子らしい行動と言えよう。先程のラジオ収録現場ではしっかりしたイメージだったが、こういうところは年相応で安心した。ある程度ガス抜きとか出来ないと、人っていうのはパンクしかねない生き物なんだ。

一応周囲の目には届かないように一番入り口から遠い席を選んで、声もお互いに控え目にはしている。ＶＴｕｂｅｒとアダルトゲーム声優ということで素顔が表に出ることがない――というより出すことは基本避ける職業である。しかし、双方今回のラジオ収録前に『声』でお互

いを特定したという背景もあるわけで、気を遣ってしまうのだ、尚更に。

彼女は全年齢向けコンテンツで活動する用の名義が別にあって、R18指定された作品の仕事の際には今の名前を使っているらしい。そういう別名義を持っている声優さんは決して少なくない。我々VTuberと同じようにそうした情報も往々にして特定される運命にあるんだとか。過去には端役とは言え、話題作にも出演経験のある彼女ならともかく、私みたいな一般知名度ゼロみたいなのは声から身バレっていうのはそう心配することもないだろうけれども。地元のご近所さんや、親戚、商店街の人に指摘されたことはないし、VTuberの中の人を特定するようなサイトでも中身の情報はほぼ皆無。配信中に言った、仕事辞めてVをはじめただとか、不登校だったとか、そういう話題がまとめられている程度である。もっとも、気を抜いて個人情報を特定されかねない情報は出さないようにしなくちゃなんだが、そういうプライベートなトークってファンの人が喜ぶもんだから、ついつい漏らしてしまう人の気持ちも分からんでもない。

私の過去の女性関係云々の話とかも多少脚色して話題にしたりはしていたが、本当は出さない方が良かったんだろうなぁ。そういう類いの設定全部考えて完璧にRPするのが理想的なのかもしれない。いつも大はしゃぎで妹トークしているので今更すぎる気もするが。

お互いにケーキやドリンクで一息、と言いたいところだが、少し落ち着きがない様子の彼女。気まずそうにスマホをいじってみたり、インカメラを手鏡代わりに髪を整えて、化粧ポーチらしきものを持って慌ただしく離席したりと……何か話を切り出すタイミングを計っているようにも見える。幸い時間はあるのでじっくり待つことにしよう。離席中にさっさと会計だけは先に済ませておこう。

入店から20分ほど経って、決心したように「よしっ！」と気合を入れてから彼女が質問を投げかけてきた。

「神坂さんは、どうして今の仕事始めたんですか？」

よくある質問。だが、彼女の真剣な眼差しはこちらに向けられていた。特に信念もなく始めた活動である。だが、ここで取り繕って嘘を吐く事だけは駄目だ。彼女の期待するような高尚な言葉でなかったとしても、素直に私の思ったありのままを伝えることにした。

「妹にやってみないか、って勧められてって感じですね。本当に何の熱意も希望も抱いてはいなかったですよ、あの頃は。ただ妹が喜ぶなら――って」

「あの頃、ってことは今は違うってことですか」

「ええ、まあ……そうですね。今にして思うと非常に失礼極まりなかったので反省しているんだけれども。今の箱で色んな人と出会って、こんな私みたいなのを『好き』だと言ってくれる人がいて。一緒に笑い合えるような仲間がいて」

「………」

「――返しきれないくらいの恩を受けた。だからそんな人たちやファンの人にそれを返すのが今の目標です」

今まで生きてきた中でそういう人に巡り合えたことなどなかった。初めての経験だった。どうしてこの人たちは自分を好いていてくれるのだろうか。それが未だに分からない。単純に彼らの懐が広いだけなのかもしれないけれど、私にとっては確かに『救い』だったのだ。生きるのが楽しいと思えるようになってきた。ただ毎日を生きるために感情を押し殺して働く、という生活とはまるで違う。

「辛くはないんですか……色んな人からひどいこと言われて」

「これっぽちも辛くない、と言えば嘘になりますよ、流石に」

直接的な言葉による攻撃なんてのは正直何とも思っていない、今も昔も。ただ、この場で馬鹿正直に肯定してしまうことは、彼女に余計な選択肢を与えることにもなりかねない。他人が大丈夫だから、自分も大丈夫。そんな風に思ってほしくはない。だから私は平気な顔で嘘を吐くのだ。我ながらひっどい性格してるな。こういうところが本当に大嫌いだ。

「何だか意外です。もっとこうメンタルつよつよでノーダメージみたいな印象ありました」

「もっとああすればよかったとか、そういうのばかりです。誰も傷付かなかった。もっと早く気付いてあげられたって。何よりそれでファンの人が悲しむってのが正直しんどいですね」

自分の非力が原因で傷付く人がいるのは本当に心苦しい。これは本当のこと。私が諸先輩方のようであったなら、と思わずにはいられない。ああいったコメントによって間接的にはダメージを受けているということにはなるのだろうか……？

「私は——本当は日曜日の朝やってる女の子向けのアニメってあるじゃないですか」

「特撮の前くらいにやってる」

「そーです、それです。私、あれに憧れてて。でも現実に魔法や特殊な力ってないですよね。だから次にその声をやりたいって声優を目指すようになったんですよ」

「立派な夢じゃないですか」

「高校生くらいの頃、深夜アニメで名前もない、本当に今も当時も誰も気にも留めないモブの声やったことがあって。そのときは良かったんですよ。有名な人も昔はそういう役を幾つもこなしていたって話でしたから――」

元々は一般のアニメやゲームの声優さんを志していたそうだが、当時影響力を持っていたプロデューサーがよりにもよって当時高校生だった彼女に肉体関係を遠まわしに要求。それを断り罵詈雑言を投げかけられた結果、所謂表での仕事を干されてしまったのだとか。そういった枕営業的なものは都市伝説みたいな存在として話には聞いていたのだが、まさか本当にあるなんて。それでも――。

「当時まだ高校生でしょ？　今からでも警察に行った方が」

「録音や動画でもあればよかったんだろうけど、当時そういう考えに至らなくて。結局今は裏の――エロゲ声優やってます」

若い頃のそういう類いの経験はずっと尾を引く。きっと辛かったろう。悔しかったろう。そう思うと妙に怒りのような感情が湧きあがってきた。よりにもよって私の恩人のお孫さんに、なんて真似をしやがる。それに高校生といったら今の妹と同じくらいの年代。余計に許せるわけがない。

「めーっちゃ怖い顔。ふふっ。逆に冷静になっちゃった」

「……そりゃあ、そんな話を聞けばそうなりますよ」

「思ったより顔に出る人ですね。さっきのお話といい、思ったより人間味のある人で安心しました」

「はじめて言われましたよ、そんなこと」

逆のことならしょっちゅう言われているけれども。単純に彼女が人の機微を読み取る術に長けているだけだとは思うが。さっきの嘘も見抜かれているのかもしれない。怖いな。流石は彼女のお孫さん。そういうところはソックリだ。

「私は今の仕事を誇りに思ってるつもりなんですけど。それでも昔の同期がメインヒロイン役を獲得したり、CDデビューまでしちゃってたりしてて——その人たちから『今なにやってるの？』って聞かれてちゃんと答えられなかった。自分ではきちんと誠意を持ってやってるつもりだったけど、正直に言えなかった……そんな自分が酷く醜く思えてしまって。自分が大嫌いになる……」

どことなく自分に似たところがあるように思えてしまう。私も彼女も自分が大嫌いなのだ。

「世の中、信念や大層な志を持たずに働いている人が大多数なんです。私なんて会社勤めだった頃に『あー、ここ早く潰れねぇかなぁ』とかずっと思いながら仕事してましたもん」

「なんですか、それー」

少し表情が和らいだ。ちなみに彼女に気を遣って冗談で発した言葉ではなく、事実である。皆だって色々仕事に不平不満持ちながら、大っぴらにせず表に出さないように頑張っているだろう？　まあ中には普通に言葉にしてる人もいるんだけれども。働くために生きている、みたいなそんな風になっちゃあダメだ。彼女みたいな神経質な子は自分で何もかも抱え込んで、パンクするまで抱え込んでしまう。そうなってしまったら取り返しがつかない事態にも発展しかねない。

「貴女はなんでもかんでも抱え込みすぎなんですよ」

「そう――なんでしょうか……？」

「そうですよ。第一私だって人前で声を大にして『ＶＴｕｂｅｒやってます』なんて言えないですよ。近所の人にはＩＴ関係のお仕事。リモートワーカーという設定になってます」

「それはお祖母ちゃんも何か言ってた気がする」

「嫌なことは現実逃避が一番です。この歳になると両親から結婚とか孫とかいう単語しょっちゅう聞かされますけど、華麗にスルーしてる私を是非とも参考にしてください。親戚からもマジで見合い話を持ってこられそうになったこともあったんですが、私は見事に回避しましたからね。うん」

「――っ……」

「待って。そんな必死に笑い堪えるの止めてもらって良いですか？　流石の私もちょっと傷付きますよ!?」

「だって、急にそんなネタ振られたら……あーっはは。まあ私もお祖母ちゃんからはひ孫の顔云々言われたりするので気持ちは分かりますけれど」

そんなバカウケするとは思わなかった。配信でもネタにしたら盛り上がったりしないかな、これ。

「そんなとこ含めて好いてくれるファンが困ったことに――いや、嬉しい事にって言うべきなのかなぁ。奇特な方もいらっしゃるみたいなので、ある程度は認めてあげるというか。半ば諦めに近いところもあるんですけども。自分の事も認めてあげてください」

私は実際に向き合えているかどうかは怪しいところだが、気持ちの問題だ。こういうの気にしすぎるとロクなことにならないのは私自身が一番知っている。彼女はまだ引き返せる。大丈夫なはずだ。今のままだと必ずいつか、どこかでガタが来る。

「手遅れになる前に、ね」

「……ありがとうございます。ちょっぴりスッキリした気がします。取り敢えず何かあったら酒飲んで現実逃避することにします」

「飲みすぎは止めてくださいね。同じように酒に逃げた結果、とんだ酒クズが爆誕したのを割と直近で見た記憶が……」

どこかの某元後輩のことである。あれはあれで知らない間にお酒関係の案件結構貰っているので、意外と成功していたりするのだが。マネージャーから休肝日を指定されているらしい。

結局のところ葵さんは自分の話を聞いてくれる相手が欲しかった、必要だっただけなのだ。職業柄あまり他人にも言えないし、同業者では表で干されたという経緯がある以上あまり深入りするような人もいなかったのだろう。そういう意味では、お互いに職業をあまり公に出来ないという共通点があった私が適任だったようだ。ただ話を聞くだけだから、正直私以外だって良かっただろう。それこそタヱ子さんならもっと上手く彼女を勇気付けられただろうに。ただ偶然私がそこにいただけだ。

「どっちが先にビッグになるか競争しましょうよ」

「既にそっちが勝ってる気がしないでもないんですが……」

ゲームのメインキャラの担当声優とか普通に凄いことだと思うのだが。活動の場が違うので一概にその辺は判断が難しいところなのかもしれない。私なんてほぼほぼ炎上関連でしか名前売れてないわけですよ。あるいは影響力のあるVやその関係者の力を借りただけの存在。自らの実力で道を切り開いた彼女とは別物だ。

「でもSNSのフォロワーとゴーグル先生で検索したときの件数は私より全然多いですよ」

「それは間違いなく過去の炎上騒動が原因かと思います……」

確かにフォロワーが1万人って冷静に考えたら凄いことだよなぁ……環境というか、周囲が異常なせいか少し感覚がおかしくなってしまいそうだ。悪目立ちの結果が大きいのは間違いないし、あんだーらいぶやmikuniママのネームバリューがあったからこそだろう。

「——ですけれど、お互いに活動する場所は違いますが頑張りましょう」

「私もYourTuberになればあるいは……?」

「あぁ、それも悪くはないかもしれませんね。お綺麗ですし」

「あのー、冗談か本気かはさておき、そういうのは軽々しく言うと色々勘違いする人もいるので控えた方が良いかと。女性代表として言っておきます」

あれ、そうなの？　おかしいな。綺麗なら綺麗で褒めるのって悪いことだったのか……?　逆に昔は何も言わないもんだから色々苦言を呈された気がするが、世代の違いか。或いは伝え方のニュアンスが悪かったのか。女性はなるべく褒めた方が良い、というのが過去の経験上からのものだったのだが。

「過去の経験上、そうした方が良いかなーと……」

「あー、もしかしてカノジョさんの影響ですか、道理で……」

「それお話ししたことありましたっけ？　あと、元ですけれど」

「配信で言ってたじゃないですか。ふふっ、共演相手の情報収集はきちんとするんですよ、私。あと、人の離席中に会計済ませておくとか、もうちょっと仲が深まってからするものですよ、普通」

「ア、ハイ……」

「逆に申し訳なくなっちゃうじゃないですか。そういうの普通に許容するどころか推奨する女性とは、そもそも深い関係持つのは避けるのが吉です」

あれ、おかしい。マイシスターから注意されてるような気分になってきた。結構ズバズバ物を言う娘だな。

「あ、そうだ！　先日柊さんに私のＡＳＭＲご購入いただいていたみたいで、是非ともお礼言っておいてください」

「あー……例のＡＳＭＲって、そう言えば貴女が担当されていたんでしたっけ」

「はい。週間ランキング圏外から急にトップ１０入りして、制作者さんもビビり散らかしていました」

生意気な年下の女の子に『ざぁーこ、ざぁーこ』と罵倒される音声作品を購入していたことが露見してしまった柊先輩。その作品でその生意気な女の子を演じていたのが何を隠そう彼女なのである。ＳＮＳ通知ボタンの誤タップが原因らしく、その情報が瞬く間にネット上で拡散され作品の売上に大きく貢献したのだとか。流石はリアルの畳を完売できる男。

「今度お会いした時にしっかりとお伝えしておきますね」

「じゃあ、よろしくお願いします。で、私たちは次いつお会いするんでしょうか？」

「え……？」

「えっ……て、今回理由もなくご馳走になってしまったじゃないですか。今度は私が払うので。でないと公平じゃないじゃないですか」

「え？」

「――それに今度はお仕事のついで、じゃなくて。プライベートで誘ってくださいね」

「……え？」

「今度はしっかりとしたお茶会として誘ってくださいね」

ウインクして去っていく。『上手い事ウインク出来てませんよ』なんて言う隙もなかった。あれはあれでキュートだから良いのだろうか。まあもっと仲の良い男性にこそ是非とも披露していただきたいところである。それはともかく、ここのケーキは中々当たりだった。焼き菓子のテイクアウトもできるみたいだし、これをお土産にするのも悪くないだろう。妹に画像を送ってどれが食べたいか確認していると、何故か不満たっぷりな表情でミルクティーを飲む彼女の姿が目に入った。「あー、そうですよね。妹ちゃんの方が可愛いですもんねー」と僅かに呟いているのが聞こえた。

そんな噂をチラっと聞いた気がする

---

獅堂エリカ@あんぐら君グッズ化！@erika_underlive
そういうセンシティブなのは信頼がないとダメでしょう
ちな、私もそういう案件イける口です
是非ともメーカーさんはプロフィール欄の連絡先から一報ください
リョナゲーだろうがなんだろうがドンと来いです

---

721 名無しのライバー ID:EdJEz9JC5
>>720
放送禁止用語バンバン言いそう

722 名無しのライバー ID:226ExRHjV
>>720
やったらやったでそれなりにこなしそうではあるが
ぶっちゃけ、畳の案件は有名メーカーとかが取り合いしてそうではある

723 名無しのライバー ID:K1QxXbm0y
>>720
どうして本来信頼されるべき身内から一番信頼されてないんですかねぇ……

724 名無しのライバー ID:dbZPiyw/B
そういうキャラだしね
しゃーない

725 名無しのライバー ID:XQ16wT6Gf

715 名無しのライバー ID:EnUoUZCxZ
悲報　畳、エロゲ案件が来なくて拗ねる

---

柊冬夜@妹が反抗期@Hiiragi_underlive
マネさんから聞いたらさっきまで神坂君がくりぃむソフトさんの新作案件収録してたとか
前回アピールしたのに何故来ないんだ……
俺は訝しんだ

---

716 名無しのライバー ID:0eyxeP+cq
>>715
体験版プレイくらいなら回って来そう

717 名無しのライバー ID:aVjk7aqUb
>>715
今回のラジオは前回の実績含めてだろうに

718 名無しのライバー ID:G6MlVGIHs
>>715
ブランディングの都合じゃ？
結構別案件多いし

719 名無しのライバー ID:tcu/WR9RP
そういうの関係あるんかね

720 名無しのライバー ID:+8zNQjD4u
なお理由

---

羽澄咲@マンスリーボイス発売中@hasusaku_underlive
配信で言っちゃいけないような単語言いそうだから

735 名無しのライバー ID:x/xcpYeYw
うっそだろ……？

736 名無しのライバー ID:A7jRC7pGw
まあ、あれはネット投票の数も入るし
界隈のファン総動員すりゃワンチャンあり
そうなのが笑えない
先日の公開オーディションみたいにさ

737 名無しのライバー ID:lakaY5+Bg
いくら投票しても2位とかになるんでしょ
みんなコ〇ルで学んだでしょ

738 名無しのライバー ID:PLUKhDwMa
明日モンスターハントコラボらしいな
男衆4人で

739 名無しのライバー ID:wb08dQeCJ
使用武器
畳：ハンマー
あさちゃん：ライトボウガン
脱サラ：片手剣
ミカ：太刀

740 名無しのライバー ID:hUjZT7Tv8
全員被らないようにはしてたっぽいしな

741 名無しのライバー ID:1scv5sEzZ
技量的には、あさちゃん以外は
割とトントンなイメージ

742 名無しのライバー ID:F9veqgBze
脱サラ「なんか危ないって思って回避しよ
うとはするんですよ……身体が動かないん

>リョナゲーだろうがなんだろうがドンと
来いです
YourTube君「来　な　い　で」

726 名無しのライバー ID:sb9cEN7IL
四肢切断系はマジで止めてくれ……

727 名無しのライバー ID:Fkel50DBR
お前は許しても、動画サイト君は許しちゃ
くれねぇんだよなぁ……

728 名無しのライバー ID:MoBthread
かわいそうなのは抜けない

729 名無しのライバー ID:b8TsN/7Mr
女帝のツイ見て思い出したけど、あんぐら
君グッズ化すんのか……？

730 名無しのライバー ID:5/Fc/IACY
するよ

731 名無しのライバー ID:7TXFTH04F
しない

732 名無しのライバー ID:8F6+J1TbN
どっちだよ!?

733 名無しのライバー ID:cIS58m/BZ
ファンが手作りであの異形の塊を再現
↓
女帝「これ、いけるやん！」

734 名無しのライバー ID:kXoBf5w5g
あれでもゆるキャラ大賞狙ってるからな

ですよね」

743 名無しのライバー ID:cb1LbH8Yw
悲しい……

744 名無しのライバー ID:w08q2m/pb
それって老化ｒｙ

745 名無しのライバー ID:2ASc9cdOW
実際反応速度は歳食うと落ちてくるしな

746 名無しのライバー ID:YAccUKPfH
ミカ「何やってんだよって絶対言われると思う」

747 名無しのライバー ID:qo+1jAdlq
何やってんだミカぁぁぁぁぁぁッ!!

748 名無しのライバー ID:x4/5YhxOi
絶対やるな

749 名無しのライバー ID:MDWWyqn2a
あさちゃん「ロー！　ロー！　バッテ巻く！」
絶対言いそう

750 名無しのライバー ID:ZDHLjl68i
実際ソロで言ってた定期
ちな、バッテ=FPSの回復アイテムね

751 名無しのライバー ID:CcpcNltKI
サムネが何故かVertexなのにモンスターハントしてた回な

752 名無しのライバー ID:Tsey6gC9n
サムネは配信ごとに作るの面倒くさそう

753 名無しのライバー ID:HqfDU6Hia
最近サムネ作りをサボって視聴者に作ってもらってる奴だっているんですよ!?

754 名無しのライバー ID:Un6JydGMq
どこの畳なんですかねぇ……

755 名無しのライバー ID:pl2g50QmC
ファンA「甘やかさないで！」
ファンB「でもネタ的にそういうのも美味しいから作るか」
ファンC「せやな」

756 名無しのライバー ID:A7d+DSmtd
なぁ、ちょっと話題逸れるんだけどさぁ
ひまりんのこれ、ケーキ画像さ
見切れてるけど対面にも器ない??
脱サラと収録楽しかったツイートした後のツイートがこれ……
即ちそこから導き出される結論は――

---

葵陽葵@himari_aoi
チーズケーキうまうま
帰ったら運動しないと……
vuploader.vom.jpg

---

757 名無しのライバー ID:MoBthread
>>756
いやあああああああああああ！
男の気配がすりゅうううううううううう!!

758 名無しのライバー ID:O6LYVypQP
>>756
マネージャーとかじゃないの？

759 名無しのライバー ID:NqdzBPG2B
>>756
考えすぎだろ……

760 名無しのライバー ID:MoBthread
いや、男の気配がするんだ
ワイの中のセンサーがそう告げている

761 名無しのライバー ID:201G9QvVG
センサー（角）

762 名無しのライバー ID:4Ka8peEl4
何言ってんだ、こいつ？

763 名無しのライバー ID:gckineki/
寧ろ脱サラには身を固めてもらって幸せになってもらいたい
そうなったらなったで凹む気がするけど
推しが幸せなのが一番よな

764 名無しのライバー ID:NDvxputur
あれだけ拗らせてる奴を救える女性が果たしているのかどうか

765 名無しのライバー ID:MZeBJSe1X
雫ちゃん以外におりゃん

766 名無しのライバー ID:2ssEg15tU
V活動は真人間に戻るためのリハビリって一番言われてっから

767 名無しのライバー ID:2SE25iHaU
畳と絡んでるときは本当に楽しそうで
最初期から見てると感動モノやで……

768 名無しのライバー ID:sHr3r/+6h
最初期に比べるとマジで表情豊かになってきてんだよなぁ
単純に技術の向上だって言われるかもだが

**今日の妹ちゃん**

ふぅむ……なんかお兄ちゃんの服から
女の人の香水の香りがする…………。
まあ、どうでもいいけれど

**【10月×日　葵陽葵】**

「難しく考えすぎ、かぁ……」

人の顔色を窺うのが癖になっていた。そういうのも行きすぎるとよくないらしい。我ながら損な、というより生き辛い性格している。

「私の悩みって意外としょうもないのかも」

あの人は本当に人から酷いこと言われても何も感じないのかもしれない。そのくせ、自分より他人が傷付くことは人一倍敏感なんだ。私の過去の話を聞いたときの顔なんて、本当にすごい顔していた。ああいう感情がきちんとあるんだっていう謎の安心感すら覚えた。身内やファンの話となると表情が僅かに和らぐ。自分自身に対する誹謗中傷は何とも思わないくせに、ファンや身内の言葉は素直に嬉しいと思っているのは分かった。自分に対する暴言にはノーダメで、ファンがそれを見て凹んだ姿を見てダメージ負ってるとか色々おかしいと思うのは私だけ？　なんだかチグハグな事になってる。それはある意味ネットで活動する上ではプラスにはなりそうだけど。普通じゃあない。

「手遅れになる前に、か」

まるで反面教師として、自分のようになるな——そんな風に言われているような気さえした。そのくらいあの言葉にはとてつもない重みがあった。軽い言葉なんかじゃなかった。あれではまるで……自分自身がまるでそうであるかのような言い回しではないか。

そんなこと絶対にない。もう遅いなんてことはない。お祖母ちゃんからは受けた恩は返すように言われて育ったんだ。きちんとお返ししなくちゃね。

「と、取り敢えず月一……いや、隔週くらいに近況報告するくらいなら……変に思われたりしないよね……？」

この後今日のお礼のメッセージを入力しては消してを繰り返し、送信まで約1時間程費やしたのはここだけの話。返信が秒で『お酒はほどほどに』だったのがちょっと悔しい。なにさ、それぇ⁉　中々手強い。今度お祖母ちゃんの家に行く時は、彼の家に押し掛けてやろう。そうしよう。どんな表情をするんだろうか。少なくとも、妹ちゃんや自分のファンの事を語るときに見せるあの表情。あれがある限り、手遅れだなんて事はないはずだ。自分と話をする時もそんな表情をしてほしいだとか、そんなどうしようもない下心があるのはここだけの、ないしょの話。

# 12話 ひと狩りいっとく？

【10月×日】

無事ラジオ収録を終えて自宅へ戻った。結局マイシスターへの土産（みやげ）は葵（あおい）さんの意見も参考にさせてもらった。パンケーキ好きということもあって、パンケーキをイメージしたクッキーらしい。ラングドなんちゃらとかハイカラな名前だった気がする。若い子にも人気なんだとか。当人も喜んでいたし、良かった。「お兄ちゃんにしてはセンスが良い」と褒められた。まるで普段のお兄ちゃんがお土産選ぶセンス皆無、みたいな言い草は止めていただきたい。割となんでも喜んで受け取ってくれるじゃないか……誰が選んだのかとか妙に気にかけていたが、そんなに気にすることだろうか？　葵さんがこっちから帰る直前に挨拶しにいらしたとき、私とのやり取りを陰からこっそりと見ていただけのマイシスターと彼女の面識はほぼない。タヱ子さんのお孫さんというだけなら説明しやすいが、声優さんで案件先の関係者で今日一緒に仕事してきました――とは説明しても到底納得してもらえると思えないし、彼女のお仕事に関して、幾ら身内とはいえおいそれと漏らすのはよろしくないだろう。

妹が喜んでお土産を頬張る姿が見られたので、葵さんには感謝してもしきれない。彼女と別れた後、新幹線を待っていたタイミングでメッセージアプリで連絡が来ていたが、えらい畏（かしこ）まった長文。もうこれお酒入ったりしてない？　あるいはこれからお酒入れる気だったりしないだろうか？　ひとまず、『お酒はほどほどに』と返しておいた。その直後にちょっと怒った表情のデフォルメされたアニメキャラのスタンプが送られてきた。あれ……？　何か間違った？　しかしSNSを確認したところ、つい先程お酒購入した旨のツイートをしたようだ。いや、間違っていなかったんじゃないか。ふぅむ……？

　そう言えば、こういうアプリで使うスタンプも最近はアニメやゲーム系のものが増えているし、何なら個人で制作販売しているクリエイターさんもそう珍しくはなくなってきたが、あんだーらいぶもその内こっちの方面にも進出したりするんだろうか？　もっとも、出るとしても私じゃなくて他メンバーであるのは言うまでもないが。

「今日はお疲れさまでした」

「いえいえ、こちらもこういう機会をいただけて大変勉強になりました」

「近日中に新作の体験版を前回同様にプレイしていただく案件もありますので、そちらもよろしくお願いします」

「はい、承知しております。一応事前にゲーム内容のチェックだけお願い出来ますか？」

「ええ。それは勿論。過度な露出等あれば修正していただけるように打ち合わせ済みです。細かい箇所は基本的に前回の案件時と同じような形です」

というまあ、犬飼さんとの特に面白みもない業務的な打ち合わせがあった。前回遊んだくりぃむソフトさんの『Ｆｌｏｗｅｒ Ｄａｙｓ』と同じように体験版を先行プレイする運びだ。以前もやっていたのだが、配信に載せても問題ないようなものであるかどうかは事務所にも確認してもらっている。一応配信用に肌色面積控えた物がメーカーさんから配布はされるのだが、こういうのはダブルチェックは大事だと思うの。中身もろくにチェックせずにただ押印するだけの名ばかりのダブルチェック、トリプルチェックが横行している現場も多いことだろう。現在は営業職ではないにしろ、とにかくきちんと確認はしておかねばなるまい。

もしチェック漏れがあってチャンネルがＢＡＮ、だなんてことになったら目も当てられない。ＶＴｕｂｅｒにとって一番痛手になるのがチャンネルのＢＡＮであるのは言うまでもない。何しろ根本である配信元が抑えられてしまったら、サブチャンネルを開設するかコラボで時間を稼ぐか、素直に活動休止するしかない。別のプラットフォームでの配信というのもあるにはあるが……収益化なども考えると急にそちらに移行するというのも難しいだろう。なんにせよＢＡＮされないのが一番だ。羽澄先輩とかセンシティブ判定を喰らって過去に収益化停止や凍結といった措置を取られたことがあるらしい。あの人なりに徐々に線引きを把握したのか、最近は平和そのものである。私とか、低評価数とかコメントの荒れ具合を理由にそういった措置が取られないかどうかだけが心配ではあるが。

本来私自身が事前にチェックすれば良いのだが、ゲーム関係は初見での反応が肝だと思うので、申し訳ないが事務所の方にお願いしている。快諾してくれたのだが、あのお洒落なオフィスで美少女ゲームをテストプレイする光景は中々想像出来ない。ちょっとその様子を見てみたい気もする。一応文章は読み飛ばしても表示されるスチル絵や立ち絵などに問題ないかだけは、こちらもチェックはしておいた方が良いかもしれない。

ひとまず、案件前に前作をもう一度プレイしなおして復習しておかねば。ちなみに製品版をいただいた後ＣＧと回想が１００パーセントになるまではやった。それにもかかわらず、回想シーンの枠が何故か余っている仕様だった点が少々気になった程度であるが。概ね読み物というか、ストーリーメインのゲームとしても素晴らしい出来栄えだったと思う。

「ニャーン」

「虎太郎も男の子だから、女の子出てくるゲーム気になったりするのかな?」

犬なんかは女性に懐きやすいとか、そういう話を聞いたことはある。アニメやゲームのキャラクターにも当てはまるかどうかは不明であるが。動物園では、ペンギンがアニメキャラクターの等身大パネルに求愛行動を示していたとかいうニュースもあった。この子の場合は主に我が家の男性陣への懐き度の方が高いように感じられる。単純に一家で一番偉いというふうに見えた父と、ご飯を準備している私には甘えておけばいいや、みたいなノリなんだろうけれども。

「ニャ」

デスクの上にごろんとふてぶてしくも寝転んでしまう。人が今からエロゲ――じゃなかった、仕事の準備に勤しもうというのに。こいつはこいつで「ねぇねぇ！　構ってよ！」と言わんばかりにお腹をこちらに見せて、何かを待っているような素振りを見せる。

「ははーん、さては貴様。先日新たに仕入れた新しいおやつが気になるんだな。このこのー」

「ウニャ」

ちなみに太り気味が懸念されているので、私は甘やかさない。膝の上に乗っけて片手でマウス、もう片方の手は虎太郎の頭や顎を撫で回す。妹や親父が甘やかしている割にこの子から避けられるのが悪いんだ、許せ。というか、マイシスター餌付けしまくっている割にこの子から避けられてるよな……何故だ。スキンシップが過激なせいなのだろうか。羨ましい奴め。私だってもっと妹に構ってほしいのに。

ちなみにこの後美少女ゲームをプレイしているのを妹に見られてしまい、ちょっと微妙な空気になったのはここだけの話である。一応案件という建前があって良かった……美少女ゲームをプレイするのがお仕事ってある意味凄いな、と改めて実感する。お仕事をいただいたからには全力で取り組むべきだろう。頑張ろうと意気込みつつも、明日のコラボ配信の準備を進めるのだった。

**【10月×日】**

「てなわけで、あんだーらいぶ男4人で狩りにイクゾー」

「デッデッデデデ！」

「カーン」

「えっ、なんか打ち合わせにそういうのありましたっけ……?」

柊先輩の音頭に朝比奈先輩と、御影君がそれぞれ合いの手を入れる。こういった事前打ち合わせはなかったと記憶している。改めてディスコの方を確認してみるが、特にそういった記載はない。どこかで見落としたか。或いは音声通話の際に聞き逃してしまったのか。これは不味い。

［カーンが入ってる＋114514点］
［1人だけネタ分かっとらんやんけ］
［ネットミームに毒されてるような人しか普通知らないと思うの］
［そりゃそうだ］

「いや、こういうネタなんだ……」

「あぁ、ネタなんですね。わーびっくりした」

柊先輩が申し訳なさそうに説明してくださったが、こういうネタが伝わらないと冷める雰囲気になって何だか申し訳ない気分になってしまう。勉強不足だった。案外ネットに触れる機会が増えてきたのだが、たまにコメント欄で使われる特定の用語や定型文のようなものが理解できないときは、裏でこっそり調べていたりもする。

今日は先日から触れていた通り、モンスターハントのコラボ配信だ。全員一応メインストーリーをキリの良いところまで進め、おおよその操作などを把握した上で挑む形となった。各々使用武器は別種のため、細かい立ち回りは異なるのだが、大元は相手の攻撃を避けながら攻撃するという点は共通している。

「あ、相棒のキャラは虎太郎君だ」

「そういう朝比奈先輩は白玉ちゃんですね」

「割と似てるやん」

「かわいい」

「案外似せられるもんやな」

「一方の残り2人の相棒キャラ……」


ソロプレイの場合、味方としてサポートなどをしてくれる二足歩行の猫っぽいケモノな見た目のお助けキャラがいるのだが、猫繋がりという事で我が家の末っ子君をモデルに色合いや額の模様などを再現してみたが、割と面影があって可愛く仕上がったと思う。猫を飼っている者同士で、朝比奈先輩も同じ思考に至ったらしく、愛猫である白玉ちゃんをモチーフにしたと思われる白い相棒キャラを引き連れていた。

「猫とか犬飼った事ないいんすよね」

「いいよな、犬猫」

一方の御影君、柊先輩はというと……サングラスとモヒカンを装備した『囮』と、爆弾樽を両脇と背中に背負って常時悲し気な表情設定にされている『自爆要員』。わざわざその表情をチョイスするあたり、絶対狙ってやっているだろうなっていうのは分かる。

「こ れ は ひ ど い」

「相棒じゃなくてただのデコイなんよなぁ」

〔自爆しかありますまい!〕

〔爆弾攻撃の相棒は有能だから……〕

〔いいよな、じゃねぇよ!!〕

「昔よく昼休みとかに友達とやってたなぁ。僕はポータブルの3作目以来かな?」

「あったあった。充電器パンパンに膨らむまでやり込んでたわ。ゲーム機がほぼそれ専用機になってたぞ」

「アサ先輩やラギ先輩と違ってこっちは友達いないから、オンラインかソロでやるくらいだったなあ」

「私なんてそもそもやったことないです」

私以外は皆、過去にシリーズ作品をいずれか1作以上はプレイ済みという話らしいので、とにかく足を引っ張らないように心掛けたい。そういう考えもありサポートも出来て、生存率を高めるために、盾持ちで回避以外にも相手の攻撃をやり過ごす術を持った片手剣をチョイスした。初心者向けのような形でゲーム内では紹介されているのだが、ソロ配信時のコメント欄を見ると逆に玄人向けとか指摘する人も多い。充分に使いこなすには骨の折れる武器種であるようだ。とはいえ、それはVertexで好んで使用していたリボルバーも同じようなものだったしなんとかなってほしいところである。扱いが難しいけど強い、こういうフレーズに憧れるのが男の子の性というものなのだ。いや……男の子っていう歳じゃあないな。悲しいが、心だけはいつまでも若々しくありたいものである。

ちなみに私以外のメンバーの選んだ得物だが……柊先輩は強力な攻撃でスタン状態という一定時間敵モンスターを行動不能にすることが出来るハンマー。豪快な攻撃モーションは隙も大きいがその分与えられるダメージ量も多いし、スタン状態時にはそれこそ全員でタコ殴りにできる爽快感もひとしおだろう。ある意味エンターテイナーの先輩らしい選択だ。朝比奈先輩は遠距離からの攻撃を得意とするライトボウガン。普段からＦＰＳゲームをプレイしている朝比奈先輩だが、やはりこういうジャンルにおいても近接武器よりも遠距離武器を好んで使うようだ。御影君は片手剣よりもリーチが長く、モンスターの尻尾の切断などもしやすい太刀。当人曰く「一番カッコいいから」という理由での選択である。こうして見ると武器構成だけでも各々個性が出て面白いな。

「私、アクションゲームってそんなに得意じゃないんですよね……皆さんの足引っ張らないか心配です」

「Ｖｅｒｔｅｘ見ると全然そんな感じしないけど」

「咄嗟に回避ボタン押したりとか、そういうのが苦手というか。『あっ、避けなきゃ』って意識はあるんですけど、身体がそれに付いて来られないんですよねぇ……」

「慣れれば大丈夫だよ。アラサーでＶｅｒｔｅｘはじめてプレデター帯やマスター帯行く人、普通にいるし」

［老化ェ］

［まだ二十代やろ……？］

［多分ボタン操作に慣れてないだけだと思う］

朝比奈先輩が言うんだからそうなのかな？　イマイチ最近のゲームはボタンが多くて頭がごっちゃになってしまう。工作機の操作盤とかもっとスイッチ多いけど、マニュアル化されているし、複数のボタンの組み合わせや特殊なコマンドがない分楽な気がする。昔の十字キーにボタン4つくらいのがシンプルで個人的にはありがたい。ちなみにプレデターやマスターというのは、ゲーム内のランク付けの1位と2位とザックリ思ってもらえれば良いだろう。今までゲームをそこまで熱心にやったことがなかったのも関係しているとは思うが、お世辞にも上手とは言い難いのである。Ｖｅｒｔｅｘに関してはもう身体で慣れるレベルで無理やり伸ばしていたが、近距離での撃ち合いがすこぶる苦手なのは変わらない。ロングレンジやミドルレンジとかはどうにか対応できるかもしれないが、ショートレンジだと決まったルーチンの動きではなく、咄嗟での入力操作が要求されるので凄く苦手だ。それすらも身体に染み付くまで練習すれば解決しそうなものだが、現状そこまでやり込むつもりはない。もっとも、立ち回りが下手くそなのにエイムだけは良いというキャラは多分美味しいので、そっち方面は伸ばしていきたい所存。ＦＰＳゲームのプレイヤー層を見ても、単純にただ上手いプレイヤーよりクセの強いプレイヤーの方がより印象に残りやすいだろう。

「慣れない内はおねロリしてればいいんだよ。おねロリ」

「ラギ先輩、急にお姉さんとロリのカップリングについて語り出すのやめてもらっていいっすか？」

「ミカ、違う。違うからね⁉　果てしなく誤解を生んでるぅ」

[おね×ロリはいいぞぉ]

[おねショタもいいぞ]

[唐突に何言い出してんだよ、こいつ]

[お願いローリングの略な]

[咄嗟に回避ボタン連打して運よく回避できるのを願うやつ]

何故か柊先輩があらぬ疑いをかけられていた。ま、面白いからいっか。趣味趣向は人それぞれなので私からとやかく言うつもりはない。たとえ先輩が特殊な性癖(せいへき)を持っていたとしても、尊敬する気持ちが揺らぐことはない。

「ウチってロリキャラいないよね。そういえば。ショタ枠は僕いるけど」

「高校生、大学生や大人のお姉さん中心ですよね、確かに。おじさん枠は多分私ですね」

他所の箱や個人だと、人外の見た目だったりおじさんだったりケモノ耳生えていたりとか、奇抜なガワが多い。そう考えるとウチは随分と落ち着いた見た目の人が多いような気がする。奇抜な見た目だとそれに見合ったロールプレイが要求されそうだし、今の路線も安牌(あんぱい)で悪くはないだろうと個人的には思う。一応魔界設定の先輩もいたりするし。その内そういう見た目からして異色なライバーさん増えたりするのかな？

「身長だけ見ればブランパイセンはロリ枠な気もする」

「あれはロリって言うより、単に小柄なだけだろ。声も別段そこまで幼くないし」

「さすがロリ博士っすね、ラギ先輩」

「僕は嫌だなぁ、箱のトップがロリコンだなんて」

「性癖はでも、ほら……人それぞれですから、ね……？　どんな性癖持ってても尊敬する先輩に変わりはありませんから」

「おいちょっと待てェ⁉　何で俺がロリコンになってんだよォ！！？　俺はお尻と胸が大きなお姉さんタイプが好きなんだよぉ‼」

〔草〕
〔まーた非公式wikiに追記案件ですか〕
〔魔界じゃロリコンは一般的だった説〕
〔はいはい、魔界のせい魔界のせい〕
〔一番の古参なのに遊ばれてて草〕

「この前ナマイキな年下の女の子にざこざこ罵倒されるASMRダウンロード購入してたじゃないっすか。説得力皆無ぅ」

「違うから！　あれは違うから！　手が滑っただけだから‼」

「早くレビュー書いてあげなよ。同人メーカーさんも担当声優さんも喜んでいたじゃないか」

「あ、そういえば担当されていた声優の葵さんとこの前案件のラジオ収録でご一緒したんですけれど、大層喜んでおられましたよ。是非お礼を、と」

「やめて、それ言われちゃうと否定できなくなるぅ‼」

先日柊先輩が年下の女の子に罵倒されるボイスをダウンロード販売サイトで購入していたことが明らかになって、ネタにされている。キャラクターのイラストが黒髪でツインテールで少し夏嘉(なつか)ちゃんを思わせるものになっているから、きっとそれがキッカケなんだろうと思うが……購入画面で購入したことをSNSに発信するボタンがあって、それを誤ってクリックしてしまい、それが明るみに出たというだけのお話。先輩の事だからネタとしてわざとやったという可能性も否定できないところではある。ちなみにその担当声優さんが葵さんというオチである。世の中狭いなぁ……。

この後先輩が被弾する度にコメント欄に「ざぁーこ」「ざっこぉ」と罵倒されていた。クリアした時ではなく被弾時に一番盛り上がるのってある意味凄い。なお終盤には更なる問題が発生するのだった……。

【モンスターハント】あんだーらいぶ男性陣とひと狩り行く【神坂怜(かんざかれい)／あんだーらいぶ】
最大同時視聴数：約450人
高評価：100
低評価：130
神坂怜　チャンネル登録者数12200人（+200）

843 名無しのライバー ID:p7i4zbk2N
狩りの時間です

844 名無しのライバー ID:uGqsJchB1
朗報　楽しそう

845 名無しのライバー ID:VGXO4hZye
畳「おねロリしてれば大体なんとかなる」
ミカ「お姉さんとロリのカップリングについて急に語りだしたよ、この先輩」
畳「違うよ!?」
悲報　畳ロリコン疑惑

846 名無しのライバー ID:ccWZS9hiK
>>845
この前ざこざこ罵倒ASMR買ってたし……

847 名無しのライバー ID:AAJEWeQcD
>>845
ルナちゃんはロリ判定じゃないらしい
どうせ魔界のせいにするんだろ、とか言われてて草ですよ

848 名無しのライバー ID:1bkDnV4Ql
使用武器改めて
畳：ハンマー
あさちゃん：ライトボウガン
脱サラ：片手剣
ミカ：太刀

849 名無しのライバー ID:prXFmY3n1
脱サラ麻痺片手剣草
しかも回復アイテム使用時全体化スキル持ち込みとかサポ特化やんけ

850 名無しのライバー ID:16cJRyEks
お相手は空の王者(笑)か

851 名無しのライバー ID:sH0fzFrN+
何でや!?
シリーズ皆勤賞で、看板モンスターやろ!?

852 名無しのライバー ID:QyKmBmmOq
・エリアチェンジで速攻逃げまくり
・ムービーでの獲物横取り
・ムービーで他のモンスターから速攻逃亡
過去作のこれの印象が強すぎるのが悪い

853 名無しのライバー ID:K5tNvQ3qk
悲報　ミカ充電切れかけで別の意味で瀕死

854 名無しのライバー ID:Rq8LrxOwC
慌てて充電用ケーブル探しに行ってて草

855 名無しのライバー ID:CXgE4Z1U+
明らかに食器の落ちる音がしたぞ

856 名無しのライバー ID:yOCZigJam
大丈夫かよ

857 名無しのライバー ID:MoBthread
ミカァ「待って！　今Gがいた！　ねぇ、今Gがいた!!」
リアルでもモンスターに遭遇してて笑う

858 名無しのライバー ID:NB1M4FcFd
>>857
草
G級クエストじゃん

859 名無しのライバー ID:rdFysOfPK
>>857
緊急クエストやん

860 名無しのライバー ID:D6bKG0AXi
>>857
乱入クエストはじまった

861 名無しのライバー ID:6r/xjGA+b
畳「ファーww　緊急クエストはじまったじゃんww」
あさちゃん「僕も夏に見たけど、白玉が咥えて持って来た」
脱サラ「殺虫剤とかないんですか？」
ミカ「あった――違いました！　制汗剤でしたぁ!!」
ミカきゅん焦ってて可愛い

862 名無しのライバー ID:DyXAn3j84
掃除できないってのは言ってたけど
配信中にこれは逆に撮れ高的には美味い

863 名無しのライバー ID:0yof4LO+k
いや、当人からしたらたまったもんじゃないだろw

864 名無しのライバー ID:MoBthread
脱サラ「ないなら食器用洗剤とかですかね」
ミカ「洗剤っすね、オーケー、オーケー……――ッ!?」（声にならない悲鳴）
畳「おい、どうしたぁ!?　ミカァ!?」
あさちゃん「引き笑いしながら叫ばない、そこ！」
ミカ「２匹目いました……２頭クエでした…………」
畳「ファーwww」
あさちゃん「連続狩猟……ごめんちょっと笑っちゃった……w」
脱サラ「……」（無言だが明らかに立ち絵がニコニコで隠せてない）

865 名無しのライバー ID:WingBeKBW
>>864
草ァ！

866 名無しのライバー ID:mC0ltsE1e
>>864
部屋どんだけ汚いんだよw

867 名無しのライバー ID:UHmYj1s2V
>>864
御影きゅんェ……

868 名無しのライバー ID:MoBthread
悲報　逃げられる
ミカァ「ああああ、2匹同時にどっか行ったぁああああ!?」
あさちゃん「汚部屋の王者討伐クエは失敗かぁ」
畳「煙でもくもくするやつ今度やっとくか」
脱サラ「ダブルスチール（ボソリ）」
全員「ダブルwwスチールww」

869 名無しのライバー ID:92DwJEJ0q
ダブルスチールww

870 名無しのライバー ID:d//O/NE8w
草

871 名無しのライバー ID:Tq0Dd5hpX
脱サラ、お前どうしてソロ配信でその面白さを出せないんやww

872 名無しのライバー ID:vkE4MIFIq
全員ツボに入ってて完全に放送事故で笑い声しか聞こえないんじゃが

873 名無しのライバー ID:4cINskCWB
ノリが完全にクラスの悪友同士のそれ

874 名無しのライバー ID:cVwIR4O7g
推しが楽しそうでワイは嬉しいぞ

875 名無しのライバー ID:uRAkTzMyb
約1名ある意味ピンチだけどな

876 名無しのライバー ID:Lh0dgACNj
ホームどこ……？

877 名無しのライバー ID:rM5YShQnY
パソコンデスクじゃね

878 名無しのライバー ID:fbnkcgqZP
速報　御影きゅん、ゲーミングチェアの上にしゃがんで再開

879 名無しのライバー ID:u/OuG5cwi
いつでも逃げられるようにってのは笑う

880 名無しのライバー ID:ylHa0tdG3
こんな状態でも配信続けるあたりはプロ意識高いな

881 名無しのライバー ID:yiAMyrz4n
ミカ「今音がした！　したぁ!!」
畳「カサカサ」
ミカ「止めろォ!!」
畳「さっきのお返しだよ、バーカバーカ！」

882 名無しのライバー ID:AY+xsAZK0
ただのクソガキの喧嘩で草

883 名無しのライバー ID:frDmhla3Z
ガキかよ！

884 名無しのライバー ID:kFEoCFaYg
草

885 名無しのライバー ID:YWOnVN0CS
ちょっと待てw

886 名無しのライバー ID:06g7t0kcv
こ　れ　は　ひ　ど　い

887 名無しのライバー ID:MoBthread
悲報　全滅
モンスターが麻痺
↓
爆弾設置
↓
ミカァ！が誤って起爆
↓
脱サラ死亡

↓
畳「何やってんだミカァー！」

888 名無しのライバー ID:BG1U1ITfY
大　惨　事

889 名無しのライバー ID:EMu6Hrc9m
疲れからか赤塗りの爆弾に攻撃してしまう

890 名無しのライバー ID:+CLBgsnEh
黒塗りのGには追突されないように気を付けるんだな

891 名無しのライバー ID:sWBt5lUd8
あさちゃん「言いたかっただけじゃん」
畳「ノルマ達成」

892 名無しのライバー ID:qsSz2eee7
全員がただただ楽しそうでいいな、これ

893 名無しのライバー ID:g90UPo0yF
畳「今度御影君の家掃除する配信しようぜ、来週とかどう？」
あさちゃん「オフコラボいいっすね」
脱サラ「掃除道具は用意しときますね」
ミカ「え゛!?　それまでGと共同生活するんですか、俺!?」

894 名無しのライバー ID:/ZoGsYI4H
悪ガキ、畳

895 名無しのライバー ID:H9CATwQ7b
あいつの糞みたいな笑い方結構癖になってんの俺だけ？

896 名無しのライバー ID:995uyAo4q
ワイも嫌いじゃないで

897 名無しのライバー ID:gckineki/
全員砕けた雰囲気ほんとすこすこのすこ

**今日の妹ちゃん**

こういうのでいいんだよ。うんうん

# 13話 秋の雑談配信

**【10月×日】**

　昨日はモンスターハントのコラボで、あんだーらいぶの男性メンバー4人揃ってのコラボ配信を行った。ゲーム内容というより、ゲーム外でのハプニングで盛大に盛り上がっていたのは想定外だったが、視聴者さんからは軒並み好評なようでひと安心。同接自体は4人も同時に枠を立てていた都合もあってか、数値が分散したらしく各々の数値としてそれほど伸びた印象はないらしい。私からしたらかなりの伸び幅だったし、登録者数の増加も嬉しい。ひとつの配信で数百人増えるのは、私にとっては大事なのだ。何度かそういう機会に恵まれたことはあるのだが、基本的に今回のような誰かとのコラボ配信によるものが大半である。逆に一度として自分自身の配信で、自分の力だけで登録者数を増やしたことってないのでは……？　これは配信者として正直どうなんだろうか……ひとまず、現在の目標としていつか個人の企画や配信で結果を残せるようになりたいところである。

　さて先程少し触れた配信中のハプニング、というのが御影君に襲い掛かった黒い影——ゴキブリさんの登場である。少し当時の状況を振り返ろうと思う。

「あ、ヤバッ！　コントローラーの充電切れそうなんでちょっとケーブル探してきます」

「滅茶苦茶戦闘中なんだが……？」

「壁と同化してるからセーフだよ、多分」

充電しながらプレイする人であれば昔ながらの有線式のものとそう変わらないが、最近のゲーム機のコントローラーはほぼ無線充電式であるため取り回しが便利になっている。パソコンのマウスなんかも同じような感じだ。ただ、マウスに関しては好き好きあってプロゲーマーさんでも無線派、有線派で分かれていたりもする。今時の機種であれば遅延などは気にすることはないが、先程の御影君のようにゲームプレイ中の充電の心配をする必要がないのが有線式の大きな利点だ。一方で無線式の方はケーブルがない分操作感が軽いし、後は手元を配信上で映し出す人であれば見た目も悪くない。ちなみに私が現在使用しているのは無線式のものである。

御影君は申し訳程度に壁際に自分の操作キャラクターを移動させてから、マイクをミュートにすることもなく充電ケーブルを捜索しはじめた。時折、彼の愛飲しているエナジードリンクらしき缶が転がり落ちる音が聞こえている。大丈夫なんだろうか。彼自身もだが彼のキャラクターを配置した箇所がちょっと気がかりである。

「そこの壁沿いで爆弾起爆するとスタックするので気を付けた方が良いですよ」

「なんでお前色んなゲームでデバッグしてんの……？」

「怜君、そういえばＶｅｒｔｅｘでも壁抜けバグ見付けてたよね」

［草］

［デバッガー系ＶＴｕｂｅｒ］

［こいついつも壁抜けしてんな］

［流石バグを見付けて公式からフォローされる男だ］

［どういう経緯で見つけたんだよ……］

同僚と視聴者さん全員から割と引かれていた。何故……？　発見した経緯としては完全な事故である。ゲーム内の相棒である虎太郎が爆弾を設置してその爆風に巻き込まれた結果、『壁の中にいる』状態になってしまった。別に好きでバグを発見しているわけではないという事を主張しておく。ちなみに、既にゲーム制作メーカーさんへは報告済みなので近々修正されると思う。

「ちなみにその壁の中に入ると敵の攻撃は届かないですけど、こちらの攻撃は通るので遠距離武器持っていると下手糞でも簡単に敵を倒せたりします。ちなみにメーカーさんへは既に報告済みなのでもう修正されているかもしれませんが」

「とんでもない情報だな、オイ」

「ＲＴＡ勢垂涎のネタじゃないか」

〔すっげえ！〕
〔なんなんお前？〕
〔RTAの記録が大幅に更新されそうな件〕
〔お前RTA走れよ〕
〔RTA革命起こるぞ〕

RTAというのはリアルタイムアタックの略で、ようはいかに早くゲームを攻略できるかを競うものだ。ネットではかなり人気のコンテンツになっている。様々なレギュレーションがあり、バグあり、バグなし、などゲームによって様々な区分に分けられており、日々走者がタイムを競い合っている。たまに誰がこんなゲームでRTAをやっているんだ、というようなものもあってそれがまた面白い。とある動画サイトでは、リアルタイムアタックをリレー方式で配信していくという面白い企画も定期的に行われていたりもする。中には目隠ししてクリアするとか、もうとんでもないレギュレーションでクリアしている人もいるから驚きである。ホットプレートでゲーム機を温めて意図的にバグを起こすという嘘みたいな手法もあるんだとか。

「うぉおおお!?」

御影君の叫び声と共に食器の割れる音。

「待って！　今Gがいた！　ねぇ、今Gがいた!!」

というわけでゴキブリさんとの遭遇編終了である。詳細は配信のアーカイブとかまとめとか実況掲示板とか、その辺を確認願いたい。御影君はこの後1匹を自力で見つけ出して駆除したそうだが、もう1匹は未だ消息を摑めていないそうで夜もおちおち寝ていられないのだとか。

御影和也：なんとか1匹は始末しました！　あと1匹どこぉ!?

柊　冬夜：そんな部屋汚れてんの？

御影和也：いやぁ……その、ほどほど？　ですかね

朝比奈あさひ：うん、それめっちゃ取っ散らかってる

神坂怜：まず、ゴミ捨てこまめにするところからはじめましょうね

柊冬夜：うわぁ……駄目だよ、こまめに掃除しなくちゃ

朝比奈あさひ：定期的に妹に部屋の掃除してもらってる人が何か言ってる……

神坂怜：つい先月掃除させられたような気がしないでもないです

御影和也：汚部屋コンビで売っていきますか

柊冬夜：やめてぇ！　俺のブランディングがぁ！

神坂怜：問題ないのでは？

朝比奈あさひ：ないね

御影和也：ですよね

柊冬夜：Σ(ﾟДﾟ)

御影君のお部屋――もとい、汚部屋の画像が送られてきたのだが……まぁ、何というか滅茶苦茶散らかっていた。足の踏み場は辛うじてあるものの、机の上にはエナジードリンクの空き

缶でタワーが形成されており、その周辺にはゴミの袋が散乱。ペットボトルやら何やらが梱包されていたであろう箱類、通販サイトの段ボール等々……柊先輩の家も大概だったが、こっちはこっちで中々な有様である。こういうの見ると無性に掃除がしたくなってしまう。いや、私は主夫か……？

部屋が散らかっている割にはエナドリの空き缶タワーがキレイにピラミッド形に積み重なっている。彼なりの美学というかこだわりなのだろうか。健康面を考えるならこういう類いのドリンクの摂取は必要最低限に控えてもらいたい。この界隈、普通のドリンク感覚でポンポンこういうカフェインを多量に含んだ飲料を摂取する傾向は本当に問題だと思う。少し前からカフェインの摂りすぎに関して注意はしていて、最近は控え目にしているという話ではあるが。

柊冬夜：じゃあ今度オフでお掃除配信すっか

朝比奈あさひ：おっ、いいね。ＳＮＳで発信して周知しなくちゃ

御影和也：待って！　家主の許可ァ！

神坂怜：そうですよ、まずは許可を貰わなくちゃ。あ、そうだ！　この前新しい洗剤とお掃除グッズ仕入れたんですけれど、それ試してみたいなって

柊冬夜：お前はこんなに楽しそうに洗剤を準備する神坂を見て何も思わないのか

御影和也：うぐぅ……こ、こんなワクワクしている先輩見るのなんて雫ちゃんとイチャイチャしているときくらいっすぅ……

朝比奈あさひ：部屋を片付けてくれるし、ご飯は作ってくれる

御影和也：カーチャン……
柊冬夜：オカンやな
御影和也：うむ。数字出そうですし、面白そうなんでいいや

てなやり取りがあって、近日中に全員の予定が合うタイミングを見計らって掃除する、オフコラボとかいう何だかよく分かんない配信をする予定になった。見どころってあるのだろうか、それ。リアルの映像を簡単にお届けできない我々ＶＴｕｂｅｒにとってはこの手の配信は鬼門だと思う。面白く見せるのが配信者としての腕の見せ所なのだろうけれども。少なくとも私以外の面子は素で面白い人たちばかりなので、なんとかなるという安心感はあるけれども。

普通、他人を自室に招くなんてのは結構ハードルが高いはずだが……それも今回の場合は大掃除という、部屋の中を我々に晒すような企画。それでも『数字出そうですし、面白そうなんでいいや』と許可を出す御影君で、中々に思い切りが良いというか、流石と言うべきか。身を切ってでも面白い配信を提供する心意気は見習いたいものである。明後日に向けて掃除用の洗剤とかお掃除グッズをまとめておいた方が良いな。必要な物メモしておかなくては。
少し頬を緩ませながら私はメモ帳を取り出した。

**【１０月×日】**

今日はゲームではなく雑談配信。先日色々とごく一部の界隈を騒がせていた——公開オーディションやラジオ収録云々の件もあるし。最近落ち着いた状態でこういった配信をやっていな

かったので、たまにはコメントを拾いながらまったり配信するというのもいいだろう。今後も定期的にやるかどうかはファンの人や数字を見て判断するけれども。

「まったり雑談でもしようかなって思いまして。いやぁ、今日はコメント欄が平和でいいなぁ」

〔ええやん〕
〔荒れてたからなぁ〕
〔平和が一番や〕
〔見慣れたコメ欄で安心するわ〕
〔スパチャ付けろ、ワレェ!〕
〔最近神坂さんを知りました、生配信は初見です〕

「初見さん、いらっしゃいませ。皆もお酒とかジュースなんか飲みながらまったりしていってください――ズズ……温かいのが美味(おい)しい季節になってきましたね」

〔晩酌(ばんしゃく)配信?〕
〔あ!? もっとごくごく音聞かせろや!!〕
〔熱燗(あつかん)?〕
〔何飲んどるん?〕

「白湯（さゆ）」

［草］
［お爺（じい）ちゃんじゃん！］
［想像よりずっと変なもん飲んでた件］
［梅昆布茶（うめこんぶちゃ）くらいを想像してたらその遙（はる）か上をいっていた］

「ティースプーンに1杯分くらいのハチミツ入りですけれどね」
何分（なにぶん）喋（しゃべ）ることが増えたので、体調管理、特に喉のケアには力を入れている。痛めたら、苦しいのは自分自身だし、休むと折角のファンの人が余所（よそ）の配信に行ってしまうような危機感もある。先月体調崩していた私が言っても説得力皆無だろうけれども。お茶やコーヒーはカフェインを含んでいるので、あまり多く摂りすぎるのもよくない。なのでこういうのも悪くはないだろう。
「最近朝晩は結構冷え込みますので、皆さんはお風邪（かぜ）など召されませぬようご自愛くださいね」

［お前も気をつけろよ］
［お前の方が気を配れ］

［お前もたまには休めや］
［お前も休め定期］
「えー、全然元気ですよ？　寧ろ配信しないと体調悪くなりそう。皆さん、最近私を甘やかしたり過保護にしたりしすぎですよ」
［散々人を甘やかすくせに］
［はー、おまえホンマそういうところやぞ］
［お前がご自愛しないからや］
［後方彼女面民が大杉て草］
［あぁん……？］
身内贔屓と言って良いのだろうか。どうにも最近ファンの人はやたら私に対して甘い気がする。何だかこういうのは落ち着かないなぁ。今以上に何かを彼ら、彼女らから与えられるようなことがあれば……それこそ一生かけても返しきれないいではないか、本当に。
「あ、そうだ。ご近所さんからね、サツマイモ貰ったんですよ」
ご近所さん――具体的に言うとタヱ子さんなのだが、流石にその手の情報まで細々説明すると特定されかねないのでその辺についてはあまり深く言及せず、いただき物であるサツマイモの画像をぺたりと貼り付ける。ちなみに虎太郎が警戒しながらちょんちょんと猫パンチしている様子を撮影したものである。調べると猫にも与えて大丈夫とのことなので、後日蒸かしたのを与えてみることにしよう。アレルギーとかがないと良いのだが……。

［めっちゃ嬉しそうやん］
［主夫かな？］
［ご立派ァ！］
［虎太郎きゅんかわゆす］
［あらかわいい］

「何作ろうかなぁ。ほらこんなに立派でしょ」

［大学芋］
［スイートポテト］
［立派なサツマイモですね（意味深）〈アレイナ〉］
［アレ、ステイ］
［アレちゃんもよう見とる］
［アレちゃんだ！］
［ステイ］

確かに大学芋やスイートポテトは鉄板か。特に後者はマイシスターも喜びそうだ。生クリームをたっぷり使って洋菓子店みたいなのを作ってみようかな。私や両親用には少しだけラム酒なんかを加えてみるのもいいかもしれない。

アーレンス嬢はSNS上でもたまにやり取りをするが、配信でコメントを貰うのは結構久しぶりな気がする。いや、そうでもないか……？　前回酢昆布(すこんぶ)ネキと一緒にコラボした時も「またコラボしましょう」と約束した。その後何度かお誘いがあったのだが、彼女が声掛けしてくれるタイミングって、大体案件やら別コラボ配信だとかでスケジュール調整が出来ずにいた。バタバタも落ち着いてきたので、そろそろ約束を果たすべき時だろう。

「ああ。アーレンス嬢。今度この前言ってたやつ、やりましょうね」

［ヤる！〈アレイナ〉］
［アレ、ステイ］
［!?］
［あ゙!?］

「一応決まりなので、内容については事務所通してにはなりますけれどね」

まあ、彼女以外にも長々とコラボをお断りしている子もいるのだけれども……どっかで折り合い付けなくちゃなんだけれどなぁ。やはりファン層的には難しいのが正直なところ。自分のファンのほぼ全員に対して諸手を挙げて私を受け入れてるように言っているアーレンス嬢が異質すぎるというか……異常というのは少々失礼かもしれないが、ファンの統率力が本当に凄(すご)いし、そのやり取りすらひとつのコンテンツとして昇華しているのは、やはり彼女の努力の賜物(たまもの)というべきだろう。流石はアーレンス嬢だ。

［お取り込み中のところすみません〈ルナ〉］
［あたしたちとはいつコラボしますか？（ニッコリ）〈灯(あかり)〉］

「ごっほ、ごっほ。にゃ、にゃんでぇ……⁉」

［いやん、修羅場じゃん〈アレイナ〉］
［草］
［ちょっと可愛いのやめろ］
［オイ、待て。勝手にコラボするとか聞いてないんだが？？？〈酢昆布〉］

たまにはまったり雑談【神坂怜／あんだーらいぶ】
最大同時視聴数：約２２０人
高評価：１２０
低評価：４００
神坂怜　チャンネル登録者数１２２００人（＋０）

934 名無しのライバー ID:Hj9Rk66TV
朗報　ミカGを1体討伐完了

---

御影和也@G級討伐任務@kazuya_underlive
な、なんとか1体は討伐出来たけど
もう1匹が未だに見当たらないんですけどォ!?

---

935 名無しのライバー ID:rfvlAL0gX
>>934
草

936 名無しのライバー ID:OlnVM0Jbu
>>934
深夜配信多かった理由が夜眠れなくてって理由だったら可愛い

937 名無しのライバー ID:D7RWeGX61
>>934
G級クエストがそんな簡単に達成できるはずもなく……
そもそも部屋をきちんと綺麗にしていないミカサイドに問題があるのでは??

938 名無しのライバー ID:zvZOkqx8e
部屋全体モクモクする奴ってなかったっけ？

939 名無しのライバー ID:Q5DeZZqcH
昔は宣伝してたのちょくちょく見た気がするけど今もあるの？
昨今のご家庭は火災報知器あるし……

940 名無しのライバー ID:j5cChO35L
そういや、そうだな

941 名無しのライバー ID:tyolvF+U1
マジレスすると最近の奴は火災報知器に被せるカバーがセットになったやつ売ってる

942 名無しのライバー ID:rrNxOaOW/
はぇー

943 名無しのライバー ID:oL2DnebdV

---

東雲愛莉@airi_underlive
もぅ、私がいないとなんにもできないんだからー(棒読み)
私がお部屋片付けてあげよっか？

---

御影和也@G級討伐任務@kazuya_underlive
（燃やしに）こないで

---

東雲愛莉@airi_underlive
燻せば出てくるじゃない
私なりの気遣い
できる女はスマートにやるんだZE☆

---

御影和也@G級討伐任務@kazuya_underlive
馬鹿は燻り出されてるな、うん

---

東雲愛莉@airi_underlive
ハァ!?

---

underlive
ママァ……

---

朝比奈あさひ@G級クエスト受注@asahina_underlive
わーい

---

御影和也@G級討伐任務@kazuya_underlive
この人たちマジで来るつもりだからね。
ちなみに俺はハンバーグにはチーズ載せてほしいです、ママ

---

948 名無しのライバー ID:+pC1intWS
>>947
何で同性の同僚にバブみを感じてんだ……

949 名無しのライバー ID:PAbry3f/k
>>947
畳のチョイスがお子ちゃまなのと
あさちゃんのチョイスが渋い

950 名無しのライバー ID:dvMywfSrP
>>947
なおこの後、畳がゲーム機を持ち込もうとしたり
おやつは幾らまでかを検討したりした模様

951 名無しのライバー ID:UIJYQenY6
修学旅行前か、ワレェ！

952 名無しのライバー ID:MoBthread
レイちゃんママの実装はまだですか??

944 名無しのライバー ID:g21pVPeud
>>943
仲良しじゃん

945 名無しのライバー ID:5m/dBTAMn
>>943
てぇてぇ……なのか、これ？

946 名無しのライバー ID:XHee7Vhe7
>>943
同期の絆（笑）

947 名無しのライバー ID:F9WLLcsq4
なお先輩

---

柊冬夜@G級クエスト受注@Hiiragi_underlive
皆の者、G級クエストの準備を怠るな！
俺は虫取り網と虫カゴを取り合えず持っていく
晩御飯はハンバーグが食べたいです

---

朝比奈あさひ@G級クエスト受注@asahina_underlive
なんか凍る奴面白そうだから買ってきた
晩御飯は煮物食べたい
里芋沢山入った奴

---

神坂怜@G級クエスト受注@kanzaka_underlive
生き物で遊ぶのだけは止めましょうね。
ご飯はお片付け頑張ってからですよ。

---

柊冬夜@G級クエスト受注@Hiiragi_

現在記録更新ラッシュ
RTA勢から謎の高評価をされる男

963 名無しのライバー ID:ZzD4zr5PS
草

964 名無しのライバー ID:kkLti0qy3
脱サラくんさぁ……

965 名無しのライバー ID:yRlz3YeaU
割ととんでもない発見してて草

966 名無しのライバー ID:jTHjrZmWD
既にパッチで修正済みだけど
走者は旧Ver.で走ってる人ばっかやな

967 名無しのライバー ID:T9iJAQJ3d
こいつ絶妙にバズりそうでバズらないよな
壁抜けバグで敵倒す動画でも出せば伸びただろうに

968 名無しのライバー ID:wmMvFCWJI
脱サラ「バグをネタにするのはちょっと罪悪感があって……勿論それをネタにする方々に対して批判するとかではないですよ」

969 名無しのライバー ID:SisterChan
そういうところ、本当に『らしい』よねぇ
嫌いじゃない

970 名無しのライバー ID:OTYUkYvr8
なお当人はご近所さんにサツマイモを貰ってうっきうきです……

953 名無しのライバー ID:N7hA8/gvX
エイプリルフールにワンチャン

954 名無しのライバー ID:jCH4LaTVk
速報　脱サラ　配信中のドリンク　白湯

965 名無しのライバー ID:0gC6PJkSC
白湯ｗｗ

956 名無しのライバー ID:H67XFitSt
お湯は草

957 名無しのライバー ID:yHKF230qV
梅昆布茶じゃないなんて解釈違いです！

958 名無しのライバー ID:kjzlwThT8
おじいちゃんじゃん！

959 名無しのライバー ID:5EtA9wlsf
偏向やめろ！　ハチミツ入ってっから

960 名無しのライバー ID:V12htoazv
モンスターハントの壁抜けバグ見付けたせいで
ちょっと面白い事になってたな

961 名無しのライバー ID:zRuEcyoyc
燃えたんか？

962 名無しのライバー ID:fpslovers
壁抜けバグ
・相手の攻撃は無効
・こっちの攻撃は通る
モンスターハントRTA業界に衝撃が走る

971 名無しのライバー ID:Bs+A1OK3Q
脱サラ「立派でしょう？」(ﾎﾞﾛﾝ)
アレ「ご立派ですね……」(ｼｭﾊﾞﾊﾞﾊﾞﾊﾞ)
アレ民「アレ、ステイ」
ちなみにこの一件で同接100以上伸びた模様

972 名無しのライバー ID:zrgURikYo
なお美味しさを引き出すために2週間ほど寝かせる必要がある模様

973 名無しのライバー ID:OiVZklU4U
はえ～
ぶっちゃけワイらみたいなのは使わなそうな知識である

974 名無しのライバー ID:HrAh198v1
アレは男と絡んでるときだけ可愛く見えるのワイだけ？

975 名無しのライバー ID:bMuhPOU34
まあ分かる

976 名無しのライバー ID:ub1GloYkt
特に本人がリツイートもしてないのに
当たり前みたいにアレ民がいるのは草

977 名無しのライバー ID:lU3XZ1nFz
脱サラ「今度、前に言ってたあれ（コラボ）やりましょう」
アレ「ヤる」
アレ民「アレ、ステイ」

978 名無しのライバー ID:jeRm+kmat
定期的にコラボはやるのな
燃えないからだろうけれど

979 名無しのライバー ID:ILj6hxXYX
SNS上でちょいちょいやり取りしてるから
定期コラボしてるかと思ったけど
よく考えて見たら、そこまでやってなかったな

980 名無しのライバー ID:FEOB99Tj+
畳うっきうきで準備してるけど
先月、お前部屋片付けてもらってたよな

981 名無しのライバー ID:SNTKvfKtQ
何なら基本的に夏嘉ちゃんがやってるというオマケ付きだぞ

982 名無しのライバー ID:DnKZq0c6B
生活力皆無×2（畳、ミカ）
生活力あり×2（あさちゃん、脱サラ）
ある意味バランスの取れたメンバー

983 名無しのライバー ID:cFrrCM7gJ
全員の家で順番にオフコラボやったりしないかな

984 名無しのライバー ID:yvYMbjHtE
あさちゃんはともかく、
実家暮らしの脱サラはキツそう

985 名無しのライバー ID:YWsSGM7ra
なにより最愛の妹がいるから

986 名無しのライバー ID:myk5SeUgo

畳のイベでオフで会ってる

995 名無しのライバー ID:z2USTu368
オフで会った上で未だに懐いてる辺り色々
邪推する連中もいるわけで

996 名無しのライバー ID:D7162MTta
あの子たちのファン全員が全員
異性とのコラボを嫌ってるわけでもないが、
嫌う人も一定数いるし難しいところよね

997 名無しのライバー ID:4JwadF9Z6
あんだーらいぶ界隈では、ノマカプ派、百合派、ユニコーン派の3つに分かれ、混沌を極めていた
例の日本地図画像↓

998 名無しのライバー ID:gckineki/
1000なら推しと結婚できる

999 名無しのライバー ID:5186MvltS
1000なら脱サラ引退

1000 名無しのライバー ID:fpslovers
1000なら楽しいオフ会

1001 1001　Over 1000Thread
このスレッドは１０００を超えました。
新しいスレッドを立ててください。

**今日の妹ちゃん**

ウッキウキで
お掃除用具をまとめる兄……
なんかやっぱり絵面おかしい

速報　米欄に月太陽コンビ襲来
月「お取り込み中のところすみません」
太陽「あたしたちとはいつコラボしますか？（ニッコリ）」
アレ「いやん、修羅場じゃん」
酢昆布ネキ「勝手にコラボすんなぁ!!」
脱サラ「…………」

987 名無しのライバー ID:v0vKG/LIt
草

988 名無しのライバー ID:Mv4TaJ33v
最近冷えてきたし丁度いい

989 名無しのライバー ID:ASxWNyzJ4
おっ、ちょっと暖かくなってきた??

990 名無しのライバー ID:5iTCds4qj
でもちょっとこげ臭くない？

991 名無しのライバー ID:FNrW0p5e1
人の炎上で暖を取ろうとすな！

992 名無しのライバー ID:QzKl2eERg
ネタでも最初期からずっと言ってはいるからなぁ
コラボしてあげてほしいが
アレは燃えない安牌だからしゃーない

993 名無しのライバー ID:Oy11R00ay
声劇あったけどあれは他面子もおったしな

994 名無しのライバー ID:EwNqZhKv9
一応ルナちゃんの凸待ちには顔出してるし

# 14話 片付けオフコラボ

【10月×日】

「うっわぁ……」

「なぁにこれぇ」

「…………」

柊先輩、朝比奈先輩がそこに足を踏み入れて最初の反応がこんな感じであった。ちなみに私はその有様に思わず口をつぐんだ。そしてそんな様子を見て家主である御影君が抗議の声を上げる。

「ひと言目がそれってちょっとおかしくないですか⁉」

というわけで、オフコラボという名の片付け配信の開始である。先日のモンスターハントコラボ配信中に黒い刺客に襲われた彼であるが、その原因がこの部屋の惨状であることは明らかであり、その事態の収拾編としていっそネタにしようと、お片付けオフコラボ配信という実にＶＴｕｂｅｒらしからぬ企画が爆誕したのだった。

　御影君のお家にお邪魔したのだが、とにかく物が多い。とりわけ目立つのが通信販売のダンボール等の梱包類。これでも飲食宅配サービスの容器などは事前に片付けたとのこと。その辺は匂いとか衛生面的なところもあるし、彼なりに気を遣ったのだろうとは思う。ただ片付けすぎると企画の根底が崩れ去ってしまうので、現実的な判断と言えよう。寧ろ実は配信映えするようにわざと汚してるとかそういう可能性もあり得る……のか…………？　そうであってほしいと願っている自分がいた。

先月柊先輩宅の片付けをしていたときは主にＳＮＳでその模様を呟いていたのだが、配信でやってほしいという声も多かった。顔出しのＹｏｕｒＴｕｂｅｒさんと違って、リアルタイムにその様子を視聴者さんに伝える事は出来ないので、需要があるなんて思ってもいなかったが……オフでこうしてワイワイしているだけでも一定数の需要はあるらしい。とはいえ、音声オンリーなのは流石に視聴者さんにも申し訳ないので、適宜写真を撮って配信画面に載せるといった形を予定している。勿論、特定されないように写真は輪郭が分かる程度にボカしたりなど加工はする。最近は便利なもので、そういったツールがあってボタンひとつでパッと出来てしまうのが凄い。

挨拶も早々に全員でマイクの位置などを確認して、パソコン周辺だけはある程度スペースを確保。何も言わずに配信準備を黙々とやっているのは、やはり皆プロだなぁと感心しながら私は特に出来ることがなかったので、実家から持ち込んできた掃除用具や洗剤を袋から取り出していく。

「はーい、片付け配信です。後輩のお部屋を掃除する面倒見の良い先輩の柊でーす」

「立ち絵ほぼ動かないので注意。後輩のお部屋のベッドの下を見にきただけの朝比奈です」

「動かないと誤ＢＡＮされるんでしたっけ？　ネタのために頑張る出来た後輩の御影です」

「コメント欄キャプチャして出しておくといいかもですね。えーっと、多分今日のご飯担当の神坂(かんざか)です」

［マジでやるの草］
［G級討伐クエストキタ――（ﾟ∀ﾟ）――!!］
［自己紹介雑ぅ！］
［Vがやる配信か……？］

事前にそれなりに宣伝していたとは言え、凄い勢いでコメントが流れていく。もっとも作業中はろくに配信画面を見ることも出来ないのだけれども。放送事故にだけは気を付けなくては。安全を考えるなら収録して編集した上で動画をアップロードするか、数分間配信の遅延を入れておく方が良かったかもしれないが……ライブ感、というのも大事なのだと思う。全部拾えないとは言え、コメントを見ながら配信するのは楽しいし。

「要望もあったことだし、どれどれ」

ベッドの下をおもむろに覗(のぞ)き込(こ)む朝比奈先輩。でも何やら納得いかない様子で、今度はスマートフォンのライト機能を使って再度腰を屈(かが)めて覗き込む。相変わらずスッキリしない表情のまま、御影君の肩にポンと手を置き叫ぶ。

「ベッドの下何もないじゃん！　エッチな本くらい仕込んどきなよ！」

「昨今ベッドの下に隠す人なんて早々いないっすよ……アサ先輩」

［ガッカリだよ］
［はい、低評価］
［何もないんかーい］
［今時は皆デジタルよ……］
［そこはお前らの薄い本置いとけよ］
「洗面所に歯ブラシ2本あったり……どう見ても女性用のアイテムないか？　絶対あるだろ。探せ、探せ」
「柊先輩止めてあげて！　あっても黙っていましょうって！」
「絶対盛り上がるって！」
「というかラギパイセン、あと怜先輩も、ある前提で話進めないでもらっていいですかァ⁉」
［や　め　ろ］
［畳、ステイ！］
［嬉々として後輩燃やそうとするなｗ］
［そこはないって言ってあげてよ、神坂ァ！］
「でも歯ブラシって捨て辛いですよね。あれ広がった先端ハサミで切ると掃除用のブラシとし

て滅茶苦茶使い勝手良いんですよね」

「なんか服とかも雑巾代わりにしてそうだな」

「あれ？　よく分かりましたね」

「怜君はカレンダーの裏側もメモ帳にしてるよ、きっと」

「なんで分かるんですか……？」

「怜先輩はあれっすよね、見切り品コーナー絶対チェックしてるっすよね」

「いや、だから何で私の生態がバレているんだ……？」

「それがお前だからな」

「怜君だからね」

「怜先輩っすからね」

［ただの主夫定期］

［女子力たっけぇなぁ］

［こいつ女なら天下取れていたのでは？］

［それだいぶ前から言われてたっから……］

［おっ、てぇてぇか？］

こういう雰囲気は本当に今まであまり経験がないが……嫌いじゃない。寧ろ居心地が良い。良すぎる、と言ってもいいくらいだ。自然と口角が僅かに上がっているのが分かる。

「なーんか面白いもんおるかー？」

何か配信的に面白いものはないかとガサガサと豪快に物色していく柊先輩、一応適宜ゴミ袋にぶち込んではいるので片付けとして作業は進んでいる。まあ音声だけだし、このくらい騒ぎ立てるくらいじゃないと盛り上がりに欠けるし、仕方のない側面もあるだろう。

「ほ、ほらご近所迷惑にもなるかもだし――――！」

「事前に、防音って聞きましたよ」

「思ってもみなかったところから梯子外されたァ⁉」

「いや、だってそういうので問題になったら困るし、その辺はハッキリさせておかないといけないですよ。後々炎上とかになったらそれこそ大惨事です」

「ぐうの音も出ねぇ……！」

実際のところ、そういうご近所トラブルというのも往々にしてあるのが配信業である。中には隣に住む人がSNS上でその騒音問題に関して言及したことで炎上となった前例もあるわけで。私の場合は一戸建ての実家で、最悪騒いでも家族にしか迷惑が掛からないのだが、賃貸だとそうも言っていられない。勿論、実家でもそれなりに五月蠅くならないように防音シート張ったりとか工夫はしているが。

事前に防音であることを確認済みである。こういうの気になる人は気にするし、良く思わない人も少なからずいるのだから、叩かれるような要素を極力排除しておくに越したことはない。そもそも彼の部屋が防音じゃなかったらこうして皆で集まったりはしなかっただろう。

ちなみに先程片付けていたとき、押し入れの天袋と衣装ケースに何やら怪しげな薄い本がちらほら見えたのだが、きっと触れないであげた方が良いのだろう。ここまで隠すということは見られたくない物だろうし、ブランディングとかそういうのもある。そういうの大人数の前で晒すってあまり気が乗らないので見なかったことにしておいた。男の子だもんね、うん。

ダンボール類が多いので、ひたすら潰してはビニール紐でまとめて縛りあげていく。この辺のゴミの分別とか全然知らないや。地域によって結構まちまちだったりもするし。何か撮れ高になるようなものでもないかなぁ……と中々に失礼なことを考えながらキッチン周りの掃除に手を付け始める。

「おや……？　あー、こんなところに床下収納庫がー」

「怜せんぱぁーい⁉　キッチンからわざわざマイクに届くように声を張り上げるの止めてもらっていいっすかァ⁉」

[草]

[神坂くんノリノリじゃん]

[棒読み報告草]

[報告できてえらい]

[開けろw開けろw]

[キッチンからわざわざ声を張り上げて報告するの草]

ちなみに中身は特に何もありませんでしたというオチである。開けてよいか、と目配せしたら彼が頷いていたので普通に開いたわけだ。ウチもここには特に何も入れていないなぁ。非常持ち出し袋が入っているくらいだろうか。あ、そう言えば袋の中の非常食の賞味期限大丈夫だっただろうか？　帰ってから確認しておかねば……。

「なるほど、これは中々頑固な汚れだな」

コンロ周りと換気扇は特に汚れが目立つ。ふふふ、こんなこともあろうかと、自宅から海外製の、よく落ちると話題の洗剤を用意してきたのだ。自宅でも使ってはいるし、その効果は体験済みであるが……ウチって基本的に母か私が定期清掃しているからそこまで汚れるってことがない。だがここまで頑固な汚れとなると、どうなるか——実に興味深い。お手並み拝見といこう……！

◇◆◇◆◇◆

「この洗剤すっごい落ちるんですよ、ほら！　すごくないですか！」

「未だかつてないくらい、神坂がイキイキしながらガスコンロ掃除してる件」

「あ、怜君。それは動画でたまにみる酸素系漂白剤じゃん！」

「会員制で倉庫型店舗になってるところで買ったんですよ」

「掃除前と後でびふぉー、あふたーの画像貼っつけますねー」

［あ……！　はしゃいでる姿も悪くはないな、うん］

［かわいい］
［お掃除番組が始まった……⁉］
［自前で洗剤持ってくるの草］
［おい誰だ、清掃業者呼んだやつ］

いや、だってこの洗剤すごい落ちるんだよ？　そりゃあこのくらいのリアクションは出ちゃうものだよ。ん……？　今何か黒い影のようなものが動いた……？　報告するべきか一瞬躊躇する、果たしてこのまま配信にこの模様をお届けして良いものか——と悩んでいたところで柊先輩が雑談をはじめる。

「そういやさ……今川焼きってあるじゃん？」

「めっちゃかんけーない話だ。僕んところはおやき」

「唐突っすね。こっちは回転焼きって呼んでましたね」

「……こっちは大判焼きですね」

　黒い影を始末するのに気を取られて一瞬回答が遅れてしまったが、どうにか騒ぎ立てずに無事に処理できた。大騒ぎしたらしたでそれなりに盛り上がるのかもしれないが、一部のユーザーにこういうの苦手な人もいるしなぁ。不快感を抱くというのであれば、極力それを排除する方が良いと判断した。人様のチャンネルだし、勝手なことをしてしまっただろうか。でも食べ物の話中にこの手の話題はちょっと、ねぇ……？　後でそれとなく伝えておこう。

「なるほど。魔界は今川焼き派なんですね」

「ソ、ソーダヨ。魔王イマガーワが考案したとされているのだ」

【その人そこまで考えてないと思うよ】
【真顔でなんてこと言うの!?】
【まーた適当な魔界設定追加だよぉ】
【wiki編集者の気持ちも考えろ!】
【魔王イマガーワくっそ弱そう】
【あんこ飛ばしてきそう】
【クリームも飛ばせるから、きっと】
【wikiもう追記されてて草】

あんだーらいぶ男子メンバーによるオフの掃除コラボ配信【G級クエスト】
最大同時視聴数:約10000人
高評価:6000
低評価:500
神坂怜　チャンネル登録者数12500人(+300)

【10月×日】
あんだーらいぶの女性メンバーがなんか変な事やっていた。

106 名無しのライバー ID:U48xS1JdA
ドキッ！　男だらけのオフコラボ、ポロリもあるよ。

107 名無しのライバー ID:RBNiBg0Qx
ねぇよ！

108 名無しのライバー ID:/yurisuko
┌( ┌^o^)┐

109 名無しのライバー ID:mFACjtpjk
悲報　ガチで汚い

110 名無しのライバー ID:xjJ4wkTi5
全員第一声が「うわぁ……」だもんな

111 名無しのライバー ID:0KKx3Ejdh
あさちゃんエプロン装備（猫柄）
ファンアートあくしろよ

112 名無しのライバー ID:lcwXGiKRh
自己紹介
畳「面倒見の良い先輩です」
あさちゃん「ベッドの下を見にきた」
ミカ「ネタのために頑張る出来た後輩です」
脱サラ「ご飯担当です」

113 名無しのライバー ID:dM2+bxCBH
>>112
だいたい合ってる

114 名無しのライバー ID:QFiLDSmLm
>>112
間違ってはいないな、うむ

115 名無しのライバー ID:1EfMZLGd9
>>112
飯テロはやめてくれよ

116 名無しのライバー ID:XFh2R9HBs
悲報　ベッドの下にエロ本がない

117 名無しのライバー ID:T8iW+kIW1
ミカ、お前にはがっかりだよ……

118 名無しのライバー ID:TfEzbb4L+
同業者の薄い本出てきたりしないかなー

119 名無しのライバー ID:OsoNcspbn
いや、それ大炎上案件では??

120 名無しのライバー ID:1PQRlTn8y
BLなら燃えないのでは??

121 名無しのライバー ID:IAwpS64h8
BL本なら逆に特定のファンが喜びそう

122 名無しのライバー ID:EDlMN5Hdl
悲報　女性用アイテム等皆無

123 名無しのライバー ID:VxakUsZH8
同棲してたら、そら呼ばねぇよな

124 名無しのライバー ID:arcOCJ4GL
脱サラ「仮にあったとしても触れないであげて」
マジレスやめろw

125 名無しのライバー ID:7bC8jtaNY
草

126 名無しのライバー ID:0NUPvektX
それを配信中に言うなよww

127 名無しのライバー ID:kVvKTgb3a
絶対隠してる物はありそう

128 名無しのライバー ID:ZbsB1bEg0
騒いで大丈夫かって杞憂民が湧く前に
防音って説明するあたりは流石やな

129 名無しのライバー ID:mywKsiO5+
配信者の騒音問題は前どっかでちょっと燃えてたっぽいしな
気を配るのは正解

130 名無しのライバー ID:BFMOLXMML
脱サラ「あー、こんなところに床下収納庫がー」（棒読み）
ミカ「怜せんぱぁーい!?」

131 名無しのライバー ID:iznLmn+XQ
>>130
草

132 名無しのライバー ID:9Etn8jGTD
>>130
めっちゃ棒読み報告草

133 名無しのライバー ID:9t5jmannE
なお特に何も入っていなかった模様

134 名無しのライバー ID:yfeb/e/MC
入れるとしても保存食とかそういう系くらいだしな

135 名無しのライバー ID:ek6xK7qYw
見られると不味い系のは
パソコンやスマホにしかないって人のが多いだろ

136 名無しのライバー ID:N7A2tCCqS
主に散らかっている原因が密林の段ボールなせいか
片付け自体は結構スムーズに終わったな

137 名無しのライバー ID:LWYlW2YDk
ただ雑談しながら片付けるだけの枠が1万人近く来るとかすげぇよ

138 名無しのライバー ID:MTuvhVNV+
立ち絵すら動いてないからな

139 名無しのライバー ID:MoBthread
畳「結局例のあれいなかったな」
あさちゃん「確かに」
ミカ「ある意味同棲生活というやつですかー、怖いなぁ」
脱サラ「あー、途中で見かけたので始末しときましたよ」
全員「ファッ!?」
今川焼き、大判焼き等の呼び方論争で盛り上がっていた裏で始末していた模様

140 名無しのライバー ID:DXx0h3+Ob
>>139

サラっと何やってんだ、こいつ

141 名無しのライバー ID:2p6Tyz0oM
>>139
撮れ高ェ……

142 名無しのライバー ID:erCmA37dj
>>139
伸びないのはそういうところやぞ、お前

143 名無しのライバー ID:D4Ji7Fch2
そういうので大はしゃぎすりゃ盛り上がるかもしれんが
虫系とか苦手な人いるしなぁ

144 名無しのライバー ID:T/EPwqd9v
昆虫系の動画たまに見るけど
そういうのですら意図して苦しめたりするのはちょっと不快だわ

145 名無しのライバー ID:tCwdjtNMj
特に女性ファンとか多そうだしなぁ
そらずっとGネタ擦り続けるのはちょっとあれか

146 名無しのライバー ID:nYZGh84Ov
まー、盛り上がってたしええんちゃう？

147 名無しのライバー ID:52wJ2A2nh
生活音垂れ流し系も案外数字出るもんやな
ぶっちゃけ女性Vでやってほしい

148 名無しのライバー ID:MoBthread
それな

トイレとかシャワーとかシャワーとかシャワーとか

149 名無しのライバー ID:1C1EUWNjO
えぇ……（ドン引き）

150 名無しのライバー ID:PVfr42ldo
流石にそれはねぇよ……

151 名無しのライバー ID:SisterChan
うっわぁ……

152 名無しのライバー ID:/yurisuko
きっしょ

153 名無しのライバー ID:F+ABCYn+m
飯テロやめろ

154 名無しのライバー ID:gix+BtK1d
ハンバーグくっそうまそう

155 名無しのライバー ID:aV8w976kT
なお最近デリバリー多めの面子を見て
つなぎがはんぺんという超ヘルシーハンバーグの模様

156 名無しのライバー ID:LeAhjS3PD
ハ ン バ ー グ　A S M R

157 名無しのライバー ID:D5UBqfflF
焼ける音で1万人丁度超えるのは草

158 名無しのライバー ID:x2YKTNaxY
ハンバーグはバフだった!?

159 名無しのライバー ID:SH7Uycezo
ハンバーグ、あんだーらいぶに来ないか？

160 名無しのライバー ID:1VjSClxij
・白飯（畳リクエスト）
・ハンバーグ（付け合わせに人参、ポテト）
・ひじきサラダ
・煮物（あさちゃんリクエスト）
・スープ（インスタントラーメンの余ってた粉末スープをアレンジ）
超美味しそうです……
煮物が浮いてると思ったけど、おろしポン酢で食う和風ハンバーグだから割とありか

161 名無しのライバー ID:/lQSSCEA4
朗報　脱サラ飯美味そう

162 名無しのライバー ID:uiw0MHE4D
これが女性Vだったらと思うと……
末恐ろしいぜ

163 名無しのライバー ID:K6weWJ0Y+
女性Vだったら天下取れていた定期

164 名無しのライバー ID:X5jAOjtN9
カタログスペックだけは高いんだよなぁ

165 名無しのライバー ID:xVZXeLvg8
畳「ママ、ごはんおかわり！」
あさちゃん「僕は、スープおかわり」
ミカ「ママァ！　先輩が俺のポテト取ったぁ！　野菜嫌いの癖にぃ」
畳「ポテトは魔界でもよく食されている故、仕方がない」
脱サラ「誰がママですか、誰が。あと先輩、人参食べてないとおかわりはあげません。あっ！　服にこぼさないでくださいよ。シミ取るの大変なんですから」

166 名無しのライバー ID:7npHpdxmP
お前がママになるんだよ

167 名無しのライバー ID:okJrmblMQ
人参食べろ畳

168 名無しのライバー ID:vaW4SzUut
ポテトはいけるんやな……いや配信中にポテチ食ってたこともあったしいけるか

169 名無しのライバー ID:LNGWBHNQI
食べ物の好みがホントガキなんだよなあ

170 名無しのライバー ID:GrrAvQGwN
畳とミカがただのクソガキで草

171 名無しのライバー ID:gckineki/
あー、この部屋の壁になりてぇ……
いや、やっぱ汚そうだからやめとくわ

**今日の妹ちゃん**

お兄ちゃんのハンバーグは
ハッキリ言って滅茶苦茶美味しい

# 15話 女子組片付けコラボ

【10月×日】

さて、昨日のあんだーらいぶの男子メンバーが御影(みかげ)君のお部屋を片付けするオフコラボ配信は思いの外好評であり、配信を行っていた御影君のチャンネルだけでなく、それ以外の参加していた各メンバーの登録者数も増加していたところを見るに、大成功と言えよう。何せ私の登録者数ですら増えているし。柊(ひいらぎ)先輩のことだから、こういうので伸び悩んでいる私や御影君をフォローしようという意図があるのは何となく分かる。確かにVTuberと相性の悪い配信内容であるが、裏を返せば他のVがやらない類(たぐ)いの配信であるという事。前例があまりないリアルの様子を交えた配信で新鮮味があって、より注目度は増した結果1万人近い人に見守られながら片付けるという普通ではあり得ない状態になっていた。

ちなみに私の使っていた洗剤が何か知りたいというユーザーさんが多かったので、配信終了後にSNSに使った掃除用具などと一緒に写真を撮って発信した。直接名前を出して良いものか、と悩んだ結果画像のみとした。下手に名前出すと案件か何かと邪推されるのではないかと思ったからだ。何かあると『ステマ』――所謂(いわゆる)ステルスマーケティングだとか言われてしまうかもしれないし。自分の配信枠ならそれでも別段気にすることはなかったが、今回に関しては御影君の配信枠なので少し気を遣ったというだけのお話である。

「流石に身体痛いなぁ」

結局昨日は片付けをして私の手料理を振る舞って、御影君宅で雑魚寝して一夜を明かしたという流れである。配信もしていないのに、電気を消してからもずっと2時間近くみんなで本当に取るに足らない中身もないような話をしていた。大学生ではあるある、みたいなノリらしいのだが、私には生憎そういった事とは無縁だったので中々に新鮮な気分ではある。職場のオフィスチェアを3つくらい並べて簡易ベッドにして、ぼっちで仮眠取ってた事は度々あったが。

この歳になるとこういうのは身体にかかる負担が大きい。肩は凝るしイマイチ疲れも抜けきっていない。だが、たまにはこういうのも悪くないと思ってしまう。どうにも最近は時間経過がより一層早く感じる。果たして自分は何か成長出来たのだろうか。ただただ今の恵まれた環境に甘えているだけなのではないだろうか。今回、特筆すべき事は確かになかったかもしれない。それでも時間の無駄だとか思うことはないし、こういうのが定期的にあっても良いなと思えた。今の状況が砂上の楼閣のようにやがて崩れ去ってしまうのではないだろうか？　そんな一抹の不安はある。いや……私の場合は楼閣なんて立派な物ではない、ただの泥船とかそういう類いのものか。

「――と、ひと通り準備は終わってはいるが……ふぅむ」

今日は夜にどうしても外せない案件があるので他メンバーよりひと足早めに帰宅した。あらかじめ、何らかの事情で新幹線が止まることも考慮して事務所でも配信出来るように根回しはしておいたのだが、杞憂に終わって良かった。公共交通機関が止まるような状況になったら、そもそも事務所でも配信出来るような状態なのか甚だ疑問ではあるのだが。何にせよ何事もなく帰宅出来て良かった。張り切って早めに帰宅して準備していたら昼前には終わってしまったではないか。間に合わないよりはずっと良いけれども。

ＹｏｕｒＴｕｂｅのマイページを開くと、獅堂先輩が配信中らしくゴミ屋敷っぽいフリー素材画像のサムネイル直下には『ライブ』と赤く表記されていた。配信タイトルは『事務所一室を不法占拠したニートの部屋を掃除する配信』というもの。字面からして面白そうなのちょっと卑怯じゃないか？　この間の羽澄先輩宅での立てこもり配信もそうだが、常人が到底思い付かないような配信を次々と展開する。格の違いを見せ付けられているようだった。流石は柊先輩と並んで創設時からこの箱を支えてきた彼女だ。

ニートの愛称でお馴染みの我があんだーらいぶの最古参メンバーの１人でもある、配信しないＶＴｕｂｅｒ新戸葛音先輩の部屋を片付けるという、概要だけなら昨日の我々の配信とそう変わらないだろう。ただ『事務所一室を不法占拠した』という単語があまりにもパンチ力が強すぎる。私も初めて知った情報である。確かに以前から、ファンの間でも『事務所に住み着いている』なんて情報が都市伝説的に囁かれていたが……まさか真実であったとは。

「こぅおらぁー、出てこぉい‼」

「エリカ様めっちゃ生き生きしてるなぁ。つい先日私の家の脱衣所に立てこもっていた人と同一人物とは思えない」

「むにゃ、むにゃ、ねむぅーい」

［唐突に何かはじまって草］
［エリカ様先日は出てこい言われてる立場だったんだよなぁ……］
［おねむの忍ちゃんかわよ］
［なお、エリカ様に叩き起こされて連行された被害者の模様］

出演メンバーとしては獅堂先輩、羽澄先輩、宵闇先輩に新戸先輩という組み合わせらしい。急遽決まったのだろうか、昨日の時点では特に告知などは出ていなかったと記憶しているが。

「ちなみにルナちゃん、灯ちゃんも誘おうと思ったけど社長から『未成年や新人は絶対ダメ。こんなの見せたら絶対ダメ』という指示が出たらしい」

「我々ならオッケーって扱いの差が酷くない……？　古参勢を雑に扱うなぁー！」

「でもこの企画思い付いたのはエリー先輩だったような……寝てたわたしを叩き起こして連行してきた、貴女が言えた台詞ではない。あと、その叩き方は温い」

［悲報　ニート部屋新人、未成年入室制限］
［どんな部屋やねん！］
［忍ちゃんｗｗ］
［温いｗｗ］
［温いは草］
［なんか明らかに廊下から誰か走って来る音聞こえたんだが？］

［草］

彼女のノートパソコンから配信しているのか隣接している別室からなのか、イマイチ配信環境が分からないが、音質も悪くなく周囲の音もきちんと拾ってくれているらしい。事務所の廊下を全速力で走る誰かの足音をマイクが見事に拾ってくれている。

「今社長が血相変えて忍ちゃんが扉叩くのを止めさせにきてて草」

［社長！］
［社長喋(しゃべ)ろよ！］
［さっきの走って来てたの社長かよｗｗ］
［社長必死で草ァ！］
［エリカ様嬉々(きき)として実況してるけど、この人先日脱衣所に立てこもっていたんだよな……］
［忍ちゃん扉壊しそう］
［扉大丈夫か……？］
［扉平気？］

「ちょっと軽く叩こうとしただけじゃん。コメント欄も酷くない？　わたしだって女の子なんぞぉー、むぅー」

「よーしよし、お前らは忍ちゃんを何だと思ってるんだ。ちょっとＳＴＲのステが高いだけだぞ」

「ハッス、励ますフリして人の尻触るのやめてもらっていい……?」

「……サワッテナイヨ」

[セクハラやめろ定期]
[この人いっつも同僚セクハラしてんな]
[手癖が悪すぎる]
[部屋の前でこんだけ騒いでいるのに、部屋の中の今ニート何してんだよ……]

どうやら先程の足音の正体は社長だったらしく、宵闇先輩のノックを防ぎに来たらしい。流石に女性の細腕で扉破壊とかは不可能だと思うが……確かに机を叩くのがお馴染みとなっているキャラクター性ばかりが先行しているのだが、彼女も複雑に思う時があるだろう。それでもそういうキャラクターを演じているのだろう。大変だなぁ。

「はよ、出てこい。あ……」

[なんか変な音したが?]
[なんや……?]
[何事ォ!?]
[穏やかじゃない音がしたんだが?]

「何かが破壊される音がした件」

「マッジでぇ……？　流石の私もびっくりでお嬢様口調になってしまいますわ……」

「さっきはお尻触ってごめんなさい、ごめんなさい……」

「えっ……！」

「社長声漏れてる漏れてる」

「エリカ様、そりゃあ声も漏れますよ……」

「わ、わざとじゃないもん……！　ちょっと立て付け悪かったから、ぐって力入れたら――」

「まさか……」

「オイオイオイ」

「ネタじゃなくてマジぃ？」

「扉のドアノブ取れちゃった」

うん……キャ、キャラクターのＲＰ(ロールプレイ)を維持するのも大変だな。うん。きっとそうだ。そうに違いないんだ。単純にドアノブの根元のネジとかが緩んでいたりしただけなんだろう。ビルの管理会社から怒られたりしないんだろうか……そっちの方が心配だ。以前から犬飼(いぬかい)さんや、事務所に行くたびに世間話をしている事務のお姉さんからの情報で立て付けが悪くなって困っている扉があるとかいう話はあった。消防の点検とかの関係もあって困りそうだったので、今度調子を見させてもらうよう事務のお姉さんとお話を進めていた。もしかしてこの扉がその例の調子の悪いやつだったりする……？

［ドアノブくぅううん!!］
［ドアノブ……良い奴だったよ………］

「ねぇー、エリー。さっきから表で騒いでるけどなんだい？」

「いや、ドアノブ取れちゃったんだよね」

「草」

「草じゃない草じゃない」

「おっけ、今配信巻き戻して見たわ。まあ、前から立て付けちょっと悪かったししゃーないしゃーない。ん……？」

「どうしたニート。ガチャガチャ音立てて」

「あのね……扉開かないの………」

「は？」

［ニートが物理的に閉じ込められてて草］
［ニート良かったな、これで部屋から出なくて済むぞ］
［配信できなくてもしょうがないな、うむ］

［配信事故やんけぇ!!］

元々別の企業がここを間借りしていたときから調子は悪かったらしいが、手違いか何かで交換修理がなされなかったのだろうか。そういう背景もあってか、この部屋は普段使いしないでいたとのこと。不要なものの物置として利用していたところ、新戸先輩が住み着くようになったらしい。正確には毎日自宅には帰っているので、事務所に来たときにはここで時間を潰している、という事らしい。一応元々この物件も彼女が紹介したとかいう情報も配信内でチラっと明かされていたのだが、一体何者なんだ……？　風の噂で言われているのが、新戸先輩が事務所立ち上げ当初から携わっていて、彼女のＶＴｕｂｅｒモデルもテストとして使用されていたものを転用したとか色々あるが。何にせよ、後日談として金属疲労なのか経年劣化なのか結構ガタが来ていて交換時期だったらしい。

「よかったぁ。わたしは悪くないってことだね。じゃあ、もう帰っていい？」

「私ももう帰ろうかなぁ。お腹空いてきたし。あ、忍ちゃんご飯行く？」

「いいねいいね」

［帰ろうとしてて草］

［ワイも昼買いに行ってええか？］

［ええぞ、俺も行くし］

「エリカ……大事なことを言うよ」

「どうした急に。真面目なトーンで」

「割とトイレ行きたい」

「え……」

このあと配信の主旨が片付けから部屋からの脱出にシフトして大変な賑わいを見せた。後日私が応急処置としてドアのラッチ部分が飛び出ないようにテープで固定はしたが、ビルの管理会社さんにその後きちんと交換対応していただいたらしい。自分で修理もできたかもしれないが、一応ここ管理しているのはあんだーらいぶじゃないからなぁ。ビル管理会社さんにお伺いを立てて対応してもらうのが道理というものであろう。出来る限り傷とかも残らない、シンプルな応急処置としてテープでの対応とさせていただいたのだ。え？ ＶＴｕｂｅｒのやる仕事じゃあないって？ 安心してください、自覚はありますから。

柊冬夜：事務所の修繕とかしてるのってマジ？
神坂怜：蛍光灯の交換や複合機の紙詰まり程度であれば
御影和也：いや、それネタにしないと美味しくないと思うんすけど
朝比奈あさひ：ただ働きなんてダメダメ。配信ネタという名の報酬を貰わなくちゃ
神坂怜：まず、そんな仕事するなとは言わないんですね
柊冬夜：いや、言うだけ無駄かなって。多分好きでやってるんだろうなってのは分かるけど
朝比奈あさひ：しかし女子組のあれは中々酷かったなぁ

御影和也：最近うちに限らず謎の掃除配信プチブームが来てる

柊冬夜：数字が出た企画があればそれに倣うのがある意味お約束だしな

神坂怜：なるほど

朝比奈あさひ：数字取れてなんぼみたいなところあるもんね

御影和也：あやかろうとするけど大体数字伸びてないっすね、自分

柊冬夜：そういう潮流を狙って作れるなら苦労はしないしな、ぶっちゃけ運だよ運

後日ディスコでの会話であるが柊先輩曰く、ＶＴｕｂｅｒ界隈に限らず配信者、ＹｏｕｒＴｕｂｅｒ業界自体が流行り、数字が出た企画があればそれに倣うのがある意味お約束ということらしい。確かに動画配信で流行りのゲームというのも異様に偏っていたりする時期もあるし、ゲームに限らず配信自体の企画などにおいても同様なのだろう。柊先輩ですら運の要素が強いとのこと。そりゃあ狙ってバズらせられたら苦労はしないか……それでも柊先輩ですら、運と言い切る辺り本当にこの業界で生き抜くのは厳しいようだ。

御影和也：じゃあ定期的に俺の片付け配信を

朝比奈あさひ：次からは自分でお掃除しようね

御影和也：にゃ、にゃんですと⁉

定期的に掃除だけはしてほしいものである。

475 名無しのライバー ID:CC8oppT02
昨日結局野郎4人で仲良くお泊りってマ？

476 名無しのライバー ID:Hm+J3f34/
ふぁ!?

477 名無しのライバー ID:u+4Lro2g9
┌( ┌^o^)┐

478 名無しのライバー ID:/yurisuko
男同士、密室、一夜。
何も起きないはずがなく……
やっぱり男の人は男の人同士で、女の子は女の子同士で恋愛すべきだと思うの

479 名無しのライバー ID:51GkuRG0S
雑魚寝で何話してたのかすげぇ気になるわ

480 名無しのライバー ID:hbQ26VB1I
どうして配信しなかったのか
これが分からない

481 名無しのライバー ID:h4nh51wZQ
なおそれに乗っかって
女帝がまた変な事してる模様

482 名無しのライバー ID:RuzfQSJ7f
>>481
それいつもの事やん

483 名無しのライバー ID:uqO9JE0pX
>>481
平常運転（定期）

484 名無しのライバー ID:gCvRsluc4
>>481
この間の脱衣所立てこもり超えはないやろ（小並感）

485 名無しのライバー ID:MoBthread
事務所一室を不法占拠したニートの部屋を掃除する配信
参加者
女帝、ハッス、忍ちゃん、ニート（部屋にいる）
他の女性メンバーは社長のNG指示により断念
社長「未成年や新人は絶対ダメ。こんなの見せたら絶対ダメ」

486 名無しのライバー ID:t6jHMj23b
タイトルから面白いのちょっとやめろ

487 名無しのライバー ID:fmrSe+RUI
ちょっと話題になったから
男子連中の企画に乗っかってるなw

488 名無しのライバー ID:ERlu2mQqa
人気企画に乗っかるのは普通の思考だろ
なお内容のパンチ力が異様な模様

489 名無しのライバー ID:mBu4ZJbFM
どんな部屋なんだよ（困惑）

490 名無しのライバー ID:a96hawQE7
ニートが事務所に住み着いているってマジだったんやな……

491 名無しのライバー ID:v7kU2b9K4
女帝「オラァ、開けろぉ！」
気のせいか生き生きしとる

492 名無しのライバー ID:IAwE+aLCU
つい先日言われる側だっただろ、お前w

493 名無しのライバー ID:MoBthread
忍ちゃん「叩き方が温い」
↓
走って社長が止めに来る
↓
忍ちゃん「わたしだって女の子なんだぞぉ」
↓
ドアノブが取れる
↓
社長の「え？」が漏れ出て配信に載る

494 名無しのライバー ID:x8zGXwh9I
>>493
忍ちゃんww

495 名無しのライバー ID:pzoo5jAas
>>493
忍ちゃんSTRにステ振りしすぎたな……

496 名無しのライバー ID:fEo9l8fKS
>>493
ドアノブ取るとかアメコミヒーローかよw

497 名無しのライバー ID:H59m9fDIf
>>493
そら社長も声出るよ……

498 名無しのライバー ID:PxUsxcv9M
朗報　前から立て付け悪かっただけ

499 名無しのライバー ID:vEMhbgjkQ
朗報なのか、それ？

500 名無しのライバー ID:cLTw6nJnq
悲報　ニート閉じ込められる
ニート「あれ……？　扉内側からも開かなくなっちゃった」

501 名無しのライバー ID:DVGPToF19
イン・ニート事件

502 名無しのライバー ID:wxNl+lyaD
イン・キーみたいに言うな！

503 名無しのライバー ID:tfw28QoJ+
ニートだしこれもう放っておけばええやろ

504 名無しのライバー ID:EKjlzE18L
当たり前みたいに住み着いてる奴が悪いのでは？

505 名無しのライバー ID:7wNJZwnly
それはそう

506 名無しのライバー ID:16VIK+IYt
ニート「割とトイレ行きたい」
盛り上がってまいりました

507 名無しのライバー ID:fBZMCHTkS
うおおおおおお！

508 名無しのライバー ID:OlHuNNEoq
ここで漏らせば伝説になれるな

509 名無しのライバー ID:g0jwYKPeS
女帝「あと1週間ズレていれば、神坂さんが応急処置していた？」
忍ちゃん「自社所属タレントになんてことさせるんだ、この事務所」
ハッス「前事務所の蛍光灯交換してるのは見かけたことあります」

510 名無しのライバー ID:J2Zw0TrvT
脱サラはなんで事務所の設備修繕まで請け負っているんですかねぇ……

511 名無しのライバー ID:Z+xv31r62
草

512 名無しのライバー ID:gckineki/
当人は好きでやってるとか雑談枠で言うてたぞ
よくお話しする事務のお姉さんじゃそういうの対応できないって困ってたらしいから

513 名無しのライバー ID:bVPG7v3ir
それにしたってお前の仕事じゃあないだろ

514 名無しのライバー ID:SisterChan
困ってる人見るといつもそれだよ……

515 名無しのライバー ID:KGEO0RZN4
ニート「ここに1本の空きペットボトルがある」
女帝「おい、馬鹿止めろ！」
ニート「この日伝説が生まれる」
女帝「貴様は人の配信枠を何だと思ってるんだ！」

516 名無しのライバー ID:9GuVR7c+e
>>515
羞恥心まで捨てるなww

517 名無しのライバー ID:+3GsGAm4K
>>515
女帝のYourTubeカウントがしぬぅ！

518 名無しのライバー ID:MoBthread
>>515
ごくり……

519 名無しのライバー ID:lopgxB0AS
駄馬くんさぁ……

520 名無しのライバー ID:UHOlcV75H
速報　社長がモップや雑巾、バケツを用意しはじめる

521 名無しのライバー ID:HPuSOfUIG
草

522 名無しのライバー ID:JvxPhlJ1z
漏らす前提での準備するなww

523 名無しのライバー ID:OAnSBOsD+
扉を開けるための道具じゃなくて
後始末の準備をまず始めるなww

524 名無しのライバー ID:DoQKQY824

喋ってないのに社長面白いの卑怯だろ

525 名無しのライバー ID:psUoNaoUu
ハッス「お昼、何食べたい？」
忍ちゃん「ピザ食べたいピザ」
ほのぼの空間
隣接の会議室からキャスター付きの椅子
持ってきて駄弁っている模様

526 名無しのライバー ID:mYIn8ywQu
女帝「もはや後輩2人が『はよ漏らせとでも言いたげな雰囲気だ』」
ニート「鬼か」
ハッス「だってもうお昼だよ。お腹すいたんだもん」
忍ちゃん「叩けばなんとかなったりしない？（ﾄﾞﾝｯ）」
ニート「開いたァ!?」
女帝「解錠スキル持ちだぁ!?」
ハッス「すげぇええ！」
忍ちゃんSUGEEEEE!!

527 名無しのライバー ID:Sjdc4XdkC
破壊じゃなくて再生の力を持っていた
少年漫画だと胸熱展開のやつじゃん

528 名無しのライバー ID:BxVCkfvlW
忍ちゃんが叩き起こされた理由がここにきて発覚する

529 名無しのライバー ID:dad81bdss
伏線回収かな？

530 名無しのライバー ID:v0NNImJ5o
あれ？
これ片付け配信じゃなかった……？

531 名無しのライバー ID:bJv1OF1kt
もうこれでお腹いっぱいだよ

532 名無しのライバー ID:v5LX1OV64
なお部屋の中は社長が受け取った
数々の借金のカタが収納されている模様

533 名無しのライバー ID:3GaXFcHZ0
えぇ……（ドン引き）

534 名無しのライバー ID:wLd77gQle
どんだけ借金のカタ持ってるんだよ！

535 名無しのライバー ID:bazlod4mF
どんな部屋だよ、それ

536 名無しのライバー ID:Se9CtRmRF
事務所内で一番闇が深いのは社長なんじゃ……？

# 16話 二度目の特別なお仕事

**【10月×日】**

　昼間にはあんだーらいぶ女性メンバーによる事務所内でのお片付け配信が行われていた。結果として部屋の片付けからなぜか脱出ゲームが始まっていたが、宵闇(よいやみ)先輩の台パンで鍛えたキレのある一撃によって見事新戸(あらと)先輩は部屋から脱出することが出来たらしい。ちなみにその部屋には社長の借金のカタが数多く収納されているらしい。なにそれこわい。入手した経緯から処分(しょぶん)し辛(づら)いということで、事務所や配信企画で使ってから出番がほとんどなくなってしまった機材などと一緒に保管していたんだとか。

　さて、そんな配信でＶＴｕｂｅｒ業界が大いに沸き立っているが……本日私にとってのメインイベントは案件配信だ。以前にＰＲ配信をさせていただいた美少女ゲームメーカーのくりぃむソフトさんの『Ｆｌｏｗｅｒ　Ｄａｙｓ』の続編にあたる最新作『Ｂｌｏｓｓｏｍ　Ｄａｙｓ』の体験版配信に併せて今夜行われる。とは言え、実際に皆さんに配布されるものとは一部内容は異なる。１８歳未満がプレイできない所謂(いわゆる)エロゲというやつなので、肌色面積が多かったりエッチなシーンがあったりするが、現実問題としてそういった内容をＹｏｕｒＴｕｂｅで配信することは出来ないため、配信用に全年齢対応版、あるいは配信対応版にしていただいている。この仕様にわざわざ工数を割いていただいている以上、より気は抜けないわけだ。この辺は前回もやっていただいたことではあるのだが。

「前作案件以来の視聴者様もいらっしゃることかと思います。あんだーらいぶ所属の神坂怜（かんざかれい）です。どうぞよろしくお願い致します」

［来た］
［誤字指摘ニキオッスオッス］
［デバッグ担当さん、ちーっす］
［スタッフロールに名前載ったVTuber］

「なんと今回は事前にメーカーさんからお題目と言いますか、簡単な進行方法みたいな台本をいただきましてね。その結果に応じてなんと視聴者の皆さんにプレゼントがあるそうです。ファン必見ですね」

［すげー］
［視聴者数少ないから倍率低くて助かる］
［やめたげてよ！］
［それはやめてさしあげろ］

確かに視聴者数は他のあんだーらいぶメンバーに比べると大分見劣りするのは事実なので、否定できないのが悲しいところである。数字自体は前回の案件時と大差はないので、こういうのもメーカーさんサイドは想定内のはずだ。寧ろプレゼント当選率は高くてファンの人的には嬉しいんじゃないだろうか。初めて案件でチャンネル登録者数の少なさが役に立った場面なのでは……？

「いただいた資料そのまま読み上げますね……修正箇所指摘1箇所に付き1名様に、今作のメインヒロインを演じられている葵陽葵さんのサイン入りタペストリーをプレゼント致します。制作スタッフがわざと誤字等を3箇所入れたそうなので、それを全て見つけ出せれば最大3名様にプレゼントということだそうです」

ＳＮＳで公式をフォローの上、配信用ハッシュタグでツイートした人の中からプレゼントということらしい。昔はハガキとかで郵送するのが一般であったが、最近はこういうＳＮＳを利用したプレゼント企画というのも増えてきたみたいだ。お手軽に応募できるのが何より便利ポイントだ。

[実は前回の根に持ってるんじゃ……？]

[絶対前の気にしてるやろｗｗ]

[間違い捜しか]

[よっしゃ5箇所くらい見つけようぜ！]

「100点満点のテストで、問題の不備指摘して101点とかになるのって創作物の中だけですって……」

[お前ならいける]
[絶対出来る頑張れもっとやれるって]
[(๑•̀ε•́)وファイト〈葵陽葵〉]
[お?]
[本物?]
[ひまりんおるやんけ]

「え……まさかご本人ですか…………?」

ごく稀(まれ)に著名人や有名人、同業者の名を騙(かた)ってコメントするユーザーもいる。勘違いしてスパナー――コメントの一部を管理できるモデレーター権限をそういった偽ユーザーに渡してしまった結果、荒らしでもない一般のコメントを消去されたり……というケースもあるのだとか。YourTuber界ではそんな前例もあるので余計に慎重に対応しなくてはならない。

コメントで指摘があるように当人のSNSを見ると、私の配信開始報告の呟(つぶや)きをリツイートしているようだ。後で裏で確認しておいてスパナ設定をしておいた方が良いかな。ちなみに直後にDMで名前が速攻バレると思わなかった、混乱を招いて申し訳ないという趣旨(しゅし)の謝罪文が届いていた。サイトを利用することはあってもコメント投下するのは初めてだったらしく、想定していなかったのだとか。確かにコメントしたユーザー名までいちいち確認しているなんて普通考え付かないかもしれない。アイコンも初期設定のままだし。

[ニ、ニセモノダヨー〈葵陽葵〉]
[いや、SNSで配信のリツイートしてるし本物なのでは?]
[もしかしてコメントで速攻バレると思ってなかったのか……?]
[かわいい]
[初期アイコンだから偽物に見えて仕方がない件]
[また燃えそう(小並感)]
[また?]
[燃える??]
[お客さんが混乱するからやめーや]

一応、早々にスパナを付けておく。ダイレクトメッセージで、このユーザーが彼女であることは疑いようもない。ああ……そういえば今日は丁度先日収録したラジオの配信日だったな。それの宣伝もしておかねば、のコメントだったのかもしれない。こちらからも忘れずに告知しておかねば。

「この配信が終わる頃に葵さんがメインパーソナリティーを務めるラジオ番組も配信されますので、お時間があれば是非チェックの方よろしくお願い致します。何故(なぜ)かゲストに私が呼ばれている回になります。制作と無縁の一般人が何故か呼ばれて混乱している様子を聞く事が出来ます」

［何故呼ばれたし］
［出演者でもないのに呼ばれるの草］
［お前作品自体とは無関係やんけぇ！］
［エンドロールには載ってたから（震え声）］

「何故呼ばれたかは私が一番疑問に思っているし、最初マネージャーさんも困惑しながら報告してきました。３回くらい『大丈夫ですか？』って聞いたらしいです」

［ｗｗ］
［マネージャーさん草］
［そらそうよ］

雑談も程々に肝心の体験版の方に集中しなくては。フルボイスなのでメインヒロイン以外のサブキャラクターにも音声が付いているが、主人公の台詞（せりふ）やモノローグなどはボイスがないので前回と同様にそれらを読み上げていく。とはいえ、アナウンサーや声優でもないので細かいイントネーションは正直間違っているに違いない。地方出身故、きっと方言というか地方特有の発音とか交じってしまっていると思う。訛りが凄ければ、それだけでキャラ付けになったりするのがこの業界。私の場合はそれほど訛ってはいないので、それを売りにも出来ない。

有名どころで言えば鼻濁音というものがある。ガ行の『が、ぎ、ぐ、げ、ご』を発音する際には鼻に息を抜いて、『んが、んぎ、んぐ、んげ、んご』といった発音をする。単語の頭にガ行がある場合は普通の濁音で発音したりだとか、多分声優やナレーターの勉強をしている人くらいしか気にしないようなものである。地方局のアナウンサーさんとかは結構この辺守られていなかったりとかするのだが。まあ視聴者の人にそれを説明したところで、意味はなさそうなので今は置いておくとしよう。

「あ……ここの数字の部分さっきは全角だったのに、ここは半角ですね」

［はえーよｗｗ］

［開始１分で見つけるなよ］

［細かくて草］

［意図してないミスだったら笑う］

［細かいｗ細かいｗ］

始めたばかりで体験版全体のボリュームがどの程度か分からないので、怪しい点は挙げておいた方がいいと判断した。一応視聴者プレゼントはなるべく多く獲得しておいた方が、ファンも喜んでくれるだろう。背に腹は代えられない。指摘したら高評価が少し増える辺り、現金なものだ。ちょっと微笑ましい。

**【10月×日】**

プレゼントが3名分から5名分になった。ごめんなさい。ごめんなさい。ごめんなさい。ちなみに制作協力としてまたしても名前が載ることとなった。なんでやねん。プレゼントの発送は想定数を超えていたので少々遅れるとのこと。マジですみません。本当にそんなつもりはなかったんです……葵さんを含めた関係者が笑ってくれていたのが救いか。愛想笑いでなければ、だが。後で顚末書とか書いておいた方がいいやつかな？

【くりぃむソフト】Ｂｌｏｓｓｏｍ Ｄａｙｓ体験版をプレイする【神坂怜／あんだーらいぶ】
最大同時視聴数：約２５０人
高評価：２００
低評価：１５０
神坂怜　チャンネル登録者数１２６００人（＋１００）

236 名無しのライバー ID:b8JnT2MHO
昼間のあれは酷かったですねぇ……

237 名無しのライバー ID:BKLWFMqGs
結局ニートの粗相が
全世界に発信されなかったわけだが……
喜ぶべきか悲しむべきか

238 名無しのライバー ID:qD1WmbPUi
社長が一番面白い配信だったな
喋ってないのに

239 名無しのライバー ID:oCczVHpdz
もう社長がVになれば良いのでは……？

240 名無しのライバー ID:1kHTzKGJR
脱サラよりは面白い配信できそう（小並感）

241 名無しのライバー ID:McJPLhr/b
声だけは良いから……

242 名無しのライバー ID:gckineki/
あ゛!?
声"だけ"じゃないだろ、ボケ

243 名無しのライバー ID:SisterChan
声以外も良い所はあるよ……たぶん

244 名無しのライバー ID:y1NcYyblc
事務所の蛍光灯交換をする男やからな……

245 名無しのライバー ID:27NK1M2Fb
プリンターの紙詰まりも直してくれるぞ

246 名無しのライバー ID:Bn6TD9MPx
給湯室の掃除とかもしてるぞ

247 名無しのライバー ID:97IVX3BJE
本当なにやってんだよ、脱サラ……

248 名無しのライバー ID:vjHi7Rg0W
なおエロゲ案件配信があった模様

249 名無しのライバー ID:8Dyzzxa9/
あー、そう言えばエロゲ案件あったな

250 名無しのライバー ID:t9qGBO/rY
相変わらず通常配信<案件配信なのが草

251 名無しのライバー ID:e6BwHHYTg
何故か案件配信のが数字が出る稀有なV

252 名無しのライバー ID:6/WObNLEs
便利屋扱いで案件漬けにはしてやるなよな

253 名無しのライバー ID:XRpbmsLsz
まあ事務所内の雑用してて便利屋なのは間違いはないよな

254 名無しのライバー ID:OD+RjbvOl
過去に女帝でやらかして
運営ちゃんも流石に学んだやろ……
学んだよね……？　ね？

255 名無しのライバー ID:v/P73hPwH
あの頃に比べると演者の頭数も増えたし
1人にかかる負担も減ったんじゃね？

256 名無しのライバー ID:bpxpMqKvC
案件もその分増えてトントンになってそう

257 名無しのライバー ID:MoBthread
エロゲ案件まとめ
メーカーが意図的に3個の間違いを仕込む
↓
指摘箇所ひとつにつき1名（合計3名）に
声優のサイン入りタペストリープレゼント
↓
開始30秒で数字の全角半角違いを指摘
↓
最終的に
・漢字の読み間違い
・誤字
・ボイスと表記の違い
・コンフィグ画面等の問題点含め
全部で5個を指摘
※後に2個が意図してないものと判明
↓
メーカーさん
「5名様にプレゼントします（泣）
ご協力ありがとうございます。
発送は少々遅れます事ご了承ください」

258 名無しのライバー ID:gvvhAe0ZT
>>257
草

259 名無しのライバー ID:Pn3R+SGaq
>>257
案件用体験版用意してるとか、
それはそれで手が込んでるよな

260 名無しのライバー ID:9t/6pSpZO
>>257
いや、何やってんだ脱サラェ……

261 名無しのライバー ID:lW49cwRS9
もうこれ公式デバッガーだろ

262 名無しのライバー ID:SdwBoZqSo
リスナーが3個以上見つけようぜって
冗談で言ったら
本当に見つけてて草しか生えない

263 名無しのライバー ID:gckineki/
これでも手加減した模様
脱サラ「鼻濁音とか言い出したらキリがないですし、そもそもそういう演技指導なのかもしれないですから」

264 名無しのライバー ID:Mt39kt4VL
なお配信中今作ヒロインの声優である
ひまりんからコメントを貰う
ラジオの宣伝を兼ねていたらしいが

265 名無しのライバー ID:/kcFt/3uT
ラジオで親しげだったら荒れそう
オラ、ワクワクしてきたぞ

263 名無しのライバー ID:z7kpmDB1b
身体は炎上を求める

264 名無しのライバー ID:Vo65FsRap
新作はまだですか？

265 名無しのライバー ID:0sCp7RufS

272 名無しのライバー ID:Plg5nauDL
冗談と分かっていてもアウト判定なのか？

273 名無しのライバー ID:0+0s4gnw4
毎回言ってるネタなのはホント

275 名無しのライバー ID:jPuXE+/mX
やめろよ傷付く女の子だっているんだゾ！

---

アレイナ・アーレンス@清楚系VTuber@seiso_vtuber_Alaina
おいおいおい
私の男に色目使う奴は誰だよぉ
穏やかじゃないよぉ、私の心はよぉ

---

276 名無しのライバー ID:KnsoKhMhx
アレ、ステイ

277 名無しのライバー ID:lOXtSY945
なお近日コラボする模様

278 名無しのライバー ID:XIoPq69WJ
何するんだよ……

280 名無しのライバー ID:gckineki/

---

葵陽葵@himari_aoi
私はオフで会っているので、
こちらの方が１歩も２歩もリードしているんですね、残念ながら

---

281 名無しのライバー ID:0lwkyrvmM

内容自体は普通だったけどな
ソフトの宣伝部分やお便り読むとこ
声優と比べても遜色ないのは地味に凄い

266 名無しのライバー ID:iq5PPlLYg
エロゲの方のファンからはプレゼント数が増えて感謝されていたぞ

267 名無しのライバー ID:9gjbqRB7m
相変わらずV界隈より
案件先のファンからの方が好感度高いの草

268 名無しのライバー ID:gckineki/
ラジオ抜粋
ひまりん「さっさと身を固めれば女性関係で荒れたりしないのでは？」
脱サラ「プライベートだけでなく仕事でも結婚を勧められるとは思わなかった」
ひまりん「実は私も祖母から早くひ孫の顔を見せろと言われておりましてね」
脱サラ「そういうの言われるのが一番心に刺さりますよね」
ひまりん「ですよねー。あ、じゃあ表面上、書類上だけでも結婚とかしときます？」
脱サラ「待　っ　て」
ひまりん「まあゲスト来るたびに言ってるネタなので」
脱サラ「――だ、そうですよ皆さん」
ひまりん「まあ今のも冗談なんですけれど」
脱サラ「待　っ　て」

271 名無しのライバー ID:XJDW5j3uN
脱サラ、お前また燃えるのか

ひまりんww

282 名無しのライバー ID:+6CTgOUF5
煽ってて草

283 名無しのライバー ID:F6kXLBASX
アレ民1「負けヒロインがお似合いだよ」
アレ民2「ひまりんに勝てるわけない」
アレ民3「お前じゃとてもじゃないが釣り合わない、アキラメロン」

284 名無しのライバー ID:MoBthread
ワ、ワイの推しのひまりんが……
くっそ、許せねぇ！

285 名無しのライバー ID:Rp5qHwesV
まーた角折れてるよ

286 名無しのライバー ID:qYfwlyyR/
素材供給過多だよなぁ

287 名無しのライバー ID:MoBthread
最近皆に冷たくあしらわれるのにも快感を覚えてきたかも

288 名無しのライバー ID:eZCB+zsA3
悲報

---

ルナ・ブラン@luna_underlive
またほかの女の人とコラボしてる

---

日野灯@akari_underlive
ふーん、へー……
それならこちらにも考えがあります

---

289 名無しのライバー ID:jDNxcfyPA
あっ

291 名無しのライバー ID:RtyzPkxDB
あかん

292 名無しのライバー ID:oF+/snSlm
ヤンデレ月太陽コンビ概念……アリやな

293 名無しのライバー ID:future_xxx
我、占い師
今月脱サラ炎上するって未来視をした

294 名無しのライバー ID:eoYl05hEG
いつものやんけ

295 名無しのライバー ID:DXyFD5DFz
大体毎月やってない？

296 名無しのライバー ID:kuLbd3Bc0
そもそもお前占い師なら占ったって言おうよ……

# 17話 アーレンス嬢とのコラボ

【10月×日】

今日はアレイナ・アーレンス嬢とのコラボ配信である。前回は彼女のイラストを担当したイラストレーターの酢昆布ネキと一緒であったが、今回は1対1。私に限らず男性ＶＴｕｂｅｒが女性ＶＴｕｂｅｒとコラボするのは珍しいことである。そもそも異性間で1対1のコラボ自体が業界全体でもそんなに頻繁に行われているわけでもない。以前コラボさせていただいた事もあるし、その際なんと珍しいことにお叱りのメッセージやコメントが来なかったのもあって、割と気軽にコラボする運びとなった。

ブラン嬢の凸待ちや東雲さんの突発凸で1対1でやり取りした時はそれなりに批判された背景もあり、同じ箱内であってもコラボに関しては少し慎重になっている。とは言え、後輩の――特に月と太陽コンビ辺りとは最近ＳＮＳ上でオープンなやり取りは増え始めている。主にやり取りの主導権は彼女たちにあって、私は淡々とそれに答えていくという形式がほとんどなのだが。

自分のファンたちを慣れさせる過程とかだったら末恐ろしいのだが、流石にそれはないか。

ああ……それと一応異性という括りで言えばマイシスターとのコラボも入るのか。だがアーカイブも残っていない上に身内だしなぁ。

　ちなみにアーカイブを残していないのに切り抜き動画は投稿されている模様。リアルタイムで配信録画でもしていないと不可能なはずだ。最初から残すつもりはないと宣言はしていたので、それを見越して保存していたのかもしれない。正直消去依頼を出すかどうかは悩んだが、当人に問いかけたところ別段気にしていないとのこと。寧ろ『名前売るという意味では、本配信も公開設定にしておくくらいの貪欲さを見せなさい』と逆にお説教されてしまった。

　近々またマイシスターと何かしら配信をしたいな。ファンから毎回要望があるので、定期的にやるのはやぶさかではないが……虎の威を借る狐、妹の威を借る兄みたいで少し複雑。ちなみに妹へは、度々企業から『弊社所属のＶＴｕｂｅｒとしてデビューしませんか？』というオファーがあるのだとか。本人は断っているみたいだが。他の事務所からデビューするとなると、今あの子が持っている『神坂雫』のガワを使えないというのも辞退した理由のひとつだろう。既にあんだーらいぶ所属の私『神坂怜』の妹というキャラで周知されているので、それを変えることは難しいだろう。事務所としても他社に自社の所属Ｖと関係があるとされるキャラクターをおいそれとデビューさせるわけにはいかないわけで……ｍｉｋｕｒｉママからいただいたキャラデザを本人も大層気に入っているらしく、それを捨て去ってまで活動するつもりはないようだ。私自身も今のキャラクターデザインは非常に気に入っている。しかし流石はマイシスターだ。それほど多くない配信時間内でも多くのユーザーを虜にしているからこそ、こういった他社からのお声掛けが複数あったんだろう。実際世界一可愛いから仕方がないな。

「何も準備しなくて良いとは言われたのだけれど、それはそれで逆にちょっと不安になってくるな」

今回は彼女の企画した配信ということもあって、アーレンス嬢のチャンネルで行われる。前回の配信も彼女のところで行われており、今回は当初こちらのチャンネルで行う予定だったが、流石に企画した彼女の手柄を奪うみたいに感じてしまったので辞退させてもらった。今後も同じ業界で活動していくのであれば、こういう線引きは大事だと思う。

その代わり、次回は私のチャンネルでやることという条件付きにはなってしまったのだけれども。なんだか既に次回のコラボを取り付けられている気がしないでもない。あまりこういうコラボという手段に頼りすぎるのも気が引けるが、企業勢として数字等の結果を出す必要性はあるわけで……この辺りの配分は難しいものである。最近は特に人様の人気に頼ったコラボばかりしている気がするし。何かしら自分で考えた企画で視聴者の人を楽しませたいものである。

精進精進。

「今日はぁー、神坂さんと一緒に配信やっていきまぁす」
[猫撫(ねこな)で声やめろ]
[うっわ]
[きっつ……]

〔きっしょ〕
〔はい低評価〕
〔神坂くん逃げて、マジ逃げて！〕

「みなさん、こんばんは。あんだーらいぶ所属の神坂怜と申します」
「あっ……良い声です、ね……エヘへ、エヘッ」

〔メスを出すな、メスを〕
〔アレステイ〕
〔ステイステイ〕
〔可愛い〕
〔アレちゃん今日も可愛い〕
〔神坂きゅんのファン、騙されないでぇ！〕

一見するとアンチのそれに見えるかもしれないが、歴とした彼女のファンのコメントである。演者とリスナーとの距離感が悪友のそれと同じ類いのもので、見ていると大変微笑ましい。彼女の配信はそのファンのコメントを含めて真価を発揮すると言って良いかもしれない。生配信であることを最大限に利用する、ファンとの掛け合いを意識したトーク。元々は私と同じように企業所属の企業勢であったが、事務所の懐事情により解散を余儀なくされた。その際にガワやキャラクターをそのまま使用する権利を勝ち取り、現在では個人勢としてはトップクラスの登録者数を誇る。それは彼女が自らの実力で勝ち得たものだ。本当に心の底から尊敬する。彼女とのこういった機会を今後の活動の参考に、より近くで体感して勉強させていただこうと思う。方向性は違えど、間違いなくこの業界でトップクラスの実力を持つＶＴｕｂｅｒなのだから。柊先輩や他のあんだーらいぶ所属メンバーと配信するときもそうだが、色々なコラボ配信を通じて自分に足りないものがよく分かってとても勉強になる。もっとも、それを現状で生かせてはいないのが情けない話なんだけれども。

「今日はですね、ホラーゲームやるの１人じゃ怖いので神坂さんに来てもらいました」

「適当に相槌するだけで良いんで、とかふわっとした情報しか貰っていません。こんなんで良いんですかね？」

「良いんですよ！　寧ろそれが一番良いまである‼」

［こいつもっとエグいリョナゲーやってなかったっけ⁇］

［スプラッターなゲーム平気でやってなかった……？］

［うっそだろぉ……？］

［やり口が狡いんだよ］

［アレちゃん、ホラーダメなんだ］

［ホラー苦手なの可愛い］

［ホラゲーは怖いから助かる］

［ホラーは怖いから仕方ないよ］
［ちがうんだ、そうじゃない……］
［こんな穢れのない一般人を騙して悪いとは思わないの??］

さて今回プレイするのは、『色鬼』というパソコン用のフリーゲームとしてリリースされているホラーゲーム。私は知らなかったのだが、かなりの人気タイトルでパソコン版以外の別媒体として、スマートフォン版や、映像化などもされているとのこと。内容自体も定期的にバージョンアップされており、エンディングなどが異なったりするのだとか。

内容としては閉じ込められた洋館からの脱出を目的とする、お約束のホラーゲーム。キーアイテムや特定のフラグ、条件などを満たすと鬼が登場して追いかけ回される。これまたお約束みたいな展開だが、謎解きや鬼のデザインが秀逸で人気を博している。

近年ではこういった個人が開発したインディーズゲームが人気を獲得するケースも見られるようになってきた。そうしたゲームを気軽に頒布できる環境が整っているのもあるが、我々みたいな配信者の存在もその一助になっているのだと推測している。フリーで気軽にプレイできて、クリアまでそこまで時間を要求されないという点は配信者にとっては非常にありがたいので、こぞってプレイするようになった。それを見た視聴者が同じようにプレイしてくださったり、他のプレイヤーの配信を見たりとその輪を広げていく。今後もこうしたゲーム制作者さんとはＷｉｎ－Ｗｉｎの関係でいたいものである。

「いやああ、鬼が出たああぁあああ！　助けてぇえええ！」

「何というか……特徴的な鬼ですね。なぜ7色に光り輝いているのか不明ですが。ゲーミングマウスやキーボードにまつわる鬼だったりするんですかね、これ」

[ゲーミング鬼は草]
[目に痛々しい]
[びっくりさせる系のホラーか]
[怖さより、ナニコレ感がすごい]
[叫び声助からない]
[アレちゃん、大丈夫?]
[しかしこの男動じないな……]

やたらと頭の大きな鬼。しかも何故か虹色のグラデーション。毒々しい。確かに怖い。流石に1677万色とかではないだろうけれど。全部で7色から構成された『色鬼』から逃げながら、構成されたその色に纏わるアイテムを7つ集めることで鬼を弱体化させ、脱出できるようになるらしい。これは鬼ごっこの一種であり、ゲームタイトルにもある『色鬼』遊びの要素が入っているのだろうか? 私、友達いないから実際にやったことないけど。あ、でもかくれんぼとかはしたことはあるよ。隠れていたら他の人が全員家に帰って、独りぼっちで何も知らずにずっと隠れていたけれど。
「あ、あのぉう。でゅふ……じゅる……できれば、こう……頑張れとか、大丈夫だよとか言葉投げ掛けてください。頑張れるのでぇー」
〔何言ってんだこいつ〕
〔遂に正体を現しやがったなァ!?〕
〔そこまでにしておけよアレ〕
〔おい、早くこいつなんとかしろ〕
〔神坂くん、ごめんやで……〕

様子を見るに本当にこの類いのゲームが苦手という雰囲気もないのだが、そういうキャラ付けというかロールプレイもある程度大事なのがこの界隈。きっと何か彼女なりの考えがあってのことだろう。弱い自分を見せることで庇護欲を刺激したりとか、そういう高度な戦略に違いない。うむ。同じVとして協力してあげねばなるまい。

「大丈夫ですよ。頑張ってください。貴女ならきっとできます」

自然と、ではなく結構大げさに演じてみた。こういうコッテコテの演技ならばきっと視聴者さんにも意図が伝わってくれるはず。このくらい大袈裟な方が演技してる感が透けて見えるので、貴方たちの推しに変な気を起こしたりはしませんよ、という遠回りなアピールにもなる。

「えっ……しゅ、しゅきぃ……えへっえへっ。ふへへ。良い声すぎんだぉ。やっぱり理想の旦那様なんだ……ぐへへ。えっへへ。あとで無限リピート編はじめなくちゃ」

「おっ……？　あー、びっくりした」

［この女やべぇよ］
［どうして神坂きゅんのがびっくりしてんですかねぇ……］
［こいつ絶対ホラー苦手じゃねぇだろ］
［ボイス助かる］
［あヅヅ!?］
［囁き（ささや）ボイス&びっくりボイス助かる］
［アレちゃんないすぅ］
［そうそう！　そういうのもっとちょうだい！］
［アレちゃんありがとう、ボイス助かった］
［やっぱりアレちゃんは分かってるな］
［アレちゃん、ぐう有能］
［やべぇ、何故かこいつの評価が上がってやがるッ!?］
［どうしてだよ!!］
［違う、違うんだよぉ……］

急に現れた鬼に思わず反応してしまった。一方のアーレンス嬢はというと、特に驚く様子もなく家具などの障害物を使って華麗（かれい）に追っ手を撒（ま）いていた。上手（うま）いな。まるで既プレイみたいな操作だった。似たようなゲームや過去バージョンをプレイ済みなら、操作性も似ているのかもしれない。しばらく逃げ回っていると、少しずつ鬼の追跡速度が落ちていき、やがて息を切らしつつ、どこからか取り出した、スポーツなどでたまに見るような携帯用酸素スプレーを使用しながら壁の中へとフェードアウトしていった。どうやら鬼も疲れるらしい。クセが強いな、この鬼。こういう人間味があるところは正直ちょっと好き。

「ホラーって得意ですか?」

「人並み程度だと思いますよ。さっきも驚いてビクってなっちゃいましたし」

[好き放題やってて笑っちゃった〈葵陽葵(あおいひまり)〉]

[誰や?]

[ひまりん!?]

[声優さんやんけ]

[この前SNSで雑に絡んでたな]

「おっ、ねぇねぇ目の前でコラボしてるの見るのどんな気持ち? ねえねえ??」

[うっわぁ……(ドン引き)]

[NDK(ねぇねぇ今どんな気持ち)煽(あお)りやめろ]

[なんやこいつ]

[失望しました。アレのファン辞めます]

［化けの皮が剝がれてんぞ］

声優の葵陽葵さんらしい人物からのコメント。相変わらずの初期設定のままのアイコンである。既にスパナ付きなところを見るとそれなりに親交があるのだろうか。砕けた雰囲気なので関係は良好らしい。ＳＮＳ上で何やらやり取りしているようだし。裏でも何かしらやり取りしていたりするんだろうか。他業種であっても交流の輪が広がるのはいいことだ。

［こっちはオフで会っているんですが？　こういうときって草って言ってあげればいいの？〈葵陽葵〉］
［煽り返されて草］
［お前が勝てる相手じゃないんやで］
［もう諦めろ］
［修羅場？］

「ぐぬぬぬ。ほら、神坂さんからもなんとか言ってやってくださいよォ！」

「あー……どうもご無沙汰しております。先日は配信見に来ていただいてありがとうございました」

「なんで親じげにずるのおおおお!?」

「えっ？」

[草〈葵陽葵〉]
[神坂きゅん、ちょっと引いてるぞ]
[鬼出たときよりびっくりしとるやんけｗ]
[『アレ＞＞鬼』 格付け終了 ＱＥＤ]
[あーもうめちゃくちゃだよ]

【色鬼】ホラーゲーム苦手だけど推しに応援してもらいつつ頑張る【アレイナ・アーレンス／神坂怜】
最大同時視聴数：約５５０人
高評価：４００
低評価：１５０
神坂怜　チャンネル登録者数１２７００人（＋１００）

359 名無しのライバー ID:7zCgZpVsE
脱サラ×アレ　コラボ　開始です

360 名無しのライバー ID:XS6vbB99k
媚びた声で笑う

361 名無しのライバー ID:EQFDTomSF
アレ民「寒気がするからやめろ」
辛辣で草しか生えない

362 名無しのライバー ID:6BiJi6a1J
アンチも裸足で逃げ出すよ、そりゃ

363 名無しのライバー ID:+Cf/Y+b1b
アンチ「おっ、叩いたろ！」
アレ民「おっ、新入りか。目の付けどころが良いじゃないか」
アンチ「えっ？」
アレ民「さあさあこのアーカイブとこのアーカイブ、そして更にこれを見てもろて」
アンチ「えっ？」
アレ民「どこが悪かったか話し合おうじゃないか（ニッコリ）」
アンチ逃走 or 懐柔ルート

364 名無しのライバー ID:ymceUTHeq
実際リスナーがストッパー役になっている節はある

365 名無しのライバー ID:ZhWgWnl7R
リスナーとの関係について本人は
「ボケとツッコミの関係」って言ってるくらいだしな

366 名無しのライバー ID:bSp55i9NQ
辛辣コメで凹んだりしないんやろうか

367 名無しのライバー ID:Po7z8i2Kw
愛のある叩きだから……たぶん

368 名無しのライバー ID:SjOmI5fjs
何気に畳、あさちゃん除けば一番絡みが多いんだよな、この2人
勿論雫ちゃんやmikuriママも例外だけど

369 名無しのライバー ID:sXgXMPVWp
アレ→脱サラ
好き好きアピール
脱サラ→アレ
ロールプレイの一環と判断し、その取り組み姿勢を尊敬
一方的な勘違い現象である

370 名無しのライバー ID:MoBthread
アレ「ホラーゲーム苦手なの。頑張ってとか大丈夫とか応援して！」
脱サラ「頑張って、大丈夫ですよ。貴女なら出来ます」（イケボ）
↓
アレ「えっ……しゅきぃ……」
アレ民「なにやってんだ、こいつ」
アレ民「最悪だな」
脱リス「囁きボイス助かる」
脱リス「アレちゃんないす」
アレ民「なんであいつの株上がってんだ!?」
アレ民＝アレのリスナー、ファン
脱リス＝脱サラリスナー、ファン

371 名無しのライバー ID:N0kIQHtMM
>>370
草

372 名無しのライバー ID:6NJrKiw9x
>>370
変なことになってて笑う

373 名無しのライバー ID:G2HuU01o+
>>370
えぇ……

374 名無しのライバー ID:u/8oqDB3i
>>370
ぶっちゃけメス出してるときのアレは可愛いと思うんだが

375 名無しのライバー ID:jbzE1j948
ワイトもそう思います

376 名無しのライバー ID:n4rM6E2pb
多分向こうのファンも同じだとは思うが
好きな子虐めたくなるあれやろ、多分

377 名無しのライバー ID:y2tQRSOUs
勘違い物になってるのおもろい

378 名無しのライバー ID:V1U3iTA+/
お互い何やっても好感度上昇するの草

379 名無しのライバー ID:B0X1JaF2g
アレ民は脱サラのマンスリーボイスを
お布施と称して購入しているからな

380 名無しのライバー ID:AkF1LoibR
慰謝料やお友達代だったりもするぞ

381 名無しのライバー ID:HYoCgTuCm
アレは脱サラの熱心なファンだし
琴線に触れるラインは実際のファンとそう
変わらないんじゃ？

382 名無しのライバー ID:bQelyLusq
普段ボイス系の配信はあんましないもんな
コッテコテなイケボ演技でも毎月のボイス
販売以外では中々聞ける機会はないし

383 名無しのライバー ID:gckineki/
いつぞや社長のバイノーラルマイク使う許
可貰う云々の話はどうなったんや？
女性ファン一気に増やせそうだが
はよやれよ

384 名無しのライバー ID:umD+r2A1w
そういや続報聞いてないな

385 名無しのライバー ID:CJfGr8Hiy
男性向けのASMRコンテンツは最近増えて
きたけど女性向けって少ないからな
結構狙い目かもしれん

386 名無しのライバー ID:fRQ7iNPnm
脱サラも驚いたりとかするんだな

387 名無しのライバー ID:rzHgwjytM
そらするだろ
お前は一体あいつを何だと思ってるんだ

388 名無しのライバー ID:SSE+gO0Pf
感情を失ったサイボーグ的な？

389 名無しのライバー ID:YOxHEOnL1
驚くとは言っても「おっ」とか「あっ」とかだけだがな

390 名無しのライバー ID:ictXM4KD6
速報　エロゲ声優のひまりんコメント参戦

391 名無しのライバー ID:CFyWSPErx
アレ「コラボしてるよ。ねぇねぇどんな気持ちィ!?」
ひまりん「いや、こっちはオフで会ってるんで」
アレ「ぐぬぬぬ」
脱サラ「あ、どうもご無沙汰してます」
アレ「な゛ん゛で゛親じ゛げ゛に゛ず゛る゛の゛お゛お゛！」
脱サラ「えっ？」
脱サラ今日一番のびっくりポイント

392 名無しのライバー ID:0yvrTi5AP
>>391
アレ>鬼で格付け完了してんじゃん

393 名無しのライバー ID:fDxQDo7ct
>>391
修羅場か？

394 名無しのライバー ID:ffjig8p4B
>>391
アレは大丈夫だけど
ひまりんの方は男と絡んでも平気？

395 名無しのライバー ID:TIdickmHS
脱サラ「おー、どーした？」
虎太郎「んにゃあ」
脱サラ「相変わらず可愛いなぁ、お前は。おやつはダメだからね」
虎太郎「ゴロゴロ」
脱サラ「今は配信中なんだから、めっだぞ」
アレ「くっ、雫ちゃんと虎太郎きゅんにだけは勝てねぇ……！」
ひまりん「えっ、猫？　可愛い。今度撫でに行っていいですか？」
虎太郎君乱入で終止符を打つ

396 名無しのライバー ID:TZDhP431K
やっぱ　れい×こた　なんだよなぁ

397 名無しのライバー ID:SIYa0TqNK
昔結構フシャーってキレてたけど最近は構ってちゃんだよな
配信中ちょくちょくやってきてる

398 名無しのライバー ID:CjYOAA4aA
足から伝って膝の上にすっぽり収まって構ってアピールするらしいぞ

399 名無しのライバー ID:9iM+WT4jL
なにそれあざとい

400 名無しのライバー ID:l359kNcF8
普段からもっと女性ウケするボイス使え

401 名無しのライバー ID:gckineki/
あ゛？

普段クールでたまにそういうのが出るから良いんだよ
分かってないなぁ、キミィ

402 名無しのライバー ID:Nf0AqYIHb
酢昆布ネキがアップをはじめました

---

酢昆布@寒い@sukonbu_umaiyone
こちとら『好きです』と告白されたり、『綺麗、可愛い』と褒められとるんだよなあ！

---

403 名無しのライバー ID:9mTh7SYZl
そういやまだ問題児いたんだったぁ！

404 名無しのライバー ID:jua9duAzq
た、助けてmikuriママァ！

405 名無しのライバー ID:94TRrMNS0
確かに全部事実だけど……

406 名無しのライバー ID:sBZSumliF
まあ雫ちゃんには勝てないんですけどね

407 名無しのライバー ID:OQvscHuQO
それはそう

408 名無しのライバー ID:O0VzuOWVk
シスコン舐めんなよ

409 名無しのライバー ID:V51rUnoVw
なお両親や親戚からは見合いを勧められている模様

410 名無しのライバー ID:EYeZHNyWB
速報　脱サラ今週雫ちゃんとデートに行く

411 名無しのライバー ID:tIFFCmoTa
デート（生活必需品の買い物）だがな

**今日の妹ちゃん**

アレちゃんは何事も
全力にやってるところは凄い好き

# 18話 映画館デート



【10月×日】

「ねー、お兄ちゃん」

「どうしたー？」

今日もマイシスターは世界一可愛い。頭を撫でようと手を伸ばしたところ、バックステップで回避してから何事もなかったかのように話を続ける。流れるような動作でサラっと回避したな。これならば不用意に近づく輩にもある程度対応できることだろう。でも妹とスキンシップできてないのでちょっと寂しい兄心。

「今日暇？」

「たった今暇になったよ」

「えー……」

「聞いておいてその反応は酷くない？」

お風呂場の掃除とか、キッチン周り——特に換気扇とかを念入りに掃除しようかと思っていたところ。年末とかにまとめてやる人が多いのかもしれないが、こういうところは定期的にやっておく方が良い。先日、御影君のお宅でお掃除をしたこともあって「そういえばそろそろやってておかないと」と思い立った次第である。彼の自宅にも持ち込んだのだが、業務用の油汚れ用洗剤を通販で手に入れたので沢山お掃除しなくては。その量なんと２・５キロ。これでも一番少ない内容量である。ちなみにここから希釈するので一体いつ使い終えるのか全く想像できない。今度事務所に持ち込んで給湯室とか掃除しようかな。年末とか事務所のお掃除企画とかどうだろうか？　いや、それＶＴｕｂｅｒ向きの配信じゃあないなぁ……うーむ。

「映画行きたいから車出してほしいなって」

「いいよ。何時からの？」

「午後からの」

「分かった」

今日は天気が悪く、足元も悪い。更に最寄の映画館はショッピングモール内にあって徒歩で行くには遠いし、公共交通機関に関してもバスの本数が少ない上に、一度正反対の方向である駅に行かなくてはならないのだ。田舎ってこういうところ本当に不便だよね。これから冬のシーズンになってくると寒さは厳しくなって、雪が降る。そうなると最悪だ。

ちなみに車の免許はきちんと持っている。会社で働いていた頃は社用車のライトバンで営業とかにも行ったし、片道４～５時間かけて納品とかお詫び行脚とか色々あったなあ……。一応ペーパードライバーではない、ということだけはアピールしておく。大型とか大型特殊とかそっち方面の免許は持っていないんだけれども。でも、大型は持っておくと再就職にも便利だよね。もっとも余分に資格を持っていると、その分面倒事を貰う確率が上がる傾向にある気がしないでもない。私の元の勤め先が異質だっただけで、世間の大多数の企業はそういうことがないと信じたい。

「どんな映画？」

「タダ券貰ったやつ。邦画のB級っぽいの」

「あー、母さんが昔の知り合いから貰ったやつね」

　母親は若かりし頃舞台役者をやっていたことがあるとかないとか。その伝手なのかな、多分。どこかのタイミングでスッパリ諦めて就職しちゃったみたい。父親とどういう接点があったのかイマイチ分からん。妹がその辺興味津々で聞いてるが、毎回はぐらかされてるし。だが私の記憶が確かなら母からマイシスターへ手渡された映画鑑賞券は2枚あったはず。

「友達と？」

　そう尋ねると僅かに妹の眉が動いた。口角が僅かに動き、小さい口をきゅっと閉じていた。こちらに平常通りであるように必死に取り繕っているように見えた。

　——またいつぞやみたいな事にでも発展しようものなら俺は……。

「本当は一緒に行く予定だったんだけど、急に行けなくなっちゃったみたいで……別にわたしにはお兄ちゃんが心配しているようなことないから」

「ならいいんだけれどさ……」

　思わず拳を握り込んでいた。表情もきっとおかしなことになっていたに違いない。そうでもなければ妹がわざわざこんなことを言うはずもない。いかんな、少し頭を冷やさなくては……。しかし、『わたしには』、ね。どうやら面倒事があるのはその友人の方らしい。厄介なことにならなければ良いのだが。年齢的にも色々悩み事も増えてくる。あまり他人のプライベートな事情にズカズカ踏み込むのもなぁ。往々にしてそういうのは余計なお世話という話になるのである。

今月頭の方に元職場の元後輩、現在はＳｏｌｉＤｌｉｖｅ所属のＶＴｕｂｅｒ霧咲季凜として活動する彼女から頼まれて、同期でありマイシスターの親友——十六夜真嬢のことについて探りを入れた時にも何か問題を抱えている様子ではあったが、未だにそれは継続中らしい。

「相変わらずお忙しい感じかな」

「うん……登録者数５万人記念配信みたいなのの準備もしなくちゃって」

「おー、もう５万人か凄いなぁ。そう言えば日野嬢も５万人つい先日達成していたっけか」

「灯ちゃんも頑張ってるもんね」

「どうしても学業との両立の兼ね合いもあって、苦心はしているようだが……案外面倒見が良いのか、宵闇先輩とかが課題見てあげているみたいだよ」

「おー、てぇてぇじゃん」

私の４倍近い登録者数である。日頃の高校生活と並行しての活動で、どうしても毎日配信というのは出来ない環境にもかかわらず、きちんと結果を出しているあたりは、年下の後輩であるが素直に尊敬している。寧ろ専業でやっているのに私のこの体たらくっていうのはどうなんだ……？

何万人記念というのはＶＴｕｂｅｒにとっては結構なお祭り騒ぎになる。特にキリの良い５万人ともなれば、銀盾ライン——即ち登録者数１０万人の丁度折り返しに当たる。特別な思いを持つ人も多いことだろう。ＳｏｌｉＤｌｉｖｅさんがどうかは分からないけれども、あんだーらいぶは5万人達成で自分の望む新衣装を1着作ってもらえる権利が与えられる。ブラン嬢と日野嬢は達成済みではあるが、どういう衣装にするかとか決めているのだろうか？

　幾ら忙しくてもそういった記念配信はスーパーチャットが多く投げられる傾向にあるためか、企業サイドとしてもやってもらいたい企画、配信であろう。バーチャルタレントグループだって善意だけでやっているわけではない。利益をあげなくてはいけない。当然のことである。忙しい中でもしっかりそういった配信の準備を進めるのは立派な事だと思う。

「よーし、お兄ちゃんも一緒に見ちゃうぞ」

「え……いや、1人でいいよ」

「鑑賞券は2枚あったと記憶しているんだが？」

「うぐ……」

「キャラメルポップコーンを買ってあげよう」

「よろしい。ただし、一緒に行くなら服は私の決めたの着てって」

「そ、そんなに兄のファッションセンスが信じられないのかい。マイシスター……？」

「うん。某ゲーム雑誌のゲームレビューでも文句なしの低評価レベル」

「マジかぁ……」

　即答だった。お兄ちゃんとっても悲しいです。今もああいう雑誌のゲームレビューってあるんだろうか。妹はネットに結構入り浸ってるからネタにしているだけで、実物を見たことはなさそう。私の小さい頃とかネットがそれほど普及していなかったから、ああいう雑誌から得る情報って凄い重要だったなぁ。技術の進歩って目覚ましいね。特にＶＴｕｂｅｒなんてやっているとそう感じる。

「顔はともかくとして、スタイルは良いんだからもうちょいお洒落(しゃれ)してよ」

「顔はともかく……？」

お兄ちゃん、ちょっと傷付くよ？　そ、そんなにファッションセンス壊滅的なの？　確かに持ってる服の大半は量販店の安物だけどさ。センスない自覚は確かにあるんだけれども……。

「父さん、車借りるけどいい？」

私は車を所有しておらず、車を運転することはあっても基本両親の車である。少し遠くのスーパーやデパートに行くとなると当然車があった方が良いので、中古の軽自動車くらいならもう1台あっても困らないのだが、残念ながら我が家の車庫にはその1台を入れるスペースがないのである。カーポートには2台の駐車スペースはあるが、既に2台が駐車されている。

「鍵、あと帰りにガソリン入れてきて。キーと一緒に付いてるから、それで」

「あー、うん。分かった……って、こっちの方なのね」

「普通の方はお母さん使うらしいから。車高低いし狭いし嫌いって言われてんだ……いい車なのに………」

「まあ燃費も悪いからねぇ。特に昨今はガソリン価格も高騰してるし。ハイオク車だし」

「い、いちおう、レギュラー入れても走るから………」

親父(おやじ)が露骨(ろこつ)にしょんぼりした顔してた。それから服の袖口についている毛玉をちまちま掃除しはじめていた。なお、膝元では虎太郎(こたろう)が眠っている。中々ハートフルな絵面(えづら)である。

「私は好きだよ。格好(かっこい)良いじゃん？」

「そうだろう、そうだろう」

「今時珍しい上に色も派手だから駐車場ですぐ見付けられて便利じゃん」

「そこなのか……」

「もう1台の方はよくある車種だし、たまに同じの２台並んでたりして混乱しない？」

「母さん、スマートキーのドアロック解除ボタン押しながら歩いてるぞ」

「確かにそっちのが確実ではあるよね」

　今時は珍しいというか流行っていないスポーツカー。それもロータリーエンジン車。完全に父親の趣味である。昔は峠でブイブイ言わせていたらしいが、真相は不明だ。母さんの方はそういうのには関心が一切なく、低燃費で乗る際に屈まなくても良いもう1台のＳＵＶの方を気に入っている。

　ちなみに私が長い事運転した車は社用車のライトバン。たった３０分の打ち合わせのために片道何時間もかけて移動した日々がもはや懐かしい。Ｖ業界は基本リモートだから本当にいいよね。そういう便利なツールがあると知ってはいても中々導入されないのがお仕事現場というもの。何かやむをえない事情でもない限りは日本って多分ずっと直接対面式がメインになるんだろうなぁ。確かに現場の空気感や直接対面だからこそ分かるその人の為人というのもあるから、全部をＷｅｂ会議とかで済ませるのも些かどうかとも思うけれども……こういうのも悪しき古き考え方ってことにこれからの時代なっていくのかもしれない。できれば柔軟に対応したいものである。

　父親から受け取ったキーにはキーホルダーのようなものが一緒になってぶら下がっており、

行き付けのガソリンスタンドではこいつをタッチパネルにかざすだけで支払いが出来てしまうという優れもの。まあ私が現金で払っておくんだけれども。流石(さすが)に車をタダで借りるというのも気が引ける。

「さあ、どうぞ。マイレディー」

「ハイハイ、どうもどうも」

助手席の扉を開いて声をかけるが、普通にスルーされる。段々兄に対する扱いが雑になってないですかね？　ツッコミとかそういうのを期待していたのに。もうちょっと構ってほしいです、お兄ちゃんは。

「お兄ちゃん。さっきのことで変に気を遣わなくていいから」

「そう？」

「うん」

「……何かあったらすぐに言いなよ？」

「わたしで解決できそうだったらがんばる」

あの頃とは違う、何か強い信念のようなものをその瞳に宿しているような気がした。ああ、この子も成長したんだなぁと思い知らされる。一方で自分はどうだろうか、と考えると少し胃が痛くなってきた。

「友達の……親友のことだから、わたしががんばらなくちゃ。お兄ちゃんに頼ってばっかりだといけないでしょう？　でも、無理だったら頼るね」

十中八九、十六夜嬢のことを指している。少なくとも学校関係ではなさそう、か？　となると、家庭環境か？　これまた面倒そうな……まぁ、この子が悲しむ顔を見なくて済むなら私はなんでもやるさ。なんでも。早急に対応を迫られる可能性もなくはないし、最悪の状況を想定するのであれば尚更に。体育の着替えの時に1人で着替えようとしていないか、包帯や痣などがないかだけはそれとなく確認するように伝えるとしよう。イジメとかに巻き込まれて――っていうのは流石に考えすぎだとは思うが、何もないならないで良い。若い頃のそういうトラウマは後々になっても尾を引くわけで、早々に対処するに越したことはない。後から後悔することだけはこの子にはしてほしくない。いつまでもそれに縛られるような生活を送るのは、精神衛生上よろしくはないはずだから。

　ちなみにそれとなく聞いたつもりが、女子高生の着替え事情に興味津々の変態と勘違いされた。お兄ちゃん悲しいです。あっ、ＳＮＳに書き込むのはやめてぇ！

478 名無しのライバー ID:eclbEb2eq
今日も平和ですね

479 名無しのライバー ID:RH/lpQp+E
某スレでは今日も元気にアンチが叩いてるけどな

480 名無しのライバー ID:sssC9lnOB
今日新人組がNOVOL案件だったな

481 名無しのライバー ID:y0FN7V8mV
初手ゲーミングPC案件はもはや恒例になったな

482 名無しのライバー ID:MoBthread
なお後輩

---

御影和也@kazuya_underlive
マネさんにスライド作った方が良いですかって聞いたら、
「えっ？　冗談ですよね？」って真顔で言われた
圧すら感じた
おかしい、どういうことだってばよ

---

483 名無しのライバー ID:6PGjFu9qY
>>482
そら芸が被ると困るじゃないか

484 名無しのライバー ID:sip34PoyN
>>482
パワポ芸は脱サラだけで充分やからな……
まあやったらやったで面白いけど

485 名無しのライバー ID:V9LmCvecO
>>482
なおこのために自費でパワポを買おうとする模様

486 名無しのライバー ID:b/654WOYE
草

487 名無しのライバー ID:5O2YhtGps
文章、表計算の方は持っててもおかしくなさそうだけど
プレゼン用ソフトは個人で持っている人は少なそう
基本お仕事で使うイメージやし

488 名無しのライバー ID:+0ooz+oXl
社会人や学生がプレゼンとか資料作りに使ってる印象やな

489 名無しのライバー ID:s/vKpYdzX
ぶっちゃけ昔のバージョンのがシンプルで使いやすくね？

490 名無しのライバー ID:vfbWsfpBl
分かる

491 名無しのライバー ID:x4pCK4aRb
ああいうののUI変わると慣れるまで不便だよなぁ

492 名無しのライバー ID:fPWdlnNXG
UIと言えば、
あんらいのHPがリニューアルされてたな

いつかガチで命取りになりそうで怖い

503 名無しのライバー ID:dyghKbdWC
結局調査中のままファンには一切何も語らずフェードアウトだもんなぁ

504 名無しのライバー ID:iAmrQGn3i
そういや、最近影尾君は何してんすかね

505 名無しのライバー ID:5NeV/9bN+
ゲーム配信クソみたいに過疎ってるので
最近はパンチの弱いアンスレソースのくだらないネタで人集めてドヤ顔してる

506 名無しのライバー ID:g73Nb33kW
情報掴んでる風なことを匂わせてたけど
リーク投げてくるやつでもおるんか？

507 名無しのライバー ID:s9+ALBtNs
成功者がいればそれだけそれを嫉む人も多いんやで

508 名無しのライバー ID:+OLG/btOV
昨今週刊誌どころかYourTuberにすら
タレコミやリークされたりするご時世よね

509 名無しのライバー ID:wJhWiFcDd
成功していない脱サラが叩かれる理由とは一体……？

510 名無しのライバー ID:wk6luolTL
企業Vという時点で成功しているし
人気の女性Vと絡みがあるから嫉妬される要素しかねぇよ

493 名無しのライバー ID:XfDuCA4oL
前が簡素すぎたのはあるが、
こっちはこっちでゴテゴテしすぎでは？

494 名無しのライバー ID:mGND6mnXy
こういうのって外注じゃねぇの？

495 名無しのライバー ID:sNDLCVU04
スタッフ募集しとるやん
誰か応募しろ

496 名無しのライバー ID:L0EdCN+zu
マネージャー兼任多いみたいだしね

467 名無しのライバー ID:lWDU8sKb0
流石に中の人は募集しとらんか

498 名無しのライバー ID:gcPBGPFGL
今年新人投入しすぎたまであるし
しばらくはないやろ

499 名無しのライバー ID:1TCq0oRNo
演者に求める要求スペックも上がってりゃ、
スタッフも然り

500 名無しのライバー ID:GAEoTbWUM
リーク云々もあったしお気軽にホイホイ入れていいもんかね

501 名無しのライバー ID:o5xWos+nV
あんらい運営君さぁ……
ホントそういうところ直そうぜ？

502 名無しのライバー ID:luagj5deK

511 名無しのライバー ID:L4MOfQ0H7
今後逆に男性Vと絡んだ女性Vサイドが叩かれる現象が起こったりするんだろうか

512 名無しのライバー ID:+PEuxVHls
女性ファンが増えればそういうのもありそう

513 名無しのライバー ID:MoBthread

---

御影和也@kazuya_underlive
スライドできた！
これで案件行けるな!!
image.slide.vcom

---

514 名無しのライバー ID:gWcuuAwy9
>>513
草

515 名無しのライバー ID:k+9dO2+V5
>>513
はじめてパワポ使った学生のやつじゃねぇーかよw

516 名無しのライバー ID:YVbO1WKg2
>>513
・目に毒なごてごてとした色使い
・無駄にこれでもかと詰め込んだ動く文字(アニメーション)
・トゲトゲの吹き出し
・初期フォント

517 名無しのライバー ID:5Ra/olgIn
上から下から文字が動いてくるのマジで草

518 名無しのライバー ID:MoSrzUGZd
見辛い見辛いw

519 名無しのライバー ID:6wUPrpAPL
これはこれで面白い

520 名無しのライバー ID:bEXyqOO3Y
くるくる回転しながら文字降ってくるのやめろww

521 名無しのライバー ID:ex64c/rPG
このダサさは何か近所の激安スーパーのチラシのそれに近いものを感じる

522 名無しのライバー ID:Ki41Ynkpm
一方の脱サラは妹とうっきうきで
デート中である

---

神坂怜@ボイス発売中@kanzaka_underlive
マイシスターと映画デート行ってきます
服も雫ちゃんが選んでくれた、わーい

---

523 名無しのライバー ID:CEnoxAv+i
うーん、このシスコン＆ブラコンコンビ

524 名無しのライバー ID:RCweisy4z
雫ちゃんとコラボまたしてくれ

525 名無しのライバー ID:ltEvlJ6FL
やたら良い声の兄妹で身バレとかしないん

535 名無しのライバー ID:SKMxSdbw8
えぇ……

536 名無しのライバー ID:MoBthread
(´・ω・`)
そういやこの前脱サラとアレのコラボでさ
ひまりんが虎太郎きゅんのこと
「今度撫でに行っていいですか？」って言ったじゃん……？
あれさ、まるで自宅でも知ってるかのような口振りじゃないかってさ
ひまりんファンの間で囁かれているんだ

537 名無しのライバー ID:Y6qFEYRpU
確かにそう捉えられなくもなさそう
でも、月太陽コンビも飼いはじめたころ撫でたいとか
似たようなこと言ってたし……
今更じゃね？

538 名無しのライバー ID:F9rpW34Z1
HAHAHA
まさか深読みしすぎだって

539 名無しのライバー ID:4r0Mvj+YO
あいつ絶対オフで会ったりとか避けるタイプだろ
後輩ちゃんズと事務所で初めて会った時スタッフのフリしてたらしいから

540 名無しのライバー ID:RUEUyiMIx
えぇ……それはそれでどうなんだよ

541 名無しのライバー ID:BkhdniogY
だろうか

526 名無しのライバー ID:TN9fKozCl

---

神坂雫@kanzaka_shizuku
兄に体育の着替えのこととか訊かれた
セクハラ！　さいてー

---

527 名無しのライバー ID:IfGCXSH8X
あっ……

528 名無しのライバー ID:gckineki/
あ゛？

529 名無しのライバー ID:2KEPS6b5J
炎上確定演出じゃん

530 名無しのライバー ID:RMUi8OanD
多分体育の着替えの時男子に覗かれていないかとか
そういう類いの心配をしていただけだから

531 名無しのライバー ID:MoBthread
実の妹相手でも流石にそれは引くよ……

532 名無しのライバー ID:D3cNQ2ckC
流石にお前には言われたくはないと思うよ

533 名無しのライバー ID:4wtK+WSRb
駄馬にだけは言われたくないだろうよ

534 名無しのライバー ID:YUw97QlDm
お前が言うな定期

大体スーツやスラックス着て事務所入りしてるのが悪い

542 名無しのライバー ID:future_xxx
我、占い師
未来視によるとなんかすげーことになる

543 名無しのライバー ID:yVUqD9C2+
占え定期

544 名無しのライバー ID:Ud3YfPz6x
いや、だから占え

545 名無しのライバー ID:wPJQOY3EO
すっごい結果が大雑把ァ！

546 名無しのライバー ID:uBWg8Sxnf
平和がいちばん

今日の妹ちゃん

わたしが支えてあげなくちゃ、だよね。
うん……がんばろう

# 19話 ラジオ配信

**【１０月×日】**

そうだラジオ配信しよう。と某鉄道会社のキャッチコピーのようなものを掲げて準備を進めていた。というのも7月頃配信内で今後やってみたい事の1案として挙げていたこともあり、マシマロの方で「ラジオ企画の方どうなりましたか?」というお問い合わせが2件ほどあったからだ。更にその後にはＰＲ案件の一環としてラジオ出演もあり、益々早くやらなくちゃ、と書類提出に追われる社会人の如く大慌てで企画したのが今回のこれである。本当はもう少し早い時期にやりたかったのだが、Ｖｅｒｔｅｘの大会や公開オーディションでの騒動、そして案件、毎月販売しているマンスリーボイスの収録やその準備などに追われて後回しになってしまっていた。

やるにしても今月の頭くらいからやっておけば世間一般で言うところの番組改編期とも丁度被るので良かったのだが……既に１０月も中旬を過ぎている。そもそも今時の若者がそういうものを気にしているのかどうかは甚だ疑問ではあるのだが。昨今は特にテレビを持たずにスマホやらパソコン、タブレットをメインに据えている若者が多い。ＹｏｕｒＴｕｂｅをメディアとして活用する人も多いだろう。サブカル系統に興味のある人であれば、アニメなど改変期の関係で気にする人も多少はいるのかな？

何にせよ、やろうと決めたことを後回しにしてしまっているのは不味い。幾ら間に色々なイベントや案件が重なっていたとしても、だ。一般社会で納期を延々と先延ばしにしているようなものではないか。何という失態か。元社会人が聞いて呆れる。最近は少し今の状態に胡坐をかいて怠けてしまっていた。ファンの人に不快感を抱かせてしまうかもしれないし、次回の配信の頭でこの辺はきちんとリスナーの人に向けて謝罪しておかねば。私みたいなののファンでいてくださっている人にまで見放されてしまったら、いよいよ引退を考えなくてはならない。

ＳＮＳに企画の大まかな説明と、お便り募集の旨をびっしり書いて送信する。

プレ配信という形で様子を見て、今後レギュラー化するかどうかを判断することに決めた。現実のラジオ番組に倣ってお便りを募集する。先日一緒に配信させていただいたアーレンス嬢を見て、視聴者さんとの掛け合いとかそういうのも大事なんだなと実感させられたし、それありきでの配信も決して悪いものではないんだなと学ばせていただいたわけだ。募集は有名検索サイトがサービスを提供しているフォーム作成ツールで行う。ペンネーム、各コーナーのお便りの内容等を入力できるようにしておいた。これが無料で出来るというのだから便利な世の中になったものである。メッセージ送信者側もそういうサービスを介した形であれば気軽に送れるだろうし。マシマロでもコーナー名さえ記載してもらえれば、そちらで送ってもらっても良い、というスタンスではあるが。今後どちらを選ぶか、あるいは並行して募集するかどうかは一端様子見としよう。

今週の頭に募集をはじめたが、１通もお便りが来ない――という最悪の事態は免れた。応募総数は36件。その内、内容等がきちんと記載され配信内でも使って差し支えのないような内容となると10件程だろうか。荒らしなのか、特に意味のなさそうな文字の羅列のみを送られたものが22件。スパムっぽい内容が4件。わざわざこういった企画に時間を割いて、お便りを送ってくださる人は限られてくる。これでも予想よりはずっとお便りは多く、素直に嬉しく思った。

お便りの内容としてはざっくり4つに分類される。まず、はじめが『普通のお便り』。読んで字の如く。質問への返答とかが主で、応募数的にはこちらが一番多かった。短文でいいし、書き易いのもあるのだろうか。更には企画の初回という事もあって、私に対する質問なども割と多い印象があった。

続いてが『お悩み相談』。毎回マシマロを読む配信の度にこの手のものが送られてくるので、自分でも応募してみたのだろうか。ネタのような軽い気持ちで消化できる程度のものの方が、こちらとしては気が楽なのだが……どういうわけか普段から重い相談がちょこちょこ寄せられる。先日の葵さん然り、人に悩みを聞いてもらうだけでも幾分か気が晴れることもあるだろう。私をサンドバッグに見立てて、気持ちをぶつける相手みたいに思ってもらえれば良いのだが。正直そんな気の利いたコメントは期待されても困る。多分そんなものは出せない。返答次第では批判などを受けかねないので回答には気を配らなくてはならないし、相談者さんがより深く思い悩んだり傷付いたりってことだけは絶対に避けなくてはならない。場合によっては配信上に内容を乗せない方が良いケースもあるだろうし。

次に『こんな企画どうですか？』。これは完全に私しか得をしないコーナー。ぶっちゃけ何をすれば数字が取れるか分からない。そんな私に対するアドバイス企画。私もあんだーらいぶの箱内の配信をそれなりに目を通していたりするのだが、他の箱や世間ではどういった流行り廃りがあるのか。企画で新規ファン獲得を図るため、既存ファンの方がどういった配信を望んでいるかを知るためのものだ。

最後が『皆の失敗談』。私の失敗談というか過去の話をするとそれなりにコメントが盛り上がるし、リスナーからのコメントでも『俺は~しちゃったよ』みたいなものが散見された。こういうのは笑って消化しちゃうくらいが精神衛生上よろしいと個人的には思う。若さ故のヤンチャとか誰もが通る道だったりもするし。共感できる内容であっても突拍子もないものであっても、盛り上がると思ってこのコーナーを作ったわけだ。

今後様子を見て適宜募集テーマを追加したりするのが理想だが、あまりにも盛り上がりに欠けるようであれば、それこそ初回でお蔵入りする可能性も充分にあり得るけれども。失敗しても仕方がない、というくらいの挑戦するつもりでひとまずはやってみようと思う。

**【10月×日】**

「告知通りラジオやってみようと思います」

[めっちゃ前にやりたいって言ってたな]

[こんちゃ]

[ラジオ助かる]

［待ってた］

「早速お便りです。『こんな企画どうですか？』のコーナーで何通か同じような内容いただきましてね……」

［募集やってたん知らんかったわ］

［SNSで募集してたぞ］

［スパムとか関係のない荒らしメッセージ滅茶苦茶多そう］

「それほどではないですよ。全体のザックリ６割程ですけれども」

［過半数やんけ］

［憲法改正も狙えそうな割合やん］

［政治ネタは荒れるのでNGやろ］

［ポシェットモンスターの催眠術の命中率と同じじゃん］

［そう言われると、あんま当たらんな］

「一時は３桁４桁見てきた身としては、全然大したことはないですよね。あれだけ処理しているとマウス壊れるんじゃないかと思ったり、一体自分は何をしているのだろうか？　とか悟りを開いたりできます。多分普通の方ならまず経験しないですし、しない方が良いですよ」
[よ、4桁……?]
[そんな時代もありましたね]
[つい数ヶ月前やぞ]
[あー……]
[そんな事もありましたねぇ]
「さて、話を戻しますね。『こんな企画どうですか?』に寄せられたお便りは、こちらです」

---

#こんな企画どうですか?
とりあえずラジオをはじめるところから
ラジオネーム:ナナフシさん

---

「7月にちらっとお話ししてから実際にはじまったのが10月ですよ。ちょっとやらなくちゃならないこととやりたいことが立て続けにありすぎて、後回しになってしまいました。誠に申し訳ございませんでした」

〔そ、そんなガチなトーンで謝罪されても困るんやが……〕
〔やるやる言ってて配信自体1年以上してない先輩もおるしへーきへーき〕
〔やりたいことがあるのはいいことじゃない〕
〔マイペースでええんやで〕

「またそうやって私を甘やかすんですから……こんなの社会人失格ですよ」

〔お前が自分を甘やかさないからやぞ〕
〔あ？　もっと甘い顔させろや〕
〔これが一般的なファンの反応だと思うの〕
〔社会人失格ならまず数字の面ががが〕

以前も触れたかもしれないが、リスナーさんは基本的に私に甘い。あまあまなのだ。子煩悩なお家のご両親が我が子に接するくらいに甘い。全肯定とまでは言わないが、常に私の事を理解しようとしてくれる。却って申し訳ない気持ちになってしまう。この人たちはちょっとお人好しがすぎるのだ。現実世界ですっごい苦労してそう。心配。
「数字の話をされるとぐうの音も出ないです。続きましては『普通のお便り』に来ていたものです」

［数字で推しを決めるわけじゃないんや、気にすんな］
［ふつおた］
［ラジオ番組お約束のやつ］

『ふつおた』って聞いたとき最初『普通のオタク』の略称だと思っていたのはここだけの話。

ちなみに世間でもそういう勘違いをした人は少なくないらしい。

「角無しさんからです。昨日の雫ちゃんとのデートについて、詳しく……って読めばいいんですよね、これ」

---

#普通のお便り
昨日の雫ちゃんとの映画デートについてｋｗｓｋ
ラジオネーム：角無しさん

---

［デート、だと……？］
［その後のセクハラ含めて詳しく聞かせてもらおうか］
［妹に体育の着替え事情を訊くアラサー］

「何の映画見たの？」

「映画館に行くので車を出してほしいと妹に言われたところからスタートしたわけです。映画タイトルを具体的に出して良いのかどうか分からないので、ザックリ説明すると少女漫画原作の実写恋愛映画ですね。妹の部屋に原作全巻揃（そろ）っていて、以前にオススメされて何巻か読ませてもらったこともありますね。ちなみにあの子の作中の推しは主人公の友人の子ですね。流石（さすが）の私もアニメやゲームでの推しの存在に文句を言うつもりはないです。寧（むし）ろ硬派で不器用なキャラクターなので、皆さんの言葉を借りれば解釈一致（かいしゃくいっち）というやつですね、はい。１人で行くつもりだったみたいでして、『一緒に行こうか？』って提案したんですが、最初は断られそうになったんです。けれども、やっぱり１人だと寂（さび）しかったんでしょうね。キャラメルポップコーン買ってあげるって言ったらすぐに同行を許してくれたんです。道中も最近の流行のゲームとかアニメの話ですごい盛り上がったんだよね。あと最近のＶＴｕｂｅｒのこととかも色々熱く語ってくれたなぁ。ああ、あと今度のボイスの台本をどんな感じにするかとかも話しましたね。皆さんの感想やレビューなども参考に色々ストーリー構成を考えてくれているみたいで、ああいうクリエイティブな方面のお仕事に、もしかしたら興味があるのかなって勝手に思っていたりします。負担が増えるようであれば私自身で台本書こうとか思ってはいるのですが、当人は寧ろ楽しんでいるようなので今後とも妹台本は継続予定ですね。前に『私のお兄ちゃんはこういうの言わない』って呟（つぶや）きながら脚本書いていたんですよ。私のお兄ちゃん、ですよ？皆さん。いやぁ、愛されてるなぁ、私。それからそれから『最近の演技は悪くない』って褒められたりもしちゃったんですよ。もっと色々話したかったんですけれども、映画館のある複合施設に到着しちゃったので仕方がなく（以下中略）。それでですね、雫ちゃんにキャラメルポップコーンを買ってあげたら、大事そうに胸にしっかりと抱えてもしゃもしゃ食べてるわけですよ。その仕草が可愛いのなんの……控え目に言って世界一可愛いよね。世の中の可愛いを全て集約して人の形にしたもの、それがマイシスターだという論文が、その内どこかの学会に提出されてても何らおかしくはないと思わずにはいられませんでした。その姿を眼福眼福と見ていたら、首を傾げてずいっと抱えてたキャラメルポップコーンを差し出してくるんですよ。もうその仕草が本当に愛おしくて。映画館じゃなかったら写真に収めていたと思うんですけれど、残念ながら館内でそういった行為をするわけにもいかなかったので、網膜にその様子を焼き付けたわけですよ。それから――（以下略）」

［詠　唱　開　始］

［長い長い］

［良かったね］

［雫ちゃん愛されてんなぁ］

［唐突に早口になるのやめろ］

［やたら滑舌いいから聞き取りやすいんだけどね……］

［シスコン君さぁ……］

［あなたが楽しそうならなんでもいいや］

神坂怜のラジオ（仮）＃０【神坂怜／あんだーらいぶ】
最大同時視聴数：約２００人
高評価：１００
低評価：２００
神坂怜　チャンネル登録者数１２７００人（＋０）

ラジオ企画から妹トークするだけの配信になった。ごめんなさい。本当にごめんなさい。なお、私が早口で妹の事を話すシーンが切り取られた動画は他の切り抜き動画の倍くらいの再生数になっていた。その動画に最初についていたコメントが「きっしょ」だった。悲しい。妹への愛を気軽に叫べない世の中であってほしくはないよ。それはそれとして、今回の件は反省します。あとで謝罪文をＳＮＳにもアップしておかねば……。

**【10月×日】**
日野嬢からのメッセージが来ていた。

日野灯：5万人記念企画にご協力お願いします

数字の出そうな企画を欲しているのが
コーナーから透けて見えるようだ

682 名無しのライバー ID:b+zmvttoj
お悩み相談くっそ重そう

683 名無しのライバー ID:csXOXd3k7
お悩み相談、人生相談……
イベント……うっ頭ががが…………

684 名無しのライバー ID:yT1n3FERL
人生相談ってなんかあったん？

685 名無しのライバー ID:vnCwKJ4Kp
今年5月、1対1の形式で
3分間直接会話が出来るニヨ動のリアイベ
↓
忍ちゃん体調不良で代打脱サラ
↓
来た客ほぼ全員人生相談（滅茶苦茶重い）
してきた
・進路巡って親とギスギス
・意中の相手がヤ〇サーにin
・托卵された
・遺産相続騒動
・親権争奪
・イジメ問題

686 名無しのライバー ID:iadgfA+sW
あーそんなこともあったな
懐かしい

687 名無しのライバー ID:7lTUtdL78
ワイらが本格的に玩具にしだした頃やな

678 名無しのライバー ID:NgSL0wrUE
脱サラジオはじまります

---

神坂怜@ラジオ 20：00～@kanzaka_underlive
神坂怜のラジオ（仮）をやりたいと思います。
コーナー（仮）
・普通のお便り
・お悩み相談
・こんな企画どうですか？
　→バカ受け間違いなしのコーナーを皆で考える
・皆の失敗談
　→今だから笑える過去の失敗を共有し同じ轍を踏まないようにしようというコーナー。
お便りは下記のフォームよりご応募ください。
docs.vgle.com/forms/220374

---

679 名無しのライバー ID:DMzxcApEg
>>678
タイトルくっそテキトーで吹く

680 名無しのライバー ID:sUDBl+8jz
>>678
案件ラジオやって
そう言えばラジオ企画してたなって思いだしただろ、お前

681 名無しのライバー ID:EwXJlvSQN
>>678

マジで!?

697 名無しのライバー ID:axAgckaeg
画力にステを振ったワイらだよな

698 名無しのライバー ID:gNRqKUtK6
顔も良い模様

699 名無しのライバー ID:NoZ8F6Pa9
スタイルも良いんだよなぁ

700 名無しのライバー ID:MoBthread
ワイらの完全上位互換やんけ

701 名無しのライバー ID:MSS2a88DT
互換性ないやろ

702 名無しのライバー ID:MoBthread
(´・ω・`)

703 名無しのライバー ID:sz6Og931K
ウチの箱ラジオ企画やるV、おらんな

704 名無しのライバー ID:tq9sNqxVV
畳や女帝もやってたことはあるが、
不定期になりフェードアウトしていった

705 名無しのライバー ID:UGJwt9coj
その辺の面子は普通に配信やってた方が集客できるからなぁ

706 名無しのライバー ID:Vt67Y2m6T
リスナーのお便りさえあれば結構安定しそうな配信

688 名無しのライバー ID:DwtX1YGjH
玩具じゃない、応援だから……

689 名無しのライバー ID:MoBthread
ワイは最初から応援してたやで

690 名無しのライバー ID:BnuLaWFo5
うそつけぇ！

691 名無しのライバー ID:5O7d3Wyqc
角折られて去勢された後は応援してるんじゃね？

692 名無しのライバー ID:QP9YDK2H/
草
アーカイブ残ってないん？

693 名無しのライバー ID:0agXtuoFY
残ってない
YourTubeじゃなくてニヨニヨの配信だったから
配信後1週間までアーカイブ残ってるけど
今は見れない

694 名無しのライバー ID:DaGIjfSxG
まあ某中華動画サイトには探せばあるかも
引退したVの動画残ってたりするから
面白いぞ、あそこ
ダリアの動画とかもあるし

695 名無しのライバー ID:24gi/vu0B
酢昆布ネキも凸りにきてたよな

696 名無しのライバー ID:lE1BkNqYp

>>711
リスナーも途中で諦めるように
「うん、うん」とコメントしてて笑った

715 名無しのライバー ID:cky9FtUMy
リスナーの反応
・最初～5分
「早口で草」

「詠　唱　開　始」

・5分～10分
「シスコンだなぁ」

「仲良しだな」

・10分～20分
「長くね？」

「長い」

「よほど嬉しかったんだろうなぁ……」

・30分～
「うん、うん」

「よかったね」

716 名無しのライバー ID:emap/KP5G
配信者も配信者なら
リスナーもリスナーで大概お人好しやね

717 名無しのライバー ID:ZA2FTnCKy
飼い主によく似る的なあれよ

718 名無しのライバー ID:Vg/2rq51Y
でも実際少女マンガ原作とはいえ、
恋愛映画を兄妹で見に行くやつおりゅ？

面白いかどうかは別として

707 名無しのライバー ID:IoE9q5hdh
悲報　脱サラ　ラジオ初回から事故

708 名無しのライバー ID:bo/V/A+k3
草

709 名無しのライバー ID:6nIdqnjKQ
何やってんだよォッ!?

710 名無しのライバー ID:ahdiZ6GVi
アンチからのお便りでも配信画面に表示しちゃったか？

711 名無しのライバー ID:vcIAkHzfZ
リスナーからのふつおた
Q：昨日の雫ちゃんとの映画デートについて詳しく
A：(以下略)
雫ちゃんとの映画デート自慢トークを披露し、ラジオ用の1時間枠のほぼ全てを使い果たしてしまう

712 名無しのライバー ID:E7GDINvsh
>>711
想像以上に酷くて草

713 名無しのライバー ID:DjRekQhVK
>>711
草
コピペ化しそうな勢いの怪文書やめろ

714 名無しのライバー ID:uq9iegHgc

719 名無しのライバー ID:6FCiP4WBO
劇場特典確保要員として
借り出されたりはするよ

720 名無しのライバー ID:Gjdt9JBq8
なにそれ悲しい……

721 名無しのライバー ID:gckineki/
雫ちゃんのお話沢山してて、ウッキウキで
ちょっと可愛い

722 名無しのライバー ID:b+kyDPuky
女性ファンは嬉しいらしいから、あれで

723 名無しのライバー ID:CDBl16KlR
ワイらからしたら推しの女性Vが弟とイチャコラしてる話題を延々とするわけだろ？
耐えられる自信がねぇよ……

724 名無しのライバー ID:3obMZMeUH
ファンに雫ちゃんアンチが存在するって聞いた覚えがないな
正反対に雫ちゃんファンの脱サラアンチは沢山いるのに

725 名無しのライバー ID:lcKhx0Eel
妹ちゃんはガチの聖域だからな
ファンなら分かるだろうから、余計なことは言わないんやで
あいつがブチギレるとすれば身内、特に妹ちゃん絡みだと思うわ

726 名無しのライバー ID:+/2M/8GAV
普段怒らない奴が怒るのが一番怖い
あいつ絶対怒るとヤバイと思うの
表情笑ってるけど目が笑ってない状態で
「それで？」とか圧かけてきそう

727 名無しのライバー ID:8iS8NrcCp
なお関係者の反応はこちらです↓

---

mikuri@ダイエット中@mikuri_illustrator
兄妹仲良してぇてぇ
後ろの席でずっと眺めていたいだけの人生だった

---

酢昆布@うんどうきらい@sukonbu_umaiyone
なんか玩具買ってもらった子供みたいに
雫ちゃんの話するの可愛い
産みたい

---

アレイナ・アーレンス@清楚系VTuber@seiso_vtuber_Alaina
なんとか雫ちゃんから懐柔していけば
楽々お嫁さんになれるんじゃね？
私ってば策士！

---

728 名無しのライバー ID:LjRyU3sNG
mikuriママ以外まともな奴がいねぇ！

729 名無しのライバー ID:25dUpWtqt
>産みたい
変な境地にたどり着いてる奴がいるんですが、それは……

730 名無しのライバー ID:tUMJHFswl
すこアレ母娘ホントさぁ……

731 名無しのライバー ID:YseK7yrr1
流石母娘、男の好みも似てるな

732 名無しのライバー ID:PzWcgTjHC
何故かこの2人
脱サラに好きアピしても怒られないよな

733 名無しのライバー ID:/tH8boKtR
雫ちゃんから懐柔っておやつで簡単に出来そう

734 名無しのライバー ID:iYkOF0i3w
なお本人のツイート

---

神坂怜@ごめんなさい@kanzaka_underlive
知らないうちに1時間経っていました、
ごめんなさい。
仕切り直しでまた来週やり直します。
この度は誠に申し訳ございませんでした。

---

今日の妹ちゃん

なにこれ

735 名無しのライバー ID:ruA8EOSyY
妹の話ばっかして謝ってるVなんかこいつくらいだろうなぁ

736 名無しのライバー ID:UAY5CplOA
畳も似たようなことしてた希ガス

737 名無しのライバー ID:/TBtLN4OL
えぇ……（ドン引き）

# 20話 ラジオ(ゲスト：後輩)

昨日、私がラジオ企画で盛大にやらかしていた裏で、日野嬢からこんなメッセージが来ていた。

【10月×日】

日野灯：5万人記念企画にご協力お願いします
日野灯：詳細→syousai.img

チャンネル登録者5万人自体は先月達成済みだったのだが、新衣装のお披露目や各種案件等でごたついており、今の今まで企画が先送りになってしまっていたらしい。登録者〇〇万人記念配信をやる頃には既に次の大台を迎えている、なんてケースも決してない話ではない。特別な企画をやろうとしても、色々と準備が必要になるし、何より既に予定を立てていればそちらを優先してしまうのも仕方のない話だが、特に彼女のように飛ぶ鳥を落とす勢いで活躍していれば尚更に。当然の話だが、私にはそういう類いの話は無縁の話。とは言え、私は私で既に十分すぎる程の評価をいただいているので、これ以上を望むというのも虫が良すぎるというものであろうが……企業所属のＶとしてはそうも言ってはいられない立場。せめて期待に見合うくらいには成長したいものだ。

ちなみに、日野嬢に関しては既に5・4万人と5万から6万の折り返しも目前といったところだ。高校生とＶＴｕｂｅｒという二足の草鞋を履きながらも、これだけの結果を残しているのだから驚きだ。逆にこっちは専業でやっている上に、配信時間で言えば彼女の数倍はやっているであろうはずの男がろくな成果も挙げていない現実がある。それを考えると同じく現役高校生のブラン嬢も6万人越え、更に他所の事務所ではあるが、我が妹の親友である十六夜嬢も5万人突破と景気がいい。丁度彼女の方も記念配信を行うらしく、マイシスターがＳＮＳで告知を拡散していたのを見かけた。

だが改めて思うが、学業との両立というのが本当に難しい話だよなぁ。月と太陽コンビに対しては気に掛けるようにしていて、毎回のように本人たちは平気と言っているが、実際のところどうなのかは他人である私には正直分からない。人の心の機微にはそれなりに気が付く方であると自負しているものの、人の心が読めるわけではない。ストレスを抱えるな、というのは現代社会においては無理な話なので……せめて周囲にそれに気付いてあげられる大人がいてくれることを願うばかりである。

御影君や東雲嬢も、月太陽コンビ程の勢いはないのかもしれないが、それでもデビューから1ヶ月で2万以上の登録者を獲得している。運営から新人デビューの詳細を発表、各個人のＳＮＳが稼動してから実際の初配信までに登録される数値はずっと右肩上がり。初動とでも言うべきか、そういった数字を『箱バフ』なんて風に呼んで事務所の影響力、今の勢いを測る尺度にする人もいるのだとか。一部のファンやアンチの人たちがそういう数字を巡って言い争ったりするのも、ここ最近になってからはよくあることらしい。やれ同接が幾つだったとか、スーパーチャットが幾らだったとか。カードバトルじゃあないんだから、そんな数字で争ってなんになるんだか。まあ人の趣味にとやかく言うつもりはないのだが、見かけの数字だけで人を判断したくはないものである。

閑話休題。

さて、日野嬢の企画だが、ザックリと説明してしまえばコラボ企画だ。彼女自身を除いた計10名全てのあんだーらいぶメンバーとコラボ配信する、というもの。私を含めた男性メンバーも対象という思い切った内容である。当然、早速この企画に対しての批判や快く思わないファンの人々の生の声も私に届いている。この企画参加を見送るということも当然選択肢としてあったのだが、もし仮にそうしたところで今度は「あそこは不仲だ」というような批判の声が出てきてしまう。であるならば、足並みを揃えておとなしく参加しておこうという判断に至ったわけだが……。

「よろしくお願い致します」

「よろしくお願いします。こうして2人きりでお話しするの久しぶりですね！」

「なんかあらぬ誤解を生むような言い回しはやめていただけないでしょうか……」

「えー、あたしが悩んでた時すごい親身になって相談に乗ってくれたじゃないですかー。寧ろそういうの隠す方が後ろめたいことって思われちゃいますよ」

「そうですかねぇ……」

どういう経緯でこうなったのか？　話は再び少し遡る。彼女の企画に対して無事全員が参加することになった。ここで問題になってくるのはその内容。１対１だと１枠１時間としても１０時間拘束はかなりの負担であり、立て続けにやるのであれば現実的ではない。そこで出されたのが、何グループかに分けてやれば良い、という実に単純なアイディアであった。

だが、ここで再び問題が出てくる。我々男性ＶＴｕｂｅｒの取り扱いである。絡むと少なからず荒れる。ソースは私。これは実体験なので信憑性は高いだろう。大人数で男女混合で一気に終わらせるという案もあったのだが、各々の時間の都合もあって却下。というわけで単純にデビューしたグループ順に分けましょう、との提案が日野嬢から出された。しかし、そうなると私は相方がいないのでぼっちになる。柊先輩も厳密には相方が不在なのだが、一般的には最初期のグループとして扱うことが多いらしい。私もどこかの枠にねじ込んでもらうことを考えたが、私が入る枠って恐らくそれだけで荒れるだろう。アンチという名の追っかけさんがいるし。それを考えると私が単独枠で企画のトップとして顔を出せば、他のコラボメンバーに対するヘイトが少しでも軽減できるんじゃないだろうか。

最初は皆さんにも少し反対されたのだが、結局こういうのは前例を作っておかないと今後の活動の幅を狭めることになりかねない。日野嬢もその辺を理解した上で、こういう『男女含め全員とのコラボ』という企画を実行するに至ったのだろう。私ならそういうことは出来ない。彼女なりに考えた、視聴者の風当たりが強い私や御影君を救済するための企画、という可能性もありそうなんだけれども……。

そもそも最初にグループでの振り分けを提案したのが彼女なので、１対１でやることを最初から覚悟の上なんだろう。下手をすれば自分のファンからも批判されかねないのに。今後のあんだーらいぶ内での活動として、男女間でのコラボも積極的に行えるように。そのために打つ布石とでも言うべきか。もっとも、彼女へのお祝いが大前提なのは忘れてはならない。ただ全員が多少荒れることを覚悟の上で、腹を括って行われた企画であった。今後の活動のために。あと、私の場合は単純に今までコラボを断り続けてきた負い目が多少あったというのも大きいけれど。

獅堂エリカ：はい、というわけで話し合いの結果、こうなりました

18：00～　神坂さん
19：00～　ハッス、忍ちゃん、あさひちゃん
20：00～　私、畳、あとニート
21：00～　御影くん、しのちゃん
22：00～　ルナちゃん

ルナ・ブラン：わたし、まだ一度も1対1でコラボしたことないのにぃ、ずるい、ずるい
宵闇忍：大丈夫、大丈夫。彼、優しいから別途機会設けてくれるって
神坂怜：えっ
ルナ・ブラン：わーい。人質取った！

羽澄咲：人質じゃなくて言質……あと実際に発言してないけど面白そうだからいっか、そういうことにしておこう

御影和也：待ってくださいよ‼　俺同性なのに未だにサシでコラボしたことないんですけどお⁉

朝比奈あさひ：僕も公式放送以外ではないかも。基本的に大人数だし

柊冬夜：コラボが少ない上に1対1が少ないんだよ

神坂怜：えっ、あっ、すみません……

日野灯：そんな中あたしとは1対1コラボに乗り気だったなんて……照れちゃうなぁ

神坂怜：そうですね。そういう気持ちがあったかもしれないです。ずっといつかは一緒に何かしたいなとは思っていたんですよ。以前からお話ずっとお断りしていたので

日野灯：デ、デスヨネー

柊冬夜：ほんとそういうところやぞ

朝比奈あさひ：一応スクショしておこうか

御影和也：なんかそういうの堂々と言えるのって凄いっすね

色々突っ込みどころはあるとは思うが……ザックリそんな経緯があり、ラジオの実質初回にもかかわらずゲストがいるという状況となった。ゲームでも良かったのだが、それだとコメントが荒れたりしたときに即座に対応し辛いというのもあって、昨日大失敗したラジオをやることにした。日野嬢もこちらの提案を快諾してくれた。大枠の企画主である彼女のチャンネルで

やるべきかと思ったのだが、このコメントの荒れ具合や低評価数を見るに、私の枠で正解だったと思う。誘蛾灯というわけではないが、私の枠でガス抜きしてくれればいいくらいの気持ちでいる。

「質問沢山来ていたんですけれど、選んでみてください。フォーム画面共有してありますので、そちらを確認していただいて――」

「うわー、すごい沢山」

「ちなみに前回の50倍くらい来てました」

苦情とかスパムもざっとそのくらいなのだが、こういうお祝いの企画にそういった話を持ち出すのは非常に失礼なので、ぱっと見で問題がありそうな類いのメッセージは彼女の目には入らないように裏で処理済みだ。

[50倍は草]
[50倍すげぇw]
[単に元々の数字が少ないだけでしょ?]
[メッセージが消去されました]

ご指摘通り、と言いたいところだが、私にとっては前回のラジオ配信回の分でも充分な量だと思っている。彼女の人気が凄い、という点に関しては疑いようのない事実ではあるんだけれどね。怪しげなコメントは裏で見ていた、mikuriママとアーレンス嬢、ブラン嬢辺りが速攻で消去しているようだ。一応そういうコメント消去云々は管理側で確認できるようになっている。

「気のせいか怜先輩、ちょっとあたしとの距離遠くないです?」

「ははは、気のせいですよ。このくらいの距離感が大事だと思うんです、私」

[立ち絵離れすぎてワロタ]

[お前ら立ち絵離しすぎだろｗｗ]

[メッセージが消去されました]

[もはや神坂先輩半分見切れとるやんけぇ……]

ちなみに立ち絵は、彼女を配信画面右側。私をその反対の左端に設置している。こういう点にも滅茶苦茶五月蝿い人がいるからなぁ……本当に。冗談だと思うかもしれないが、本当にそういう人はいる、マジで。

「えー……あたしちょっとショックだなぁ。先輩に嫌われちゃってるのかなぁ。嫌々仕方がなく企画に参加してるのかなあ……あーあ……」

「うぐ……いやいや、決してそのようなことはなくてですね。その後の諸々を考えるとこのくらいの距離感がベストかな、と思った次第でして――」

[せんせー、男子がー]

［あーあ］
［メッセージが消去されました］
［ちょっと男子ぃ〜］

「あたしの記念枠なのにぃ。これじゃあ不仲とかアンチに言われちゃいますよーだ」

「む……」

彼女の言うように、今回はあくまでも日野嬢のお祝い的な側面が強い企画だ。であるならば……彼女の我儘(わがまま)には付き合ってあげるのが先輩としての役割でもあろう。確かに下手に距離を置きすぎると、不仲とか言われかねないのは事実なわけで。

「このくらいでよろしいでしょうか……」

「んー、まだかなぁ」

「……」

「ミリしか動いてないんですけど⁉」

申し訳程度に近付けたが、お気に召さなかったらしくリテイクをくらう。改めてもう少し近付けるが、これも駄目。仕方がない。ここは諦めてキャラクターの立ち絵の肩がギリギリ当たらないくらいの位置にまで移動させておく。

「このくらいでいかがでしょうか」

「んー……ギリギリ肩が当たらない微妙な距離感かぁ。今回はこれで許してあげます」

「今回は……？」

「えーい」

我々はＶＴｕｂｅｒであるが、そこまで可動域は大きくはないものの、多少であれば立ち絵は所謂中の人に連動して動く。彼女はどうやら大きく身体を横に移動させたらしい、配信画面上ではまるで私の肩に頭を預けた状態、肩にもたれかかるような絵面が完成していた。

［メッセージが消去されました］

［てぇてぇ］

［アリっすね］

［我孫子ビビ先生とｍｉｋｕｒｉ先生のイラスト、何気に親和性高いよな］

［両方女性絵師で繊細なタッチってのは共通してっからな］

［いいぞ、もっとやれ］

［めっちゃ神坂先輩反対側に必死に身体寄せてて草］

［メッセージが消去されました］

「露骨に反対側に逃げなくてもいいじゃないですかー」

「いや、つい癖で」

「これが雫ちゃんならどうしていましたか？」

「そりゃあ、お互いに寄り掛かる感じの構図が出来上がりますね」

「あとで雫ちゃんに抗議しておこうっと」

「お兄ちゃん、その辺りの交流に関して全然知らないんですが」

「チャットアプリでたまにやり取りしています。ちなみに雫ちゃんは裏でもお兄ちゃん好き好き大好きが隠せていないです」

「えー、照れるなぁ」

「ここ一番嬉しそうな表情したなぁ!? ぐぬぬぅ」

[ブラコン定期]
[シスコン定期]
[雫ちゃん可愛い]
[話脱線しまくってて草]

「そうでした、すっかりお話が脱線してしまいましたね。早速お便りの方にいきたいと思います」

「露骨に話題反らしたなぁ」

「お2人とも料理が得意とのことですが、得意料理ってなんですか?」

「滅茶苦茶淡々と進行した!?」

---

#普通のお便り

はじめまして
お2人とも料理が得意とのことですが、得意料理はなんですか？
ラジオネーム：チキン南蛮さん

---

「中々王道な質問ですね」

「あたしは鉄板ですがカレー、ですかね」

「いいですね。カレーって家庭によって色々違いがあって動画とか見るのも楽しいですよね」

「ですよね」

「私は煮物とかですかね。これから更に寒い時期になってくると、寒ブリを使ったブリ大根なんかが大変美味(おい)しい季節になりますね」

「ママァ！」

「誰がママですか……」

「煮物が得意料理ってもうなんかこう……ママって感じしません？」

「しないしない」

[完全にオカンやんけぇ！]
[煮物いいっすね]
[某御影君は既にママ呼びしてる件]

［料理系の企画やってほしい］

最近思うのだが、家事が出来るだけで謎にオカン属性が付与されがち。昨今は男女平等を謳っている人も多いわけで、殊更に言う程のことだろうか？　そういう属性に頼らなきゃならんほど普段のキャラが薄いってことなんだろうか……確かに炎上以外だと特筆することがないから、そんな気がしてきた。

「じゃあ、次はもうちょっと突っ込んだ質問いきましょー。これです！　好きな異性のタイプ」

「ち　ょ　っ　と　待　っ　て」

「でも一番多かった質問ですよ、これ」

「だからって何でよりによって、それ選ぶんですか⁉」

「だって気になったから……えへへ」

［草］

［急に火の玉ストレートぶん投げてきてて草］

［メッセージが消去されました］

［やめたげてよおｗ］

［メッセージが消去されました］

［あかん、これじゃあまた燃えるぅ！］

［いつものことでは？］
［なんだ平常運転か］
［この枠初めてか？　力抜けよ］

神坂怜のラジオ（仮）＃1　ゲスト：日野灯さん（5万人記念）【神坂怜／あんだーらいぶ】
最大同時視聴数：約4500人
高評価：1500
低評価：2000
神坂怜　チャンネル登録者数13000人（＋300）

712 名無しのライバー ID:dPJKo2wep
灯ちゃん5万人記念枠どりゃあああ

713 名無しのライバー ID:MoBthread
以下、タイムテーブル
18：00～　脱サラ
19：00～　ハッス、忍ちゃん、あさちゃん
20：00～　女帝、畳、あとニート
21：00～　ミカァ！、しののん
22：00～　ルナちゃん

714 名無しのライバー ID:Jd9mHOWLW
>>713
何か火種が見える

715 名無しのライバー ID:O5wHwWgew
>>713
最初の枠が既に焦げ臭い

716 名無しのライバー ID:pDeaB7M/P
>>713
デビューグループ別か
変にグループ分けしたらしたで難癖つける奴もおるからなぁ
誰誰と、誰は不仲だのさ
そういう意味では分からんでもない選択

717 名無しのライバー ID:ywEBtk8rC
デビュー当初からコラボを断り続けてるのもあるし
箱内不仲、ギスってるってアンチもいる
なおコラボしたらしたで、今度は処女厨が騒ぎ出すんだけれども

718 名無しのライバー ID:2P34leoax
えぇ……
どう足掻いてもアウトじゃん

719 名無しのライバー ID:kuNuoFyMJ
一応声劇のコラボはあったけどな
複数人だけど

720 名無しのライバー ID:h62u+Pttw
太陽とタイマンコラボしたとなれば
必然的に月ともコラボしなくてはならないのでは??

721 名無しのライバー ID:C3nqblA9k
彼女の5万人記念枠の凸待ちで1対1枠を消化したとも取れなくもない

722 名無しのライバー ID:FguZGnqGm
一緒に配信やりたいって子を長々放置してるって叩かれる
or
男女仲良くして処女厨に叩かれる
どっちを選ぶかと言われたらまあ、ね……

723 名無しのライバー ID:NLcvQyQM4
嫌な2択やなぁ

724 名無しのライバー ID:sHfm05mTl
アンスレ「ワクワク」
アフィブログ「ワクワク」
アップをはじめました

725 名無しのライバー ID:oT9BaU6Zx
や　め　ろ

726 名無しのライバー ID:EyfvU5aay
男女で完全に箱分けた方が良かったんじゃないかなーって最近思った

727 名無しのライバー ID:nBgYxPOl+
女子が固まってたら固まってたで苦労はありそうやけどな
主にお隣ってか、ソリライあたりを見れば分かるが

728 名無しのライバー ID:kYb5S14oV
ユニコーンが更なる強化されて角2本、3本出来てそう

729 名無しのライバー ID:IBRsPaf2e
あっちの人歌収録のスタッフ男ってだけでブチギレてたゾ

730 名無しのライバー ID:bFD9Z4+x0
えぇ……

731 名無しのライバー ID:7gtgeLGBj
なぁにそれぇ……

732 名無しのライバー ID:CU/+K23JE
ファンの質の低下が深刻
中にはアンチも交じってるんだろうが

733 名無しのライバー ID:irWTtxnJz
悲報　ラジオコメント荒れ気味

734 名無しのライバー ID:W/P5hOl+k
知　っ　て　た

735 名無しのライバー ID:W3jBJ1qsu
そりゃあね……

736 名無しのライバー ID:bGEQcb98Q
灯ちゃん「立ち絵遠くないですか？」
脱サラ「このくらいでよろしいでしょうか……」
灯ちゃん「えーい」
灯ちゃん、脱サラに肩を寄せる

737 名無しのライバー ID:MoBthread
あ゛あ゛あ゛あ゛!?

738 名無しのライバー ID:gckineki/
あ゛あ゛あ゛あ゛!?

739 名無しのライバー ID:RpwDllapz
阿鼻叫喚で草

740 名無しのライバー ID:GGeCRg6vU
てぇてぇやん

741 名無しのライバー ID:ICl6t6VFz
2人ともガワは抜群にいいから
普通にお似合いに見えるな

742 名無しのライバー ID:MUPRM3XHl
なお逃げる脱サラ

743 名無しのライバー ID:UqSuYPgJ9
悲報　灯ちゃん、処女厨（ユニコーン）を弄んでしまう

744 名無しのライバー ID:hdybglWF3
灯ちゃんうきうき可愛い

745 名無しのライバー ID:HgM6U77si
恋する女の子は可愛いんや……

746 名無しのライバー ID:MoBthread
質問コーナー
Q1 得意料理は？
灯ちゃん：カレー
脱サラ：煮物

Q2 好きな異性のタイプ（滅茶苦茶多かったらしい）
灯ちゃん：優しい人
脱サラ：裏切らない、他人を貶めたりしない人

Q3 得意なスポーツ
灯ちゃん：バスケ
脱サラ：不登校でろくにスポーツ経験なし

Q4 Vになってから変わったこと
灯ちゃん：友人関係がより良好になった
脱サラ：毎日楽しい

Q5 お互いの第一印象
灯ちゃん：怖い人→今は優しい人
脱サラ：妹と同い年くらいかな？

747 名無しのライバー ID:80/j77t15
>>746
めっちゃ攻めた質問拾ってて草
ユニコーンはここで確実に仕留めるという強い意志を感じる

748 名無しのライバー ID:t6Fexzf44
>>746
好きなタイプ：優しい人
↓
印象：怖い人→優しい人
あっこりゃあああああああ！

749 名無しのライバー ID:50aYMXkeb
実質告白なんじゃ……？

750 名無しのライバー ID:RtH3mdqjX
うおおおおおおおおお！

751 名無しのライバー ID:lPpjWMULT
エンダアアアアアイアアア

742 名無しのライバー ID:5kparCgZy
ちなその後の会話
灯ちゃん「髪の毛の長いのと短いのどっちが好みですか」
脱サラ「似合っていればどちらでも」
コメ「元カノとか初恋の人はどっちだった？」
脱サラ「あー、両方とも長かったかなぁ」
灯ちゃん「へー、あ、あたしの立ち絵髪のロングヘアバージョンもあるんですよ」
脱サラ「アッハイ」

753 名無しのライバー ID:p1ASahrha
字面見るとあれだけど実際に見ると
全く全然、色恋沙汰にはならなそうな雰囲気ある

754 名無しのライバー ID:BbJTaZW58
完全に親戚のお兄ちゃんに甘える姪っ子状

態にしか見えん

755 名無しのライバー ID:Tya5+tbO2
脱サラ自体が女性に対してそういう反応一切ないもの
基本皆年下だから妹かそれに近い存在みたいな扱いだもん

756 名無しのライバー ID:lyUmm9x7j
ワイはもっと甘酸っぱいイチャイチャ配信が見たいんじゃあ

757 名無しのライバー ID:CtSiONpKC
なんでも出来そうなのにスポーツ苦手なのが意外

758 名無しのライバー ID:gckineki/
雫ちゃん情報だと腹筋割れてんだよなぁ
昔苦手だっただけで今は筋トレしてるらしいから

759 名無しのライバー ID:aXTqjFCPn
ヒェ……

760 名無しのライバー ID:y3UUrl1Aw
低評価は4桁行くのかぁ……
配信内容は悪くなかったと思うんだけどな

761 名無しのライバー ID:DqQQQINE4
人生相談
どうすれば彼女が出来ますか？
前に告白した女性からは、臭いといわれてしまいました
灯ちゃん「お風呂入ってますか？」
脱サラ「何か辛辣ぅ！」
灯ちゃん「え、でもゲームセンターやカードショップでもよく臭いって聞きますよ」
脱サラ「ファンの人はきっと皆フローラルだから！　柔軟剤の匂いするから！」
灯ちゃん「ファングッズで香水出しましょうよ、匂い誤魔化せるし」
脱サラ「と、とりあえず皮膚科に行くとかどうですかね。アポクリン腺に異常がある場合もありますし」
灯ちゃん「おおーオトナの回答だ」
脱サラ「私もいずれ加齢臭とかしだすんだろうなーって思うとちょっと憂鬱になりますよね。妹に臭いとか言われたら永遠に立ち直れる自信がない」

762 名無しのライバー ID:tsCS/ZOEj
ゲーセン、カードショップが特有の臭さがあるのはガチやけどな

763 名無しのライバー ID:So/xI/kqf
オタクって服とか身の回り疎かにしがちだよね

764 名無しのライバー ID:as2qjZhLi
しれっとワキガを疑う脱サラは脱サラで中々辛辣では？

765 名無しのライバー ID:R6dXibNHy
お前らもリアイベのときとかはマジで気をつけろよ

766 名無しのライバー ID:Q1dJL0cbB
畳の3Dイベのとき男は黒率高かったなぁ

767 名無しのライバー ID:qRbZ14pXo
ああいうイベントのときの黒、ボーダー率の高いこと高いこと

768 名無しのライバー ID:7gbBXHRzZ
ファンの言動で推しの株が下がりかねないからな
今後そういう類いので嫌な意味で話題になりかねないか心配だわ

769 名無しのライバー ID:j1C7LMfpx
低評価はエグいけど、登録者は微増してるから……まあ、ヨシ！

770 名無しのライバー ID:GVDpnyC4T
なーんか最近何もなさすぎて逆に不安になってくるな

771 名無しのライバー ID:threadXXA
そんなみんなのため明日影尾がホットなニュースをお届けしてくれるらしいぞ

---

影尾探琉@悪は許さない系VTuber@kageo_saguru
あの有名企業Vに関するタレコミあり
詳細は明後日XX:00より配信で

---

772 名無しのライバー ID:MoBthread
ハァー、ほんまコイツなんとかしろマジで

773 名無しのライバー ID:future_xxx
我、占い師
自らの未来視が当たりそうで戦慄

774 名無しのライバー ID:2ssEg15tU
いや、だから お前占えよ

**今日の妹ちゃん**

灯ちゃん、
ちょっと言いたいことがあります

【10月×日】

日野嬢の5万人企画『あんだーらいぶ全員とコラボリレー（勝手に命名）』を終えて夜が明けた。私もメンバーの1人として企画に携わったわけだが……最大同時接続数は約4500人と、普段の20倍以上の数字。いや、昼間の時間帯での数字と比較すると30倍くらいはありそうな勢いだ。これは単に彼女のネームバリューによるものなのは疑いようもない事実だが、個人的にはやはり低評価数の多さが目に付いてしまう。同接が多ければそれに越したことはないが、低評価数は約2000ほどあり、手放しに喜べないのが現状。

低評価数やその割合が高いからといって収益などに直接関係することはなく、オススメ動画に表示されにくくなる程度ではあると毎回毎回説明しているので、もう皆様知っての通りだろうが……正直あまり良い印象は持たれないし、案件関係の配信に影響を及ぼしかねない。評価数を非表示に出来る機能もあるにはあるんだが。隠したら後ろめたい事があるようにも取られるし、低評価を積極的に投下することが我々に対して有効打であると認識されるのも面倒だし、私自身は平気なのでひとまず放置することにした。今後案件などに影響が出るようならマネージャーさんなどと相談した上で、適宜柔軟に対応はしていくつもりだ。

ただ現実として低評価と判断した人がそれだけいることも事実。隠すよりは、今後この数字をどうやって減らしていくかという事の方が重要だ。同じ男性Vでも柊先輩や朝比奈先輩が出演した枠は低評価数は100～200程度。これでも普段の低評価の数よりは全然多いらしいのだが、当然ながら視聴者総数はこちらよりも多いので、低評価率という観点で見れば自分の不甲斐なさに呆れる一方で、やはり長く携わってきた人は凄いと素直に尊敬の念を抱く。

ちなみに御影君の枠も結構な数の低評価を投げられていたらしい。私の半分以下とは言え、4桁に届こうかという数字。先月末に企画した秋祭りのイベントが成功したとは言え、まだまだ女性関係が絡んで来るとアウトな様子。箱推しのファン層と異性が絡む事に拒否反応を示す層はまた別なのだろうけれど、彼はそれなりにショックを受けていた様子だった。当初東雲嬢の枠でやるという話もあったが、御影君自身からの申し出により彼のチャンネルでの配信だったので、それなりに覚悟はしていたんだと思う。『次こそは認めてもらいます』となにやら企画を考えている様子だった。そういう向上心は見習いたい。基本、私って現状維持というか、そういうのを重視しがちなので尚の事。

夏ごろからの新規ファンであれば、そういうのに耐性のない人も多いだろうしなぁ。可愛い女の子を見に来ていた新しいリスナーさんたちにとってはお気に召さないのかもしれない。気持ちは分かる。こういうコラボを重ねれば低評価の数値が増えるのか、あるいは減るのか……。こればっかりは今後の動向を見守るしかない。

何にせよ早々に解決できる問題でもないことだけは確かだ。先輩方の活動実績を考えれば、今回のように結果に違いが生まれるのは至極当然。同じ土俵に立とうというのがおこがましい話だろう。だが、それでも――それでも、あんだーらいぶという事務所の名を背負って立つからには『新参者だから』『男性だから』って言うのは通用しない。箱の肩書きだけで伸びるほど甘くはない。媚びへつらってれば金を投げてもらえる、なんて一部の人からは揶揄されるのがＶＴｕｂｅｒという職業。だが決して現実はそんなに甘くはない。勿論、いとも容易く爆発的なヒットをする人もいるが、それはほんのひと握りの限られた人だ。大多数は埋もれて認識すらされないという現実がある。どういう理由であっても話題に上がるだけ私は充分に恵まれていると言えよう。ただ、内容が炎上って事は全然喜ぶべきところではないんだけれども。個人ならまだ分かるが、企業所属で炎上頼みというのは流石によろしくはない。

「ままならないなぁ……って、いつだってそうだったか」

　思い返せば上手くいかないことの方が多かった。人間というのはこういう失敗を積み重ねて生きていくものだ。だが、単に失敗を重ねるだけでは脆い。自分なりにそれを糧にした上で積み重ねないと何も根付かないだろう。果たして私の人生はどうだろうか？　土台どころか根っこの部分が根腐れ起こしていそうなもんだが。

　ちなみに肝心の配信――ラジオの方は前回と違い概ね予定通りに進行することが出来た。ゲストさんがいる上にリレー形式ということで、彼女は次枠のスタート時間も決まっている関係上、どうしても押すわけにはいかなかったのだ。チャンネル登録者数は配信終了直後ではプラス３００人だったが、一夜明けて今朝にはマイナス１００人という結果になっている。これ、単純に今朝の配信がくっそつまらなかったって事なんじゃ……？　精進せねば……。

神坂怜(かんざかれい)　チャンネル登録者数１２９００人（－１００）

【１０月×日】

とあるツイートが界隈(かいわい)で話題になっていた。

---

影尾探琉(かげおさぐる)@悪は許さない系VTuber@kageo_saguru
あの有名企業Vに関するタレコミあり
詳細は明後日(あさって)ＸＸ：００より配信で

---

ＶＴｕｂｅｒ界隈をメインとしたゴシップを取り扱う影尾氏。今月の頭の方には公開オーディションの一件でも精力的に拡散活動を繰り広げていたが、個人的に印象的だったのはやはり６月の柊先輩のリアルイベントの件だろうか。また、あんだーらいぶ(うち)の事だろうかと少し不安になる。私個人に関することであればまあ大体の事は大丈夫だろうが……いや、流石に家族関係まで情報掘られると不味(まず)いが。

内心で多少気にしつつもいつものように配信を始めよう。何事もなければ良いのだが……。

【１０月×日】

妹が外出するということで色々と心配だったので付いていくことに。友人がああいう配信で槍玉に挙げられるのは決して気分の良いものではないだろうし、様子も少しおかしかった。化粧である程度誤魔化してはいるが、顔色もあまり良さそうには見えない。

「手繋ぐ？」

「いいよ、べつに」

遠慮なく握った手は酷く冷たく、僅かに震えていた。何か——誰かを捜す様子。かれこれ2時間近くも駅周辺を歩き回っている。私はまだまだ余裕だが、流石にこの子の足が限界に来てしまいそうだ。そもそも今履いている靴も長時間歩くためのものではないし、足の動きも鈍くなっていた。

「何があったか、お兄ちゃんに話しなさい」

そう告げるとびくんと身体を震わせこちらを見上げる。

「お兄ちゃん……どうしよう……」

妹の今にも泣きそうな表情。必死に涙を堪えている様子を見て、一瞬頭が真っ白になる。過去の失態を思い出し、『もっと何か出来たんじゃないか』という後悔の念が押し寄せる。思わず歯を軋ませる。今月頭に十六夜嬢の事を聞いたときに、もっと何かしてあげられたんじゃないか。そんな感情を押し殺して、なるべく平静を装い妹が余計に不安にならないように、極力いつも通りに、だけど少しだけ優しい口調になるように努めた。

「何があった？」

「……実は——」

18：00～　脱サラ（ラジオ）
19：00～　ハッス、忍ちゃん、あさちゃん（女子トーク）
20：00～　女帝、畳、ニート（マリーオンカート）
21：00～　ミカァ!、しののん（Vertex）
22：00～　ルナちゃん（遊戯大全）
ちな同接は
脱サラ枠＜＜Vertex枠＜＜女子トーク枠＜＜ルナちゃん枠＜＜マリーオンカート枠

852 名無しのライバー ID:3tZBWDRaV
>>851
あさちゃんいるのに女子トークとは一体……？

853 名無しのライバー ID:sVPHOmNJ7
その辺のガサツな女より女の子要素強いやろ、あの子

854 名無しのライバー ID:CxSoZANBV
それはそう

855 名無しのライバー ID:MoBthread
見どころ簡易まとめ1
□脱サラ（ラジオ）
・灯ちゃん好き好きアピールかわよ
・好みのタイプが完全にお前じゃん、状態
・処女厨（ユニコーン）祭りの低評価ダンク
・声劇のリベンジ企画で演じきれた（カワイイヤッター）
・お料理関係のコラボ期待できそう？
□ハッス、忍ちゃん、あさちゃん（女子ト

844 名無しのライバー ID:cluJjL639
そういや、昨日の灯ちゃん5万人記念企画どうやったんや？
成功ってことでええんか？

845 名無しのライバー ID:0wtbJ4jZF
>>844
同接再生数を見れば大成功
低評価数を見れば微妙

846 名無しのライバー ID:Wp7NHSRde
>>844
大失敗
低評価数4桁×2枠ある時点でお察しやで

847 名無しのライバー ID:eAhE3hp8+
>>844
記念枠に成功も糞もないやろがい

848 名無しのライバー ID:apouiMGiq
アフィブログ記事にネタにされてしまう
【悲報】VTuberさん、女性Vとコラボして低評価祭りになってしまう
https://vtubermatomeru-blog.vcom

849 名無しのライバー ID:5ofrz7mVx
いつものアンスレまとめブログ

850 名無しのライバー ID:vYeeqJ6xv
ブログ版影尾君じゃねーかよ！

851 名無しのライバー ID:2yiTcfztM
>>852
ざっくりまとめ

ーク)
・忍ちゃんよりファッション、コスメに詳しいあさちゃん
・忍ちゃん1時間で台パン0（これにはファンもビックリ）
・ハッス最近下着がワンサイズアップ
・灯ちゃん最近下着が窮屈
・忍ちゃんその話を聞いて凹む

856 名無しのライバー ID:psg2NCtRv
>>855
声劇リベンジやれてよかったね

857 名無しのライバー ID:GX5ZDL7R9
>>855
お料理トーク楽しそうだったし
オフコラボに期待大やな
※なお炎上不可避な模様

858 名無しのライバー ID:iYbBeKKpJ
>>855
(ﾟ∀ﾟ)o彡ﾟおっぱい！おっぱい！

859 名無しのライバー ID:xSLpx4RCL
>>855
胸部装甲気にする忍ちゃんかわよ

860 名無しのライバー ID:MoBthread
見どころ簡易まとめ2
□女帝、畳、ニート（マリーオンカート）
・相変わらず通話、自枠のないニート
・やたら上手いニート
・畳、女帝下手糞のドベ争いがただただ面白い
・ずっと灯ちゃんの配信画面に写り込む走行をするニート
□ミカァ！、しののん（Vertex）
・全員初心者でｇｄｇｄしてて逆に楽しい
・ミカァ「0！」しののん「0！」灯ちゃん「0！」のダメージ報告
・初のキルが手裏剣爆弾ぶっ差された状態で相手を巻き込んでの自爆
・結局殴りが一番強いのでは？　という蛮族スタイル
□ルナちゃん（遊戯大全）
・いちゃいちゃ配信
・灯ちゃん、脱サラとの単独コラボ煽り
・次はオフコラボを画策中
・ルドーはクソゲー

861 名無しのライバー ID:uEEL2ofGm
>>860
ニートが謎に上手かったのは草だったわ

862 名無しのライバー ID:6eGnKDn2U
>>860
ニートがずーっと灯ちゃんの配信画面に写り込む謎技術
わざわざアイテムまでストックして加速しても付いていくという
ニートからストーカーになった模様

863 名無しのライバー ID:tyG8WAS/L
>>860
ミカァ「0ダメ！」
しののん「0ダメ！」
灯ちゃん「0ダメ！」
3人「ヨシッ！」

ここホント草

864 名無しのライバー ID:Y6ekW7JRM
>>860
結局殴りが一番安定するという絶対真似しちゃいけなそうなやつ

865 名無しのライバー ID:t63ZnqMMO
>>860
1時間枠でも1戦終わらないって凄いよな
途中から足の引っ張り合いだったわけだが

866 名無しのライバー ID:5eMKh+TfX
>>860
ルドーより兎と猟犬のが糞じゃね？
あれ猟犬必勝じゃなかったっけ？

867 名無しのライバー ID:threadXXA
お　祭　り　会　場

---

影尾探琉@悪は許さない系VTuber@kageo_saguru
あの有名企業Vに関するタレコミあり
詳細は明後日XX:00より配信で

---

868 名無しのライバー ID:cN93z1Nku
なんか枠やってたみたいだけど見てねぇわ

869 名無しのライバー ID:yp36RHGeH
再生数伸ばすのも癪だしなぁ……

870 名無しのライバー ID:8EBvjGldO
誰か3行でまとめて

871 名無しのライバー ID:HtD4ef4pr
リーク情報（ソースらしいソースはなし）
ソリライ十六夜真ちゃん
・配信頻度低下は家族とのトラブルが原因
・配信減ったのに記念配信で集金してた
などと意味不明の事を言っておりまして

872 名無しのライバー ID:eEZevUlB7
お隣さんかぁ……

873 名無しのライバー ID:+pbY+7S3F
ウチじゃなくてよかったと手放しに喜べん

874 名無しのライバー ID:80oAnhu5u
家族間のトラブル内容は一切言及なし
ケチなご家庭のカルピスより薄味な内容
本当にリークがあったのかもしれんけど根拠なし

875 名無しのライバー ID:5t4t72LXX
ソースもないのに大騒ぎでアンチや
冷やかしが関係者凸して荒れてるな

876 名無しのライバー ID:5t4t72LXX
で、多分荒らされまくってるから
真ちゃんはまともに活動が出来ない糞環境
ここ数日SNSの呟きもないから普通に心配

877 名無しのライバー ID:0qTDTSMsx
5万人記念配信が集金とか言われるのおかしくないか？

878 名無しのライバー ID:P4ci8o3dq
そもそもファンは好きでスパチャ投げてる

んだから
外野が騒ぐなよって話にはならんのか……

879 名無しのライバー ID:skojcWO2t
時間ない中で枠取ってるだけでも偉いやろ
うちのニートなんて配信一切しねぇんだぞ

880 名無しのライバー ID:9D3xTVo1s
ニートとかいう最強のカード切るの止めろ！

881 名無しのライバー ID:aG8WGDguA
あんだーらいぶでは配信頻度下がっても
特に気にならない不思議！

882 名無しのライバー ID:Rmswy7AoJ
ニートの存在のおかげで
相対的に他の面子がより頑張って配信しているように見える
まさかニートの奴、そこまで考えて……!?

883 名無しのライバー ID:MoBthread
ニートそこまで考えてないと思うよ

884 名無しのライバー ID:z9gb8lQlW
真顔でなんてこというの駄馬ァ！

885 名無しのライバー ID:z9gb8lQlW
てか企業勢なら当然だろ
慈善事業じゃねぇんだよ

886 名無しのライバー ID:PalnF7thQ
こっちといい、あっちといい
リークするのがいるってのか……？

887 名無しのライバー ID:vANxE4iSx
結構ブラックだったりするんだろうか
そんなにリーク多いんだとしたら、だが

888 名無しのライバー ID:7I4Pofeul
あんだーらいぶはマネージャーが1人で演者2～3人担当してるらしいし
常時スタッフ募集しているわけだが

889 名無しのライバー ID:P3XB5woI4
ブラックならその業務実態をリークすればいいのでは？
ボブは訝しんだ

890 名無しのライバー ID:oG1u+/2X1
それはそう

891 名無しのライバー ID:tXACzQavM
現役の女子高生相手に大人げないなぁ
別に犯罪絡みとかでもあるまいし

892 名無しのライバー ID:Imj18cxEZ
数字取れりゃあなんでもいいんだよ、ああいう輩は

893 名無しのライバー ID:NNPcrWkC6
関わりがないわけじゃあないんだよな
ウチも

894 名無しのライバー ID:5jdwVnBAv
月太陽コンビはコラボしたことはあったし
脱妹雫ちゃんのリア友やし

895 名無しのライバー ID:xYgj1gF1P

雫ちゃんに何かあったらウチのメイン盾が
盾職放棄してブチギレそう

896 名無しのライバー ID:C8+YAjV+l
雫ちゃんはガチの聖域やからな
何かあったらお兄ちゃんげきおこやで

897 名無しのライバー ID:threadXXA
家族間でのトラブル放置の運営を許すな

898 名無しのライバー ID:fElzOEGYI
配信で集金してんだしこのくらいのリスク
は黙って受け入れるべき

899 名無しのライバー ID:XN82O7swv
で、中の人情報割れたんか？

900 名無しのライバー ID:XrCGofHrA
この界隈も最近治安悪いよな

901 名無しのライバー ID:future_xxx
我占い師
自分の才能が怖い……
でもおかしい
占いで導き出した馬券は当たらないんだ

902 名無しのライバー ID:W6MJIBEYD
少なくとも占い師の才能はなさそう

903 名無しのライバー ID:iF2CRx4aE
占いに基づくからでは？

904 名無しのライバー ID:gckineki/
何事もありませんように

# 22話 急転

**【10月×日】**

「成程なあ……」

妹の親友であり、ＳｏｌｉＤｌｉｖｅ所属の十六夜嬢と音信不通とのこと。チャットアプリでも既読すら付かない状態であるという。タイミングを考えればつい先日あった影尾氏の配信内容を発端とする一連の騒動がキッカケと思って間違いはないだろう。大々的に『大手ＶＴｕｂｅｒ事務所関係者からのリーク情報！』と宣伝が行われ、こちら界隈ではそれなりに注目を浴びていた。私もいつぞやの柊先輩の一件もあって警戒はしていたのだが、あんだーらいぶ外の出来事のはずが回り回ってこちらにまで影響してくるとは思いもしなかった。世の中広いようで狭いものである。

内容としては、あんだーらいぶと同じく企業ＶＴｕｂｅｒの事務所――バーチャルタレント事務所として知られるＳｏｌｉＤｌｉｖｅ所属の十六夜真嬢に関することだった。ざっくり言うと、『家族間のトラブルで最近配信回数激減、引退も近いのでは？』という感じの内容であり、事務所に対する批判などを繰り返し訴えているようだった。更には日常的な配信頻度は激減しているにもかかわらず、新衣装や5万人記念配信などのお祝い的な側面の強い配信だけはキッチリと行われていることを指して、『集金配信』だけは忘れずにやっているという批判が展開されていた。スーパーチャットで高額の収益をあげている点を殊更に強調して、ファンの好意を利用しているとか金づるとしか思っていないとか的外れな持論を発信している。まあいかにもっていう印象の内容だが、やられた方はたまったものじゃあないだろう。思春期の子なら特に。その後の周囲の反応含めて、見ていてあまり気持ちのいいものではない。

　この配信の後、妹が心配になって連絡を取ってみるが一切連絡が付かず。一晩明けてしまい、現在進行形で音信不通状態であるとのこと。公式のSNSの方もここ数日一切投稿がない。リプ欄は『引退しないで』といったニュアンスのコメントやら『影尾氏の枠から』と言って配信のまとめやスクショを貼り付けるユーザーやら。後者は言うまでもないし、前者も一見心配しているようにも取れるが……当事者から何も発表がないのに第三者の、それも情報元が不確かな配信を真に受け『引退する』と半ば決め付けたようなコメント。意図的ではないかもしれないが、これは相当に傷付くと思う。なまじ根っこに悪意がないから尚更に刺さるのだ。良い人のフリして刺しにこられるのが一番クる。私も経験がないわけじゃないからそこはよく分かる。

　自宅に確認したところ、昨日までは部屋に引き籠もっていたが今朝になって「ちょっと出かけてくる」と言って家を出たっきりという。事務所の方から彼女の母親宛に謝罪と現状の説明にお偉いさんがやって来ていたそうだが、その時彼女と母親の間で口論になってしまったそうだ。そりゃあ自分の大事な娘を預けるのだし、こういう対応がしっかりしていないところには文句のひとつも言いたくなる気持ちは分かる。実際に業界全体に言える事だが、どこも対策らしい対策はされていない。一般的な芸能事務所などと違って誹謗中傷、デマなどに対する措置がほとんど取られていないのが現状。市場もそうだが、関係者含めてあまりにも若すぎるのが要因であろうが……。まあ、芸能事務所のそういった方面の対策も近年ようやく行われてきているような節があるので、あまり多くを求めるのも酷というものであろうが、それにしたって未成年の子を預かるのであればその辺をしっかりしてもらいたいものである。

　元々お母さんは十六夜嬢のＶＴｕｂｅｒ活動に懐疑的だったらしく、オーディション応募時にはお婆さんを後見人としていたらしいのだ。母親に黙って応募したこともあり、当初は色々揉めたらしいのだが、デビュー後は活動が順調に進んでおりお母さんも仕事の合間に娘さんの配信のアーカイブを見たりするようになっていたとか。それで話は丸く収まるはずだった……そこで今回の一件。娘のためを想って活動の休止や引退を考えてみてはどうか、ということで揉めたんだとか。

　結果的に影尾氏の『家族間のトラブルにより配信出来なくなった』と後出しされた情報によって、それが現実のものになってしまっている。そもそも配信頻度が落ち込んでいるのは現役高校生故のことで、ウチで言うブラン嬢や日野嬢も時折テストやら課題やらで休むことが多いのと同じだ。

　妹の情報によると、彼女の場合は親御さんから『成績を落とさない』という条件でＶ活動を続ける了承を取ったという背景があるので、勉学に時間を割いていたらしい。特に直近では中間テストがあったのだから配信頻度が減ることに関しては何も違和感はないはずだ。にもかかわらず、こういった情報に惑わされるファンもいるのが悲しい現実。夏休みあたりから彼女を知ったファンも多いだろうし、ファン全員がその辺の深い事情まで把握しているわけではないが。ライトユーザーが急増した弊害とでも言うべきか……？　影尾氏の配信や切り抜き動画、あるいは同じ系統の動画投稿主、まとめブログなどはライトユーザーをセンセーショナルなワードで引き付けて、事実無根の情報をまるで事実であるかのように伝達してしまう。勿論、きちんと真っ当な情報を発信しているユーザーが大半である。だが、注目されがちなのは誤った方の情報で……なんともままならない話だ。

そういう情報に踊らされるファンを一概に『悪』とすることはできないが、確実にそうい、ういう方向に誘導する輩がいる。……元々虚偽の風説の流布などを放置してきた界隈全体の責任でもあるのかもしれない。だとすれば、我々大人の失態だ。そのツケを子供が払わされるなんて……そんなのおかしいだろう。間違っている。

さすがに最悪の事態もあり得るので、本来使うつもりはなかったが手段は選んでいられない。使えるものはなんでも使ってやる。前の職場の元後輩で、十六夜嬢の同期として現在ＳｏｌｉＤｌｉｖｅで霧咲季凜の名で活動している彼女にメッセージを飛ばす。俺も彼女も事前に異変に気付いておきながら何も出来なかったダメな大人だ。反省は後で幾らでも出来る。今はとにかく情報収集が先決だ。メッセージを送信してものの数秒で既読と返信。

私：妹が十六夜嬢と連絡取れないと言っている。そちらは連絡つくか？
後輩：昨日ゴシップ野郎の件あって連絡したけど、ずっと未読のまんま
私：分かった、ありがとう
後輩：事務所は親御さんに動画の件の報告はしたらしい

後輩：時系列的にはそのとき何か揉めたのか、彼女と連絡取れなくなった。マネさんにも一応この件は報告してあるっス。まあこういうの本来はダメなんスけどね

本来社外の、それも同業他社の人間にこういった内容であっても漏らすなんてこと許されるはずはない。とは言えなりふり構っていられる状況ではない。あの年頃の女の子が厄介な事件に巻き込まれる、なんてことは決して珍しいことではないのだから。もし、これが妹の友人でなければ静観するだけだったろう。ただの自己満足のための行動でしかない。社会人としても失格だな、これは。

それでも俺は……妹のあんな顔を見て『何もしないでいる』なんて選択肢などあり得ない。俺の妹を泣かせた。それ以外に何の理由がいる？　どんな手を使ってでも、どんな犠牲を払ってでも——そう思うのは当然じゃないのか？　だって家族ってのはそういうものだろう？

「お、お兄ちゃん……」

「ん……？」

「と、取り敢えずその顔は止めて。ほんとうに。マジで」

「……？」

「マジで人一人くらい殺してそうな顔してるから」

「私そんな人相悪い？」

コクコクと頷くマイシスター。それはそれでショックだな。温厚な性格とか、良い人そうですねーなんて言われる事の方が多いのだが。

「このままだと職務質問されそう」

「そんなにかぁ……その昔はよくされたけれど」

「お兄ちゃん一体なにしでかしたのよ……」

「何もしてないってば」

それから、元後輩の方も何やら引き続きメッセージを書き込み中らしい。これだけ返信が早いところを見ると、元後輩もずっとメッセージを送ったり各関係先に色々連絡を取っていたのかもしれない。

後輩：わたしがもっと早く動いていれば……
私：そりゃあお互い様だろ
後輩：何か分かったらこっちにも情報ください。皆凄い心配してるんスよ、マジで……
私：分かった

今回の件でショックを受けてずっと部屋に引き籠もっている、くらいで収まってくれた方がよっぽど良かったろうに。警察には既に相談しているのだろうか？　後で確認してみよう。

「ほら、少し休みな。丁度ベンチがあるし」

「うん……」

以前にこういった場面でハンカチを座面に敷いたら「古い」と言われた記憶がある。ああいうのって1世代前の産物なのだろうか。昨今の遊具での事故を配慮してかベンチくらいしかない公園、というのも中々寂しいものがある。

「もっと早く言ってほしかった。お兄ちゃんはそんなに頼りない？」

「…………」

ぶんぶんと首を横に振る。ハンカチで彼女の目元を拭ってから、ローファーを脱がせてみると予想通り靴擦れで踵のあたりが真っ赤になっていた。

「次からは足に合ったのにしようね。こんな感じのスニーカーとか」

「めっちゃダサい……」

「ワー○マンで980円のスニーカー履いている兄に対する嫌味かね、それは」

「こんどは服だけじゃなくて靴も選んだげる」

「ああ、約束だ」

公園の水道で軽く傷口を洗ってから、財布に常に入れてある半透明の柔らかい素材で出来た絆創膏をぺたりと患部に貼り付ける。ここまで落ち込んだ表情のこの子を見るのはいつ以来だろうか。

「ひとまず、母さんから相手の親御さんに連絡とってもらおっか。同じクラスだし多分連絡先知ってるでしょ？」

「うん……多分知ってると思う」

都会ほど変な人はいないと思うけど、流石に日が暮れると危険だ。私が危惧しているような手合いは大体夜行性のはず。それに無策でこの街をフラフラうろつくのが得策ではないことだけは確かだ。一旦自宅へと戻ることにした私たちは再び駅に向かって歩みを進めた。母さんから「一旦帰ってくるように」との指示があったからだ。ちなみに私にも名指しで帰還命令が下されていた。私ってそんな信頼されてないの？　我が家でのルールがある。至極単純なもの。『基本的に夕食は全員で食べる』というだけ。勿論、事務所での用事や案件等で仕方がない事情の場合、事前に家族全員に伝えた上であれば例外となるが……なんだか、『一度帰って頭を冷やせ』って遠回しに言われた気がしてちょっとドキリとしてしまう。

　日も傾き始めた頃合い。飲食店やらコンビニやらの前にたむろする若者の喧騒で昼間よりも騒がしいような気がした。

「ぁ……」

　キズパッドを貼ったとは言えまだ痛みはあるはずだが、妹はそれにもかかわらずどこかへと走り出す。制服姿の女の子。年頃は丁度妹と同じくらい、えらく大荷物を持った少女。

　——ああ、成程。彼女が……。

「ふぅ……」

　ひとまず発見できて良かった。妹の苦労も無駄ではなかったわけだ。とっとと母親に連絡して、相手の親御さんにも知らせてあげないと……恐らく彼女の母親が一番心配しているはずだ。ただ、ひとつ気になるとすれば妙な男3人に絡まれているという点だ。どうやら知り合いでもなさそうだし、ナンパの類いだろう。ああいう見るからに家出してきました、みたいな雰囲気の女の子を拐かす連中も決して少なくはない。ああいうのはいい標的だ。

　名前を呼び合ってお互いに抱き合って再会を喜ぶシーンを遠巻きに眺める。こういうのはいいね、うん。美しい友情だ。こういう関係を築けているか否かで、青春時代って大きく変わると思うんだよね。広く浅く付き合う方が良いって人も当然いるんだろうけれども。私の場合は親友と呼べるような人がいないから、きっとそういうのが羨ましいだけかもしれない。ついつい表情が緩む。

「えー、お友達ぃ⁉」

「へー、可愛いじゃん」

「じゃあさ、お友達もセットで遊ぼうよ」

は……？　なんだお前ら……？　今大事なシーンでしょうが。画面に入ってくるんじゃあない。妹の成長を見届ける大事なシチュになに水差してんだ、こいつら……。女の子の間に男が割って入るのはご法度というのを知らないのだろうか？　ＶＴｕｂｅｒ業界なら炎上だぞ、君たち？　もしかして、普段私が批判されている理由ってこの類いの感情が大いに関係していたりするのだろうか。だとすれば、その気持ちは分かってしまった。素直にごめんなさい。しっかし……いかにもって感じだけど、本当にこういう言動する人実在したのか。ちょっとびっくり。お酒でも入っているのだろうか？

「……行こ」

「へ……？　う、うん」

「痛ッ……」

友人の子の手を取ってそそくさと退散しようとするマイシスター。うむ、実に正しい選択だ。満点をあげよう。

男の１人が妹の腕を掴んだ瞬間、自然と身体が動いていた。気が付けば男の腕を掴みあげていた。おかしいなあ、穏便に済ませようとか思っていたはずなのだが……ついつい昔の悪癖が出てしまった。軽く摑んだだけなのに「痛い痛い」と大袈裟に騒ぎ立てる。貴様が妹の腕を強引に摑んだのに比べれば痛くもなんともないだろ、喧嘩売ってんのか？　よし、ここはひとつ穏便にお話を付けてみせよう。営業職で会得したトーク術を見るが良い。

「その小汚い手をどけろ（少しよろしいですか？）」

あ、やべ、ついつい本音漏れちゃった。

950 名無しのライバー ID:l46yievlf
寒くない？
暖房入れちまったわ

951 名無しのライバー ID:vodpVt31f
ウチはまだ平気だなぁ
ゲーミングPCがくっそ放熱してるせいだろうけど

952 名無しのライバー ID:TxC4ZLd61
11月も近いからなぁ

953 名無しのライバー ID:okSHtalfr
気候的には秋すっ飛ばして
夏→冬みたいな印象

954 名無しのライバー ID:fe2lURzJA
しののんはこれ何やってんの？

955 名無しのライバー ID:WsXNWj0g/
見て分かんないのか、虎が如くだ

956 名無しのライバー ID:8ZK5Mh+sj
ヤ○ザゲー

957 名無しのライバー ID:GqrTA4YSS
パチンコしかしてねぇじゃん！

958 名無しのライバー ID:fU7RzSz5d
ゲーム内ミニゲームでパチンコがプレイできる
→せやこれで遊んだろ！
　→ついでに企画もしたろ！
　　→翌日の食費が出玉で決まる企画や！

959 名無しのライバー ID:grSK/vk8l
いや、そうはならんやろ

960 名無しのライバー ID:IQG2t92pj
ただのパチ○カスやんけぇ！

961 名無しのライバー ID:TDWQ38hob
どう見てもマイナス収支なんですが、それは……

962 名無しのライバー ID:kksSme3iD
収支マイナスの場合は食費マイナス？
つまり断食の上、募金でもするのか

963 名無しのライバー ID:SthSJtZDc
しののん
「いや、次は当たる！　いけるから！」
「遠隔してる！　絶対遠隔！」
「当たれば逆転できっから！」

964 名無しのライバー ID:1tZi9fmuA
こ　れ　は　ひ　ど　い

965 名無しのライバー ID:Mxl0ogDnR
畳に近いソウルを感じる

966 名無しのライバー ID:UkJ+9gr9a
そんなソウル捨ててしまえ

967 名無しのライバー ID:hnF/DdEgq
もう素寒貧で草

968 名無しのライバー ID:Srjl2mTYx
この子、絶対ギャンブルやらせたらダメだ

977 名無しのライバー ID:T1h8jv1W2
お隣さんも大変やなぁ
てか、証拠もないのによく騒げるな

978 名無しのライバー ID:Muqocrr81
リーク情報！（ただし証拠はない）
家族間トラブル！（ただし証拠はない）
ほんま草

979 名無しのライバー ID:giTX/+CYo
影尾だろ？
ソースはアンスレ定期

980 名無しのライバー ID:0D0lScNjN
てか、配信ないのって中間テストシーズンだったからだろ？
ウチの月太陽コンビも休んでたし

981 名無しのライバー ID:Zf9XT7m3h
来月になりゃ今度は期末テストシーズンか
高校生も大変やな

982 名無しのライバー ID:buq3Xp/Gq
学業と企業Vをきちんと両立させるのは気苦労が絶えないやろうなぁ
変なリスナーとかアンチとかまでおるし

983 名無しのライバー ID:ucOQVt6kf
ゲームして楽して金稼ぐってイメージ持ってる人多いかもだが……
大体現状結果残してる連中は大体それに見合うだけの苦労はしてるやろ

984 名無しのライバー ID:0R4a6dfsJ

969 名無しのライバー ID:nrQwSY37E
ガチャゲーも禁止な

970 名無しのライバー ID:wQzWLOiaA
しののん「実際の支出はゼロで、みんなからのスパチャがあるから……実質プラス収支で、わたしの勝ちってことでは??」

かしこい

971 名無しのライバー ID:u7fTnSkOl
>>970
思ってても口にするんじゃねぇ！

972 名無しのライバー ID:l90tSb43o
>>970
正解大卒

973 名無しのライバー ID:m2/rxeBu4
>>970
確かにゲーム内の通貨換算で収支を計算しても一応プラスにはなってるな……

974 名無しのライバー ID:91edpJde5
【悲報】人気VTuberさん、家族間トラブルで引退に!?
https://vtubermatomeru-blog.vcom

975 名無しのライバー ID:CShZ8+iVt
そうアフィね

976 名無しのライバー ID:idh++lHNF
当サイトは○薬を取り扱っております

今回の件でメンタルダメージ
↓
配信出来なくなる
↓
影尾「な？　正しかったろ？」
こいつはこういうムーブ絶対してくる

985 名無しのライバー ID:LHCL8rVHF
デマ配信で無理矢理事実捻じ曲げて現実に挿げ替えようとしてるわけ？

986 名無しのライバー ID:H3umTFZiC
やり口は汚いがこういう類いのは数字が取れてしまうのが、ね……

987 名無しのライバー ID:LpfCDvtOX
YourTubeくんははよBANして、どうぞ

988 名無しのライバー ID:y42MOZrU9
たかが2週間ほど配信しなかったくらいで家族間トラブルなら
こっちのニートとかどうなるんだよォ!?

989 名無しのライバー ID:mCvRMvyNl
1年以上配信してないからな
家族間など生温い
国家間トラブルくらいいってるんやろ（適当）

990 名無しのライバー ID:pZNZiR6Hd
働かないニートの増加は確かに問題視されている

991 名無しのライバー ID:MoBthread
つ、つまりニート（VTuber）が配信しないのは……
ニート（現実）の増加に対して世界へ一石を投じるために
あえて配信していないんだ！

992 名無しのライバー ID:/0+taLx0c
な、なんだってー!?

993 名無しのライバー ID:bju+HluSJ
前もそんな事言われてなかったか……？
あいつそこまで考えてないと思うよ

994 名無しのライバー ID:TQKNte5QN
そりゃそうだ

995 名無しのライバー ID:e4Yu9htWh
そうか、他所の箱は特殊防御受けできるタンクがいないのか

996 名無しのライバー ID:c0d2iJuR3
そんなのいるのウチくらいやろがい……

997 名無しのライバー ID:RUZGS2JpL
お隣の現状見ると前回のリーク云々が
あの程度で済んだのってある意味奇跡なんじゃ？
やっぱ持つべきものはメイン盾や！
でも、あいつ妹のお友達だから割とマジで出張りそうなのが笑えない

998 名無しのライバー ID:gckineki/
ないと言い切れないのがワロエナイ
あの人ほんとそういうところあるから……

999 名無しのライバー ID:future_xxx
我占い師
１０００を取れると占い結果にあった
そして１０００なら明日のパチスロ大勝利

1000 名無しのライバー ID:fpslovers
１０００ならうちもお隣も平和で過ごせる

1001 1001 Over 1000Thread
このスレッドは１０００を超えました。
新しいスレッドを立ててください。

## 23話 好転……？

**【10月×日】**

あ、やべ、ついつい本音が漏れてしまったではないか。やらかした。いい歳してこういうのって割とガチで恥ずかしいやつでは？　「お兄ちゃん、どうどう」と諫める妹が視界の隅に見えたところでようやく冷静さを取り戻せた気がする。というか、マイシスターは私のことを馬か何かだと思っていたりする……？　肝心のお友達の方も若干涙目だし、目が合ったら速攻で目を逸らされた件。まるで恐れられているみたいじゃあないか。普通ならもうちょっととこう、さ……颯爽と格好良く救い出す展開になったりしない？　そういうのはドラマや漫画みたいな創作物の中だけだ。私自身十六夜嬢を発見して気が抜けてしまったところもあると言い訳しておこう。

お相手の男性の腕をサッと離して、得意の営業スマイルで「すみません。彼女、私の連れなんですよ」と簡潔に説明する。ちなみに何度か説明しているが本職は営業ではなく生産管理だったんだが。目の前の男性からはアルコールの匂い。どうやら酔っ払っているらしい。冷静な対応が出来ていないという点においては私も同類なんだけれども。日々の疲れからアルコールに逃げたくなる気持ちはなんとなく理解はできる。が、マイシスターに対するああいうのは正直許せないけど。

いや……腕を摑み上げた時点で私も彼とやってること自体は大して変わらないのでは……？　少なくとも妹やそのお友達に向けられた関心が私に移っただけでも最低限の仕事はしたと前向きに捉えることにしよう。

さて、どうしたものかなぁ……滅茶苦茶睨まれてる。怖い怖い。こんなところで大騒ぎに発展して、スマホで撮影されてＳＮＳに晒されて正体がバレるとかいう可能性もないわけではない。どうにか穏便に解決したいところ。

「………」

「ん……？」

すると不機嫌そうな男性の表情が一変、先程妹の親友ちゃんが私に向けていたような類いの表情に変わる。驚いたような、あるいは何かに怯えるようなそんな表情に見えた。視線の先はこちら――ではなく私の背後。

「何してんです？　兄貴」

２メートル近い身長にスキンヘッドでそのガタイの良さが上下スウェットとラフな格好ながらも分かる。右手には犬用のリードがあり、これまた大きな体軀のシベリアンハスキー。左手には糞を始末する用なのかゴミばさみ。知人だった。洋菓子店を営むパティシエ。ご近所では評判の人気店の店主である。妻子持ち。見た目は怖いが私よりしっかりしてると思う。私が会った頃は割とヤンチャしてたけど、昔は図体だけ大きい気弱ないじめられっ子だったらしい。その昔一悶着のあと「兄貴」などと随分と慕ってくるようになった。

「やあ久しぶり、ゲン君。奥さんとお子さん元気？」

「いやあ、どうもご無沙汰してます。嫁と子供は相変わらずですね——で、そちらの方は兄貴の知り合いなんです？」

左手のゴミバサミで酔っ払いの男性を指す。相手は既に若干腰が引けている。可哀相。こんなん初見だと絶対ビビるよね。流石に気の毒になってきた。そして彼の連れていたハスキー君が私の足元にまでとことこ走って来て、「構って構って」とでも言いたげな様子で前脚で太ももの辺りを何度もタッチしてくる。頭をさわさわと軽く撫でると満足したのか、次の酔っ払いのお兄さんのところの足元へ行って同じような仕草を見せる。その昔、ゲン君と出会ってしばらく経った頃に河川敷で捨てられていたのを拾った子であるが、すっかり大きく立派になったものだ。だけどお前、野生どこへ行ったんだよ……男性もちょっとばつの悪そうな表情をした後、仕方ないと頭を撫でていた。この段階で少し冷静になったのだろう。やはり可愛いは正義という言葉はあながち間違いではないということだ。

「で、知り合いですかい？」

「うちの妹をナンパしてたから止めに入ったらこんな状態になっちゃってねぇ」

「……お兄さんさぁ、それ一番の地雷踏んでるよ。マジで。それだけは止めておけ。本当に。マジで。ガチで」

何故か酔っ払いお兄さんに同情的になって肩をトンと叩くゲン君。いや、何で？　君は私の味方じゃなかったの……？

無事平和的なお話し合いで解決。彼らの連れらしき人が3人の頭を叩いて強引に引っ張っていった。『お話し合い』といっても圧力かけたりとか脅したりとかはしていない。ノー暴力、イエーイ。ちょっと交渉していた1人が凄い見た目が怖かっただけですよ、ええ。

「くぅーん、くぅーん」

でっかい図体のハスキーがお腹を見せて構ってアピールをしてくる。こういうところは昔のまんまだなあーと微笑ましくなる。

「よしよし、ハスター君は良い子だなー」

「いや、名前はパンナコッタなんですけど」

「拾ったときハスターじゃなかったっけ？」

「邪神っぽいと嫁に却下されました」

「パンナコッター」

ぷいっとそっぽを向くハスキー。続けて「ハスター」と呼ぶと「わふ！」と尻尾をふりふり。多分パンナコッタって名前の響き、あまりお気に召していないのでは……？　妹も「元気だったー？」とハスター君もとい、パンナコッタ君にバッと抱きついてスリスリ頬擦りをする。ぷにぷにのほっぺがまた可愛いらしい。可愛いと可愛いが合わさり最強に見える。

動物にはあまり好かれない妹にも懐いている。昔よく餌をあげていたし、先程の男性に対する対応を見れば分かると思うが、元々この子が人懐っこい性格をしているというのもあるのだろうけれども。ちなみに人間様にデレデレに絆されている様子に見えるが、過去にひったくり犯を捕まえたこともありご近所では評判の子だ。飼い主は飼い主で見た目はあれだが、川で溺れる小学生を助けて警察から感謝状を貰ってたりする。なお、よく警察から職質されている模様。見た目が厳ついのは、イジメられないようにと彼なりに色々考えての事らしい。ハリウッド映画でスキンヘッドで悪人をバッタバッタとなぎ倒していく俳優さんのファンであるという点もあるらしいのだが。そんな彼にベタ惚れの現在のお嫁さんの存在もあって未だにその容姿を継続中らしい。確かにハリウッドの俳優さんってスキンヘッドとかでも滅茶苦茶格好良い人多いよね。憧れる理由も分かる。特にイジメられていた時なんて強くて格好良い存在には憧れが一際大きくなるのも頷ける。人は見かけによらないという言葉の典型例みたいなゲン君ではある。割と昔は一緒になってヤンチャしていたこともあるが、それについて語りだすと色々と現在では問題がありそうなので割愛しよう。

「9月のお祭りの時会った子だよ。前も撫でたでしょ?」

「あ、あの子……ん」

十六夜嬢がゆっくり手を伸ばすと、その手をぺろぺろと舐める。流石はセラピー犬として定期的に介護施設に出張しているだけはある。吠えたり噛んだりすることはない。吠えないけど「くぅん、くぅん」と甘えた声はよくあげる。あと構ってあげないと露骨に寂しそうな顔をする。表情と尻尾で感情がすぐに読み取れる。そう言えば、9月のお祭りの時にゲン君の嫁さんがパンナコッタ君散歩させてたときに遭遇したんだっけか。その時は変なのに絡まれていたのを助けてもらって、後日菓子折り持ってお礼しに行ったっけか。
　母親には既に十六夜嬢を見付けたと一報は入れてあるので、恐らく彼女のお母さんのところに連絡も行っている頃合いだろう。えらいこと心配していた元後輩にも彼女の事を報告する約束だったのを思い出して、２人が犬と戯れている姿を視界の隅に置きながらトークアプリを起動する。

私：ひとまず発見した。特に怪我とかもない。変なのに絡まれていたけど、なんとかなった
後輩：あー、そうなんスね、よかったあ……。こっちも関係者に連絡入れときます
私：彼女の親御さんにはウチの母から話は行っているとは思うが、事務所関係者の方は頼む
後輩：あ、傷心の女の子誑かさないでくださいね
私：そんな真似しないよ
後輩：そういうとこ自覚した方がいいっスよ、マジで……落ち着いたら帰ってきてほしいとだけ伝えてほしいです。ずっと待ってますから
私：分かった。意外と面倒見が良くてびっくり
後輩：誰かさんに影響されたんスよ、誰かさんに

　これであちらの事務所の人も少しくらいは肩の荷が下りたことだろう。所属の演者がこういう事態に陥ったときの事務所関係者の混乱は、想像するだけでこちらも頭が痛くなってきそうだ。だが、特に彼女のような未成年の所属タレントを取り扱うのであれば、もっときちんと対

策はしておくべきだったろう。他所様の箱に苦言を呈すつもりはないし、と言うよりあんだーらいぶだって見直さなくてはならないところも沢山あると思う。

「その大荷物ってことは家出？」

「………………」

「ひとまず、母さんに頼んで親御さんに連絡を取ってもらったから――」

「あの……お兄さん」

　お兄さん？　ああ、私の事か。確かにお互い認識はしていても初対面。ＶＴｕｂｅｒの神坂怜として活動していることは承知の上だろうが、何より私の本名は知らないだろうし、その名前をこういった場で呼ぶのも憚られるだろう。私も彼女の活動名以外は知らないわけで。だけど思い返せば柊先輩とか事務所のメンバーとリアルで遭っている時もネット上での活動名で呼んでいるな、私たち。肝心の配信中に本名とか出さないように、という背景もあるけれども。最初にお互いにＶＴｕｂｅｒとして出会っているので、そっちの方がしっくりくる。

「今夜は帰りたくないです……」

　その言い回しやめて
「俺は兄貴を警察に突き出すなんてしたくはなかったが……未成年は駄目っすよ。未成年は」

「それは誤解だからね!?」

「あれだったら一緒に警察行きます……大丈夫です、何があっても兄貴は兄貴ですから」

「くぅーん」

「1人と1匹揃って人を犯罪者扱いするのやめてもらっていいですかねぇ」

「てへぺろ」

「ワン！」

見た目の割にお茶目な性格をしているゲン君。ナイフ舐めるような仕草にしか見えないけれど、それは心の内に留めておこう。

引けばいい」

112 名無しのライバー ID:nVNZOeAeV
何言ってんだこいつ

113 名無しのライバー ID:UzJ9BgX6l
青天井ガチャはマジでエグい

114 名無しのライバー ID:dMNfowuW8
一般的なガチャゲーなら200～300回ガチャ引けば必ずピックアップキャラ入手できる救済措置があるが、このゲームにはない

115 名無しのライバー ID:rJMcFPCng
えぇ……

116 名無しのライバー ID:OM49Uh5Xl
ガチャって1回幾らくらいなん？

117 名無しのライバー ID:a9Wxx9qnP
10連で約3000円なので
200天井→6万
300天井→9万
ゲーム内の報酬とかもあるから
無料でも天井叩ける場合はある

118 名無しのライバー ID:l9lH2tByS
メンテが伸びるとお詫びで
ガチャ引くアイテムが貰えるから喜ばれる謎現象

119 名無しのライバー ID:ejQ9gJ2+w
詫び石な

105 名無しのライバー ID:MoBthread
畳、ガチャ枠やる気満々です

---

柊冬夜@野菜スムージーは飲める@Hiiragi_underlive
今日はガチャ枠だー！
人権キャラの上に可愛いとか引くしかねぇじゃねぇーかよォ！
うぉおおお、10連で10枚抜きするぜぇ！

---

106 名無しのライバー ID:275r7A+Z/
>>105
爆死する未来しか見えない

107 名無しのライバー ID:lSQSbMqpE
>>105
自分からフラグ立てるの止めない？

108 名無しのライバー ID:SNSh0FVvU
>>105
さっき：パチンコ
今：ガチャ
どうなってんだこの箱……

109 名無しのライバー ID:py/WVJKAh
そんなの今更

110 名無しのライバー ID:M5lu+TBXK
これがあんだーらいぶだ（棒読み

111 名無しのライバー ID:+TRa7N1AP
畳「イメージするのは常に最強の自分……つまり10連で10枚抜きという強い意志で

120 名無しのライバー ID:2tXYn3HWH
別ゲーだが謎詫び石配布理由シリーズ
・カメラが手ぶれしていたお詫び
・公式生放送でTシャツにカレーうどんのシミが付いていたことに対するお詫び
・公式生放送出演プロデューサーの服に毛玉が沢山付いていたお詫び
・煮っころがしを芋煮と呼称したお詫び
・ロリキャラの胸を盛ってしまったことに対するお詫び
・お詫びが遅れたことへのお詫び
・お詫びの文章の誤字のお詫び
・お詫びのお詫びのお詫び石配布

121 名無しのライバー ID:mlEBkL9cJ
もう石配りたいだけじゃん！

122 名無しのライバー ID:WibdEEbe3
芋煮とか山形だと紛争が起こりかねない

123 名無しのライバー ID:Fy6mJZxZJ
ロリキャラの胸が大きくてもええやろ！

124 名無しのライバー ID:Qfu9AqRqr
絵じゃん、って言おうと思ったら
ワイらが推してるのも世間では「絵じゃん」って言われてた件

125 名無しのライバー ID:ETp3yUuip
無（理のない）課金

126 名無しのライバー ID:sPssq/97l
課金は家賃まで定期

127 名無しのライバー ID:3tYinUlhQ
つまり実家寄生中は0円や

128 名無しのライバー ID:3/uZS43MY
まあ配信的にはガチャは基本バフだから

129 名無しのライバー ID:sB7cNtIjY
早々にお目当てのキャラ引くと低評価付く傾向にあるのマジで草

130 名無しのライバー ID:QAVM0NnEm
人の不幸は蜜の味って言葉がありましてね

131 名無しのライバー ID:MkkHwWET9
愉悦を味わいたいからな

132 名無しのライバー ID:LWegk6wPu
速報　畳ガチャ爆死

133 名無しのライバー ID:k54CYI7ag
知　っ　て　た

134 名無しのライバー ID:sJZLy8HKx
親の顔より見た爆死

135 名無しのライバー ID:ObWcJvev1
もっと親の爆死見とけよ

136 名無しのライバー ID:JKrX4A7ID
親がガチャ爆死してるの見たくないやろ

137 名無しのライバー ID:+TUTKd+9X
実の兄がガチャ爆死で盛り上がっている夏嘉ちゃんの気持ちを考えよ

138 名無しのライバー ID:QlykOUmhN
そら、比較的まともな兄属性持ちの脱サラ
に恋しちゃうよねぇ
グッズとかボイス感想とか毎回うっきうき
報告しててかわよ

139 名無しのライバー ID:5cenGRiBy
最近は畳も夏嘉ちゃんガチ恋に関しては特
に苦言を呈さなくなった模様

140 名無しのライバー ID:ekSza7Ify
しゃーない
数字伸びる以外は優秀やからね実際
オフでも会ってる上でそれだから、裏でも
あんな感じなんやろ
炊事、洗濯、掃除、性格も良く、温厚
ちょっと年齢が上なのと今の収入が不安定
（？）なの除けば割と優良物件

141 名無しのライバー ID:4kMJ/yZcq
アレが頑張ってメス出しアピールするのも、
まあ納得
あいつの場合はそれやって許してくれる相
手選んでやってる節はあるが

142 名無しのライバー ID:MoBthread
Vやってるのって基本的に社会経験浅い若
い子が多いからな
より一層まともに見えるのは分かる
でも実際のところガチで一番拗らせてんの
あいつやろ……
延々と粘着するアンチに一切お気持ち表明
もせず毎日配信とか正気の沙汰じゃねぇよ

143 名無しのライバー ID:waTt9BCLz
現実で心壊れちゃったんだろうなあ
それでメイン盾になってるなら複雑よね

144 名無しのライバー ID:Zynrb0MOZ
妹ちゃん、虎太郎くん、mikuriママとか
いう出てくるだけで
脱サラを笑顔にできる存在

145 名無しのライバー ID:i1rorCitD
速報　畳10連毎に野菜スティック食べる

146 名無しのライバー ID:WwPB530Kc
草

147 名無しのライバー ID:Kj57z+f2m
コメントで農家に謝れって言われてて草

148 名無しのライバー ID:n/UyKCmm5
コメ「農家に謝れ」
コメ「まず野菜スティックに謝れ」
畳「マヨネーズうめぇ」
コメ「マヨネーズたっぷり塗ってんじゃね
ぇ！」
コメ「素材の味を楽しめや」
畳「だってマヨないとタベラレナイ」

149 名無しのライバー ID:9faOt30w5
これ後で夏嘉ちゃんから指導入りますねぇ

150 名無しのライバー ID:9lDjmdGpO
夏嘉ちゃんがいなかったら多分不健康で体
調崩してるよな、こいつ

151 名無しのライバー ID:A+DKES+a6
なお兄が爆死する裏で夏嘉ちゃんはボイスにうっとりしていた

---

柊夏嘉@natsuka_hiiragi
イヤホン良いのに変えたから
怜くんのボイスを改めて聞く
くそほどいい
今月は添い寝シチュとか最高かよ
毎日夜聞きながら寝る

---

152 名無しのライバー ID:LVpSUEXzH
あっこりゃ

153 名無しのライバー ID:gckineki/
普段の配信と正反対のボイス内容だよな、毎月
たまにすげぇ事務的な月もあるけど
雫ちゃん台本と本人台本回がすぐに判別できる

154 名無しのライバー ID:threadXXA
まあもうすぐ燃えるけどな

155 名無しのライバー ID:future_xxx
我占い師
パチスロで素寒貧になる
悲しい

**今日の妹ちゃん**

よかったぁ……

# 24話

# 話し合い

【10月×日】

十六夜嬢の「今夜は帰りたくない」宣言の後、今夜はウチで預かることになったわけだが……勿論、母親経由で彼女のお母さんにはその旨連絡済み。こういうのきちんとしとかないと本当にヤバイからね？　ガチに犯罪になりかねないのでこの辺はキッチリ、しっかりしておくこと。よく創作物だと平気で未成年を自宅で保護してたりするけれど、現実としてやると普通に大問題である。

彼女のお母さんはわざわざこちらに菓子折りを持って出向いてきた。明日、直接顔を合わせて話すとのこと。心配だろうに、顔のひとつでも見せてあげてもよかったと思うのだが……「あの子、今わたしの顔なんて見たくないでしょうから」と言ってこちらに深々と頭を下げていた。だが、脱衣所の方から妹と十六夜嬢のきゃっきゃと騒ぐ声を聞いて目に涙を溜めて「よかった」と小さく呟く姿が強く印象に残っていた。彼女が産まれてすぐ父親の方に問題があって離縁し、女手ひとつで育ててきた娘なのだ。他人である私ですら心情を察するに余りある。大事な娘がネット上で誹謗中傷されている様を見せられては、活動自体を休止、引退を考えるような話を提案するのも当然と言えば当然だろうか。当事者というわけではないけれども、憔悴した母娘の姿を見ると、今回の一件で好き放題やりたい放題やっている人々には思うところはある。だが、それを私個人でなんとかできるわけもなく……せめて最善の形で収拾を図ることを目標として、ない頭を必死になって使うくらいしか出来ることがない。こんなとき他のあんだーらいぶメンバーならどうするだろうか……？　という考えが頭を過ってしまう。

ちなみに今回の一件を改めてまとめると、大体こんな感じである。

1. 十六夜嬢は親に秘密でオーディションに応募（後見人としては祖母が対応）
2. 活動がバレて一時は揉める
3. 親御さんが勉学を疎かにしないこと、というのを条件に認めることに
4. テスト期間で配信休止期間
5. 影尾氏のリーク動画
6. 事務所から彼女の親に連絡、経緯報告と謝罪がある
7. ＶＴｕｂｅｒ活動を引退するよう親御さんに勧められ大喧嘩の末に、十六夜嬢家出
8. 現在に至る

中々どうして、上手く行かないものだな。一見すると華やかに活躍している業界トップクラスのファン数を獲得している彼女ですらこうなっているのが現実。何度も言うが、バーチャルというガワを被ってファンからお金を巻き上げている風に取り上げられることが多いが、一般の人が思うよりもずっとずっと気苦労が絶えない職業だ。どんな職業であれ必ず苦労するとこ

ろはある。そういうものなのだ。楽して稼げる、なんてのは夢物語でしかない。

「流石に、疲れた……」

気苦労という意味では本業とは別だが、流石に今日は疲れた。今日は早めに休もう。こんな状態であれこれ考えても効率もよくないだろう。明日の私がそれなりのアイディアを捻りだしてくれることに期待しておこう。明日の朝食用のご飯を研がなくちゃ……。

「珍しい、晩酌？」

「ああ。お前も一杯やるか？」

「付き合うよ、冷蔵庫にチーズあったから持ってくる」

酒はそんなに強くないのだが、リビングで今夜は珍しく父が晩酌していた。そういう気分だったのだろう。父は父で今回の件で昔の事を思い出して複雑なようだ。私や妹が過去に嫌な出来事があったとき傍にいられなかったことを酷く後悔しているらしい。単身赴任故仕方なかったとは思うのだが、子を持つ親としてはそういう言い訳では納得できなかったらしく、多少給与は下がるものの地元へカムバックしてきた。母は母で仕事辞めちゃったけれど、妹のごたごたがあった時期は祖母が体調不良でその面倒を見に家を空けており、実質私と妹の2人暮らし状態だったのであんな顛末になってしまった。

私の一件では母が退職、妹の一件では父が異動。とまあ兄妹揃ってここまで迷惑かけたのは余所ではそうそうあるまい。だからこそ『はやく孫の顔を』と言われると申し訳なくなってしまう。きちんと元気なうちに親孝行はしたいものである。今度温泉旅行にでも招待してみようかな。

「お前は平気かもしれんが程々にな」

「私、滅茶苦茶釘刺されるなぁ」

「妹絡むとどんでもないことしでかすからな、お前」

「それに関しては何も言えないや」

「辛かったらお前も辞めれば良いし、人生っていうのは長い。幾らでもやり直しは利くからな。やりたいようにやればいいさ」

「分かってるよ。昔っからそれ言われてるから。だから――俺はやりたいようにやってるよ」

「ならいいが」

幾つになっても親に心配されるのが子の運命なのだろうか。


**【10月×日】**


十六夜嬢の母親が来訪。昨日とは打って変わってきっちりと正装。昨日は本当に着の身着のままで慌ててやってきたのだろう。マイシスターが「わたしが説得してみせる！」と張り切っていた。まあ乗りかかった船だし、何よりもマイシスターにとっては大事な親友。友人のために行動する姿を見てお兄ちゃんとってもホッコリです。

「この度は娘が大変お世話になりました。改めて御礼を――」

「いえいえ、さぞ心配だったでしょう」

母親が応対している。その脇でいそいそと準備を進める妹とそれを手伝う、父と私。あちらは重苦しい雰囲気で相変わらず互いの主張は平行線。要約すると「絶対に辞めない」と「今後もこういうことあるから辞めなさい」の意見のぶつかり合いが続く。徐々に空気も重くなってきたところを見計らって妹が動く。

「はい！　十六夜真ちゃん一番のファンであるわたしがプレゼンします！」

ノートパソコンでプレゼン用のスライドを表示させる。ちなみに父親の趣味で映画鑑賞に使っているホームプロジェクターを借りている。『十六夜真ちゃんのここがすごい』と銘打って作られたものだ。何かやってることは案件時の私と大して変わらなくない？　やっぱ兄妹なんだなって思う。急にそんな話をはじめるものだから、彼女も彼女の母親もポカンとした表情。ちなみに私も父もしっかり監修しているので内容に関しては何ら問題はない。事前準備がしっかりできるマイシスター、偉いぞ。こういうのが出来る大人は信頼されるのだ。

タイトル通り彼女はこんなに凄い、人気で、皆からも愛されているんだ、という旨のプレゼンだ。マイナスばかりではないよ、というアピールをしたかったのだろう。私はスライド切り替えを担当中。父は後方で腕を組んでうんうんと見守る係。母は我々３人を呆れ顔で眺めながら虎太郎に餌付け中である。なんか反応冷たくない？

「ファンが多いのも、登録者も多いことも知っています。ですが、あまりよく思わないコメントや動画で槍玉に挙げられていることも事実です」

「それは我慢すればいいだけだから——！」

「それであなたが傷付いて、どうなるの。そういうの気にしないような人ならいい。でもあなたは違うでしょう……今後こういうのが何回もあってあなたは耐えられるの？　私はそれが心配なの」

隣で妹が「あわあわどうしよう」とか言ってる、可愛い。さて、どうしたものか。と考えていると見かねた母が虎太郎に指を噛まれながらも言う。

「それを傍で支えてあげるのが親の役目だと思います。何かあって失敗して、それで子供は成長するものですから。ウチのなんて三十路前に好きな事やってんですよ」

「母上、それちょっと酷くない？　幾つになっても夢見ていいじゃないか」

「だから別にあんたの活動に文句言ってないでしょう」

「あれ……？　それはそうか」

でも配信内容に度々ダメ出ししてこなかったっけ？　とかどうでも良いことを考えていた。

「今回のは——えーっと、ほら、あんたこういう悪知恵得意でしょ」

「さっきから凄い辛辣だな、母よ……」

えらそうなこと言えるほど、私登録者数多くないし、大した被害に遭ったこともないんだよなあ……。確かに親御さんからしたら、子供がこういう職業に就くってのは将来のこともあって心配になるのは至極当然だと思う。子供がＹｏｕｒＴｕｂｅｒになって食っていきます、なんて言われてもよく思わない親の方が多いはずだ。

子供が抱く夢って大方成就しないものだ。将来なりたい職業で、サッカー選手や野球選手などを挙げる子が私の小さい頃には多かったが、実際にその職業に就ける人は少なくとも同じ小、中、高と見ていない。多くが夢破れる、あるいはそれに至る努力などをしないふんわりとした気持ちで将来の夢として挙げることの方が多い。

だからこそ、実際にそれを叶えた彼女の努力や想いは尊重されるべきで、一概に否定されるべきではない。その逆もまた然り。彼女を心配するお母さんの想いというのも汲んであげるべきだろう。どういう形であれ、こういうことで仲違いするなんてのは間違っている。

親御さんにもそれが伝わればきっと、後は2人でじっくり話し合えば済む話なのだ。結局のところ、元々関係が良好な人間同士のいざこざやトラブルってのは話せば解決することが多い。当事者からしたら、そういうのがやり辛かったり、嫌だったりするんだろうけれども。私も過去の仕事の関係者にやって来られたらノーサンキューだもの。

後輩ちゃんズの時にもあったが、腹を割って話すってのが一番だ。こういうのってお互いに気遣いしてるから話がややこしくなっちゃうんだよなぁ。ままならんね、現実って。話し合いがスムーズに進むように少しくらいはお手伝いできないものか。とは言え、あまり口出ししすぎるのもあれだが……一応、外野で騒いでる人たちを黙らせる方法は幾つかあるのだが、そうすると色々弊害も考えられる。その後どういう事態になるかは過去の経験から大凡想像出来る。出来てしまう。

きっとこのやり方だと丸く収まるはずだ。誰かが泥を被らなくてはならないというのならば、それは私で良い。ただ、私を支えてくれる周囲の人やファンの人の事が脳裏に過って少し胃がキリキリと痛んだ。昔は全然平気だったんだけどな……こういう行為はその人たちへの裏切りにもなり得るのでは？　そんな当たり前の事に気付き余計に久しぶりに結構胃が痛くなってきてしまった。胃薬常備薬にまだあっただろうか。

「差し迫った問題の解決なら、まあ至極簡単なんですけれども」

「警察とかでしょうか？」

「それもひとつの手ですね。ただその場合身バレの可能性も当然出て来るわけですし、何より時間がかかるのが難点です。今回の場合もっとお手軽なのがあります」

「お手軽……?」

「今出回っている情報が誤りであると周囲に広く認識させるだけですよ」

「……?」

「お母さん、娘さんのために一緒に配信とかできますか?」

そう——母娘が不仲と好き勝手騒がれるのであれば、それを覆すだけの事実を突き付けてやれば良いだけの事だ。実際に2人のやり取りを見ていると決して元々不仲というわけではない事は痛いほど分かる。仲良く配信する様子を視聴者に見せ付ければ、今ネットで騒がれているような事は事実無根であるとすぐに上書き修正され、誤った情報を拡散していた人々にファンから批判の声が集約されるだろう。そうすればあくまで彼女は被害者であるという事が広く認識され、マイナスイメージも払拭(ふっしょく)できるし逆に注目度もより増すというもの。あっちから仕掛けてきたんだから、これを利用して名を売るのだってありだろう? そのくらいのことをしないと割に合わないではないか。

「分かりました。どういうものかは分かりませんが、それが最善であるというのであればやりましょう」

と彼女の母上も随分と前向きな意見だった。元より十六夜嬢の活動を傍で見てきたのだ。娘のために、という想いが強いのは当然か。

**【10月×日】**

母娘のコラボ配信でイメージ払拭を狙ったのだが、大きな壁に直面することとなった。

「あ、あの……お兄さん……！　事務所から、ダメだって……言われちゃって」

事務所NGである。私の策は見事に水泡に帰するのだった。

231 名無しのライバー ID:hZjsK7N2W
なーんか最近スレ荒れてない？

232 名無しのライバー ID:EjOzlNgrD
ソリライスレは荒れすぎてIP付きのスレになってんなぁ

233 名無しのライバー ID:ggd8eoCbv
アフィブログとかニヨニヨで影尾の件触れるのも散見される

234 名無しのライバー ID:0hgvzvMuR
うちもIPアドレス付きにすりゅ？

235 名無しのライバー ID:R9nue96Tz
IPアドレスって
端末ごとに振られてる住所みたいなやつ？

236 名無しのライバー ID:iQzA3a3w7
そうだよ
IP付きだと掲示板の勢いは落ちるけど
荒れにくくはなるから……

237 名無しのライバー ID:CDbCCJvaL
様子見でええんちゃうか
下手に付けて勢い落ちるとなんかそれはそれでもにょる

238 名無しのライバー ID:7mw1jzG8C
うちじゃなくてよかったなww
ライバル減って安泰やでwwww

239 名無しのライバー ID:+5ngXLPSL
そうアフィね

240 名無しのライバー ID:QyLQ65f+j
はいはい、ワロスワロス

241 名無しのライバー ID:edUg39qN6
こういう対立煽りとかもなぁ……

242 名無しのライバー ID:yAB7lXxIp
家族間のトラブルくらいどこでもあるやろ
ワイニート10年目で毎日喧嘩しとるで

243 名無しのライバー ID:rvXqpRVlM
働け

244 名無しのライバー ID:vYmWwWgpg
それはお前が悪い

245 名無しのライバー ID:dMJjjgVb1
親からすりゃVTuberなんてあまり聞こえの良い職業ではなさそうだしなぁ
何より今回みたいなのがあると尚更良い印象はないやろ

246 名無しのライバー ID:gckineki/
それな
こういうデマとか誹謗中傷には各事務所きっちり対応すべきだよ
脱サラに対するやつとかも放置してるのおかしいよ

247 名無しのライバー ID:zlUZMATb6
それこそ警察沙汰とかの
前例作っちまえば少しは歯止めも利くだろ

248 名無しのライバー ID:ZGg5ha0jv

芸能人へのネット上での誹謗中傷ですら
対応は割と最近からだからなあ

249 名無しのライバー ID:YWAc49sEJ
則罰せられるような実例がないのも
余計に批判を加速させている気がする

250 名無しのライバー ID:C/cAnbZjV
でもこういうのは本当あるよなぁ
現実とこっちどちらを選ぶか、みたいなの
若い子は特に

251 名無しのライバー ID:qcqAuLenc
世知辛いなぁ
バーチャルなのに……

252 名無しのライバー ID:qGVO9Kjny
あんらいじゃなくて良かったと
喜ぶべきなのかねぇ

253 名無しのライバー ID:x058c2wse
こっちにだって月太陽コンビいるんだから
他人事じゃあねぇよ

254 名無しのライバー ID:EswdcfKZX
脱サラの妹の雫ちゃんの親友だぞ
寧ろ身内に近いまである

255 名無しのライバー ID:faV3DqE4w
今までノータッチでアンチ放置していた
運営側にも責任の一端はあるやろ

256 名無しのライバー ID:v2b1A8iAh
それはそう

257 名無しのライバー ID:SILcdQY9W
どうしてV業界って運営君が残念なの？

258 名無しのライバー ID:Qz5tDVuaG
リアル芸能界ですら対応が遅れたんだ
そこまで求めるのも酷だとは思うが

259 名無しのライバー ID:3mfPqxH7u
でも自殺者とかでたら洒落にならんで

260 名無しのライバー ID:SVCWjcaUs
リアルってどの業界に限らず
犠牲や痛みが伴わないと放置されがち

261 名無しのライバー ID:GYCZS0SLk
リアルの闇デッキぶんまわすなよ、お前ら
その術はワイに効く

262 名無しのライバー ID:MoBthread
こういう時は頭空っぽにして見られる
女帝とか畳の配信が丁度ええんじゃあ
実況って本来の仕事すらできなくなったら
ワイらの存在理由なくなるぞ

263 名無しのライバー ID:liL25X45k
駄馬にしては良い事言うやん

264 名無しのライバー ID:OhQBc49Ec
女帝なにやってんの？

265 名無しのライバー ID:Z11sk8DPa
女帝はまた変な事やっとるんやろ（適当）

266 名無しのライバー ID:sXhbfccim

ファンから貰った怪文書（ファンレター）
の上の句と下の句を勝手に分けて
百人一首してるよ

267 名無しのライバー ID:2X8PUsjCZ
>>266
は？

268 名無しのライバー ID:SHTyNXNtD
>>266
なにやってんの？

269 名無しのライバー ID:1RIKJlzEl
>>266
草

270 名無しのライバー ID:gYKEG1ZUa
女帝、お前ファンレターを何だと思ってるんや（困惑）

271 名無しのライバー ID:MoBthread
※事前に配信のネタにする用として募集

272 名無しのライバー ID:9rOaXypoQ
とんでもない奴に見えて
ラインは超えないよな

273 名無しのライバー ID:XEdOnfJre
その辺は流石女帝なんだけどさぁ
まず発想がおかしくない？

274 名無しのライバー ID:KTQsBZ7yj
あんだーらいぶだぞ？

275 名無しのライバー ID:Tv0BQEaop
あんらいの女帝は伊達ではない

276 名無しのライバー ID:QZRGUJ3OB
あの人のせいでお笑い集団的な
要素が拭いきれなくなってしまった

277 名無しのライバー ID:zTZuluKMC
取るのは早そうという理由だけで
百人一首の対戦相手として呼ばれた忍ちゃんの気持ちも考えろ!!

278 名無しのライバー ID:HlWB7pokS
忍ちゃんェ……

279 名無しのライバー ID:3Yflmk5Ho
忍ちゃん「しゃぶしゃぶに釣られた」

280 名無しのライバー ID:whpb2lCTe
ハッス「当たり前みたいに読み上げ役で呼ばれた私は？」

281 名無しのライバー ID:xLNcuAb8N
ハッスはもう相方みたいなポジだから……

282 名無しのライバー ID:b7Ki7tqAr
被害者の会筆頭候補や

283 名無しのライバー ID:EHSEPq3Is
わざわざ雰囲気を出すために畳マットを用意したぞ

284 名無しのライバー ID:WS1C1j2xn
しかも畳に案件を投げた事のある

天草畳製作所さんがわざわざ用意してくれたぞ

285 名無しのライバー ID:AOonwMHFr
草

286 名無しのライバー ID:L4Qu5S53E
しょうもない企画になんでスポンサーがいるんだよ!?

287 名無しのライバー ID:POZqTvovZ
畳提供してもらう配信ってなんだよ

288 名無しのライバー ID:QyJHW/0DC
即日納品された模様

289 名無しのライバー ID:T3VlpHvqX
はえーよホセ

290 名無しのライバー ID:MoBthread
これが半日の出来事である
女帝「なんか良さそうなマットない？　畳だし知ってるでしょ」
↓
畳「知らねぇ……SNSで聞くかぁ」
↓
天草畳製作所さん「お　任　せ　く　だ　さ　い」
↓
女帝「畳会社の社長さんが軽トラで直送してくれた！」
畳「行動力ぅ!!　社長さんありがとう!!」
女帝「配信中滅茶苦茶宣伝します」
↓
ホームページが鯖落ちする
&
畳マット完売
↓
天草畳製作所さん「やっぱりVTuberすごい!!」

291 名無しのライバー ID:LXKj9WTSk
一番面白いのが畳屋さんの卑怯だろｗｗ

292 名無しのライバー ID:X5WNgErr8
ノリノリ畳屋さんすこ

293 名無しのライバー ID:7iuldWv5j
フットワーク軽すぎぃ！

294 名無しのライバー ID:NfAhko2VU
社長自ら軽トラで駆け付けるのホント笑う

295 名無しのライバー ID:NQMqJjtim
畳案件で経営危機を脱したという逸話があるからな

296 名無しのライバー ID:1KPfC/vd9
忍ちゃん対策で高耐久仕様なの地味に草

297 名無しのライバー ID:QyEfSj/P5
忍ちゃん「叩き心地が良い。さすがだ」
この発言のあと完売したんだよね……

298 名無しのライバー ID:2qkMFd/RD
叩きソムリエの忍ちゃんが言うならな

299 名無しのライバー ID:rcUUmIdml

忍ちゃん取った時
音だけで判別できるな

300 名無しのライバー ID:qWZ9HmHc/
台パンで鍛えただけはあるな

301 名無しのライバー ID:X/qO/iHkl
音がキッレキレでホンマ笑うわ

302 名無しのライバー ID:IjfrLuSVQ
リスナーのノリもここのノリもこのくらい
じゃあないとな

303 名無しのライバー ID:4x/IsREDP
やっぱこのスレはこんなノリじゃねぇとな

304 名無しのライバー ID:future_xxx
我占い師
導きにより寄った公園近くの自販機で
あたりを引いてしまう

305 名無しのライバー ID:5qMZz0gLA
お前余計なところで運使ってんじゃねぇ
よ！
だからギャンブル負けんだよ!!

306 名無しのライバー ID:future_xxx
(´・ω・`)
あ、でも近々なんか重大発表があるって夢
で見た気がする

# 25話　先輩

**【10月×日】**

「あ、あの……お兄さん……！　事務所から、ダメだって……言われちゃって」

十六夜嬢の報告に私は頭を抱えていた。想像出来なかったわけではない。そうなったら困るから、想定しないようにしていた。そうだ、事務所が許可する事は通常考えにくい。あんだーらいぶは柊先輩の妹、夏嘉ちゃんといった前例があるものの、一般的な企業系VTuberさんにおいてその前例がなければ「はい、いいですよ」なんて簡単に許可が下りるわけはない。私にマイシスター雫ちゃんとのコラボ配信が許されているのは、まさに先輩の前例があったからであろう。その先輩も配信事故みたいなところから、夏嘉ちゃんの存在を視聴者に認知され徐々に配信への露出が増えていったという背景があり、事務所側としても「仕方がない」と諦めた節がある。十六夜嬢のお母さんの配信への出演というのは、確かに不仲のイメージを払拭するのにもっとも手っ取り早い手段。しかし、唐突に今まで配信に一度として絡んだことのない身内が登場すれば確かに違和感を持つ人もいるだろう。穿った見方をすれば、今回の不仲疑惑に対する見せかけだけの対応と取られかねない事も事実。下手な行動で火に油を注ぐようなことをするよりは、黙って嵐が過ぎ去るのを待った方がより効果的と事務所側として判断したのかもしれない。確かにその方が合理的だ。きっとそれが正しい。

それでも、今苦しんでいるのは十六夜嬢だ。今にも心が折れそうになっているのは彼女だ。悠長に嵐が過ぎ去るまで待っていては取り返しのつかないことになりかねない。ネットを断って一切何も見ずにいれば良い、なんて言えない。もしそれを実践したとしても、彼女に向けられた言葉という名の棘は心に刺さったままだ。精神面でのケアを専門とする人に診てもらう、だとかそういうのが一番かもしれないが……早急に解決するのであれば、現在彼女に向けられた批判の的を別に向けるか、あるいは根本たる不仲説解消が有効なはず……今回後者が不可能であるのならば、私が出来るのは前者……とも簡単には言えない。

仮にもあんだーらいぶという事務所に所属している身だ。同じ箱所属のメンバーが相手ならば好き勝手に動けたかもしれないが、今回の場合は相手は他事務所の子だ。下手な行動をすれば箱そのものに大きな不利益を与えかねない。それは避けなくてはならない。では一体どうすれば良い……？

「お兄ちゃん、どうする……？」

「大丈夫。少し考えてみるさ。一応準備だけは進めておいてくれ」

「うん……無理はしないでね……？」

「分かってるさ」

心配する妹に対しては「大丈夫」なんて強がってはみたものの、半日ほど考えてみたが未だに答えは出せずにいた。こうなってくると、本当に静観が正解に思えてしまう。実際それが一番リスクが少ないのかもしれない……だが、本当にそれで良いのか。

「打つ手なし……」

なんて自分は非力なのだろう。

そんな悩みを抱えたまま、来月のとある企画の打ち合わせを柊先輩と行った。詳細は来月中盤から後半にかけて話すことになるとは思うので、今は説明は割愛させてもらおう。簡単な打ち合わせを終えた後、少し雑談などを交えていた。

「んだよぉ。深刻そうな面じゃなかった声しやがって。辛気臭い辛気臭い」

「辛気臭いのは多分いつもの事なんじゃあないですかね」

「今日はいつも以上だ。なんかあったか？　主に雫ちゃん関係で」

「あー……」

「お前、自分の事だと割と平気そうだけど、他人の問題だと露骨にそういう感じになるから、最近ある意味分かりやすいよな」

「…………」

よもや直接対面でもない、ただの通話、会話だけで見抜かれるとは思わなんだ。こう見えても、誤魔化すのには長けているという自負があった。今までずっとそうして生きてきたからだ。弱みを見せて良い事があったためしがないから。親切な顔をしていた相手が、いざ蓋を開けてみると裏切ったという事実だけが残る。あんな思いをするくらいなら、そうならないようになんでも自分だけで解決できるように、という思考に至るのは至極当然の流れだった。この世で家族の次、あるいは同じくらいに信頼していた相手、生まれた直後からずっと付き合いのあった、本当に家族のように一緒に過ごして来た相手。結局は彼女の真意を見抜けなかった、本当の想いに気付けなかった私に原因があるのだろう。彼女は悪くない。

「まあ、なんでもいいさ。話したくないならそれでもいい。俺は箱の皆が活動続けられるんならなんでもいいよ。うお、この焼きそばパンうめぇ‼」

惣菜(そうざい)パンのパッケージのビニール袋を開く音が聞こえ、おもむろに食事を始めた先輩。わざわざ通話を切るでもなく、あえて間を持たせて話す機会をくださっているのは分かってしまう。果たして今私の抱えているこれを無関係の彼に話していいものか？

不意にこの間の先輩の「馬鹿野郎。失礼もクソもあるかよ。そこは『俺たちを同期みたいに思ってる』、それで充分だろうが」という台詞(せりふ)が頭を過(よぎ)る。今までこんな風に言ってくれる人なんていなかった。いつだって人間関係で失敗して、社会人になってからは他者とは一定の距離を保ってビジネスライクな関係を常に心掛けていた。あえて距離を取って、親しくなりすぎないように。単に弱い私が目を背けて逃げているだけなのかもしれない。そんな恐怖感があったのかもしれない。もしかしたらまたあの時みたいに裏切られるんじゃないか、あの時と同じような目に遭ったら、本当に今度こそ立ち直れないんじゃないか――そんな気がしたから。このあんだーらいぶのＶＴｕｂｅｒとしてデビューしてからも、他者とは適度な距離感を保とうとか思っていた。それでもいざ活動を開始してみるとどうだろうか。何かにつけて声をかけて、気にかけてくれる先輩たち。こんな頼りない、何もない私を先輩と慕ってくれる後輩たちも出来た。それだけに限らず、事務所外の個人で活動している人やイラストレーターさん、そして何より……こんな私みたいなのを好きだと、推しと呼んでくれるファンの人が出来てしまった。いつの間にか、周囲にはそんな人たちばかりになっていた。

——人に頼る、か……。

人様に迷惑をかけるのは忍びないし、以前までの自分ならまず他人に頼る事は選択肢にすら入らなかっただろう。それに今回は妹にも関係してくる。あの子のあんな不安そうな表情を見るなんてごめんだ。此度の一件は自分の力だけではどうにもならない。

「少しだけお時間よろしいでしょうか？」

「暇だし、良いぞ」

妹を通して十六夜嬢に今回の件で柊先輩へ相談しても良いか、確認を取ってもらう。元々先輩のファンであるのもあってか、1分もしない内に許可を知らせる旨の回答が返ってきたのを確認してから、ひと息深呼吸。幾ら身内——妹の親友のためとは言え、他社のＶＴｕｂｅｒ事情に首を突っ込むのはダメだろうと指摘されてしまいそうなところだが……。

「柊先輩、相談したいことがあります」

「おうよ。その言葉何ヶ月待ったと思ってるんだよ、親友。遅すぎるんだよ。ばーか」

「先輩……」

「やーい、ばーか、シスコーン！」

「ちょっとしんみりした私の感情返して」

「俺、そういうノリ嫌いなんだもん」

こういうところ本当に敵（かな）わないなぁ……。

「――というわけなんですけれど」

「まあ、大体想像は付いてたけど。それはそうと、メロンパンの中にクリーム入れるの邪道だと思わね？」

今回の経緯を簡単にかいつまんで柊先輩に説明したのだが、そのひと言目がそれだった。特に否定されるわけでもなく、「知っていたけど？」みたいな本当に軽いノリで、いつも通りの声色、テンションで焼きそばパンを食べ終わったのか、次にメロンパンを食べ始めていた。この時間からそんなにカロリーを摂取して大丈夫か、とか心配する気持ちもあったが今はそれどころではない。

「だって雫ちゃんと十六夜ちゃんがリア友だってのは周知の事実じゃん。あの子が妙（みょう）な騒動に巻き込まれているのを知った時点で、まだかなまだかなチラッチラッしていた俺の気持ち分かるぅ？」

「でも他所の箱の事情に首を突っ込まない方が良いとか、そういうのって――」

「雫ちゃんはお前の妹だし、十六夜ちゃんは俺のファンって公言してるだろ？　それも俺の配信とか活動見て自分もVになろうって思ってくれた子だぞ？　俺が介入しない理由探す方が難しいだろ」

「彼女、そういえば先輩の大ファンでしたっけ」

「デビュー直後にフォローされて一瞬荒れそうになったからなぁ」

「もはや懐かしいですね」

「あ、お前が危惧するような、直接言及して擁護とかする気はサラサラないから安心しとけ」

どういう行動が危ういかなんてのは私なんかよりもずっとずっと長くＶＴｕｂｅｒをやってきた彼が知らない筈はない。彼女の抱える諸問題に関して直接言及しようものなら、あんだーらいぶも巻き込んだ大騒動になりかねない。更に事を荒立てる事にもなりかねないし、そういうのもあれこれ詮索して「匂わせ」だの色々言われる事も充分にあり得るわけで……そう考えると益々手詰まり感が凄い。

「それに事務所が違えど――ああいうのは不快だ。見ていて気持ちが良いもんじゃねぇからな。何も知らない人にＶイコール炎上みたいな構図が根付くのは個人的には好かん。もー、俺はおこだぞ。プンプン！」

　柊先輩もやはり今の状況に関して何か思うところはあるらしい。確かに若い子を皆で寄ってたかって批判している構図というのは容認しがたい。特に同業者で、同じ年頃の妹を持つ身とあれば尚の事他人事のようには思えない。

「ソリライ側が今回のリアルママ召喚に応じないのは、荒れている事へのアンサーで出演させるっていう構図が新しい火種になる事を危惧してのことなんだと思うぜ」

「そうですよね。そこは私も考慮はしていましたが……しかし、手っ取り早く解決するにはこれがベストかなぁとも思ったんですけれども」

「実際手っ取り早いからな。荒れるか否かは正直、実際にやってみないと分らんところがあるし」

「事務所の了承が得られない以上、強行するわけにもいかないんですよねぇ」

「だよなぁ。俺なら事務所に聞かずに好き勝手に配信しそうだけど。しっかりしてんね、あっちは」

「我々って基本配信スタイル自由ですからねぇ」

「自由すぎるのも考え物だが。だけどそれが駄目ってなるとなぁ……そうじゃなきゃ別のＶＴｕｂｅｒがド派手に炎上するまで待つかだけど……あ、お前自分から炎上するとか考えるなよ？」

「流石（さすが）にそこまではしませんってば。後輩をもっと信頼してください」

「お前が言っても全然信頼できねぇんだよなぁ……ま、この際それは置いておくとして。だったらやる事はひとつだろ」

「……？」

さも簡単そうに言う。まるで最初から正解が決まっている、みたいなそんな風に言い放つ。

「そういう配信をしてもおかしくない状況にすりゃあ良いだけだろ」

「火消し目的でなく、身内を配信に出すことがおかしくない構図ってことですか」

「そう。例えばＶ界隈（かいわい）でそれが数字が取れるコンテンツとして認識されるとかだ」

「まさか先輩……」

「身内配信で滅茶苦茶（めちゃくちゃ）数字出してバズりゃあ、そういう風に動いても何ら不思議はない。それがこのＶＴｕｂｅｒ界隈ってもんさ。流行りものがあれば右に倣えなんだ、配信業界は」

　確かに先輩の言う通り、誰かが十六夜嬢がやろうとしていた身内を出すような配信を先んじて行っていたとしたら――それも視聴者、話題性で大きな注目を集めたら？　それにあやかろうと似たような企画を立てる人は当然のように現れる。ついこの間御影君のお掃除配信のように、その後に獅堂先輩たちや、あんだーらいぶ外でも似たような企画をやった人が幾つか見られたくらいだ。そうなってもおかしくはない。確かにそういう環境下であれば、火消しのためという印象は消えるわけではないがかなり薄れるのは期待できる。

　だが問題がある。根本的な欠陥がある。必ず配信で結果を出す、流行りを作り出すほどの配信を行わなくては話にならない。彼自身も言っていた『そういう潮流を狙って作れるなら苦労はしないしな、ぶっちゃけ運だよ運』と。先輩ですら狙って作れるなら苦労しないと言い放ったのだ。そもそも狙ってそんな数字が出せるなんて確証を持って配信できる活動者なんているわけがない。

「なぁに、数字取るのは俺の仕事だ。俺に出来るのは逆にそれしかねぇからな」

「それが一番難しいんですよ……」

「ンなこたぁ分かってんだよ」

　先輩だって確証があるわけではないはずだ。後輩の私に余計な気を遣わせないように言っているはずだ……いや、先輩の配信スキル云々を疑っているわけではない。彼は間違いなくこの業界でトップクラスだ。私が何やったところで絶対に敵わないと思うほどに。それでも――数字が簡単に取れるならこの世の中に底辺ＶＴｕｂｅｒなんてものは存在しなくなる。世の中のトレンドを自由に動かせるなら、どんなビジネスだって苦労はしない。その難しさを長く活動している彼なら分からないはずがない。それでも先輩は自信満々に言ってみせる。

「だけど俺にはこれしかないからな。配信以外俺は何もできねぇんだよ」

迷いが一切感じられない。寧ろ何か楽しんでいるような、そんな雰囲気すら感じ取れる。そもそもアドバイスを求めただけのつもりだったのだが、結果として先輩の手を煩わせるような形になりつつある事に申し訳なさと自分の不甲斐なさ——そして、心のどこかで安堵感を覚えていた。実に楽しそうに、まるでこれからどこかに遊びに行くんじゃないかってくらいの雰囲気で、気負う様子など毛ほども見せない。

「それによ……折角後輩が初めて頼ってくれたんだ。張り切らないわけがないだろう？　だからごちゃごちゃ言わずに——俺に任せとけ」

「先輩……」

「先輩って生き物は後輩が可愛くて仕方がないもんなんだ。それにもう1人——俺と同じ気持ちでいるであろう『先輩』がいるわけだしな。後で通話しとくから良いとしてだ。それに隠し玉がないこともないしな」

彼の言うもう1人というのは誰か分からないが、彼のやろうとしていることは大体分かった。恐らくは夏嘉ちゃんとのコラボ配信で話題を掻っ攫って、身内出演のムーブメントを作り出そうとしている。それに合わせて私も妹とのコラボ配信を被せてみるのも一手かもしれない。

「ですけど、なんだか夏嘉ちゃんには申し訳ないですね。なんだか余計なゴタゴタに巻き込んだみたいな形になってしまいそうですし」

「お前のためだったら諸手を挙げてやりそうだけどな。ま、この辺の事情は全部伏せた上でやるつもりだが」

「こっちもそれに乗っかって配信はすると思いますが、ただこの件を知っている状態で自然な配信ができるかっていう問題があるんですけれども」

「それよなぁ。配信慣れしてない一般人だからな。ま、どうするかは任せるがな」

話題性を考えれば、先輩の付けた道筋に沿って類似企画をするのは同じ箱のメンバーというのもあって自然な流れである。それに夏嘉ちゃん然り、マイシスター然り、そこまで頻繁に配信に登場してコラボしているわけでもないので、それを望む声というのが一定数あるのも事実である。しかも前例があるだけに、唐突にあの子たちが登場しても不思議に思うユーザーはそこまではいないだろう。私と違ってあの子が感情を隠して、明るく振る舞って配信できるかが課題であるが。

さっきから似たような事を繰り返しているが、あんだーらいぶ内で流行りになったところで、箱外にまでその影響力があると示す必要性があるわけで。その辺は先輩なりに策があるのか、誰かに連絡を取っているようであるが……。

「これ出汁(だし)に妹とイチャイチャ配信できるっていうことがデカイんだがな。がっははは！」

「そうですね……じゃあ、仕方ないですね」

「ああ、仕方ない。やりたい配信をやるのがあんだーらいぶ(うち)のスタイルだからな」

こんなに頼もしい味方がいてくれる、それだけでなんでも出来てしまうような気さえしてしまう。こんなに頼りになる先輩を持って私は――本当に幸せ者だ。

327 名無しのライバー ID:MoBthread
唐突に湧いてきた本日のメインイベント

---

柊冬夜@妹とコラボ@Hiiragi_underlive
妹とコラボ配信すっぞ！
うおおおおおおおおおおおおおお！
あ、あと後半で超重大発表があるらしいぞ

---

328 名無しのライバー ID:7rBsVEism
>>327
夏嘉ちゃんコラボｷﾀ━━━(ﾟ∀ﾟ)━━━!!

329 名無しのライバー ID:ybA2o3Qsv
>>327
夏嘉ちゃんコラボ久しぶりやな

330 名無しのライバー ID:8mAHoile+
>>327
ええやん

331 名無しのライバー ID:fu29UF163
唐突やな

332 名無しのライバー ID:oZ0oFq6Fe
まー、前から唐突やったからな

333 名無しのライバー ID:gZ7QYf2rn
超重大発表ってなんや……？

334 名無しのライバー ID:QlqdLkIWR
夏嘉ちゃん、あんらい所属フラグでは？

335 名無しのライバー ID:l2vlG60Gz
SNSだとそれが有力視されているが
ぶっちゃけ畳の性格上全然関係なさそう

336 名無しのライバー ID:GFUAErlfN
畳だしなぁ

337 名無しのライバー ID:k1dq1lg3f
前に超重大発表って言って何やったか忘れたのか……？

338 名無しのライバー ID:Tm9M+jYR3
>>337
なんかやってたっけ？

339 名無しのライバー ID:u+Ezn+Les
畳「痔になった」
前回がこれだぞ

340 名無しのライバー ID:ALu7jceWN
草

341 名無しのライバー ID:27us5q4b/
そりゃあ一日中椅子に座ってりゃあな

342 名無しのライバー ID:wcCV7bsMV
なおその後くっそ高い
人間工学に基づいたチェアになった模様

343 名無しのライバー ID:b+f5cGDni
配信者には意外と多い痔瘻持ち

344 名無しのライバー ID:tqHwSGIXN
今は完治してるっぽいから
また再発したんじゃねww？

345 名無しのライバー ID:5Xix2YCmk
割とありそうで草

346 名無しのライバー ID:Bqx85Mo43
それを妹の前で発表するのか（困惑）

347 名無しのライバー ID:T/Oxsse61
どんな特殊なプレイを見せられてしまうんや……

348 名無しのライバー ID:51WE3CKw4
はじまってるぅうううう！

349 名無しのライバー ID:E92zMzT4V
しかしこの兄妹顔が良いな

350 名無しのライバー ID:MoBthread
夏嘉ちゃんを分からせる同人はよ

351 名無しのライバー ID:Ey4hNzDXG
夏嘉ちゃん「ウチデビューするとかそういうのじゃないから」
畳「ネタバレ早いよ」
夏嘉ちゃん「なぜ重大発表の場でウチ呼ぶのよ」
畳「それで視聴者ホイホイするため」
夏嘉ちゃん「うっわぁ」
畳「そして沢山の人に仲睦まじい姿を見てもらうためだゾ」

352 名無しのライバー ID:ZtoHbfCBr
>>351
さすがシスコンだぜ

353 名無しのライバー ID:X3yng1/95
>>351
はい、畳低評価
でも夏嘉ちゃん出演で高評価

354 名無しのライバー ID:Dqfz/sTCD
>>351
なお数字は減らない模様

355 名無しのライバー ID:7q9t0f1eD
重大発表ホイホイで実際にいつもより同接多いな

356 名無しのライバー ID:FmeOZS4nq
夏嘉ちゃんバフに加えて重大発表バフ
そりゃあ伸びますよ

357 名無しのライバー ID:5LaA3uASb
そこまでするってことは
ガチで重大な発表……？

358 名無しのライバー ID:/3DPCwui6
畳「はい、俺の裏での様子とかを妹にネタバレしてもらう感じの話」
夏嘉ちゃん「ネタじゃなくてガチで野菜食わねぇ」
草

359 名無しのライバー ID:8YcLnb/JR
即答で草

360 名無しのライバー ID:YF6VIIVSk
男子組で食事行くと
脱サラにサラダ頼まれてそっと差し出され

てるエピソードすこ

361 名無しのライバー ID:RICrhTUeF
悲報　畳妹にガチ説教される
畳「野菜ジュース飲んでるもん！」
夏嘉ちゃん「もんじゃない！」
畳「う゛う゛ぅ゛ー」
夏嘉ちゃん「1万人になんてザマを見せてんのよ。って1万人!?」
畳「ふっ、お兄ちゃん、凄いだろう？」
夏嘉ちゃん「恥ずかしくないのすごい」
畳「そっち!?」
夏嘉ちゃん「この際言うけどね、野菜もそうだけど不摂生がすぎる！」

362 名無しのライバー ID:+7awjWV40
余裕で1万人どころか1.5万人だぞ

363 名無しのライバー ID:jlaXQYfaP
1.5万人の前で妹に野菜食べろって説教されるのお前くらいだよ

364 名無しのライバー ID:nH2LxayYQ
夏嘉ちゃんもなんだかんだお兄ちゃん心配してんだよなぁ

365 名無しのライバー ID:m0nIAC0ob
これでブラコンじゃないは無理がある

366 名無しのライバー ID:+jhW9py1F
この子この見た目で家庭的なのズルくない？

367 名無しのライバー ID:8oGEJPUxb
反応見るにこいつオフの時も配信のときも同じなんやなぁ

368 名無しのライバー ID:boi7fIQeZ
畳「えっ、あのっ……」
夏嘉ちゃん「正座！」
畳「ｱｯ、ﾊｲ……」

369 名無しのライバー ID:K+ndzUPSl
正座ww

370 名無しのライバー ID:ab+LV7xee
バーチャルで全く伝わらない事やらされてて草

371 名無しのライバー ID:QSXJh09af
約2万人に正座して説教される姿見せるのお前くらいやで

372 名無しのライバー ID:tLbMR5k2t
ギネスに申請したら通りそう
あれ割となんでもアリみたいなノリあるじゃん？

373 名無しのライバー ID:k/GgGBYlg
・野菜食べない
・昼夜逆転
・運動しない
・外出ない
・掃除しない

うーん、この……

374 名無しのライバー ID:wH8DuecG3

でもVとしては一流なんよなぁ（同接を見つつ）

375 名無しのライバー ID:2KABX2o7q
Vじゃなかったら社会不適合者って自虐ネタがあるからな

376 名無しのライバー ID:W4Rk5h5yd
数字を取る以外出来ない男
ちょっとカッコイイ

377 名無しのライバー ID:DSv4L20gV
実際男性V界隈1人で引っ張ってる感ある

378 名無しのライバー ID:0ABKMwlKB
ほぼほぼお説教じゃねーかよ!!

379 名無しのライバー ID:MoBthread
ワイは脱サラを許すことが出来なくなりそうだ
畳「助けて、神坂ァ！」
夏嘉ちゃん「えっ、あっ、怜くん見てるの!?」
畳「SNSで『野菜苦手でも食べられるレシピ考えます』だって」
夏嘉ちゃん「えっと、あの、ボイスいつも買ってます、配信いつも見てます。えへへ」
畳「露骨に嬉しそうにしてる……お兄ちゃん悲しいよ」

380 名無しのライバー ID:CocPG8gvn
夏嘉ちゃんは脱サラガチ恋勢じゃったか

381 名無しのライバー ID:n1BhCWJxB
ボイス毎月買って長文感想投げるくらいにはガチだしな

382 名無しのライバー ID:Dx3kSp2aU
素の声もいいけど
こっちのメス出しモードもいいぞいいぞ

383 名無しのライバー ID:gckineki/
あ゛!?
でも、夏嘉ちゃんは同志だからな……
うん……なんでもできちゃうからね

384 名無しのライバー ID:SVbYfiGvT
兄との対比として比較すると
マジで脱サラがなんでも出来すぎるからな

385 名無しのライバー ID:x1fyPJTW2
割とスペックだけならスパダリなんだぜ

385 名無しのライバー ID:wi83LqcWI
面白い配信以外なんでも出来る定期

387 名無しのライバー ID:S982pZhL5
それ企業Vとして壊滅定期

388 名無しのライバー ID:wpcHNBrwb
夏嘉ちゃんファンからまた叩かれそうやな

389 名無しのライバー ID:YvCTAbW6X
畳「あ、来月無料の3Dお披露目配信するから。よろー」
夏嘉ちゃん「発表雑ぅ!!」

390 名無しのライバー ID:517KKGZ38
>>389
お披露目どりゃあああああああああ！

391 名無しのライバー ID:jIvSQ/2Th
>>389
んなああああああああ！

392 名無しのライバー ID:vlgu3JpZ5
>>389
お披露目かよ!!
ガチで重大なやつやんけぇ!!

393 名無しのライバー ID:0PfHPRs1m
そんなサラっと発表することじゃないだろ!!

394 名無しのライバー ID:IgcPBI3Hc
リアルイベント有料公開だけだったもんな
いつかやるとは思ってたが、ここで来るか

395 名無しのライバー ID:HAmoGzGpD
なんだかんだ好き勝手配信して
夏嘉ちゃんとイチャコラして
数字出して宣伝して
やっぱ畳なんよなぁ……

396 名無しのライバー ID:HlqZNeTdl
サラっとトレンド入りしてるし流石やで

397 名無しのライバー ID:CM5AWSSm8
伊達に黎明期からここ支えてないからな

398 名無しのライバー ID:lvF+Bwao1
忘れられがちだが
女性V含めても界隈トップクラスである

399 名無しのライバー ID:Tid7CHSN+
こいつマジで数字強いよな

400 名無しのライバー ID:BsKYkJFcC
女帝とこいつがいなかったら
存続していなかったという話もある

401 名無しのライバー ID:VGusayROf
数字取ること以外何も出来ない男定期

402 名無しのライバー ID:qN52Owonu
強い（確信）

403 名無しのライバー ID:MoBthread
悲報　畳親不知抜く

畳「そうだ重大発表だったな」
夏嘉ちゃん「え？　今終わったじゃん」
畳「親不知、抜くことになりました」
夏嘉ちゃん「は？」
畳「いやだいやだ！　歯医者さんいやだぁあ！」
夏嘉ちゃん「は？　そっち!?」

404 名無しのライバー ID:P7qpzmuOs
重大発表こっちなのかよ!!

405 名無しのライバー ID:+3PS4XVTz
おwwやwwしwwらwwずww

406 名無しのライバー ID:jaXvL8H2y

親不知>>>>3D
なんやこいつぅ!?

407 名無しのライバー ID:NQMKwc0wB
こういうところ含めてやっぱお前好きだわ

408 名無しのライバー ID:KfnWdY0/P
お前への高評価取り消してええか……？

409 名無しのライバー ID:jKmWq4GuX
あれ……？
ギャンブラー占い師当たってね……？

410 名無しのライバー ID:future_xxx
我占い師、流れが来ているので
今日はスロに行って来るぜ

411 名無しのライバー ID:uk8bhQDL8
流れに乗るな占い師ぃ!!　戻れ!!

**今日の妹ちゃん**

ラギ君すごい!!

# 26話 妹とコラボ

【10月×日】

「うお……こ、これは凄い」

思わず言葉を失ってしまう。それは柊先輩の夏嘉ちゃんとのコラボ配信を見ていた私の台詞。同時接続者数は2万人を超えていた。この数値は数ヶ月振り返っても、大手のデビュー配信などを除けば単純なＶＴｕｂｅｒの企画としては過去最高レベルの数字であった。本当に先輩は宣言通りに結果を出してみせたのだ。ＳＮＳのトレンド入りも果たし、Ｖ界隈で大きな話題を呼んだ。配信告知から配信まで当日の内に済ませたとは思えない結果である。それも配信開始の数時間前に唐突に妹である夏嘉ちゃんとのコラボを告知した、準備期間をほとんど必要としなかった点も驚きだ。大々的に宣伝して、時間をかけて準備をして——という風に思っていたのだが、きっと現状打破という意味合いで急ぎでたった数時間、私が相談してから半日も経たぬ間にやってみせたのだ。何より上手いのが、『重大発表』というあんだーらいぶのファンの間でも目を引く情報を提示することで、リアルタイムでの視聴を促す手法。重大発表とは一体何なのか、気になるユーザーは配信をチェックする。それも先輩クラスの大御所が言うのだ。どんな発表だろうと、ファンの間では内容を予想するような動きすら見られた。

ちなみに一番支持されていた意見が、妹の夏嘉ちゃんがあんだーらいぶから正式デビューするというものであった。唐突な妹とのコラボの配信で発表事項となればそういう結論に達するのも至極当然な流れに見えるし、確かに納得だ。実際は別だったわけだが……ちなみに私はその内容は事前に知っていた。昨日打ち合わせしていた内容が、丁度それ関連だったのだ。私がデビューして間もない頃、6月頃の話になるが、先輩の3Dお披露目のリアルイベントがあったことは今も記憶に新しいだろう。その時は当日イベント会場に足を運んだファンと、有料チケットを購入してネット視聴したユーザーのみしか見る事が出来なかった。あのイベント後から、夏休みなども挟んだことによって新規にファンになったという人も大勢いる。そういう意味では、このタイミングが大々的にお披露目するには良いという運営サイドの判断もあって、来月に無料で誰でも見られるような形で3Dお披露目配信が予定されていた。

とは言え、私の相談を受けてこのタイミングで情報解禁という手段まで使うなんて思わなかった。どういう言動であれば集客できるのか、本当によく研究されている。もっとも彼の配信を見れば、それ抜きにしても充分すぎる数字は出せていたとは思うが。あの兄妹の軽妙（けいみょう）なやり取りは見ているだけで思わず表情が緩んでしまう。まるでアニメやゲームの世界から飛び出したみたいな、面白いやり取りがリアルタイムで展開される。約2万人の前で正座して実妹から生活習慣に関してガチで説教される、というもう何か字面だけで面白い。そのままのタイトルでの切り抜き動画もアップロードされ、早くも数万回再生されている。

「ほら、注文通りやってやったぜ?」とたった一文送られてきた柊先輩からのメッセージに何度目かも分からない「敵（かな）わないなぁ」という言葉が漏れる。本当にそんな彼の配信スタイル、言動すべてひっくるめて、『柊冬夜（とうや）』という存在そのものを私個人がただの一ファンとして格好良い（かっこいい）と思ってしまうくらいには。なお当人はもうひとつの重大発表「親不知（おやしらず）を抜く」という謎告知もしていた。ファンの大半が「知らんがな」と一蹴していたが。親不知がトレンド入りして一般人が混乱していた様子を含めて色々凄いことになっていた。

というわけで、最高に格好良くてクールな先輩の偉業を無駄にするわけにはいかないので……私なりに精一杯足掻（あが）いてみる事にしよう。だが、私は良いとして妹の方はどうだろうか？今の状態で平静を装って配信できるか。

「大丈夫か？」

「大丈夫！　昨日ラギ君が頑張ってくれたんだし」

「流石（さすが）に分かるかぁ」

「ラギ君にこの一件の相談するって直後に夏嘉ちゃんとコラボしてたんだよ？　分かるよ」

「そりゃあ、そうか」

「あと単純に今やった方が絶対お兄ちゃんの活動的にも大成果な気がするし」

「十六夜（いざよい）嬢のためってより自分のためって側面の方がもはや強くなっている気がしてきたな」

マイシスターもやる気満々である。十六夜嬢の件を抜きにしても、ここまで盛り上がっていたら、きっと私は同じようにこの子とのコラボをやっていた可能性が高いだろう。

「みなさんこんばんは。本日は柊先輩が妹さんと仲良く配信されているのを拝見しましてね。こう思ったんですよね。私も妹との仲良しアピールをしなくちゃ、と」

「仲良し営業も大変だよねー」

「普段仲が悪いみたいな印象を与えるようなセリフは止めていただいてよろしいでしょうかね、雫ちゃん？」

［雫ちゃんおひさ］
［新鮮な兄妹コラボじゃああ］
［あ、あ゙……砕けた口調が聞ける、ありがたい］

心なしかコメントの流れも速い。視聴者数も平時よりの倍くらいはある勢いだが、さりとて他の同業者の数字と比べると些か見劣りする事には変わりないわけだが。それでも今はこの枠をやるという事に意味があるのだ。数字とかそういうのは後にして、今は配信に集中するとしよう。視聴者さんはこういう事情を知らない上で、純粋にこの企画を楽しみに見に来てくださったんだ。それに対してしっかり向き合って配信するのが最低限の礼儀というものであろう。

「柊先輩の企画のまあ丸パクリなんですけどね」

「乗るしかない、このビッグウェーブに。でもお兄ちゃんって、言うほど表裏ないけど」

「別にキャラ作ってるわけじゃないからなぁ」

「マジで裏でもこのノリだよ。わたしと話している時の気持ち悪さは5割増しくらいだけど」

「実の兄に向かって何か酷いこと言ってませんか？」

［草］

［神坂さんは裏表のない素敵な人です！］

［そういうキャラ付けとか器用な事出来るならもっと伸びてるんだ］

［それはそう］

［それが出来ないところ含めて好きやで］

「もしキャラ作るとしてどういうのが良いんだろうか」

「そりゃあ、その無駄に持て余している声を生かして女の子のファンをターゲットにした配信でしょ。スパチャで名前優しく囁いたり、台詞リクエスト募ったりさ。たまにＡＳＭＲなんかもやったりして。とにかく、女の子が皆大好きな格好良い王子様キャラみたいなのをやるわけ。元々お兄ちゃんは気遣いも出来る方だし、料理や家事はプロレベルだと思うし、お菓子作り出来るのもポイント高い。それ以外も大体できるしベースとしては悪くないはずなんだよ」

「そんなの私に出来るわけないじゃないか」

「それは知ってるし、性格上人を騙すみたいで出来ないって言うんでしょ。たまーに企画としてそういうキャラクターを演じる、とかノリでやるくらいは良いんじゃない？」

「ふぅむ。一考しておこう」

[早口でお兄ちゃんの良い所羅列する雫ちゃん(*´ε`*)]
[あ!? 分かる!! 超分かる!!]
[やっぱ兄妹だなぁ]
[それが理想かもしれないけど、解釈違いだから今のままが一番だわ]
[流石雫ちゃん、よう分かっとる]

「お兄ちゃんのチャンネルって登録者の男女比ってどのくらいなの?」

「あー……なんか事務所の中じゃ一番女性率は高いらしいけれど」

「ふふん、そうかそうか。そうだろう、そうだろうとも」

「なんで腕組みして謎に納得しているんだ?」


実際の数字を告げると流石に色々と問題になる可能性もあるので、一応明言は避けておくが、比率的には事務所内で一番女性率が高いらしい。もっとも以前にも触れたかもしれないが、元々の母数が少ないので単純な人数だけで言うなら柊先輩辺りが一番多くなるのは言うまでもないけれども。あくまで比率の話だ。だが、女性ユーザーが多いという事は、少し他チャンネルと需要が異なると捉えられなくもない。そういう意味では配信のチョイスとかも考慮すべきだったりするんだろうか。だが、個人的には性別関係なく色んな人に楽しんでもらいたいというのが本音だ。

[やっぱそうだよなぁ]

〔後方腕組み雫ちゃんｗｗ〕
〔ワイも見てるときは心乙女にしとるぞ〕
〔自分男だが作業用のお供には不快感のない淡々とした口調で喋るお前は需要あるぞ〕

「チラっとマシマロにあった質問リストを今見せてもらったけど、恋人にするための条件とか。好きな子のタイプとか割と王道的なのあるじゃん」

「それってお前への質問なんじゃ……？」

「えー……まあ、お兄ちゃんよりスペックが上で虎太郎がお腹見せて懐く人、とか？」

「ピンポイントすぎない？　あと、世の中の大半がそれに該当すると思うのだけれども」

〔滅茶苦茶ハードル高いやんけぇ！〕
〔恋人作る気ないな、うむ。ヨシ！〕
〔これには雫ちゃんガチ恋勢も安心〕

言うほど私凄いわけじゃあない。出来ることは多くても、どれも一流とは言い難いわけで。良くも悪くも器用貧乏でしかないのだ。妹の好みのタイプはきっとこの場の思い付きで言ったものだろうと信じたいが、実は既にお兄ちゃんに内緒で恋仲になっていたりとかしないよね？

「お兄ちゃんは？」

「そもそもそういう相手が想像できないんだよ。いい歳してあれだけれども」

「パパとママからずっと言われてるからねぇ。こういう子が良いとか、それこそ女優さんとか、アニメやゲームの中のキャラクターとかそういうのでも良いからないの？　好きな感じの子」

「明確に好きと思えるのはお前くらいだよ」

「ちーがーう‼　そういうのじゃないの！」

「うーん、そうは言われてもなぁ……逆に、マイシスター的にはどういう人がお義姉(ねえ)さんになると良いとか、そういうのあるのか？」

〔あ⁉　確かに気になるな〕
〔(ﾟдﾟ)ガバッ！〈酢昆布(すこんぶ)〉〕
〔(ﾟдﾟ)ガバッ！〈アーレンス〉〕
〔なんで急にアレがシュバって来るんだよ〕
〔はいはい。ステイステイ〕
〔この親娘(おやこ)本当に性格そっくりだよな〕
〔2人ともよう見とる〕

「酢昆布先生にアーレンス嬢、コメントありがとうございます」

「おー、せんせー。元気？」


〔仕事で疲れていたけど吹き飛んだぜ！〈酢昆布〉〕

〔あの……わ、わたしは…………??〈アーレンス〉〕
〔雫ちゃんにスルーされてて草〕
〔アレ草ァ!!〕

「アレちゃんも嫌ってるとかじゃあないよ。好きだよ?」

〔はい、わたしの勝ちぃいいいい! アンチざまぁあああ!!〈アーレンス〉〕
〔なんやこいつぅ?〕
〔他所のチャンネルで何やってんだ、アレ〕
〔アレステイ〕
〔アレゴーホーム〕

「雫ちゃん、私の事は?」

「は? 嫌い」

「お兄ちゃん悲しい……」

「そーいえば、どんな人がお義姉さんになったらかぁー。深く考えた事なかったな」

〔イラスト描けるお姉さんどうですか?〈酢昆布〉〕
〔清楚(せいそ)な子はどうですか?〈アーレンス〉〕

見覚えのある名前で、モデレーターを意味するスパナマークがついたユーザーが見えた。やはり2人も色々事情を察して駆け付けてくれたのかもしれない。そのくらいに気が利く人たちだし、充分に考えられる話だ。こういう形でバックアップも受けられるとは思わなんだ。

「まず、やっぱりお兄ちゃんがあれだから、しっかり見ていて無理とか絶対させない感じの人で。あとは基本的になんでも1人でやろうとするのに甘えたりしない人で、家事も任せきりだと絶対負担が大きいから2人仲良く家事してるとかだと良いかな。あ、でもお兄ちゃんが専業主夫やる代わりにバリバリ働く系の人でも相性は良いかも。個人的にはわたしとも仲良くしてくれたりするといいかなって。一緒にお買い物行ったり、服選んだりしたいし。あとはなにより――お兄ちゃんを幸せにしてくれる人かな」


「愛が重い」

「重い、重いよ、雫ちゃん……」

「ブラコンですね（確信）」

「つまりこのわたしってことですね、分かります〈アーレンス〉」

「寝言は寝て言ってろ。絶対これワイのことじゃん〈酢昆布〉」

「は？　ババア、もう耄碌（もうろく）したんか？〈アーレンス〉」

「ちなみに雫ちゃん的にはどっちがええんや？」

「わたしでしょう。毎日仲良くメッセしてるし〈アーレンス〉」

［流行(はや)りの漫画について熱く語り合ったワイに勝てるとでも⁇〈酢昆布〉］

「私が知らない間に個人で連絡取るようになっていた件」

「まあ、うん。悪意はなさそうな人たちだし」

「その辺に関しては一切心配はしていないのだけれども」

「でもアレちゃんはね、毎日同じ時間朝夜に『おはよう』と『おやすみ』メッセージだけ届くのちょっと怖い。ＢＯＴとかじゃないんだよね、あれ？」

［草］

［ひっでぇｗｗ］

［ちゃ、ちゃうねん。距離感ってほらあるじゃん……？〈アーレンス〉］

［ええ……（ドン引き）〈酢昆布〉］

［それは怖い］

［はい、アレのファン辞めます］

［そこまでにしておけよアレ］

［いつになったらステイ覚えるんだよ、駄犬が］

［不器用すぎるｗｗアレちゃんｗｗ］

［アレちゃんコミュ力よわよわで可愛い］

［アレちゃんのそういうところ好きよ］

〔ちがうだろ、どうしてそうなるんだ!?〕
〔誤解だぁ!!〕

「どちらか選べというなら酢昆布先生が一歩リードという事で」
「兄の知らない間に変に話進んでいる件」
「じゃあ、恋人の1人でも連れてきなさい」
「2次元の嫁を見付けるところからはじめようと思います」
「もうそのくらいのからのスタートでもいいや」

〔いい加減にしなさい〈mikuri〉〕
〔ママァ!?〕
〔mikuriママもいつもよう見とる〕
〔もういっそmikuriママでええやん〕

「あ、妹的にはmikuriママを選択肢に入れるなら1択になります」

〔じゃあ将来おばさんになっても独身だったら貰(もら)ってね〈mikuri〉〕
〔あ゛!?〕
〔(゜Д゜;)〈酢昆布〉〕

mikuri
じゃあもしおばさんになっても独身だったら貰ってね

［(ﾟДﾟ;)〈アーレンス〉］
［炎上確定演出が見えた気がした］
［いや、［冗談！ ［冗談だからね!?〈ｍｉｋｕｒｉ〉］
［みーこに勝てるわけないだろ!!〈酢昆布〉］
［ｍｉｋｕｒｉママ参戦は卑怯じゃん!!〈アーレンス〉］

妹と雑談する【神坂怜／あんだーらいぶ】
最大同時視聴数：約５００人
高評価：２００
低評価：３００
神坂怜　チャンネル登録者数１３２００人（＋２００）

【１０月×日】

ｍｉｋｕｒｉママの件で滅茶苦茶苦情が来た。危うく燃えるところだったぜ。意図せず炎上による話題転換に成功してしまうところだった。というか十六夜嬢の件がなければ割とガチで燃えていたやつなのでは？　と思わずにはいられなかった。

そしてそれとは別に……まさかこんなことになるだなんて………。

574 名無しのライバー ID:CVaahWbC2
脱サラも雫ちゃんコラボやってたのか

575 名無しのライバー ID:FO6N2CcbY
畳と夏嘉ちゃんの兄妹配信バズってたし

576 名無しのライバー ID:E4MYSAiqF
脱サラですら同接そこそこあったからバフあるんやな

577 名無しのライバー ID:lP1VdEm9l
そこそこ言うて3桁やけどな……

578 名無しのライバー ID:p55xa/yiL
普段の数字見れば充分伸びとるよ

579 名無しのライバー ID:jipb+6Yln
あの配信で雫ちゃんが
ただのブラコンじゃなくて
超絶ブラコンが確定してしまったわけだが

580 名無しのライバー ID:xO8ovXx2e
兄の事になると早口になるの
本当に脱サラとそっくりで草だったわ

581 名無しのライバー ID:iWH8iQchg
ネタで恋人とか言われてたけど
もう今回のあれ見たら絶対リアル兄妹じゃんってなったな

582 名無しのライバー ID:MoBthread
雫ちゃんの恋人に求めるスペック
・兄以上のスペック
・虎太郎きゅんがお腹見せるくらい懐く人

583 名無しのライバー ID:21qqC5xu1
>>582
無理ゲーじゃねぇかよ!!

584 名無しのライバー ID:BNeLhoZPb
>>582
もう恋人作る気ないですね、これ

585 名無しのライバー ID:WfzOoqF9c
>>582
虎太郎君は絶対悪しき心を持った人は弾きそうだな……

586 名無しのライバー ID:jvKuTUROu
>>582
器用貧乏キャラではあるけどさぁ……

587 名無しのライバー ID:GxuoznCBe
つまり虎太郎きゅんに嫌われている
畳は無理ってことですか……？

588 名無しのライバー ID:67JJ1eTAb
そもそも男同士やんけ!!

589 名無しのライバー ID:74gyPotUx
あいつは白玉ちゃんとの間に
挟まろうとするのが悪い

590 名無しのライバー ID:2zgmhKfBQ
雫ちゃんの求めるお義姉さん条件
・兄に無理させない
・一緒に家事とかしてくれる人
・雫ちゃんとも仲良くやってくれる人
・兄を幸せに出来る人（超重要）

重い……重いよ

591 名無しのライバー ID:gckineki/
マジで過去の女に人生狂わされてそうなんだよな
許せねぇよなぁ……

592 名無しのライバー ID:jMwHMMTlX
実の妹にそう思わせるって……
お前の過去どうなってんだよ（困惑）

593 名無しのライバー ID:ZBXNXmAZo
酢昆布ネキとアレがシュバって来ると逆にホッとしたよな

594 名無しのライバー ID:BeNmx4nqF
アレが毎日同じ時間に
「おはよう」と「おやすみ」メッセージ送るのホラーだよな

595 名無しのライバー ID:ywtoTXltX
アレさぁ……

596 名無しのライバー ID:CvTluzSzY
雫ちゃん「mikuriママ1一択」
mikuriママ「将来おばさんになっても独身だったら貰ってね」
↓
mikuriママ「いや、冗談だからね!?」

エンダァアアアアアア!!

597 名無しのライバー ID:jZHe9jStR
>>596
もうゴールインしろ

598 名無しのライバー ID:VC76f9i7s
>>596
mikuriママも満更じゃなさそうに見えるんだが？

599 名無しのライバー ID:MoBthread
>>596
ワイは絶対に脱サラを許さないッ!!

600 名無しのライバー ID:JcAR0xIAa
駄馬君哀れよのぉ

601 名無しのライバー ID:dE2dbzO6z
モテない男の僻みって惨めよね

602 名無しのライバー ID:MoBthread
は？　ワイは超絶美少女なんだが??

603 名無しのライバー ID:ETT1uimmr
ハイハイ、ワロスワロス

604 名無しのライバー ID:9lhmJY49A
mikuriママの発言で燃えかけてたの草

605 名無しのライバー ID:zReR/Gmyj
物申すファンがチラホラいるな

606 名無しのライバー ID:+pnfgGAi+
寧ろ燃えなかったのが不思議だな

607 名無しのライバー ID:656/kI/HD
今は別件でアンチ君は盛り上がってたから

608 名無しのライバー ID:jaFwelfRi
速報　忍ちゃん、リアルお姉さんとコラボ

609 名無しのライバー ID:BBv2u2g19
>>608
忍ちゃんお姉ちゃんおったんか……

610 名無しのライバー ID:CA8akX5ZI
>>608
たまに話題には上がってるが
流行りだしやることになったっぽいよ

611 名無しのライバー ID:0mnyiKP0l
>>608
身内出演ブームか？

612 名無しのライバー ID:94LVsYLwP
ソリライさんもちゃっかり流行りに乗じて
双子キャラが身内コラボみたいなノリでや
ってんな

613 名無しのライバー ID:qoKyWE4Al
藍田ソラちゃん、ウミちゃんやな
まあ元々V同士だしな

614 名無しのライバー ID:hkR85M7Gp
双子キャラなんておったんか
他所の箱事情は知らなんだ

615 名無しのライバー ID:XZsWy7Ti/
ソリライのドンのヒカリ姉さんも身内コラ
ボやるっぽいな

616 名無しのライバー ID:r95z72M+1
ヒカリ姉さん、お祖母ちゃん出すの草

617 名無しのライバー ID:0dJR/FKWT
おばあちゃんww

618 名無しのライバー ID:RNQHrdo6X
向こうも中々攻めるなぁw

619 名無しのライバー ID:Y9W0YOrjl
ま、流行りに乗るのはV界隈としては呆れ
るほど見慣れた光景だ

620 名無しのライバー ID:li7p6d99c
界隈あるある
流行りのゲームとかあると
そればっかになるやつ

621 名無しのライバー ID:5ZjiOH+by
ゲーム以外では珍しいっちゃ珍しいが
畳の配信の数字がエグかったもんな

622 名無しのライバー ID:+j6/PKt7G
トレンド作るとかやはり畳は化け物か？

623 名無しのライバー ID:L9QdFMPl3
実際化け物定期

624 名無しのライバー ID:VSdd/VH94
なお親不知抜きに行ってガチ泣きした模様

625 名無しのライバー ID:jaCmkc2RW
えぇ……（困惑）

626 名無しのライバー ID:acYdMROLy

何故かミカが「怖いから着いてきて!!」と駆り出された模様

627 名無しのライバー ID:EboJ6Wn7O
ミカが何をしたって言うんだよ!!

628 名無しのライバー ID:tb733lPSn
歯医者さんに付き添いとかキッズかよ!!

629 名無しのライバー ID:xng0auaVi
お前は後輩を何だと思っているんだ……

630 名無しのライバー ID:fdSkK5A0W
歯医者の付き添いで後輩連れ出す男

631 名無しのライバー ID:LSScXyvkm
昨日褒めたと思ったらこれだよ!!

632 名無しのライバー ID:ZPKYo/MkC
評価しようと思ったワイが間違いやったで

633 名無しのライバー ID:3AqUB9lib
こいついっつも評価上げたあと下げるよな

634 名無しのライバー ID:Ne+5v4slJ
なおミカはノリノリで近況をSNSで報告してる模様

635 名無しのライバー ID:s/OKn2qMm
これがあんだーらいぶだッ!!

636 名無しのライバー ID:future_xxx
我占い師
なんかいい感じになる気がする

637 名無しのライバー ID:X9H4p3GLV
お前は占え定期

638 名無しのライバー ID:Oqvkw2V9F
寧ろ占わない方が当たる定期

# 27話 流行り

【10月×日】

さて、我々が活動するＶＴｕｂｅｒ界隈（かいわい）においてはとあるムーブメントが巻き起こっていた。それは家族、身内を配信に登場させる企画だ。本来あまり褒められたものではないことは確か。特に企業所属からすれば、何らかの形で『中の人』の情報が明るみになる可能性があるからだ。故に本来は避けるべきであるが、先日の柊（ひいらぎ）先輩の残した爪痕（つめあと）があまりにも大きすぎたのだ。まさか本当にひとつの潮流（ちょうりゅう）を作ってしまうだなんて、それも狙った通りに。偶然に、というのであればまだ理解はできるが、ここまで狙った通りの状況になりつつある事に若干の畏怖すら感じてしまうくらいだ。いや、本当に凄（すご）い。私が逆立ちしたって敵（かな）いっこない。

私程度の配信者がマイシスターを駆り出してコラボしたところで、業界全体に大きな影響があるわけでもなかったが……ここから想定外が幾つもあった。まず我があんだーらいぶ所属の宵闇（よいやみ）忍（しのぶ）先輩が何とお姉さんと一緒にコラボ配信をすることになったそうだ。以前からお姉さんの存在はファンの間では知られており、最初は内緒で活動していたそうだが身バレ——というべきなのだろうか？　彼女の住むアパートにお姉さんが訪ねて来て、新戸（あらと）先輩から通話が来てそれに応対したそうなのだが……新戸先輩があまりにも大声で話すものだから、そこから漏れ出た音から見事にバレてしまったらしい。ファンの間から「戦犯ニート」だとかネタにされているようだ。その後何故か獅堂先輩がお詫びとして、宵闇先輩に回らないお寿司を奢った事で丸く収まったらしい。身内にＶＴｕｂｅｒであることがバレるのは、この業界においては割とお約束ネタになっている節もあるので、この事件の切り抜き動画で少し話題になった事もあって、宵闇先輩も「まあ、良いか」と開き直ることにしたそうだ。

　そこから時折話題に出すことはあったが、こういった形で直接出演する事になったのは初めての事だという。単純に話題性を加味しての決定だと断定することも出来ない。私の関係者であれば、今置かれている状況から何をしようとしているかなんて想像することは不可能ではないし、そもそも槍玉に挙げられている十六夜嬢の件を鎮火ではないが、別の話題で上書きしようとするような意図があるんじゃないかと深読みしてしまう。かと言って直接彼女に確認するわけにもいかないので、せめてＳＮＳで拡散したりする程度。もはや見守る事しかできない。

「だが、まさか……あちらまで動くなんて」

　宵闇先輩までであれば単なる箱内での流行りであるが、何とＳｏｌｉＤｌｉｖｅさんまで動いた。それも十六夜嬢ではない。まず藍田ソラさん、藍田ウミさんという双子キャラクターとして活躍している２人が先陣を切るようにして動いた。設定上双子なだけあって、担当しているイラストレーターさんも同じで髪型や目元、アクセサリーなど細々な違いなどはあるが非常によく似ている。

　メタ的な思考にはなるが、中の人は流石に実際に双子というわけではないとは思うが……息の合ったトークも好評だという。

そんな彼女たちがコラボすること自体は決して珍しい事ではないが、重要なのは『姉妹双子で身内コラボ！』として明らかに柊先輩の枠を意識したようなタイトルで配信されたという事。そしてそれとタイミングを同じくして、ソリライさんの最初期メンバーで黎明期から活動している明乃ヒカリさんが、まさかのお祖母さんを配信に出演させるという異例中の異例の配信企画を打ち出したのである。通常姉、妹辺りが多く、十六夜嬢がやろうとしているような母親が出てくる事すら前例がほぼない。それを飛び越してまさかの祖母。それも事務所の顔、看板である明乃さんが企画として打ち出した。これはつまり……事務所としても配信許可を出したと見ても良いだろう。彼女と同じ事務所内だけでも2人、既に身内を出演させる配信をしたのだ——十六夜嬢が母親と共演しても違和感を感じることはあまりないだろう。そりゃあ、状況としては火消しに見られるかもしれない。だが、この界隈の潮流として家族との共演が現実としてあることも事実。声を大にして叩ける人はそうそういまい。もっともゼロになるわけはない。そんなことは分かっている。ただ、リスクを随分と減らせたのも事実。しかし、あまりにも都合が良すぎる展開だ。私目線ではまるで誰かがそういう手筈を整えていたみたいな、そんな印象を持ってしまう。

　そんなことができる人物なんてたった1人しかいない。

「あれ？　やっぱ気付いちゃった？　やだ、俺ってば後輩思い。株価が益々上がっちゃう。ま、俺無駄に活動歴長いからな。微妙に横の繋がりも色々あるわけよ」

　柊先輩しかいない。というか、私からすると元々ストップ高レベルで株は常に上がっているんだけれども。しかし、まさか他所の箱まで巻き込んで裏で動いていただなんて想像出来なかった。この人サラッととんでもない事やってる。私だったら絶対こんな解決出来てないぞ。そもそも彼女とどういう風に連絡を付けたのだろうか。

「あ……彼女って――」

「実はママが同じなんだぜ？」

「そうだった……そういう事か………」

「ふっははは、魔王的策謀。流石俺！　デビュー時期もほぼ同期だし。実は最初期はコラボとか割としていたんだよな。今のご時世だともう難しいんだがな。流石の俺も燃えかねない。魔王も火属性攻撃には弱いのだよ」

「デビューも同月なんでしたっけ？」

「俺の方が3日間早いから、兄は俺だぞ。そこは絶対覚えとけよ。3日も違うんだぞ」

明乃さんと先輩は、担当しているイラストレーターさんが同じ。つまり界隈的に言うと『兄妹』と表現される関係にある。デビューは同時期であるが彼の方が3日初配信が早いので兄という事らしい。彼らのママはトライデント山下先生。実はｍｉｋｕｒｉママや酢昆布(すこんぶ)ネキといった面々ともＳＮＳ上では交流している間柄であるらしいが、どういうわけかネット上では性別不詳の謎の絵師として扱われている。アイコンがオリジナルの可愛(かわい)らしい女の子のキャラクター画像であることから、それがトライデント先生の自画像であり女性絵師と主張し、実際に会った人で先生が女性と証言している人がいる。はたまた逆に、先生は男性絵師で実際に即売会で会ったことがあるという主張の人もいる。シュレディンガーのトライデント先生状態である。当人としては特に隠すつもりはないらしく、毎回同人誌即売会には先生ご自分も売り子としてブースにいるらしいのだが、どういうわけだか男女両方の目撃情報がずっとある。謎のイラストレーターさんだ。ちなみに先輩の３Ｄお披露目イベントでは、明乃さんとトライデント先生が共同でフラワースタンドを贈っていたのでコラボする機会は減っていても決して疎遠になったというわけではないようだ。

「明乃さんも巻き込んじゃって大丈夫なんでしょうか……」

「大丈夫だろ。あっちからすりゃあ、自分ところの後輩ちゃんだぞ？　黎明期から活動してる奴なら、ここで動かないほど薄情じゃあねぇよ」

「今以上に大変な時代だったと話にはよく聞きますが。お恥ずかしい話ですが、当時は私この業界の存在すら知らなかったです」

「俺らはあまりにも別れが多かったからなぁ。同じようなのが原因で引退していった同時期デビューのＶは呆れるほど見てきた。身内からそれが出るだなんて、我慢ならないもんなんだよ。まして俺もあいつも同期が引退してんだ。尚更だろ。ま、先輩ってのはそういう生き物なんだと素直に諦めておくんだな」

「先輩って大変な生き物なんですね」

「お前だって先月みかしのコンビが荒れてた時、力になりたいとかそういう風に思ったから花火とか企画したんだろうよ」

「ああ……確かにそうですね」

「持論として前も言ったが、事務所——箱は俺にとっては家族なんだ。ようは俺は長男で、後輩たちは妹や弟にあたるわけだ。雫ちゃんが困ってたらお前、絶対張り切ってなんとかするだろ？　つまり、そういう事だよ」

「あ、それ凄い説得力ありますね」

明乃さんにしても自分の後輩が好き勝手言われるのが我慢ならなかったのもあるのかもしれない。事務所でも影響力のあるであろう彼女がああいった配信をする事を事務所側が一転してあっさりと許可したというのも驚きではあるが、ひとまずのところはなんとかなったと思いたい。今批判している人たちがこれでおとなしく矛を収めるとは思えないが、きっとまた別の誰かを標的を挿げ替えることだけは分かる。可能性のひとつとしては私が……いや、そうなったらなったで素直に諦めるとしよう。

「あ、丁度十六夜嬢から通話が来ましたね」

「ふぇ……？」

間髪入れずにとっとと通話を繋いでしまおう。今回の功労者は先輩なのだから、お礼を言うのであれば彼に伝えてもらうのが筋というものだろう。私本当になんにもしていないので、逆に感謝などされても困るのだ。それに彼女が先輩を見て活動を始めたのであれば、そんな彼から励ましの言葉でもあればきっと頑張れるはずだ。あれだけ理不尽な批判に耐えてきた彼女に対して、そのくらいの事は許されて然るべきだろう。表になったらえらい事になりそうだが……。

「一応事務所側からは許可が出ました！　ありがとございます、お兄さん！」

「今回に関しては私なんにもしてないからね。お礼なら彼に言ってください」

「彼……あ、通話にもう1人アイコンがあって……柊……えっ⁉」

「通話から抜けておけば良かったぁ……あ、ども……」

なんだか通話越しに何かが床に落ちる音とかしたけれども、大丈夫なのだろうか……？　その後「え？　え？　本物⁉」と声が漏れ聞こえてきている。私が対面した時はずっと塞ぎ込んだ暗い表情をしていただけに、こういう一面が垣間見えて少しホッとした。やはり推しって偉大なんだなぁ。

「ずーっとファンで見てて！　それでウチもオーディションに応募したんです‼」

「あ、うん。それは何となく知っていたけれども」

「もしかして夏嘉ちゃんとの配信も、ウチのために……？」

「いや、別にそういう事はなくてだな。単純に妹とコラボしたかったからしただけというか……」

あの先輩がタジタジになっているの、何だか新鮮で面白い。私がこっそり通話から退出しても良いような気がして来た。このやり取りは表に出ることはないが、これが世間で言う『てぇてぇ』ってやつか。見ていて楽しいからもう少し見守ってみることとしよう。

「お前からも何か言ってくれよ……」

「『俺に任せておけ』とか凄い格好良く十六夜嬢のために動いてました」

「話がこじれるだろォ⁉」

「えへへ、冗談でも嬉しいです。でもご迷惑掛けてしまいました。ヒカリ先輩含め」

「ま、俺はどっちかというと神坂が困ってたからってところが大きいんだけどな」

「ですよねー。妹ちゃん絡むとお兄さん凄いから……ナンパしてた強面のお兄さん相手に人殺してそうな目で『俺の妹から手を放せ』とか言ってましたもん」

「えっ、なにそれ。お前に怒るとか感情あったのか」

「私、どんな風な人間って思われてるんですか。あと若干台詞違うと思います」

「でも、本当にありがとうございます」

「まあ、あれだ。ちょっとしたファンサービスみたいなもんだ。次は自分のところの先輩を頼ってやりなよ。あいつも結構気にしてんだからな。ま、相談し辛いってんなら俺んところでも良いんだけどな」

「えっ……あっ、はい」

「あー、もう俺、信準備あるから落ちるなー。後はよろー」

　絶対先輩逃げたなぁ、これ。普段ネタに走りがちなので彼女みたいに好意を直接ぶつけられることに慣れていないのか、若い女の子相手に照れているのか分からないけれども、逃げるみたいに通話から退出していった。あとで朝比奈先輩と御影君にも教えてあげよう。

「柊さんって凄い優しいんですね。やっぱりカッコ良いなぁ。益々——になっちゃうな。えへへ」

　うーん、これは明らかに……野暮なことは考えないようにしよう。後半小声で一部聞き取れなかったけれども何を言いたいのか大凡見当はついた。1人の少女を救ったヒーローに対する感情としては至極当たり前のものだろう。私なんかと違ってもっとずっとスマートに解決できちゃうんだから仕方がない。今後なにか進展、コラボとかあったらそれはそれで面白そうだなとか考えてみたりもしたが。やはりそうなったらなったで、色々騒ぎになってしまうのは容易に想像できてしまうのだが。

「君の同期も心配してたみたいだよ」

「キリちゃんなりにきっとウチに気を遣ってくれたのだけは分かりますもん。ずっと声掛けしてくれてたから、きっと引退とかは考えなかったんだと思います」

「そうか……じゃあ、彼女にも直接言ってあげな。それで——それだけで充分だよ」

「はい……！」

彼女の同期、私の前職元後輩霧咲も色々気を遣っていたらしい。そりゃあ彼女の異変に最初に気付いたのがあいつだったわけで……事態が拗れるまでに至ってしまった事を後悔していることは、ある程度付き合いがあった身としてはよく分かる。あいつはあいつで何か配信をするつもりらしいのだが……大丈夫なんだろうか？

「でもお兄さんもありがとございます。ウチのバーチャルの方のママ——金切燕先生にもお声がけいただいたんですよね」

「え……？」

「ｍｉｋｕｒｉ先生から事情聞いて、燕先生がわざわざウチのママ用に立ち絵があった方が良いってわざわざ用意してくれたんですよ。そっちの方が話題になりやすいって」

「ｍｉｋｕｒｉママが……？」

もしかして一連の流れを見て、ガワがあった方が配信上映えると思って裏で色々動いてくれていたのだろうか。あの人ならやりかねない。後で確認してお礼を言ってかねば。あれ……？

今回一番何もしていないのって私なんじゃ……？

745 名無しのライバー ID:QbrcgTUkN
空前の身内コラボブーム！
畳：妹
脱サラ：妹
忍ちゃん：姉
その他
ソリライ：双子、祖母

746 名無しのライバー ID:rYpRxwb19
なんでや！
あさちゃんだって家族の白玉ちゃんと配信してたやろ!!

747 名無しのライバー ID:5sCN61tX/
ペットも立派な家族だもんな
でもいっつもやってるんだよなぁ

748 名無しのライバー ID:gckineki/
普段は構ってアピールするのに
わざわざ配信枠を取った時に限って
直前におねんねする白玉ちゃん

749 名無しのライバー ID:NaK29oEBA
猫の寝息と子守歌を歌うあさちゃん
これはこれで質

750 名無しのライバー ID:4SrPl8FG3
女帝「親族全員からコラボ断られた人だっているんですよ!?」

751 名無しのライバー ID:cFRJzsuLy
>>750
草

752 名無しのライバー ID:ywtxpvtdO
>>750
全員に断られてたんか女帝……

753 名無しのライバー ID:i6oBtFlkB
>>750
えぇ……

754 名無しのライバー ID:pdoslQpH4
>>750
今回乗っかってこないと思ったらそういうわけか

755 名無しのライバー ID:xHf2CJ9O0
女帝「何がいけなかったのか……？」

756 名無しのライバー ID:/k8Ps/V41
普段の自分の言動見返してみようよ

757 名無しのライバー ID:c2nFVO2dj
女帝の今月の主な配信一覧
・後輩の自宅更衣室立てこもり
・事務所閉じ込め配信
・ファンレター百人一首
これは断られますわ……

758 名無しのライバー ID:/k8Ps/V41
こ れ は ひ ど い

759 名無しのライバー ID:uF4KeBhNK
忍お姉さん可愛いよね
コメ「いつもよりおとなしい」
コメ「借りてきたチンパンジーになってる」

大概酷いコメで草

762 名無しのライバー ID:aaUZLc1nC
お姉さんですらエフェクター扱いする
MAD職人怖い

763 名無しのライバー ID:+GpiWkPuD
音域が広がったので
新しい楽曲への挑戦を意気込んでいる模様

764 名無しのライバー ID:xbzg+WTkQ
台パンの音域ってなんやねん

765 名無しのライバー ID:t1vzXoU7x
親の台パンより見た台パン

766 名無しのライバー ID:FJNYPLyAo
もっと親の台パン見ろ

767 名無しのライバー ID:CbVhkmxJM
台パンする親なんて見たくねぇよ！

768 名無しのライバー ID:LT6mq3W9l
新鮮な素材をふんだんに使った音MAD
早速ニヨニヨ動画に投稿されているぞ

769 名無しのライバー ID:hXij9kdOo
仕事はやすぎだろ！

770 名無しのライバー ID:E3dCOKmK6
MAD職人が一晩でやってくれました

771 名無しのライバー ID:3P2CBCnbJ
ジェバ〇ニかなにかか……？

忍ちゃん「ふん」（ドンッ！）
忍姉「こら、はしたない。止めなさい」
忍ちゃん「えっ、あっ、ごめんなさい」
忍姉「ごめんなさいねぇ」
忍ちゃん「なんか納得いかないんだけどぉ!!（ドン！）」
忍姉「こら」

756 名無しのライバー ID:3lVJWeOEH
忍ちゃんが台パンする度に注意されてたのホント草

757 名無しのライバー ID:MoBthread
リスナーの意見
・いつもよりキレがない
・叩きが甘い
・清楚担当はもうお姉さんでいい
・借りてきたチンパンジー
・こんな音じゃMAD素材に出来ない
・寧ろ普段出ない音域だから使える
・お姉さんというエフェクター

758 名無しのライバー ID:i4Hl8duL3
借りてきたチンパンジーってなんだ（困惑）

759 名無しのライバー ID:u9aVdcP2w
そこは素直に猫って言ってあげなよぉ！

760 名無しのライバー ID:Hel6IJkxD
台パンMAD職人でも使える派、使えない派に分かれてるんだな

761 名無しのライバー ID:QeFsqpZWR

772 名無しのライバー ID:pFH2bhy6C
台パンMAD職人の朝は早い

773 名無しのライバー ID:vHMXF4ji6
お姉さん「確かに幼稚園とか小学校の頃から打楽器演奏担当してた」

やはり台パンはキャラ付けなんかじゃなく運命だったんだよ

774 名無しのライバー ID:+l+AsU2A1
どうしてVの身内って美声が多いのか問題

775 名無しのライバー ID:jb/UTt/rN
それは分かる

776 名無しのライバー ID:V2cJxNdji
一方ソリライさんは双子キャラがコラボ配信をしていた

777 名無しのライバー ID:R8E/ova9A
元々両方Vだったけど配信タイトル的には明らかに畳配信意識してたよな

778 名無しのライバー ID:T7VlyhQXS
なんなら配信内でも言及してたぞ
ウミちゃん「他所の事務所の配信がバズっていたので」
ソラちゃん「言っちゃったぁ!?」

779 名無しのライバー ID:+lKpHyXx9
正直で好感が持てる

780 名無しのライバー ID:HJGEu21YU
畳の影響力、冷静に考えるとヤバいんやな

781 名無しのライバー ID:YP4ic9+sL
ネタにされているが界隈トップクラス定期

782 名無しのライバー ID:6KLxG6sGv
ソリライさんの双子キャラはまあいつも通りだとは思うが
お祖母ちゃんって何や(困惑)

783 名無しのライバー ID:MoBthread
あんだーらいぶみたいなことしてる……
何故かソリライスレで言われていた模様

784 名無しのライバー ID:LMG9qaacU
草

785 名無しのライバー ID:/UDvThS3h
ワイらの推しの箱一体どんな色物枠扱いされてるんや……

786 名無しのライバー ID:77bSNn+65
普段の言動とか見てみると
納得するしかないがな

787 名無しのライバー ID:zXW+1ES9U
それはそう

788 名無しのライバー ID:uaz0GyOe/
誰かと思ったらヒカリ姉さんかよ!

789 名無しのライバー ID:9HVFOCdSR
ヒカリ姉さんも活動歴長いからなぁ
たまにパンチのある企画やりよるで……

790 名無しのライバー ID:Mx2u64FWp
なお滅茶苦茶ハートフルな配信だった模様

ヒカリ「お祖母ちゃんと配信やるよ」
お祖母ちゃん「サツマイモ蒸かしたから食べなあ」
ヒカリ「えっ、うん」
お祖母ちゃん「これ好きなお菓子やったろう？」
ヒカリ「うん」
お祖母ちゃん「これが昔くれたお手伝い券」
ヒカリ「ぐすん。お祖母ちゃん大好きぃ」

791 名無しのライバー ID:a98RTjDk4
>>790
滅茶苦茶良い配信だな

792 名無しのライバー ID:iF015XQY6
>>790
どっかの箱にも見習ってほしいわ

793 名無しのライバー ID:GfXg3qRTj
>>790
お祖母ちゃんが10年以上前に送った
絵やお手伝い券大事に取っておいてあるの
ほんま泣くわ……

794 名無しのライバー ID:QQ+UaJky4
>>790
ネタのつもりが良い話になるのがソリライさんクオリティー
どうして差がついたのか……
慢心、環境の違い

795 名無しのライバー ID:MoBthread
掲示板に入り浸ってる親不孝者共だよね
ここの連中ってさ

796 名無しのライバー ID:DIoNyfqS4
それ以上はいけない

797 名無しのライバー ID:UCLGCVUdl
やめろ!!

798 名無しのライバー ID:g0Fix9QZt
平日昼間にも絶え間なく書き込みしてる
お前にだけは言われたくない件

799 名無しのライバー ID:sLOVPspt9
お……？

---

十六夜真@makoto_solidlive
中間テスト終わったから
今日からまた配信！
期末テスト？　し、知らない子ですねぇ
ゲスト：お楽しみに
※諸事情によりアーカイブ残らないです

---

800 名無しのライバー ID:aIoW5Onsv
アンチに燃やされてる子か

801 名無しのライバー ID:psPjfjoZA
これもしかしてリアルママ来るやつ……？

802 名無しのライバー ID:1vtprjcGf
あー、なるほど
このタイミングなら不仲否定に丁度ええな

803 名無しのライバー ID:MoBthread
なーんかまるで前後の流れが
あまりにも都合が良いというか……
まあ、気のせいやろうけどな

804 名無しのライバー ID:NntwMJAE1
まさか、なぁ

805 名無しのライバー ID:3nr0TaMmX
スレチとは言えスレの名誉妹ちゃんの雫ちゃん関係だからな
ワイは応援するで！

806 名無しのライバー ID:SisterChan
いつから名誉妹になってんだ……

807 名無しのライバー ID:future_xxx
我占い師
おぼろげながら占いで浮かんできたんです
明日のボートレースの数字が
この流れに乗らなくちゃ！
ボートだけに！

808 名無しのライバー ID:hzg7qlGgr
乗るな、エセ占い師！！！

**今日の妹ちゃん**

なんか親友が露骨にデレデレしながら
ラギ君のアーカイブ見ている。
あー……これはこれは。
うん、皆まで言うまい

# 28話 解決と炎上

【10月×日】

ＶＴｕｂｅｒ界隈の一部では先日から続く十六夜嬢の一件が尾を引いている。特にソースも明示されていない情報でありながらも、それを信じた人々や元々ＶＴｕｂｅｒに対して快く思わない人々、あるいは他事務所との対立を煽ってその様を楽しむ実に良い性格した人々など、様々な思惑も交錯している。ここ数日は配信を休止しており、それがまた影尾氏のリーク情報である『家族間のトラブル。引退間近』だなんて馬鹿げた話を増幅させる一端にもなってはいるが、こんな状況でお気楽に配信できる人なんて普通はいないだろうよ。まあ、私が同じような状況になったとしたら、気にせず配信は続けるとは思うけれども。

---

十六夜 真@makoto_solidlive
中間テスト終わったから
今日からまた配信！
期末テスト？　し、知らない子ですねぇ

ゲスト：お楽しみに
※諸事情によりアーカイブ残らないです

---

しかし、そんなタイミングで彼女のSNSからこんなコメントが送信された。彼女の告知ツイートも中々お上手だ。今までの配信していなかった理由をテストであると明確に表現しつつ、活動再開を告げる内容。そして伏せられたゲスト。更にはアーカイブの残らない配信という。彼女のファンは勿論、例の動画で彼女を知ったゴシップ好きのユーザー、観察対象――ネット的に言うなら『ヲチ対象』としているような層にまでこの呟きは非常に興味深く印象付けられたことだろう。

つい先日、柊先輩と夏嘉ちゃんとのコラボ配信以降に盛り上がりを見せている、家族をゲストとして迎えた配信形態の流行。それはあんだーらいぶのみならず、十六夜嬢の所属する事務所SoliDliveさん内でも同じ類いの企画が行われている。となれば、少し考えれば想像がつく人が多いのではないだろうか。

ちなみに明乃さんの配信ではお祖母さんが登場し、その内容が実に心穏やかになるような内容であった。最初はどんな面白いネタ配信かと思って視聴するユーザーが大半だったが、蓋を開けてみると孫と祖母の実に心温まる配信。中には涙をした視聴者も少なくはないという。過去にプレゼントした彼女お手製のお手伝い券や、幼稚園の頃にお婆さんと一緒に遊ぶ姿を描いた絵。その時のエピソードを語りながらも「大きくなったねぇ」と「沢山の人たちを笑顔に出来る子になって誇らしいよ」という言葉に、明乃さんが思わず涙する場面もあった。

なお肝心の同期である元後輩、霧咲はというと出演承諾してくれる身内がいなかったのか、妄想で生み出したイマジナリー家族、一升瓶の精霊であるショウちゃんを当人が声を変えてアテレコするという変な配信をしていた。それが何故か微妙にバズっていた。なんか納得がいかない。酒を入れてハイテンションになって、更に頑張らなくちゃという気持ちが空回りしていたはずなんだが、それが配信の企画と何故か良い感じにハマってしまったという形である。

本当になにやってんだよ、お前。しかも直前にやっていたのが明乃さんの心温まる配信だっただけに、その温度差に困惑したリスナーも少なくないという。

「いや、マジで出演だーれもしてくれないんスよ」

「それは知っていたが、何故わざわざ私に弁明しにくるんだよ」

「酒に酔った勢いとかじゃあないんスよ‼」

「それは知ってるが、うちの獅堂先輩も親族から断られて似たような企画してたのに持っていかれた！　って言ってたよ」

「やはりわたしって才能あるのでは？　業界トップの人と同じ思考回路してるっスよ」

「失礼なやつだなぁ」

「先輩のそのセリフもわたしに対して失礼すぎないっスかね……？」

我があんだーらいぶの顔とも言える獅堂先輩もこいつと同様に親族から出演拒否されていたらしい。本来はこの機に乗じて企画構成していたのが台無しになったと、ディスコでぼやいていた。彼女は中々奇抜な配信をすることがままあるので、それが原因だとかファンの間では言われている。実際に今月の彼女の配信を振り返ってみると、羽澄(はすみ)先輩宅の更衣室に立てこもったり、新戸(あらと)先輩を事務所の一室に閉じ込めたり、ファンレターで百人一首したり、食べ合わせの悪い食品だけで朝昼晩過ごしたりとパンチの利いたものが多い。勿論、他Vがやるような雑談やゲームも配信しているが、何分目立つのは奇抜な配信の方だ。

「――で、なんで急に連絡してきたんだ？」

「なんでって……真ちゃんが急にお礼言ってくるもんだから、根掘り葉掘り聞いたら先輩がなんか色々やっていらしゃったみたいですから」

「お互い大先輩に尻拭(しりぬぐ)いしてもらった感が否めないけれども」

「それは確かに。これでも色々考えてはいたんですよ。ソラちゃんパイセンとウミちゃんパイセンにお願いしてコラボしてもらったりとか色々やってはいたんスけどね……」

「あ、あれお前の仕業だったんだ」

「仕業ってなんか酷(ひど)くないっスか⁉」

「流石(さすが)謎キャラでバズってる話題の人だなー」

「不可抗力なんスよ！　寧(むし)ろ黒歴史よりなんですぅ！」

と昨夜わざわざ弁明しに来る元後輩の図である。気付かなかったが、ソリライさんの双子ちゃんのコラボ企画も彼女が色々裏で奮闘した末の成果らしい。確かに波風が立ちにくいし、それほど迷惑が掛かるというわけでもない。更には柊先輩の一件で話題に上りやすい環境とあれば、相手方も手を出しやすいし、同事務所所属同士のコラボであればお伺いを立てる必要はない。私が同じ立場でも同じような事をしていたかもしれない。今回の騒動で、ある意味一番得をしているのがこいつだったりする。何が当たるのか分からない。それがＶＴｕｂｅｒ、ひいては配信業界というやつなのだ。

「あ……そうだった」

1人お礼を言っておかねばならない人がいるんだった……ｍｉｋｕｒｉママから十六夜嬢のイラストを担当されていた金切燕先生に手を回して、わざわざ彼女の母親をイメージしたイラストを用意してもらったという。立ち絵があるのとないのとではイメージが段違い。夏嘉ちゃんやマイシスターがファンを多く獲得したのは、それぞれママからその身体を賜ってからだ。やはりガワの有無で注目度が段違いである。より話題になりやすいという意味においてはもっとも効果的な手段のひとつである。私も流石にそこまでは気が回らなかったし、そもそもイラストレーターさんの伝手などもない。十六夜嬢本人から頼んでもらう、とか最初に動いておいてもらうべきだった……いや、そもそも相手の絵師さんのスケジュールとかもあっただろうに……早速ｍｉｋｕｒｉママにお礼のメッセージを送ることにした。本来は金切先生に送るべきなのかもしれないが、生憎繋がりがないので今回は諦める。そもそも私がお礼を言うのも筋違いだろうけれども。

神坂怜：mikuriママ、イラストありがとうございました。十六夜嬢も喜んでました

mikuri：直接頼んでたのはすーこだよ。あの子妙に知り合いだけは多いから

神坂怜：そうなんですね。今度お礼言っておかなくちゃ

mikuri：まー、こっちが好きにやってた事だから気にしないで

神坂怜：やっぱり色々事情察せられてしまいましたか？
ｍｉｋｕｒｉ：雫ちゃんのお友達でしょ。あの子優しいからきっと沢山傷付いてたのは分かってるし、それに柊くんの配信とか、雫ちゃんのコラボ企画とか諸々見てたら何となくそういう事かなって。わたしにできることなんてたかが知れているし。これは愛する息子と娘のお友達におやつを用意する、みたいな感じだと思ってよ
神坂怜：労力が段違いなんですけど……
ｍｉｋｕｒｉ：金切先生は元々ワンドロとか沢山描いてた人だし、本人もノリノリだったよ。3人でキャラクター設定とか考えるの結構楽しかったから。平気平気
神坂怜：3人とも作って公表したらそれだけで話題になりそうだ
ｍｉｋｕｒｉ：流石にそこは伏せるよ

察しの良い人が私の周り多くないか？　本当に出来た人だ。私なんかのママであることを喜んでいてくださる時点でそれは分かりきった事であるが。元々繋がりがあったのが酢昆布ネキの方で、彼女の方からコンタクトを取って、事情を説明。金切先生の方も「何かできることはないか？」と思い悩んでいたそうで、これ幸いと3人の人気イラストレーターの共同戦線が裏で行われていたとのこと。ちなみにワンドロというのはＳＮＳ上で時折行われている、６０分でテーマに沿ったイラストを仕上げて投稿する企画みたいなものである。その名前は1時間の『ワンアワー』と描くという事を示す『ドローイング』と掛け合わせたものだそうだ。

ｍｉｋｕｒｉ：それにわたし――わたしたちイラストレーターにとっては我が子が引退とかするのってとっても辛い事だからさ。同業者に同じような思いはしてほしくはないもの

そうか……ｍｉｋｕｒｉママはかつて自分の娘を亡くしている。とある企業所属のＶとして活動していた遙久遠（はるかくおん）という女性Ｖが、事務所解散に伴い志半ばで引退。Ｖにとって引退を死とするならば、死別と言い換えても間違いなんかじゃない。そして大事に、本当に私たち兄妹を想ってくださっている彼女であれば、行動を起こすのにも納得がいく。本当に、こんなんじゃあいつまで経（た）っても恩返しなんて出来ないじゃないか。

ｍｉｋｕｒｉ：それに我が子が批判の的にされるのも辛いことなんだよ
神坂怜：本当に平素からご迷惑をおかけして申し訳ございません
ｍｉｋｕｒｉ：ちょっとは自分も労わりなさいってお説教をしておきます。こっちが逆に心労で倒れちゃいそうだよ
神坂怜：肝に銘じておきます
ｍｉｋｕｒｉ：もし倒れたら責任取ってね
神坂怜：え……？
ｍｉｋｕｒｉ：冗談だよ。冗談

願わくばバーチャルとリアル、両方の親へ親孝行してから死にたいものである。

【10月×日】

10月ももう終ろうかという日。十六夜嬢の配信は元々のファンや、騒動を聞きつけた野次馬的な人々、ここ最近の身内コラボのノリで興味を持ったご新規さんなど、配信待機画面には既に1000人近いリスナーが駆けつけていた。引退を匂わせるような文言でもツイートに入っていたらもっと人が来たんじゃないだろうか、なんて非常に失礼なことを考えていたのはここだけの話。それは火に油を注ぐような真似(まね)になるし、数字とトレードオフみたいなところはあるので、企業勢としては控えておくのが正解だろう

「お久しぶり、こんばんよいよい！　SoliDlive所属の十六夜真でーす。今日も配信はじめますよー、いざぁ！」

[こんよい]
[こんよい]
[イザァ！]
[元気そうでよかった！]
[メッセージが消去されました]
[変なコメントは気にせずいこう]
[おかえり、待ってた！]

「メッセージが消去されました」

「おかえり！　〈鍋奉行〉￥10000」

「変なコメント気にせず頑張ってください。〈kuroro〉￥500」

「kuroroさん、鍋奉行さん、スーパーチャットありがとー。今日は友達の家で鍋をご馳走(ちそう)になったのを御主(おぬし)知っておるのか!?　まさか……エスパー！」


「エスパーもよう見とる」

「草」

「エスパーもVTuber見とるんか（困惑）」

「奉行（エスパー）」

「メッセージが消去されました」


開始数分で視聴者数は5000人を超えており、彼女の普段配信の数倍の数字。見ての通り定期的に荒らしコメントが投下されるものの、元後輩——霧咲季凜(きりん)が速攻でそれらのコメントを消去しているらしい。彼女が「削除忙しいっス」っと謎の報告を入れてきていた。裏で飲酒しながらこのユーザーたちへ悪態を吐(つ)きつつ、消去している様が容易に想像できてしまう。今日くらいはお酒を入れてても文句は誰も言うまいよ。

「今日は1-2(ワンツー)コントローラーやっていきますよー」

1－2（ワンツー）コントローラーというのは2人でプレイするミニゲーム集みたいなゲームソフトだ。コントローラーの振動機能やモーションIRカメラといった機能を用いたもので、ゲームを普段プレイしないようなライト層でも簡単にプレイできるゲームだ。配信界隈においてもオフコラボでこのゲームタイトルをチョイスする人は少なくはない。

「今日のゲストです、はい。喋（しゃべ）って」

「え、あ、もう喋っても良いの？　はじめまして。娘がいつもお世話になっております」

［!?］

［ファ!?］

［え？］

［金切燕先生って確か男性だったような……？］

「ママです、金切燕ママじゃなくて。リアルのオカンです」

「流れてく文字見てたら目が回りそう」

［リアルママ、だと？］

［声若すぎぃ！］

［声若い］

［お姉さんじゃなくて、ママ……だと？］

「お母さん、声若くて可愛いだって」

「あらやだ、うれしい」

「ちなみに金切燕ママにね、ママとコラボするって言ったらイラスト貰っちゃった。はい、これ」

［母娘揃って可愛い］
［ママァ……］
［めっちゃ可愛い］
［デカァァァァアイッ説明不要!!］
［ママ可愛い代〈角付き〉￥10000］
［ママしゅき〈深爪した熊〉￥5000］

「ウチのときよりスパチャ飛ぶの、複雑だから止めてぇ！」

「お金？　これが……？　え……？」

「そりゃあ困惑するよねぇ……でもやっぱり金切燕ママはやっぱり天才」

「すごーい、これ絵が動くのね」

「絵って言わない！　何てこと言うの⁉」

［草］
［言い方ァ！］
［間違ってはいないがｗｗ］
［ママ可愛い］
［それはやめてｗｗ］

とまあ、こんな風に母親をゲストに迎えた配信で、話題がリアルタイムでＳＮＳなどを通じて更に広まっていく。不仲不仲と言われているのであれば、それを否定するような様子を見せ付ければ良いだけの話。問題があるとすれば、事務所側がそれを認めるか、そして彼女の母親が同意するかという問題であった。が、彼女の母は「娘のためになるのならば」と二つ返事で了承。事務所側も当初このアイディアを却下したが、柊先輩が夏嘉ちゃんとの配信でこれ以上ないくらいの数値を叩き出した。同事務所のメンバーがそれに便乗して似た企画を展開、更にそこから他社へと波及していき――遂にはあちらのトップである明乃さんがお祖母さんを出演させるという展開に至った。こうなれば許可を出さざるを得まい。

また追い風となったのは、十六夜嬢の担当絵師さんである金切燕先生がキャラクターデザインしたフルカラーイラスト。ｍｉｋｕｒｉママや酢昆布ネキが色々協力した末に完成したそれは、すぐにでもＶとして活動できちゃいそうな代物であった。関係者以外が見れば誰も数日で用意したとは想像も出来ないほどのクオリティ。逆にこの絵のために期間が空いたのではないか、なんて認識も植え付けてしまいそうな渾身のイラストであった。子を想う親の気持ちというのは現実もバーチャルもそんなに変わらないのかもしれない。

ともあれ、今回の彼女に関する問題はこれで終息するだろう。配信後半の方には荒らしコメントもかなり少なくなっていたし、逆に話題を呼びトレンド入り。同接は８０００人という彼女自身の配信としては過去最高の数字を叩き出した上に、スーパーチャットもかなりの額が飛んだ。結果だけ見れば、上手い事今回の騒動を彼女の利益に変換できたと捉えられなくもない。が、酷く心を傷付けられた彼女の姿も見ているので中々複雑なところではある。前向きに捉えてもらえると良いのだが……。

ちなみに彼女のお母さんも荒らし関係のコメントには未だに思うところがあるようだが、彼女を支えるファンのコメントやツイートに心を打たれ、活動を続けていく事を認めご自分も応援していく運びとなった。妹から聞いた話だと、「母親はリスナーに可愛い可愛い言われたのが凄く嬉しかっただけだよ」と十六夜嬢が言っていたとのこと。

まあ、問題があるとすれば——この後、か……。

333 名無しのライバー ID:0hvAxgLED
悲報　あんだーらいぶさんのお株奪われる

334 名無しのライバー ID:xAmmw4epQ
何があったんだよ

335 名無しのライバー ID:wFWGgZbjG
ソリライの子がウチみたいな事やってた

337 名無しのライバー ID:uyMFHsMe8
あー、昨日のキリンちゃんな……

338 名無しのライバー ID:MoBthread
まとめ
ヒカリ姉さんが祖母と超エモい配信をする
↓
キリンちゃん流行りに乗りたいが親族全員出演拒否
↓
内なる自分の家族を作り出す
一升瓶の精霊：ショウちゃんを産み出す
↓
バズる
↓
当人としては酔った勢いの黒歴史なのに超拡散される
↓
マネージャーからガチ説教される←イマココ

339 名無しのライバー ID:JW0gdl2YV
>>338
草

340 名無しのライバー ID:CIHNStJQ6
>>338
キリンちゃん、あんらいに来ないか？

341 名無しのライバー ID:oTA1pFNQz
>>338
これ絶対女帝がやる類いのやつだよな

342 名無しのライバー ID:ZGHf/iLlO
あんぐら君でやろうと思っててお気持ち表明してたで

---

獅堂エリカ@普通VTuber@erika_underlive
MA☆TTE!!
やろうとしていたネタが潰されている
どころか普通に面白いの卑怯じゃん……
私も酒というドーピングアイテム導入するかぁ

---

343 名無しのライバー ID:Obe/clNrO
おい、17歳設定どうした？

344 名無しのライバー ID:Huf76d9gK
17歳なのに日本酒の銘柄に詳しいぞ

345 名無しのライバー ID:DooyvhSXy
17歳なのにリアルに若い子の流行り分かんないぞ

346 名無しのライバー ID:yNJI4YJpC
17歳なのに最近胃もたれするらしいぞ

347 名無しのライバー ID:dsnpkj7YC

17歳なのに使ってるネットスラングひと
昔前だぞ

348 名無しのライバー ID:Tner2vFD9
17歳なのに若い頃とかよく言ってるぞ

349 名無しのライバー ID:vsveK9FB5
お前らやめたげてよお!!

350 名無しのライバー ID:7xI5vraHj
キリンちゃん「やばっ、マネちゃんから通
話が!?」
ショウちゃん「キリちゃん、ここは居留守
だよ！」
キリンちゃん「えー、大丈夫かなぁ」
ショウちゃん「だいじょうぶだよ。お酒の
せい。お酒のせい」
キリンちゃん「お酒ってすごい！」

351 名無しのライバー ID:mopmjYd77
マネちゃんェ……

352 名無しのライバー ID:ZSsp1Uhsl
真面目に怒られてそう

353 名無しのライバー ID:7r5dfwHPS
同期の真ちゃんが燃やされてるから
ストレスは溜まってるやろうなぁ……

354 名無しのライバー ID:aMBz2+38z
あー、あの子の同期なんか……

355 名無しのライバー ID:u0WaZyMQi
寧ろわざとやってるまでありそうだよな

356 名無しのライバー ID:cmzQFEP1K
十中八九そうやろ
デビュー当初に真ちゃんが畳SNSフォロー
して荒れそうになった時も
自分も脱サラとか他の男性活動者フォロー
しまくってたし

357 名無しのライバー ID:VBL3hkwYd
ソリライさんにもメイン盾さんいるんだぁ

358 名無しのライバー ID:FFhG21akf
は？
ウチのメイン盾はヒーラーも兼任してるん
だが？？

359 名無しのライバー ID:grFliOcz6
そこは誇るところじゃないと思うの

360 名無しのライバー ID:8LN27Z9Pw
バッファーも兼務してるんだが??

361 名無しのライバー ID:5j+RHrten
タンク＋ヒーラー＋バッファー
ぶっ壊れキャラだぞ

362 名無しのライバー ID:8ifjeBkEC
ゲームなら人権キャラ定期

363 名無しのライバー ID:d6dU3ChLt
癖がありすぎて使いにくいんだよ！

364 名無しのライバー ID:gumrmP59U
デメリットで自傷するキャラは使い辛い

365 名無しのライバー ID:+gQLsJkaR
ゲームなら多分低レア

366 名無しのライバー ID:3eJ4U2Fzd
ショウちゃん名言集
・ﾊﾊｯ、ﾔｧ、ﾎﾞｸﾊﾖｳｾｲｻ！
・スパチャくれ、スパチャくれ
・スパチャは赤に近ければ近いほど良い
・僕と契約して酒カスになってよ☆
・風呂が心の洗濯なら、酒は人生の潤滑剤

367 名無しのライバー ID:xdm+yloSJ
※直前にヒカリ姉さんの配信がありました

368 名無しのライバー ID:aH2GG9w7y
温度差で風邪ひきそう……

369 名無しのライバー ID:dwLZnPbd3
結局その真ちゃんもリアルママと
コラボで騒動は収束しそうでよかったな

370 名無しのライバー ID:VvuxFAC9y
他所の箱の事情ではあるが良かったよ

371 名無しのライバー ID:hBkatFCF8
仲睦まじい親娘いいっすね

372 名無しのライバー ID:WBxYxACkD
真ちゃんには渡りに船だったな
ここ数日のファミリーデーは

373 名無しのライバー ID:vNF21TdHC
キッカケは間違いなく畳だが
それに乗じて動いたソリライ面子は
今回の母娘配信知ってたから動いてた説は
あるよな

374 名無しのライバー ID:+Ks5QKBGL
ただの火消しとか未だに言ってる連中いる
からなぁ

375 名無しのライバー ID:/0ns/dJKi
効いてて草って言ってやるといいゾ

376 名無しのライバー ID:jDv6IlcQo
イラストのクオリティから察するに
この騒動前から準備してた説あるだろ？

377 名無しのライバー ID:FATW98KK2
それはそう

378 名無しのライバー ID:pQzLacTlz
蓋を開いてみたら
ただの娘を心配するオカンだったというね

379 名無しのライバー ID:XRilMfzIj
親がV専業でやるつもりってのに反対して
大学進学、成績維持するのが条件提示
それを不仲というのはどうなんだ？

380 名無しのライバー ID:TEHYIQysP
親としては将来の選択肢を
残しておいてやりたいんだろうよ

381 名無しのライバー ID:NnW4BRuxo
そりゃあな

382 名無しのライバー ID:4Ez28YpIX

V専業で食ってける奴なんて
ひと握りから更に選りすぐった連中だし

383 名無しのライバー ID:MoBthread
真ママのお声が美しかったので不覚にも
ソリライが無理ならこっちでデビューして
もろて

384 名無しのライバー ID:ho0BdM1lo
コメントで可愛い可愛い言われて照れてる
ママかわよ

385 名無しのライバー ID:1Bt4fcgh7
それにぷんぷん怒る真ちゃんも可愛い

386 名無しのライバー ID:tdgJfra6V
結局親子の仲を拗らせてただけの影尾君

387 名無しのライバー ID:6TqQ26Z2Y
ただの胸糞案件なんだよなあ……

388 名無しのライバー ID:Q9RFZV3py
不仲って事実がないのに
あいつの動画のせいで
現実になりかけたってホントクソだろ

389 名無しのライバー ID:KTPb94AYW
もうあいつの話はいいよ

390 名無しのライバー ID:MOBcszAPo
なお脱サラのアーカイブがくっそ荒らされ
ている模様

391 名無しのライバー ID:kVhenrbuL
ま　た　か

392 名無しのライバー ID:rteMoec5f
また脱サラ殿が燃えておられるぞ!!

393 名無しのライバー ID:tGgcSAMr+
お前今度はなにやらかしたんだよ……

394 名無しのライバー ID:gckineki/
あ゛!?　まーたいつものやつか……？

**今日の妹ちゃん**

なんかお兄ちゃんが
また燃えてるんだけどぉ!?

# エピローグ

**【10月×日】**

「お兄ちゃん」

「ありがとね」

考え事をしながら、換気扇の掃除をしていたところマイシスターが背後に立っていた。お礼と共にずいっと市販の個別包装されたチョコレートを手渡してくる。この子なりに労ってくれているみたいだ。ありがたく頂戴しておこう。あとで父親に自慢メッセージ送ってやろう。悔しがる姿が目に浮かぶようだ、えへへ。わーい、マイシスターからのプレゼントだぁ。

「流れるような所作で仏壇に供えて手を合わせるのはどうなの……？」

「えっ、ほら。お爺ちゃん甘いもの好きだったし、お供えしなくちゃ」

「あ、うん。まあこの際どうでもいいや」

なにか諦めるように遠い目をして、一緒に手を合わせるマイシスター。

「随分と焦げ臭くなってるね、お兄ちゃん」

「今回に関しては何もやってないんだがなぁ……」

「またまたー、どうせわざと何かヘイト買うようなことでもしたんでしょ。お兄ちゃんの事だし」

「いや、マジで今回に関しちゃ小細工とか一切なしなんよね」

「え……？　マジ？」

「飛び火するんだろうなーっていう予想はしてたけど」

「してたんだ……」

「どれだけ燃えたと思っているんだ。そっちの場数だけは界隈トップだという自覚はある」

「そこ誇るところじゃないよね!?」

「こっちだって好きで慣れたんじゃないんだよ。不可抗力というか……確かに私にも非はあるのかもしれないけれどもね」

「今回に限らず、毎回お兄ちゃんに非はないじゃん」

十六夜嬢は先日の配信でイメージ払拭できたが、ここで一旦冷静になって彼らは思うわけだ。『じゃあ一体誰が情報を流したのか？』と。彼女に関する不仲の情報提供、そして今年6月にあった柊先輩のリアルイベント直前にあった怪我云々のリーク情報。一部ではそれらを流した犯人として私の名が挙げられるようになった。事務所の先輩と、妹の友人。身近なVTuberに相次いで起こっている点から『あまりにも出来すぎている』として疑いの目を向けられる結果となった。勿論証拠もなにもない、ただの憶測だ。先輩の時にも同じような嫌疑をかけられることとなったが、それが再燃したような形である。十六夜嬢を批判の的としていた彼らが矛を収めるには、別の標的が必要であった。自分の非を認めるよりそうした方が楽だから。皆がやっているから。そっちの方がセンセーショナルに出来て盛り上がれるから。ただそれだけ。

　特に私はお世辞にも数字があるわけでも人気者であるわけでもない。過去に何度もこういったものの対象になったことがある。そういう奴に疑惑が浮上した。これ以上ないくらいの美味しそうな獲物が出てきたのだ。母娘の不仲などもうどうでも良い。彼らは次の『お祭り会場』を見付けたのだ。ネットという世界は割とこんなものなのだ。熱し易く冷め易いというのはちょっとニュアンスが違うか？　批判の対象が別に移ったりすることも珍しくはない。疑わしきは罰せよ。今の世界においてネット上では日常的に行われている、本当に悪しき慣習であると言えよう。これこそが我々のようなインターネットという空間で活動する者たちが向き合って、そして戦っていかねばならぬひとつの課題であると言えよう。

　もはやお馴染みの流れではあるが、今回の件に関しては意図的にヘイトを買いにいったとかではないということを釈明しておきたい。こういう流れになるんじゃないかなぁというなんとなくの予感は確かにあったが。柊先輩のときのリーク云々と流れは似ているし。どうにもこの界隈、意図的にそういう方向に誘導する人が一定数いるような気がしてならない。ネット発の人気ジャンルという事で、仕方のない側面もあるのかもしれないが。内部での不和、あるいは別企業同士の対立を目的とした悪意のあるコメントが最近目立つようになってきた。単なるＶＴｕｂｅｒそのもののアンチ活動だけでなく、そういった対立煽りを目的とした人々の登場。今はまだ小火程度で済んでいるから良いが……一度火が付いたときに勢いは本当に手に負えないようなレベルにもなりかねない。この業界、色々抱えている問題は多い。だからこそよりドラマチックに見えている、と前向きに捉えるくらいしか今は出来ない。私自身にも課題は多いが、業界そのものにも色々課題は山積だ。これでもまだマシになったのだろう。それを考えると益々黎明（れいめい）期から活動してきた先輩たちの努力には頭が上がらない。

「あの子のお母さんがさっきお礼ってケーキ持ってきてたよ」

「おや、わざわざご丁寧に。そういうのはいいのに」

　十六夜嬢のお母さんがわざわざ挨拶しに来ていたらしい。ここに来る前には、酔っ払いさんに絡まれていたところに助け船を出してくれたゲン君のところにも寄ってきたそうだ。私自身は特に何もしちゃあいない。単にこうしたらどうですか、こういうツイートしてみましょう、みたいな提案をしただけだ。結局解決策を提示したものの、それが実施に漕（こ）ぎ着（つ）けたのは柊先輩や明乃（あけの）さんという大先輩の力添えがあったからこそ。寧ろ私自身は何も出来ていない申し訳なさと、力不足を実感させられていた。だから一連の騒動後に焦（こ）げ臭（くさ）い状況に陥った事で少し安心すらした。もし神様がいるなら、私に与えられた役割はこれなんだろうと察した。私はそういう役回りで良い。それで丸く収まるのであれば、他人ではなく私で良かったと心の底からそう思えた。ファンの事が脳裏を過（よぎ）って胃がキリキリと痛むが……彼らなら許してくれるんじゃないか――なんて甘えた考えが出てきてしまう。いかんなぁ……こんなんじゃ企業Ｖとしても大人としても失格だよ。

「彼女の方は平気？」

「もうすっかり吹っ切れたみたい。最近は勉強や課題をしている様子を垂れ流すみたいな、本人が作業しているのをリスナーが見守るって配信にも挑戦しているみたい」

「確かにそれなら配信回数も稼げるし良いアイディアだな」

「可愛い子がすぐ隣で勉強しているって、同じように作業用にしたり、需要はあるみたい」

「今後もお前が支えてやらないとな」

「うん……」

頭をポンポンと撫でようとするけれど、見事に手を払われてしまう。なんでぇ……？

「あ、そうそう。最近一時の暗い表情とは打って変わって、あの子、毎日ラギ君とのメッセのやり取りしてるんだよ。面白くなりそうじゃない？」

「行動早いなぁ。多分先輩はやんわり断っていそうな予感がするけれども。仲良きことは良い事だよね」

「次はどう攻めるかなぁ、とか呟いてた。個人的にあのカップリングはアリだと思うんだけれど、やっぱりそうなると夏嘉ちゃんがどう動くかも気になるところだよね。あの子も普通に良い子だし、元々ラギ君の事好きだし、Vとしても尊敬してるしで、悪い印象は持たれてはいないと思うんだよね」

「楽しそうだなぁ。柊先輩も大変そうだなぁ」

「お兄ちゃんがそれ言うわけ……？」

「何の事だい……？」

「若い子引っ掛けておいて、それは酷いんじゃあない？」

「言い方に悪意がないですかね、マイシスター？」

この子が指しているのは日野嬢とブラン嬢のことなのだろうけれども、あれは多分そういうのじゃあない。

「……私に対してどうこうっていうのはただの勘違いだよ。一時の気の迷い。一方で柊先輩の方はそうなるべくしてなった。それだけの事をやってみせたんだ」

「女の子ってのはどういう形であれ、自分を助けてくれた人は魅力マシマシに見えるものなのよ。誰彼構わずお節介するのは程々にするように」

「今回の場合はお前の親友だったじゃないか」

「そりゃあそうだけどさぁ……お兄ちゃん絶対またやらかすような気がするからさ。それかわたしの見てないところでまたやらかしている可能性もあるのよねぇ」

「そんな漫画やアニメじゃあないんだからポンポン問題起こらないよ」

「ポンポン炎上してるお兄ちゃんが言っても説得力皆無なんですが？」

「この業界、大体創作物より凄い事ばかり巻き起こっているのは否定できない」

「だからこそドラマチックなんじゃない」

「バーチャルだろうと我々はきちんとそこで生きているんだから、当然だろう」

「そっか。うん、そうだよね」

◇◆◇◆◇◆

柊冬夜：なあ、ちょっと聞くけどさ、なんかまた余所でわざとヘイト買うようなことした？
あまりそういうのは感心しないぞ
神坂怜：ないです、ないです。妹にも言われたんですが……

朝比奈あさひ：割とやりそうかなという感じはしてる。雫ちゃん絡んでそうだし
御影和也：家族愛ってやつっすね。それはそうと、来月ポシェモン出ますよね！

という会話がディスコのあんだーらいぶ男子部内であり——。

日野灯：もしかしてなんかやりました？
ルナ・ブラン：またですか？　いつものあれですか？

続けて後輩ちゃんズからのメッセージ。今回に関しては本当に意図したわけではないんだよ、マジで。そんなに信頼されてないんだろうか？　あるいは逆なのか。この後一応弁明しておいた。

「ひとまず、用意していた顛末書を犬飼さんに送ろうっと」

　10月を終え11月を迎えようかという寒い日に、私は何度目かの炎上をすることとなった。配信のアーカイブには大量の低評価投下が行われており、その分再生数も伸びているのだが、正直あまり褒められた結果ではないことだけは確かである。切り抜き動画や他の同業者とのコラボを理由に登録してくださったライトユーザーさんからは三下り半を叩きつけられても文句は言えまい。見慣れたアイコンのユーザーさんたちがいつもと変わらない様子なのが救いだった。もはや私のファンなんて奇特な事をやっている人にとっては、こんなのは慣れっこなのだろう。いや、それ慣れちゃダメなやつでは……？

チャンネル登録者数は減ったんだけれども、不思議なことにＳＮＳのフォロワー数は逆に増えた。以前とは違うのが、こういうのを気遣うようなマシマロなどが沢山届いたことだ。ありがたいことに、前のときもあったが今回はそれよりもずっと多い。なんだか心が痛む。本当に各所にご迷惑ばかりかけているような気がする。来月こそは何かしらファンの人に還元できる配信をしたい所存である。

神坂怜　チャンネル登録者数１２７００人（－５００人）

482 名無しのライバー ID:qy1HaXWa0
脱サラ登録者数減っとるやんけぇ!!

483 名無しのライバー ID:+OMOwxLC4
コツコツ増やした登録者数が一瞬で消し飛ぶの可哀想

484 名無しのライバー ID:ewjW+uPYx
こいつ定期的に登録者数減るよな

485 名無しのライバー ID:44gUTLhqE
今月は中々燃えてるな

486 名無しのライバー ID:bfYw2vq8p
なんで脱サラがリークする必要があるんだよ……

487 名無しのライバー ID:uGVCFlt2A
雫ちゃんが悲しむ事絶対やらないから
まずあり得ないんだがな

488 名無しのライバー ID:SisterChan
そう、ほんとそれ

489 名無しのライバー ID:mfCNum5wW
何も分かってないアンチが叩いてるだけ
ってのがよく分かるよな

490 名無しのライバー ID:804LycxlK
なおソースはアンチスレッド

491 名無しのライバー ID:/7IQbChTg
アンスレ「○○なんじゃね？」
↓
影尾「○○だったんだ！」
↓
アンスレ「な、なんだってー！　やっぱり○○だった！」
↓
まとめブログ「○○でした！」
↓
ユーザー「マジかよ」
というこつもの流れ

492 名無しのライバー ID:gXZ/PwsMD
マッチポンプェ……

493 名無しのライバー ID:vve9ASd/9
だけど今回は自称リーク情報ってことらしいが

494 名無しのライバー ID:s2NhpliCQ
うちのメイン盾にまで被害来るのも
大概胸糞だ

495 名無しのライバー ID:uyjgFV16i
状況だけ見れば疑われてもやむなしだろ

496 名無しのライバー ID:bzANcQDGR
えぇ……

496 名無しのライバー ID:I1VyFNWa7
今度お前なのかよ

497 名無しのライバー ID:N08jBU02x
まーた当人が余計なヘイト管理してる
可能性すらあるから油断ならない

同じ屋根の下は不味い

507 名無しのライバー ID:MoBthread
なお当の本人は5キロの里芋を買ってウッキウキである

---

神坂怜@ボイス発売中@kanzaka_underlive
里芋安かったので、
ついつい1箱（5キロ）買ってしまった
みんなの応援のお陰で美味しい煮物とか作れます
ありがとう！
今日は大根と一緒に煮ちゃおう！

---

508 名無しのライバー ID:MjX99/0k8
>>507
先月のスパチャが里芋になるとは……
このワイの目を持ってしても読めなかった

509 名無しのライバー ID:gckineki/
>>507
こいつの購入報告はこういうのばっかやぞ
いつもどおりで安心した

510 名無しのライバー ID:e/Tgy9lNo
>>507
これが雫ちゃんのお腹にも納まると思えばどうだろうか

511 名無しのライバー ID:MoBthread
（ﾟдﾟ）　ガタッ

498 名無しのライバー ID:x1GRWIF+D
しかも今回は雫ちゃんも絡んでるときた

499 名無しのライバー ID:VIEH0NHQ0
ないと言い切れないのが怖い話

500 名無しのライバー ID:wCVQ0lNho
アンスレの意☆味☆不☆明な叩きも平常運転ではあるんだよな

501 名無しのライバー ID:BZk9S9+9L
もう答え合わせじゃん……

---

神坂雫@kanzaka_shizuku
真ちゃんとお泊まり会する

---

502 名無しのライバー ID:QpjCDyXRW
>>501
あっ……

503 名無しのライバー ID:K+qRyBfeX
>>501
アカン

504 名無しのライバー ID:dDkx5k6nR
>>501
わーお……

505 名無しのライバー ID:X79L3A5Z0
ま、まだ真ちゃんの家に行く可能性も残ってるから……

506 名無しのライバー ID:4nPQtHYZ+

512 名無しのライバー ID:zyjRYEug3
相変わらず叩かれてても平常運転やな、こいつ

513 名無しのライバー ID:dOivaVTOo
直近動画が低評価5000近いの凄いな
パコガワのデビュー配信の削除直前とほぼ同値やん

514 名無しのライバー ID:9F99rtwzi
ちなあんだーらいぶ低評価動画ランキングトップ10全部脱サラになりました

515 名無しのライバー ID:V6VZRYSXi
えぇ……（ドン引き）

516 名無しのライバー ID:XCNfeL+1e
さ、再生数はその分回ってるから……

517 名無しのライバー ID:xOy++eyzy
あんだーらいぶ、ソリライ
両方の厄介層から叩かれてるからなぁ……

518 名無しのライバー ID:ik3kTtcfW
遂に他所の箱アンチまでタゲ取り対象になったのか
さすが名誉メイン盾君
タゲ取り名人の称号を授けよう

519 名無しのライバー ID:threadXXA
【悲報】人気VTuberグループ所属の底辺V、
ライバルVTuberグループの情報リークか？
https://vtubermatomeru-blog.vcom
コメント欄も大盛り上がりやで！
ニヨニヨの大百科でも同様の盛り上がりを見せている

520 名無しのライバー ID:sOnimGBmc
そうアフィね

521 名無しのライバー ID:HkgxBRRqS
なんかこう炎上系ばっか記事にされるから一般の人にはあまり良いコンテンツに見られなそうなんだよなぁ

522 名無しのライバー ID:SP4FqfNsE
逆に炎上商法という言葉がございましてね
ぶっちゃけワイはそっちから入ったクチだったりする

523 名無しのライバー ID:yJ59lu5J8
言われる内が華ってやつかね

524 名無しのライバー ID:BrWxCDD8E
脱サラが何言ってもノーダメだからって
罵詈雑言はアウトだろうに
ってか周囲の人間がダメージ受けかねない

525 名無しのライバー ID:P6PVBuANT
何も言い返さず、傷付く様子もないから
余計やりたい放題してる感は確かにある

526 名無しのライバー ID:nwsQO3VG8
こういうので案件とか避けられたりするんかね？

527 名無しのライバー ID:L3yFLRdVM
そりゃそうやろ

528 名無しのライバー ID:SH31E4pl7
そっち方面はしゃーないっちゃしゃーない
案件依頼側からしたらイメージ大事だし

529 名無しのライバー ID:cYkDPo7o0
マジかぁ
スライド芸好きなんだけどなあ

530 名無しのライバー ID:UGDqPSCQI
先月のソシャゲ案件のダメージ計算機が優秀すぎて
攻略サイトやスレでV式計算機って呼ばれてるからな

531 名無しのライバー ID:wortdHMMU
『V式計算機でダメ数値○○以上推奨』
とか当たり前みたいに使われている模様
エンドコンテンツのタイムアタック勢も皆使ってる

532 名無しのライバー ID:0Vc113KQB
いや、流石にそれは草

533 名無しのライバー ID:NNe0LDOXp
あいつアプデで計算式変わったら
しれっと修正版配布してっからな
案件後なのに謎にフォローまで手厚いんだ

534 名無しのライバー ID:cCEujALU9
もうお前が攻略Wiki運営してろよ……

535 名無しのライバー ID:future_xxx
我占い師
昇格演出が視えたはずなのにパチスロ駄目だった件
ギャンブルと占いって相性悪い……？
参考にならんとは思うが、近々公式から何かが出る感じがする
直感だけど

536 名無しのライバー ID:hDl8WZQjB
占いじゃないなら信頼できるな
相性以前にお前の占いが当たらないンだわ

537 名無しのライバー ID:cYVEOZg96
お前の占い以外は割と当たるからな
公式発表かぁ
大所帯になってきてんだし、そろそろきちんとしなさいな

538 名無しのライバー ID:gckineki/
来月は推しが平穏に過ごせますように

539 名無しのライバー ID:SisterChan
もっと評価してほしいよ……

# 設定資料集

Around
30 years old
became VTuber.

4

Character Reference

# 獅堂 エリカ

Shidoh Erika

## Profile

あだ名：女帝、エリカ様、エリー
身長：155cm
体重：非公開
好きなもの：面白い事全般
苦手なもの：暗い雰囲気

Question corner

## 質問

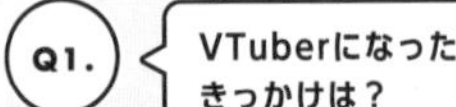

Q1.

VTuberになった
きっかけは？

怪しげな広告に釣られて
面白半分で応募しただけ。

Q2.

あんぐら君って
なんですか？

あんだーらいぶ
公式キャラクターです。
（※スタッフ「嘘です」）

Q3.

今後の目標は？

あんぐら君と
サ〇リオコラボ。
（※スタッフ「無理です」）

# 羽澄 咲

Hasumi Saku

## Profile

あだ名：ハッス
身長：160cm
体重：非公開
好きなもの：可愛い女子、カッコいい男子
苦手なもの：熱々の食べ物（猫舌なので）

## 質問

Question corner

Q1. VTuberになったきっかけは？

女の子が沢山いると思って。

Q2. 色々な女性に手を出しているとの噂ですが……？

失礼な、誰だっていいって訳じゃあないですよ。誰とでも寝るみたいな先入観いけないと思います。

Q3. セクハラ行為はよろしくないのでは？

し、親しい間柄なので。ホラ、そういう同性特有の距離感とかあるじゃないですか!! ホラ! 後ろでそのメンバー陣が「焦ってて草」とか「ネタにマジレス」とか言ってるの、あなたも聞こえてますよね!?

# 宵闇 忍

Yoiyami Shinobu

## Profile

あだ名：忍ちゃん、~~サル~~

身長：小さい

体重：軽い

好きなもの：牛タン！

苦手なもの：集合体。なんか苦手

## 質問

Question corner

Q1. VTuberになったきっかけは？

徹夜明けのテンションで応募したら、何かいつの間にかデビュー決まってた。

Q2. 台パンのコツとかは？

ないよ!? わたしを何だと思ってるのかな!? ちょーっと軽く小突いてるだけじゃん。あっ、スタッフが今小さい声で「嘘でしょ」って言った! 聞こえたよ!? ねぇ!

Q3. 最近先輩——主に獅堂さんによく巻き込まれているようですが……？

頭数揃えるのに困ったらわたしを呼ぶような流れになっている気がする。企画後きちんとご飯ご馳走してもらってるから別に良いんだけれど。あっ、でも毎回関係ないのに某配信しない人が同席してますが……そうだよ、お前だよ。ニート。あっ、コラ逃げるなァ! 配信から逃げるなァ!!

# 新戸 葛音

Arato Kuzune

## Profile

あだ名：ニート
身長：設定忘れた
体重：設定忘れたけど、リアルだとエリーより軽いよ。あっ、痛い！痛い！エリー叩かないでよぉ!!
好きなもの：タダ飯
苦手なもの：ない。
完璧だからね、ワタシ。

## 質問

Question corner

Q1. VTuberになったきっかけは？

えーっと……なんか、こう…………流れで？想いを託されたので。ワタシはその意思を継いでここにいる。あらやだ、カッコいいじゃん。ワタシ。

Q2. じゃあどうして配信しないんですか？

この封印された右手が疼くから。ちなみにここだけの話、右手の他に左手と右足、左足が揃うと特殊勝利するんだ。

Q3. で、どうして配信しないんですか？

えっ？ゲームのNPCみたいに特定の回答するまで永遠に同じ問いをされるの？なにそれこわい。

## あとがき

皆様、平素より大変お世話になっております。本作『アラサーがＶＴｕｂｅｒになった話。』も早いものでもう４巻目となりました。改めまして拙作を手に取っていただきありがとうございます。

今回の４巻についてですが……Ｗｅｂ版から１０万字越えの書き下ろしのせいで、「今回はページ数に余裕あるな」って思っていたのに気が付けばいつものようにページ数との戦いになっていました。こんなんだからほぼ大多数の初見のご意見が、内容以前に「ごつい」になっちゃうわけですよね。皆様もいざという時はお腹に本書を仕込んだりして下さい。防御力がちょっと上がると思います。

お話は少し本筋から逸れてしまいましたが、１巻のあとがきでも書いたようにこの物語はあくまでも「主人公が救われる話」をコンセプトにしておりますので、そちらを意識したエピソードを書き下ろしました。主人公より主人公している畳こと柊先輩が業界のトップたる所以がお見せできたかなと思います。もう全部あいつ一人でいいんじゃないかな、ってくらいには実は凄い人です。媒体が媒体なら彼を主人公にする方が盛り上がりそう。他にもあんだーらいぶメンバーが好き放題大暴れする回も多くて、書いてる側としても楽しかったです。４巻目にしてようやく全あんらいメンバーのキャラデザが決まったのも作者的には嬉しい点でした。相変わらずイラスト担当して下さったカラス先生には頭が上がりません。

また、昨年１１月の「このライトノベルがすごい！　２０２４」にて本作が単行本・ノベルズ部門で9位となりました。ひとえに読者の皆様、脱サラリスナーの皆様の応援の賜物でございます。本当にありがとうございます。また、この春からは犬威赤彦先生によるコミカライズ版もスタートする運びとなりました。作者としてもどのような作品に仕上がるのか非常に楽しみです。

　毎回お馴染みかと思いますが……最後に本作の出版に携わっていただいた出版社の皆様、毎回素敵なイラストで物語を彩って下さるカラスＢＴＫ先生。手に取って下さったすべての読者——脱サラリスナーの皆様に改めて感謝を。そして次巻5巻でまたお会いできる事を願っております。

とくめい

# アラサーがVTuberになった話。4

2024年2月28日　初版発行

| | |
|---|---|
| 著　者 | とくめい |
| イラスト | カラスBTK |
| 発行者 | 山下直久 |
| 発　行 | 株式会社KADOKAWA<br>〒102-8177 東京都千代田区富士見2-13-3<br>電話 0570-002-301（ナビダイヤル） |
| 編集企画 | ファミ通文庫編集部 |
| デザイン | 横山券露央（ビーワークス） |
| 写植・製版 | 株式会社オノ・エーワン |
| 印　刷 | TOPPAN株式会社 |
| 製　本 | TOPPAN株式会社 |

●お問い合わせ
https://www.kadokawa.co.jp/（「お問い合わせ」へお進みください）
※内容によっては、お答えできない場合があります。
※サポートは日本国内のみとさせていただきます。
※Japanese text only




ISBN978-4-04-737763-9 C0093　　定価はカバーに表示してあります。

朝起きたら

いかぽん

[ Illustrator ] tef

探索者《シーカー》になっていたので

ダンジョンに潜ってみる

ダンジョンに潜る、
レベル上がる、
お金増える!!!

## ▷▷▷ STORY

現代世界に突如として〝ダンジョン〟が生まれ、同時にダンジョン適合者である〝探索者（シーカー）〟が人々の間に現れはじめてからおよそ三十年。高卒の独身フリーター、六槍大地（むそうだいち）はある朝、自分がレベルやステータス、スキルなどを持つ特異能力者――〝探索者〟になったことに気付く。近場のダンジョンで試行錯誤をしながらモンスターを倒し、得た魔石を換金しながら少しずつ力を得ていく大地。そんなある日、同年代の女性探索者である小太刀風音に出会ったことから彼のダンジョン生活に変化が訪れて――。

朝起きたら探索者（シーカー）になっていたのでダンジョンに潜ってみる
いかぽん
[Illustrator] tef

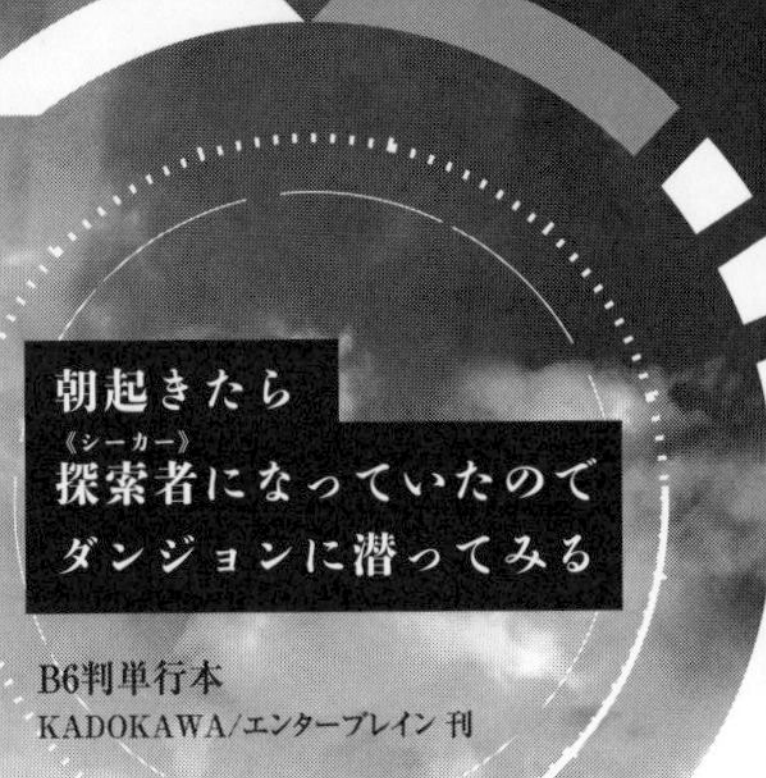
朝起きたら
《シーカー》
探索者になっていたので
ダンジョンに潜ってみる

B6判単行本
KADOKAWA/エンターブレイン 刊

ファンタジーの世界でも
戦争は泥臭く
醜いものでした

# STORY

トウリ・ノエル二等衛生兵。
彼女は回復魔法への適性を見出され、
生まれ育った孤児院への
資金援助のため軍に志願した。
しかし魔法の訓練も受けないまま、
トウリは最も過酷な戦闘が繰り広げられている
「西部戦線」の突撃部隊へと配属されてしまう。
彼女に与えられた任務は
戦線のエースであるガーバックの
専属衛生兵となり、
絶対に彼を死なせないようにすること。
けれど最強の兵士と名高いガーバックは
部下を見殺しにしてでも戦果を上げる
最低の指揮官でもあった!
理不尽な命令と暴力の前にトウリは日々疲弊していく。
それでも彼女はただ生き残るために
奮闘するのだが――。

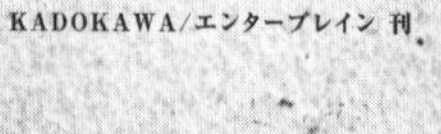

B6判単行本
KADOKAWA/エンターブレイン 刊

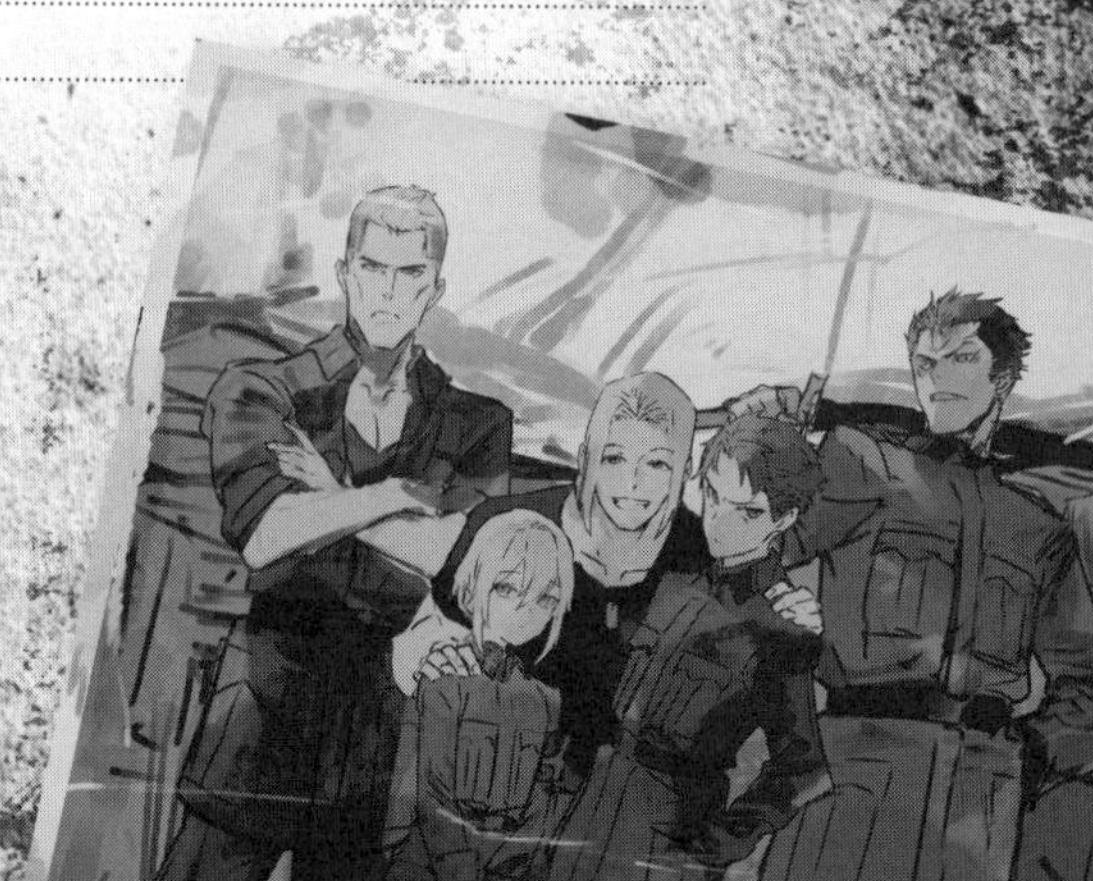

【TS衛生兵さんの戦場日記】

まさきたま

［Illustrator］クレタ

ソードマン
[バスタード・ソードマン]

突如として人類の敵である怪人が出現してから約一年。迷い込んだ研究施設から戦闘スーツを盗み出した穂村克己は、“黒騎士”として暗躍していた。自身を襲ってくる怪人を倒したり、時には怪人に襲われている人を助けたり。しかし所詮は盗んだ戦闘スーツで自由を謳歌し、怪人との戦闘で街を破壊する犯罪者。『正義の味方“ジャスティスクルセイダー”に敗れ、死を迎える』それが克己の思い描く黒騎士の最期。だったのだが……なぜかジャスティスクルセイダーに勧誘されることに!?　実は世間では黒騎士はダークヒーローとして人気者だった上に、衝撃の事実が明らかに!?
果たして黒騎士の運命は――。
自身をワルモノだと思い込む勘違い系ダークヒーローと、その熱狂的ファンによるドタバタコメディ、開幕!

STORY